Lisa Gabriele

Die Sünden meiner Mutter

Roman

Aus dem kanadischen Englisch
von Annette Hahn

atb aufbau taschenbuch

Die Originalausgabe unter dem Titel
»Tempting Faith DiNapoli«
erschien 2002 bei Simon & Schuster, New York.

FSC
www.fsc.org
MIX
Papier aus verantwortungsvollen Quellen
FSC® C083411

ISBN 978-3-7466-2720-5

Aufbau Taschenbuch ist eine Marke der
Aufbau Verlag GmbH & Co. KG

1. Auflage 2011

Umschlaggestaltung Mediabureau Di Stefano, Berlin
unter Verwendung eines Fotos von © Juli Balla/getty-images
Autorenfoto: © Jowita Bydlowska
Satz LVD GmbH, Berlin
Druck und Binden CPI – Clausen & Bosse, Leck
Printed in Germany

www.aufbau-verlag.de

1. Kapitel

Wenn ich mich an die Stadt erinnere, denke ich vor allem daran, wie die brüchigen, braunen Ziegelhäuser in unserer Nachbarschaft so dicht standen, dass ich mir, als ich vier Jahre alt war, immer vorstellte, sie wären die abgebrochenen, faulenden Zähne im Mund eines Großstadt-Menschenfressers und die Menschen darin wie fleißige Karies. Es war, als wohnten wir alle im selben Haus. Wenn wir mal böse waren und früh zu Bett geschickt wurden, konnten wir im Wohnzimmer der Trevis auf der anderen Seite der Straße die Fernsehsendung zu Ende sehen, indem wir uns die Dialoge einfach ausdachten.

Privatsphäre war nur was für Reiche.

Unser Haus in Little Italy teilte sich die Seitenwand mit dem der Rossis nebenan, und unsere Wäscheleine reichte bis an die der Pilettis hinter uns. Meine Mutter sagte immer, wenn eins der Nachbarhäuser von der Hölle verschluckt würde, würden wir alle mitgerissen. Als ich klein war, verstand ich ihre Witze noch nicht, deshalb schloss ich Mr. Piletti immer in mein Nachtgebet ein und flüsterte: »Und bitte, lieber Gott, mach, dass Mr. Piletti aufhört, seiner Frau ins Gesicht zu schlagen, weil Mom sagt, dafür kommt er in die Hölle, und dann müssen wir alle mit.«

In der Stadt steckten wir vier Kinder immer zusammen – nicht nur, weil unser Haus klein war und wir keine andere Wahl hatten, sondern weil man uns damals keine andere Wahl ließ. Meine Mutter hatte nur »ein verdammtes Paar Augen, zwei Hände, zum Teufel, und vier Kinder, Herrgott noch mal, also bleibt zusammen«, wie sie sagte, »und lasst um Himmels willen auf gar keinen Fall meine Hand los. Und eure Hände dürft ihr verdammt noch mal auch nicht loslassen, sonst dreh ich euch den Hals um.« Da gab es den ganzen Verkehr und all die Perversen und die Menschenmassen, mit denen man fertig werden musste. Und jeden einzelnen Tag jede Menge Arbeit zu erledigen.

In der Stadt waren wir vier Kinder alle gleich. Wir hatten die gleichen Körper, dieselben Launen, dieselben Ideen. Zehn Jahre lang hatten wir dieselben Eltern, die uns und einander immer dasselbe sagten und sich auf immer gleiche Weise verhielten. Es war die einzige Zeit in unserem Leben, da wir so tun konnten, als wären wir wie alle anderen, und irgendwann dachte ich, das sei das Privileg der Stadt. In der Stadt ist es schwer, sich abzuheben, es sei denn, man war wie meine Mutter. Doch ihre Einzigartigkeit war ein Geburtsfehler und ganz und gar unbeabsichtigt – so wie wir auch, doch das verstanden wir damals noch nicht.

Ich kann mich an die Zeit erinnern, als ich so klein war, dass ich, wenn Mom ins Zimmer kam, als Erstes ihre schmutzigen rosa Pantoffeln sah. Als ich größer wurde, waren es ihre Knie, rau und runzlig. Noch größer, und ich griff ihren Makrameegürtel und die Hand meines Bruders, wenn sie uns über eine dicht befahrene Straße scheuchte, denn meine Mutter war nicht der Typ, der die Straße an Ampeln überquerte.

Danach war es die Kirche, die mir zum Maßstab wurde. Zuerst konnte ich mich nicht hinknien, weil ich dann Pater Pete und die schönen Hüte nicht mehr gesehen hätte. Aber irgendwann passte mein Kinn genau über die Rückenlehne der Vorderbank. Bald darauf hatte ich alle Lieder und Gebete im Kopf, auch wenn ich mich nicht erinnern kann, dass jemand absichtlich dafür gesorgt hätte, sie dort zu platzieren. Ich weiß nicht mehr, wie alt ich war, als ich erkannte, dass ich Jesus nicht wirklich würde heiraten können, doch auch das wurde eines Tages zur festen Gewissheit.

In der Stadt wurden um uns herum ständig Häuser gebaut oder abgerissen. Nichts schien je vollendet. Und anders als Gott am siebten Tag trat niemals jemand einen Schritt zurück und sagte: »Siehe, ich bin fertig.« Doch nach unserem siebten Jahr in der Stadt verhielten die Nachbarn sich mehr und mehr so, als wären sie fertig mit meiner Mom. Wenn das passiert, das weiß ich jetzt, bleibt einem nichts übrig, als zu gehen.

Meine Mutter erzählte mir, sie habe schon von klein auf gewusst, dass sie vier Kinder haben werde. Alles Jungen. Andere Leute werden mit Leberflecken geboren oder als Linkshänder, aber Mom sagte, sie sei mit dem Wissen auf die Welt gekommen, dass sie vier Jungs bekäme. Zum Beweis zeigte sie uns ihr altes Schuljahrbuch. Unter ihrem Abschlussfoto stand in der Rubrik »Zukunftspläne«: »Mutter der nächsten *Four Tops* (bloß in Weiß)«. Daneben hatte jemand geschrieben: »Na klar, Nan, das kriegen wir hin. Dein Johnny Mathis.«

Meine Mutter hieß Nancy Maria Franco.

Ihre Hobbys waren damals Johnny Mathis und Katholischsein. Die Namen für ihre zukünftigen Söhne fand sie in der Sonntagsschule: Matthew, Mark, Luke und John, der wegen ihres Lieblingssängers allerdings Johnny genannt werden sollte. In der Sonntagsschule passierte es auch, dass sie sich zum ersten Mal in einen Jungen verliebte. Und sie führte tief religiöse Diskussionen mit ihrer jüngeren Schwester, meiner Tante Linda, wer in der Rolle des Jesus denn nun mehr Sexappeal hätte – Max von Sydow oder Jeffrey Hunter. Ihre Debatte setzte sich bis in meine Kindheit fort, wobei meine Mutter manchmal auch für den Jesus plädierte, der auf meiner Bibel abgedruckt war. Er wirkte wie ein gemäßigter Hippie, anders als die langhaarigen amerikanischen Jünglinge, die wir nackt tanzend im Fernsehen sahen. Meine Mutter schaute sie sich immer ungefähr eine Sekunde lang an, um dann die Augen zu verdrehen und umzuschalten. Obwohl sie zu derselben Generation gehörte, sagte sie immer: »Wisst ihr, wer Zeit hat, ein Hippie zu sein? Nur Leute, die reich und gelangweilt sind – und ich bin keins von beiden.«

In einer der ersten Geschichten meiner Mutter, an die ich mich erinnere, ging es darum, wie sie meinen Vater kennenlernte. Sie erzählte uns, wie sie ihn in ihrer Kirche, *Most Precious Blood,* getroffen hatte. Mein Großvater hatte sie und ihre Schwester gezwungen, zum italienischen Gottesdienst zu gehen, nachdem sie beide den früheren englischen verschlafen hatten. Sie waren am Abend zuvor noch lange aus gewesen und hatten Tante Lindas achtzehnten Geburtstag gefeiert. Meiner Mutter fiel der Hinterkopf meines Vaters auf; sie mochte sein schwarzes lockiges Haar und wie er sich während der Lieder hin und her wiegte. Meiner Tante Linda fiel auf, dass mein Vater sich immer wieder umdrehte, um meine Mutter anzustarren.

Nach dem Gottesdienst fand bei der Kirche das jährliche Picknick zum Tag des Giovanni Caboto statt, der am 24. Juni von vielen Italienern in Kanada gefeiert wird, da er Nordamerika entdeckt haben soll. Normalerweise nahmen sie nie daran teil, aber um meinen Großvater zu ärgern, blieben Mom und meine Tante diesmal da und mischten sich unter die anderen Italiener. Jemand flüsterte meiner Mutter zu, dass mein Dad und seine Familie aus einem vom Krieg besonders betroffenen Teil Italiens gekommen seien. Die DiNapolis, so sagten sie, seien mit fast nichts außer den Kleidern, die sie am Leib trugen, angekommen, und sie sprächen kaum Englisch, obwohl sie schon über ein Jahr in diesem Land lebten. Meine Mutter war ebenfalls Italienerin, jedoch nur dem Namen nach. Sie hatte kein einziges Wort Italienisch gelernt, wozu auch? Dies ist nicht die Alte Welt, sagte mein Großvater Franco immer. Seine eigene Familie hatte Italien tausend Millionen Jahre zuvor verlassen, deshalb war das einzige italienische Erbe meiner Mutter der Umstand, dass ihr Name mit einem Vokal endete. Und wie ihr Vater immer wieder betonte, hatte niemand ihnen auch nur irgendetwas geschenkt, als sie herkamen. Rein gar nichts. Gut, die Mutter meiner Mutter kochte Spaghetti, als sie noch lebte, doch sie servierte sie mit amerikanischer Fertigsoße. Sie nahm dafür normales Speiseöl und kein Olivenöl, weil es zu teuer war. Dasselbe galt für Parmaschinken. Baloney, die amerikanische Version der Bologneser Mortadella, war für sie gut genug. Und diese feinen Familientraditionen gab sie an ihre beiden, nur dem Nachnamen nach italienischen Töchter weiter.

Meine Tante behauptete, als meine Mutter schließlich mit meinem Vater sprach, wusste sie sofort, dass die beiden heiraten würden. Doch es war eine ungute Gewissheit, eine, die ihr Hitze und Übelkeit verursachte. Mom empfand es genauso und sagte meiner Tante, sie habe sich bei ihren Verabredungen oft hinsetzen müssen. Alle waren nett zu meinem Vater, als er anfing, sie zu besuchen, nur Tante Linda war von Mom enttäuscht. Nicht, dass sie es ihrer Schwester nicht gegönnt hätte, sich zu verlieben und Kinder zu bekommen, aber doch nicht jetzt und nicht mit diesem ganz und gar unpassenden Mann. Er war kein Geschäftsmann, sondern Bauarbeiter und wohnte bei seinen Eltern. Er konnte noch nicht einmal Auto fahren.

Die Bank, in der Mom und meine Tante gerade angefangen hatten zu arbeiten, befand sich im Erdgeschoss des zweithöchsten Gebäudes von Detroit. Und die großen Pläne der zwei Schwestern, irgendwann in das höchste Gebäude umzuziehen, begannen sich einfach in Luft aufzulösen.

Auch mein Dad verliebte sich sofort in meine Mutter, allerdings auf eine gute Weise. Er fand sie hübsch und witzig und klug, und obwohl er dünne Frauen nicht besonders mochte, fand er, sie hätte immerhin Potenzial für Rundungen, zumindest um Hüften und Po.

Sie lernten sich zur Zeit der Detroiter Rassenunruhen kennen, also kehrte meine Mutter nach der Arbeit immer mit aufregenden Geschichten ins kanadische Windsor zurück, Geschichten über Schwarze, die weiße Polizisten anbrüllten. Mein Dad saß stets besorgt am Busbahnhof, das mörtelbespritzte Gesicht in die roten schwieligen Hände gestützt, und wartete darauf, dass seine neue Freundin in einem ihrer geschniegelten Bänkerkostüme aus dem Bus stieg. Jeden Tag betete er, dass sie ungeprügelt, unangeschossen und unvergewaltigt ankäme.

Bald begann meine Mutter, sich an meinen Vater zu klammern. Sie bugsierte ihn durch die Stadt, glücklich, am Steuer sitzen zu dürfen, und glücklich, für Hamburger und Schallplatten bezahlen zu dürfen. Für ein kluges Mädchen mit nicht allzu viel Bildung und hübscheren Freundinnen war er kein schlechter Fang. Er sah gut aus und war handwerklich geschickt. Und er war ein traumhaft guter Tänzer. Außerdem waren ausländische Männer damals etwas Besonderes. Meine Mutter liebte den Film *Gigi* allein wegen Louis Jourdan. (Daher hatte ich auch den Namen für ein Siamkätzchen, das ich zu meinem siebten Geburtstag geschenkt bekam.) Und ihr Lieblingsschauspieler war Marcello Mastroianni. Und ich bin sicher, als sie meinen Vater heiratete, sah sie sich als Schmalspurversion von Lucille Ball mit einem bauarbeitermäßigen Ricky-Ricardo-Verschnitt, der nach Hause kam, ihr spielerisch einen Klaps gab und somit alle ehelichen Spannungen entschärfte. Ich bin sicher, mein Vater dachte, ihre junge Liebe werde alle Missverständnisse infolge der Sprachschwierigkeiten überwinden und sie jede Nacht weich betten, wenn sie erst einmal ins glückselige Ehelager fielen.

Tatsächlich heiratete meine Mutter meinen Vater, weil sie im dritten Monat schwanger und noch keine zwanzig war.

Und so geschah es, dass mein älterer Bruder Matthew zur Welt kam. Es gibt ein Foto von meiner Mutter auf der Wöchnerinnenstation, wo sie rechts Matt im Arm hält und links in der Hand eine brennende Zigarette. Mein Vater sitzt mit einem Bier daneben. Das war in jenen Zeiten, als das Rauchen nur eine schlechte Angewohnheit war, Schwangere ein paar Drinks haben durften und Krankenhäuser eher wie Hotels waren, in die Leute wie meine Mutter zum Ausruhen gingen, wenn sie schwache Nerven hatten.

Nach Matthew kam ich.

Sie gestand, es habe ihr einen Stich versetzt, als der Arzt sagte, dass es ein Mädchen sei. Sie dachte, ihr Körper hätte sie irgendwie ausgetrickst. Außerdem gebar sie mich so schnell und schmerzfrei, dass sie sicher war, sie habe nur heftigen Stuhlgang gehabt, statt ein kleines Mädchen zu gebären. (Später, als ich älter und sie sauer auf mich war, nannte sie mich manchmal »kleiner Schiss«.)

Meine Mutter liebte mich ebenso sehr wie Matt, nur dass sie keinen Namen für mich parat hatte. Ich hätte ein Mark werden sollen, kein Mädchen. Ihr Namensschema hatte versagt, ebenso der Rest ihrer biblischen Intentionen. Doch da sie entschlossen war, wenigstens einen ihrer Jahrbuchpläne umzusetzen, und weil der Name Mark nicht so leicht in eine weibliche Form übertragen werden konnte, schlug sie einen neuen religiösen Pfad ein und nannte mich Faith – Glaube – in der Überzeugung, dass Hope – Hoffnung – und Charity – Liebe – folgen würden. Und nach Hopes Geburt konnten wir tatsächlich für eine kleine Charity beten. Meine Mutter war sich in ihrer vierten Schwangerschaft ganz sicher; sie brachte mir mit zwei Jahren bei, »Charity« zu sagen, und Matt mit drei, es zu schreiben, indem sie seine Hand führte.

Hope, die erst ein Jahr alt war, schaffte bestenfalls ein »Charjie«, und als Nummer vier dann unglücklicherweise ein Junge wurde, bekam er den Namen Charlie.

»Hope kann es schon sagen, also tun wir's ihr zuliebe«, verteidigte Mom ihre Niederlage.

Matthew, Faith, Hope und Charlie – der unheilige Klang unseres jüngsten Bruders ließ uns mehr nach Moderatoren des Mickey Mouse Clubs klingen als nach Jüngern Jesu.

Unsere Namen hatte allesamt sie ausgesucht, und die Tatsache, dass sie für meinen Vater mit seinem starken Akzent geradezu unaussprechlich waren, war nichts weiter als ein komischer Zufall. So gemein war sie nicht, dass sie es mit Absicht getan hätte.

Nachdem Charlie aus dem Krankenhaus nach Hause gekommen war, gab es eine Zeit, die ungefähr sechs Monate dauerte und in der wir alle vier noch Windeln trugen. Mit seinen drei Jahren wäre Matt zwar alt genug fürs Töpfchen gewesen, doch er tat sich schwer damit, weil ständig neue windeltragende Rivalen geboren wurden. Aus reiner Verzweiflung machte meine Mutter dann den Fehler, Matt und mich gleichzeitig ans Töpfchen gewöhnen zu wollen. Sie dachte, immer zweien von uns gleichzeitig etwas beizubringen, sei *der* Trick bei vier Kindern, die alle nur ein Jahr auseinander waren. Beim Ausmalen und Singen funktionierte das, nicht jedoch beim Trockenwerden.

An einem unglückseligen Samstag lag meine Mutter krank im Bett, so krank wie selten, und Dad konnte – oder wie sie sagte: »wollte« – nicht zu Hause bleiben, um ihr zu helfen. Matty war immer noch nicht ganz trocken, und für mich war das Töpfchen eher ein Spielzeug. Hope war einfach klein. (Wenn er mit Mom über seine Arbeit an den Wochenenden stritt, wurde Dads Akzent noch stärker. »Wer bringe Esse auffe Tische, eh? Jesu Heili Christi selbe?«, fragte er dann.)

Wenn meine Mutter zur Toilette musste, war sie auf das einzige

Badezimmer angewiesen, das im oberen Stockwerk lag, mit uns außer Sicht- und Hörweite.

Aber wir waren alle in einem Alter, in dem man uns nicht allein lassen konnte, weil wir alle möglichen Sachen in den Mund steckten. Also sammelte sie uns in einem Akt der Verzweiflung ein, und wir trudelten hinter ihr her: Matty und ich zogen Hopey Stufe für Stufe an den Armen hinter uns her. Meine Mutter hielt Charlie fest, während sie ihre Hose zu den Knöcheln schob. »He, wer von euch muss Pipi machen? Matt, musst du Pipi machen? Faith? Pipi? Hopey? Kommt schon! Lasst uns alle Pipi machen gehen. Mommy muss ganz dringend Pipi machen.«

Mit einem Seufzer der Erleichterung ließ sie sich rückwärts auf die Toilette plumpsen, worauf Charlie anfing zu brüllen. Das war offenbar auch für mich Anlass genug, mit dem Heulen zu beginnen, dann folgte Matty, dann Hope. Wir waren wie ein Bodenfeuerwerk aus schreienden Kindern zu ihren Füßen. Meine Mutter war nicht mehr in der Lage aufzustehen, woraufhin sie ebenfalls losheulte. Sie versuchte, abwechselnd uns und sich selbst zu beruhigen und zu trösten, indem sie uns über die Köpfe strich und sich zusammengekrümmt selbst umschlang.

Als mein Vater nach Hause kam, hörte er das erbärmliche Geschrei und stürzte sofort die Treppe hinauf, da er fürchtete, irgendein satanischer Orden schlachtete gerade seine Frau mitsamt seinen Kindern ab. Stattdessen fand er sie heulend auf der Toilette, wir vier Kinder tränenüberströmt zu ihren Füßen.

»Ich bin krank, Joe! Ich habe meine Würde verloren. Sieh mich an! Nichts mehr da!«, wimmerte sie auf der Kloschüssel.

»Nan! Oh, heilige Jesu! Warum alle weine?«, stöhnte er.

»Gib mir Papier. Die Menschen drehen durch, wenn sie sich nicht in Würde um sich selbst kümmern können, Joe, ja, das tun sie«, jammerte sie, während er eine Klorolle vom obersten Regal holte.

Er ließ sie sitzen, hob uns einen nach dem anderen hoch und

setzte uns, immer noch weinend, vor den Fernseher. Meine Mutter konnte sich eine weitere halbe Stunde nicht von der Toilette erheben. Unten trieb mein Vater verloren im Meer der Nachmittagswindeln, feuchten Kinderkörper und rotzigen Nasen. Keiner von uns trug Hemdchen, wir stanken und hatten alle die gleichen verfilzten dunklen Locken. Mein Vater hatte keine Ahnung, wer wer war. »Fäte? Ope? Matteo? Baby? Schlusse mit alle diese Weine. Fur Daddy, okay?«

Er brüllte nach oben, er werde ein junges Mädchen finden, irgendjemanden, um ihr an den Wochenenden zu helfen. Er dröhnte ein Versprechen, das kleine Gästeklo im Erdgeschoss fertig zu bauen. Er schwor, er werde vielleicht versuchen, nur jeden zweiten Samstag zu arbeiten, wenn es ginge. Alles, wenn sie nur aufhöre zu weinen, wenn sie nur, verdammte noche male, nach unten komme, um ihm zu helfen.

»Ich gebe dir mehre Geld, okay?«

Meine Mutter erzählte, die Sache habe uns alle so sehr mitgenommen, dass Matt sich in den nächsten Monaten weigerte, im Stehen pinkeln zu lernen, ich mich dabei im Gegenzug nicht hinsetzen wollte und Hope sich jede Windel herunterriss. Und Klein Charlie verband mit Toiletten fortan immer Lärm. Bis er ungefähr fünf war, sang er auf dem Klo laut vor sich hin, sogar wenn wir mal beim Chinesen essen waren.

Dad baute das Gästeklo niemals fertig.

Im Großen und Ganzen war er keine Hilfe, denn er war ja kaum zu Hause. Er arbeitete für einen Mann, den meine Mutter »das größte Arschloch der Welt« nannte, weil mein Vater so viele Stunden damit zubrachte, seinen Dreck zu erledigen. Dads Kollegen nannte sie schlicht »einen Haufen Schwachköpfe«. Sie hinterließ meinem Vater Nachrichten wie: *Joe: D. g. A. d. W. hat angerufen. Job in Chatham fällt aus – Regen. Kannst du vielleicht die Kinder zu meinem Vater bringen? Brauche Pause.*

Mein Vater hinterließ dann Antworten wie diese: *Nancy, ich kann nich mache die Fahrt, weil ich muss mache die Arbeit für anderalbfache Lohn. Wir brauchen die Geld, du weiste. Tut mir leid und gib die Kinder kusse von mich.*

Als ich in der Schule dann irgendwann Einsen in Rechtschreibung bekam, korrigierte ich manchmal seine Nachrichten, und er bedankte sich immer und sagte: »Fäte, bistu so klug. Deine Vater nicht so sehre, eh?«

Mein Vater war Trockenbauer. Er war verantwortlich für den Bau von Wohnsiedlungen, die sich von der Stadt aus in alle Richtungen ausbreiteten und den umliegenden kleinen Orten immer näher kamen.

»Diese Häuser sehen aus, als hätte Charlie sie gezeichnet! Nichts für ungut, Charl«, sagte Mom einmal, als sie die Baupläne musterte, die mein Vater nach Hause gebracht hatte. Dad saß uns gegenüber. Charlie schmiegte sich auf ihrem Schoß an sie. Er war erst drei und zeigte bereits alle Anzeichen eines Schmusebabys. Er wich ihr nie von der Seite, hatte drei Schmusetücher (vor Schmutz starrende verkrustete Babydecken) und ständig seine Finger im Mund. Das drittletzte Mal, das meine Mutter mich wirklich hart ins Gesicht schlug, war, als ich mit zehn fragte: »Ist Charlie ein Schwuli, wie alle sagen?«

Klatsch.

»Er ist nicht schwul, er ist ein Junge mit mehr Gefühl als andere Menschen, und daran ist nichts Falsches. Hast du verstanden?«

Charlie hat sie nie geschlagen. Charlie war ihr Liebling.

Mein Dad war ganz das Gegenteil ihres Lieblings. Dabei war nicht die Sprache das Problem: Meine Mutter verstand, was er sagte, sie verstand nur nicht, was er tat. Sie stritten andauernd und derart heftig, dass die Nachbarn uns an manchen Morgen verschämt beäugten. Sie stritten auch ziemlich spät, immer am Punkt zwischen Wachen und Schlafen, bevor wir Kinder in Träume entfliehen konnten. Wir hörten Krachen, Schreien. Ich wachte morgens mit einer vagen Erinnerung an die Gründe auf. Mom findet, Dad trinkt zu viel. Dad findet, sie raucht zu viel. Mom hat die Nase voll davon, immer noch arm zu sein. Dad sagt, die Wohnung ist ein Sauhaufen. Mom sagt, räum deine Sachen doch selbst auf, ich bin nicht deine Sklavin. Dad findet, da ist nicht viel, wofür sich das Nachhausekommen lohnt. Mom fragt sich, ob vier Kinder nicht vielleicht Grund genug sind, um nach Hause zu kommen. Dad fragt sich, wie wir wohl alle satt würden ohne das Geld, das er nach Hause bringt. Trotzdem will Mom ihn auf keinen Fall mehr aus der Kneipe holen müssen.

Das letzte Mal, als sie uns dazu wecken und mitnehmen musste, warnte sie uns davor, im Auto wieder einzuschlafen. Vor der Bar hielten wir an, sie setzte sich den schläfrigen Charlie auf die Hüfte, ließ mich Hope an die Hand nehmen und schob Matty vor, um zu Dad an die Bar zu gehen.

»Schau mal«, sagte sie, »da ist Daddy. Geh und sag hallo, mein Schatz.«

Matty rannte zu meinem Vater und zog an seiner Jacke. Wir waren noch im Schlafanzug. Die Bar war düster und funkelnd. Das Lied, das gerade in der Jukebox lief, war »Me and Bobby McGee«, eines der Lieblingslieder meiner Mutter. Hope musste Pipi, also tippte meine Mutter meinem Vater auf die Schulter und bat ihn, ihr die Toilette zu zeigen.

Als Dad sich umdrehte und erst sie sah, dann Matty, rutschte er vom Hocker und murmelte: »Oh, liebe Jesu, Nan, gehe schnelle nach 'ause, wir alle, ja?«

Sie antwortete: »Nein, Joe. Hopey muss Pipi. Faith, du gehst mit. Wir warten.«

Meine Mutter ließ meinen Vater nicht aus den Augen, genauso wenig wie die Leute in der Bar meine Mutter aus den Augen ließen. Sie trug ihren Hausmantel und die rosa Pantoffeln. Doch es schien ihr nichts auszumachen. Sie war sogar nett zum Chef meines Vaters, der zusammengekrümmt auf dem Hocker neben meinem Dad kauerte. Sie fragte ihn nach seiner Frau. »Wie geht's Maria? Hat sie das zweite Baby schon bekommen?«

Ich weiß noch, dass die blonden Damen auf der Toilette sehr nett zu uns waren. Eine hob meine Schwester hoch, damit sie an den Wasserhahn käme. Und die Dame mit den langen orangefarbenen Fingernägeln kniete sich hin, um Hope die kleinen nassen Händchen abzutrocknen. Ich versuchte, nicht auf das rote Band zu starren, das oberhalb ihres kurzen weißen Rocks zu sehen war, aber ich hatte noch nie Unterwäsche in dieser Farbe gesehen.

Anfangs belauschte ich ihre Streitereien noch, zusammen mit Hope. Wir gierten nach Fakten, die wir zu nichts gebrauchen konnten. Wie zwei Seehunde sahen wir aus, wenn wir, aufmerksam auf die Unterarme gestützt, zuhörten. Doch nach einer Weile fing ich an, mich auf andere Dinge zu konzentrieren, auf Fernsehshows, die mir gefielen, oder Songtexte, die ich auswendig kannte, und dann darauf, was genau ich am nächsten Tag anziehen würde. Und am Tag danach. Und am Tag danach.

Ich würde sagen, dass wir mittelmäßige Katholiken waren. Wir gingen zur Kirche. Wir machten ein großes Hallo um die Sakramente. Wir waren alle getauft, was bedeutete, dass wir in den Himmel kämen, falls wir es nicht komplett versauten. Was wir taten. Zumindest einige von uns.

Aber ich liebte die Kirche. Ich stellte mir immer vor, dort zu wohnen, weil sie uns sagten, es sei Gottes Haus und auch unseres, nur ohne Küche, Badezimmer oder Schlafzimmer. Meine Vorstellung, in der Kirche zu wohnen, bestand in erster Linie darin, dass ich dort herumtollte und meine Freundinnen einlud und wir dann vielleicht jede unsere eigene Bankreihe hätten. Wir würden vor dem Altar Theaterstücke aufführen oder ganz laut von der Empore Lieder von Olivia Newton John singen. Ich liebte die Kirche vor allem deswegen, weil sie sauber war und nach Reichtum aussah. Es gab heilige Gemälde, die man sich ansehen konnte, und vierzehn bunte Glasfenster mit Bildern von Jesus in den verschiedenen Stadien seiner Hinrichtung.

Und alle zogen sich schön an.

In der Kirche gaben wir unseren Freunden die Hand und sangen gemeinsam mit Fremden. Sonntag war der einzige Tag in der Woche, an dem wir normal wirkten. Wir standen früh auf. Wir schrubbten uns und machten uns fertig. Sogar Dad gab sich besondere Mühe, die Mörtelstückchen aus seinem feuchten Haar zu kämmen. Außerdem stritten wir nicht so viel, und manchmal gingen wir nach dem Gottesdienst noch heiße Schokolade trinken und Donuts essen, zusammen mit anderen normalen Menschen.

Doch das Tollste am Katholischsein war die Erstkommunion, vor allem für mich, weil ich das älteste Mädchen war. Und meine Kommunion war die erinnerungsträchtigste, nicht nur, weil ich das meiste Geld von allen bekam, siebenundfünfzig Dollar in bar, sondern weil sie den Zeitpunkt markierte, an dem meine Mutter, eine stolze und talentierte Katholikin, beschloss, nie wieder zur Kirche zu gehen.

Der Frühling, in dem meine Erstkommunion stattfinden sollte, war einer der kältesten, die je gemessen wurden. Ich kann mich erinnern, dass ich im April noch Schlitten fuhr, eine Woche bevor ich im weißen Kleid den Mittelgang hinuntergehen sollte, als Miniaturausgabe einer Braut – nur ohne Bräutigam, Champagner und Sex. Ich würde endlich herausfinden, wie die Hostie schmeckte. In Religion hatte man uns gesagt, es sei der wahre Leib Christi, nur waffeliger.

Wir übten das heilige Sakrament der Eucharistie oft auf unserer Veranda. Dazu nahmen wir Weißbrotscheiben und rollten sie mit dem Nudelholz meiner Mutter platt. Dann schnitten wir kleine Kreise aus dem Teig und stapelten sie auf. Die Nachbarskinder kamen dazu, scharten sich darum. Katrina Trevi von gegenüber hatte als Erste diese tolle Idee, ihren Pullover halb auszuziehen, den Halsausschnitt aber wie ein Haarband um den Kopf zu belassen, während der Rest den Rücken hinunterhing. Es war die beste Methode, wie eine Nonne auszusehen, vor allem wenn der Pulli braun oder schwarz war.

Als Priester wechselten wir uns ab, indem wir die Pappeinlage vom Kragen des einzigen guten Anzughemds meines Vaters als Kollar nahmen.

»Dies ist der Leib Christi«, sagte ich dann zu Hope und hielt ihr die Weißbrothostie vors Gesicht. Ich sprach mit meiner heiligsten Stimme, die für meine acht Jahre überraschend tief war.

»Amen«, sagte sie mit fast ebenso tiefer Stimme und hob ihre zur Schale geformten Hände, um das Brot in Empfang zu nehmen. (Hope trug immer einen gelben Pulli, der ihr so stramm ums Gesicht saß, dass sie wie ein kahler Vogel wirkte.) Dann nahm sie das Stückchen »Jesus« vorsichtig aus der Hand und legte es behutsam auf ihre Zunge. Wir wiederholten das immer wieder und erhielten so jeder zehn-, manchmal zwölfmal die Hostie.

»Lass mich nochma. Ich habs grad nich richtig gemacht.«

»Nicht kauen, das ist Jesus! Lass Ihn in deinem Mund zergehen, sonst ist es eine Sünde«, lautete meine priesterliche Instruktion.

»Ich kau nich. Gach chnilcht in nein Nunk, chiech gu?«, flehte Hope mit einem Fetzen Weißbrot im offenen Mund.

»Ich hab doch gesehen, wie du gekaut hast! Schaut mal, Hope beißt auf den Leib von Jesus! Du kommst in die Hölle!«

Nach diesem Fluch lief sie schreiend ins Haus. Meine Mutter

streckte den Kopf aus der Tür und sah ein halbes Dutzend halbnackter Vier- bis Achtjährige mit gekreuzten Beinen, erhobenen Händen und Schleiern aus Pullovern um ein paar Brotkrumen sitzen. Es gefiel ihr nicht besonders, wenn wir Kirche spielten – nicht nur, weil es irgendwie gruselig war, sondern weil es gutes Essen vergeudete.

»Faith, hör auf, deiner Schwester zu sagen, dass sie in die Hölle kommt, sonst sorge ich dafür, dass du mitgehst!«

Rums. Spiel vorbei.

Mir beim Aussuchen meines Kommunionskleids zu helfen, machte Mom viel Freude, denn als Matt im Jahr davor seine Kommunion hatte, wollte er nur eine breite weiße Binde um den Arm seines dunklen Anzugs legen. Nachdem die Fotos gemacht waren, nahm er sie ab, weil er fand, dass er wie ein Mädchen aussehe. Ich war der Meinung, für Mädchen wäre die Kommunion schwieriger, weil unsere Kleider viel komplizierter und wichtiger wären. Außerdem waren die Mädchen bei der Erstkommunion schöner anzusehen als die Jungen, deshalb schien es eine gute Übung fürs spätere Heiraten. All meine Cousinen hatten bauschige Kleider gehabt mit Schleppen und Schleiern, und einige hatten sogar Handschuhe bis zu den Ellbogen getragen, genau wie Bräute. Meine älteste Cousine Anna hatte das tollste Kleid gehabt, nicht, weil es so schön war, sondern weil es das Teuerste war, von dem ich je gehört hatte. Es kostete 450 Dollar, genug, um die Welt damit satt zu bekommen – nach allem, was ich damals wusste. Laut meiner Mutter war es eine »geschmacklose Sauerei«, in der Anna aussah wie »einer von diesen kitschigen weißen Weihnachtsbäumen«. Nein, für mich würden wir etwas Geschmackvolles, Edles, Heiliges und vor allem Billiges finden!

Wir gingen geradewegs zu Chico Moda, einem Secondhandladen abseits der Hauptstraße. Meine Mutter musste mich an Adores vorbeizerren, einem üppig dekorierten Laden für europäische Kinderkleidung, in dem meine reiche Cousine Anna ihr Kleid gekauft hatte. Tauben aus Styropor, goldene Kruzifixe und Dutzende weiße, plüschige Kommunionkleider hingen für mich unerreichbar an Fäden von der Decke. Wir gingen auch an Carmela's vorbei, dem Laden für religiöse Accessoires an der Ecke, in dem Matt seine Armbinde bekommen hatte und in dem hübsche Bibeln perfekt auf Bergen von gebrannten Mandeln ausgestellt waren. Große und kleine rosa und gelbe Osterhasen stapelten sich in den Ecken im Schaufenster wie kleine Waisen, die darum bettelten, mitgenommen zu werden, damit ich sie lieb hätte. Ich winkte ihnen zu.

Lieber Gott, dachte ich, es ist so schön, katholisch zu sein.

Dann kamen wir zu unserem unsäglichen Laden. In den Schaufenstern von Chico Moda waren abgestoßene »Sonderangebot«-Schilder hinter die Scheiben geklebt. Als wir eintraten, schlug mir der Gestank von Mottenkugeln und Zigarettenqualm entgegen. Alles roch arm und gebraucht.

»Mom, wieso müssen wir denn immer hier einkaufen?«

»Ich hab dir doch gesagt, das hier ist gut genug. Außerdem wirst du dein Kommunionkleid nie wieder anziehen, also werde ich keine idiotischen fünfhundert Dollar dafür ausgeben.«

»Und ich werde es *doch* wieder anziehen.«

»Sei still.«

Sie kaufte immer in Eile ein, als hätte jemand absichtlich das eine Stück versteckt, das sie haben wollte, und wenn sie nur alles andere aus dem Weg schieben könnte, würde sie es schnell, schnell finden.

»Hier. Nein. Hier«, sagte Mom und wiegte die abgetragenen Sachen auf den Armen. Ich erstickte unter einem Haufen stinkenden Satins. »Oh, hier, Faith, das ist nett. Probier das mal an.«

Das Kleid, das sie ausgesucht hatte, war nicht schlecht. Es sah westernmäßig aus, mit Rüschenkragen und einem breiten Band um die Taille, das man hinten zusammenbinden konnte. Es war ein bisschen zu lang, aber ich hatte ja sowieso noch nicht aufgegeben, sie davon zu überzeugen, lieber bei Adores oder Carmela's einzukaufen, bevor uns irgendjemand hier sah, wo die armen Leute kauften. Also zögerte ich es hinaus.

Ich wusste, wenn ich es anprobierte, würden wir es kaufen. Ich kann mich nicht erinnern, dass wir mal *nicht* das gekauft hätten, was als Erstes passte, wenn Mom mit uns einkaufen ging. Einmal, als sie im Krankenhaus war, musste Dad uns am Ende der Ferien begleiten, um Schulkleidung zu kaufen. Wir gingen zu Sentry's, einem Billigkaufhaus mit guten Parkmöglichkeiten, neben dem sich ein Chinese mit Alkoholausschank befand. Dad sagte, er werde uns hier wieder treffen, wenn wir fertig seien. Er gab Matty hundert Dollar bar auf die Hand und sagte: »Du haste Verantwortung. Funfunsswanssig für jede, okay? Und Wechselgeld bringe ssuruck.«

Bei Sentry's schmollte ich abgrundtief und verweigerte jedes Trägerkleid, das Matty mit spitzen Fingern aus den Angebotsstapeln für Mädchen zog. »Wie wär's damit, Faith? Ihhh«, neckte er mich und warf Bodys oder rosa Spitzenwäsche in mein Gesicht, als wären sie giftig.

Am Ende kaufte er sich einen echten Lederfußball. Charlie wählte ein Steckspielset mit leuchtenden Mosaikperlen und einen Baseballschläger. Wir einigten uns auf einen neuen Satz Legosteine und eine Riesenschachtel Buntstifte für alle. Für Hope konnten wir immerhin einen guten Pulli ergattern.

Ich nahm die zwanzig Dollar von meinem Anteil, der übrig geblieben war, und versteckte sie.

Dad sah erst in die Tüten, als wir schon wieder zu Hause waren. Unsere Einkäufe verwirrten ihn so sehr, dass er noch ein

Bier aufmachte und Großvater Franco anrief. Er fragte, ob Großvater Franco ihm einen Gefallen tun und mit uns zum Einkauf für die Schule gehen könne, während Mom weg sei. Dad erklärte, er müsse arbeiten.

Und am nächsten Tag, als mein Vater meinem Großvater weitere hundert Dollar gab, hatte ich das Gefühl, mit meinen zwanzig Dollar den Jackpot geknackt zu haben. In den nächsten Monaten gab ich sie vorsichtig und liebevoll aus, manchmal für mich selbst, für einen Schokoriegel oder ein Eis, manchmal auch für Hope, Matty und Charlie, und sei es nur, um sie zum Schweigen zu bringen.

Mit Mom hätten wir das nicht durchziehen können.

Jetzt schob sie mich bei Chico Moda in eine Umkleidekabine und stopfte das zusammengeknüllte Western-Kommunionkleid unter der Tür hindurch. Ich zog es langsam an und ging raus, um mich im Spiegel zu betrachten. Ich versuchte, nicht in ihr Gesicht zu sehen, weil ich wusste, dass sie viel zu viel Begeisterung zeigen würde.

»Das Kleid ist … okaaaay. Aber ich finde es viiiieel zu lang«, jammerte ich mein Spiegelbild an.

»Ich kann es kürzen.«

Also kauften wir das überlange Western-Kommunionkleid. Ihr Zugeständnis war eine kleine Tiara und Satinballerinas von Carmela's, nachdem ich sie überzeugt hatte, dass ich die ja auch zu einem tollen Prinzessinnenkostüm an Halloween anziehen könnte.

»Ich frage mich, was Jesus zu diesem Handel sagen würde«, sagte sie Richtung Decke, während wir bezahlten.

Am Morgen meiner Erstkommunion weinte ich dreimal. Zuerst, als ich die fast zwanzig Zentimeter Schnee sah, die in der Nacht gefallen waren, was bedeutete, dass ich über dem Kleid den hässlichen blauen Anorak anziehen musste, den ich von

Matty geerbt hatte. Dann weinte ich, während ich meine Winterstiefel anzog.

»Hör auf damit, Faith. Jesus wird die Stiefel unter deinem Kleid nicht sehen. Du kannst die Ballerinas in der Kirche anziehen.«

»Trotzdem.«

»Nun reiß dich bitte zusammen. Mir geht es heute Morgen nicht so gut.«

Sie sah auch wirklich schrecklich aus, als hätte sie die Grippe, aber ich hatte überhaupt kein Mitleid mit ihr. Einen hässlichen Jungenparka über meinem (fast) neuen Kleid tragen zu müssen, meine hübschen Ballerinas nicht zeigen zu dürfen, ausgerechnet an einem so wichtigen Tag wie diesem, löste mein erstes echtes Klamottendrama aus, und es sollte mich mein Leben lang verfolgen. Es gab wenig, was mich mehr aus der Fassung brachte, als wenn mit meinen Klamotten etwas nicht stimmte. Überlegungen, was ich am nächsten Tag anziehen sollte, konnten mich die ganze Nacht wach halten; ich dachte: »Dieses Oberteil passt gut zu jenen Leggins, die wiederum gut zu dem Gelb in meinen Handschuhen passen.« Falls eines dieser Teile verlegt oder schmutzig war, warf ich mich aufs nächste Sofa, Bett oder Familienmitglied und beklagte tief betrübt den Zustand der Welt und all ihre Ungerechtigkeit. Wie konnte das nur passieren? Ich kann Mattys Anorak nicht anziehen! Was habe ich Gott nur getan, dass ich das verdient habe? Und warum hast Du es schneien lassen? Ausgerechnet heute? Jesus Christus! Es ist April! (Ich hielt es damals nicht für Blasphemie, »Jesus Christus« zu sagen. Ich sprach oft direkt mit jenem Mann, dessen Leib ich bald essen würde, als wäre er ein netter Nachbar von oben, der mir helfen wollte.)

Meine Mutter sah mich angewidert an und sagte: »Hör auf zu schmollen, Faith. Das soll dein heiliger Tag werden, also streng dich an und benimm dich auch ein bisschen heilig, okay?«

Sie stampfte nach oben, um meinen Vater zu wecken. Wie üblich, war er in der Nacht zuvor spät nach Hause gekommen. Ich hatte ihn vorfahren gehört und einen riesigen Streit erwartet. Ich lag wach und dachte über mein Kommunionkleid nach. Doch anstatt zu streiten, hatten er und Mom lange in der Küche gesessen und geredet. Sie sprachen sehr leise. Einmal klang es, als würde sie weinen. Es war seltsam, dass die beiden anscheinend ein echtes Gespräch führten, vor allem weil mein Vater so spät nach Hause gekommen war.

Vor allem weil meine Mutter auf ihn gewartet hatte.

Ich wusste, dass es genau halb drei war, als die zwei schließlich ins Bett gingen, weil Mom mir den Wecker gegeben hatte. Ich wollte vor allen anderen wach sein, damit ich mir die Haare eindrehen konnte – etwas, was ich gerade gelernt hatte. Ich brauchte genug Zeit für den Fall, dass die komplizierte Frisur, die sich um meine Tiara winden sollte, misslang.

Nachdem sie meinen Vater geweckt hatte, kam meine Mutter wieder nach unten und sah noch schrecklicher aus als vorher. Ihr Gesicht war rot und erhitzt, und sie wischte sich über die Mundwinkel. Sie sah mich an, drehte sich um und rannte wieder nach oben.

Dad wich ihr auf seinem Weg nach unten aus und ging leise in die Küche.

»Du siehste hubsch aus, Fäte«, sagte er, ohne mich anzusehen. Mein Haar war hochtoupiert, so wie Tante Linda es immer trug. Ich hatte dreißig Haarklemmen benutzt und die Bügel der Tiara tief nach unten gedrückt, um die seitlichen Locken am Kopf zu halten.

»Ist Mom krank?«, wollte ich wissen, während er ein Glas mit Wasser füllte.

»Naa, sie wirde wieder gut. Sinde alle fertig?«, fragte er, selbst noch in Schlafanzughose.

»Nein, nichts und niemand ist fertig. Das ist ja wirklich toll! Wieso muss sie ausgerechnet zu meiner Kommunion krank sein?«

»Mach schon, Fäte. Du hilfst alle Kinder fertig, okay?«

Matt, Hope und Charlie sahen irgendeine Zeichentrickserie, wobei diese Serien an Sonntagen nicht einmal gut waren. Mein Vater verschwand mit dem Wasser nach oben. Ich begann so zu tun, als würde ich weinen, auf dem Boden sitzend in Mantel, Stiefeln und Tiara.

»Macht ihr euch wohl mal fertig?«, schrie ich ins Wohnzimmer. »Wir müssen los! Sofort!«

Meine Mutter hörte mich bis oben ins Badezimmer. »Mein Gott, Faith, musst du so brüllen?«, brüllte sie.

Ein paar Minuten später kam sie in ihrem olivgrünen Hosenanzug mit dem falschen Krokoledergürtel nach unten. Sie trug ihr einziges Schmuckstück, eine Schmetterlingsbrosche mit zwei echten Diamantsplittern. Sie bewahrte sie in der untersten Schublade des Besteckkastens auf, und ich liebte die Brosche fast so sehr, wie sie es tat, und holte sie mindestens einmal pro Woche hervor. Mom wirkte an diesem Morgen größer und dünner als sonst, aber sie duftete wie immer nach *Moonwind*, dem einzigen Parfüm von Avon, das ihr gefiel. Wenn sie sich schick machte, was selten geschah, setzte mein Herz immer aus, als wäre ich ein Junge, der in sie verliebt war. Mein Herz tat das nicht nur, weil ich sie schön fand, sondern weil auch andere Leute sie schön finden und wir einen winzigen Schritt Richtung *normal* machen würden.

»Du siehst heute wirklich hübsch aus, Faith«, sagte sie. Ihr Make-up wirkte, als würde es dicht vor ihrer Haut flimmern und nicht fest aufliegen, so wie es sein sollte.

Mein Vater, in seiner einzigen guten Hose und dem einzigen

schicken Pullover, ging raus, um das Auto warm laufen zu lassen. Er hatte keinen guten Mantel, also trug er zur Kirche gar keinen, nicht mal im Winter.

»Komm, lass mich dir ein bisschen Lippenstift auftragen«, sagte Mom, nachdem sie sich selbst die Lippen angemalt hatte.

»Dir geht es jetzt doch besser, Mom, oder?«, schniefte ich. Meine Mutter ließ uns sonst nie schminken, nicht einmal mit Kinderschminksachen.

»Ja«, sagte sie, und ich stülpte meine Lippen vor. Sie verteilte *Coral Craze* von Avon auf meinem Mund.

»Ich auch, ich auch«, verlangte Hope und bekam auch etwas.

»Wieso kriegt Hope Lippenstift, wenn es meine Kommunion ist?«, jammerte ich.

»Faith … Sei still!«

»Ich auch, ich auch«, bettelte Charlie, auf und ab hüpfend, und wir beobachteten ehrfurchtsvoll, wie Mom auch ihm ein bisschen Lippenstift auftrug.

»Der ist doch ein Junge!«, sagte Matt verächtlich.

»Er ist ein kleiner Junge«, erwiderte meine Mutter, und wir gingen alle fünf zur Tür hinaus.

Als wir im Kombi saßen, noch ehe mein Vater zurücksetzen konnte, sah ich, dass Charlie mein Kleid mit seinen dreckigen Schneestiefeln berührte. »Mom, Charlie ruiniert mir mein Kommunionkleid!«

»Du meine Güte, dann komm halt nach vorn!«

Selbstgefällig verließ ich die hintere Sitzbank, knallte die Tür zu, ging nach vorn zur Beifahrerseite, und meine Mutter rutschte in die Mitte. Ich zog die Tür zu und zeigte meinen Geschwistern mein bestes »Ätsch«-Gesicht.

»Faith, es reicht«, schalt Mom.

Hope trat von hinten gegen meine Rückenlehne.

Ich brüllte: »Hör auf oder ich dreh dir den Hals um, Hope. Das ist mein Tag, verdammt!«

Das war mir aus Versehen rausgerutscht.

»Fäte!«, brüllte nun mein Vater. Er muss schlechte Laune gehabt haben, denn sonst schrie er uns nie an. Daran erinnerte ich meine Mutter jedes Mal, wenn sie schrie. »Das kommt, weil er nie da ist, um zu sehen, wie böse ihr seid!«, gab sie dann immer zurück.

Auf dem Weg zur Kirche sagte keiner ein Wort, was mich deprimierte. Ich seufzte und lehnte meine Stirn dramatisch gegen die Fensterscheibe. Ich fand, dass dieser Tag sich bisher nicht anders oder besser als andere anfühlte. In Religion hatte Schwester Lianne uns gesagt, dieser Tag sei heilig. Danach, meinte sie, wäre ich eine von ihnen. Ich würde hinter Dad und Mom und Matty zur Messe gehen und ein echtes Mitglied von Gottes Familie sein, nicht nur ein blödes altes Mitglied meiner blöden alten Familie. Aber hier im Kombi schien das niemanden weiter zu interessieren. Selbst Hope und Charlie war nicht bewusst, dass sie heute, wenn ich mit allen anderen zur Eucharistie ginge, allein blieben. Kein »Faith, du hast die Verantwortung! Kinder, hört auf Faith!«, während Matty mit meinen Eltern mitginge. Ich dachte: Was passiert mit Charlie, wenn Hope ihre Kommunion hat? Muss er dann ganz allein in der Bank sitzen? Wegen der Perversen durften wir Charlie nie allein lassen, nicht mal für eine Minute, nicht mal, um für eine Sekunde in einen Laden zu laufen. Was, wenn in der Kirche ein Perverser in seiner Nähe säße und wir ihn allein ließen? Aber das waren zu düstere Gedanken für meinen großen Tag, also konzentrierte ich mich lieber auf mein Kleid. Ich hoffte, hübscher zu sein als meine Klassenkameradinnen. Vor allem wollte ich hübscher aussehen als Natalia und Nadine Montebello, die immer die ganze Aufmerksamkeit bekamen, nur weil sie Zwillinge waren. Sie hatten versprochen, mir einen Platz freizuhalten. Und sobald ich in die Kirche käme, dachte ich, würde ich Mom meinen Anorak geben und meine hässlichen Stiefel ausziehen und meine neuen Ballerinas … Meine neuen Ballerinas! Jesus! Ich hatte meine Ballerinas vergessen!

»Mom, wir müssen zurückfahren!«, kreischte ich.

»Warum?«

»Ich habe meine Ballerinas vergessen!«

»Gott im Himmel, Faith! Wir haben keine Zeit mehr! Wir sind fast da!«

»Doch, das haben wir, wir müssen noch Zeit haben! Ich kann doch nicht diese hässlichen blöden Stiefel tragen! Auf keinen Fall, dann muss ich barfuß gehen!«

»Ach, Gott. Dreh um, Joe. Dreh um.«

»Ach, Gott«, sagte auch mein Vater und machte mitten auf der Straße, einen Block vom Parkplatz der Kirche entfernt, unerwartet eine scharfe Kehrtwendung. Meine Mutter packte mich fest am Arm, um nicht zur Seite zu kippen, wie ich dachte, aber sie ließ mich gar nicht wieder los und hielt ihre Augen noch weit aufgerissen, als wir wieder in die Spur geschwenkt waren. Sie schlug sich die Hand vor den Mund.

»Joe, bitte halt an«, sagte sie, aber es klang wie »Jobittatta«, ein schnelles Wort, durch die zusammengepressten Finger gezischt. Mein Vater trat auf die Bremse, während meine Mutter sich mit ihrem ganzen Gewicht auf den Türgriff neben mir stürzte. Als ich aus dem Wagen purzelte, behielt sie meinen Arm gepackt, so dass ihr Oberkörper mit hinausgerissen wurde. Mich noch immer fest im Griff, erbrach sie sich in den Schnee und krümmte sich dabei fast bis unters Auto, um mich und mein Kleid nicht zu beschmutzen. Sie weinte und stammelte beim Würgen. »Schätzchen, oh, bist du … *uärgh* … in Ordnung? Faith? O Gott … *uärgh* … Faith! Joe … *uärgh* … o Gott! Es tut mir … *uärgh* … so leid.«

Mein Vater hatte angehalten und war auf ihre Seite gerannt.

Er packte mich unter den Achseln, zog mich von meiner Mutter weg und setzte mich ein Stück entfernt auf meinen Hintern in den frischen Schnee. Er küsste mich heftig auf den Kopf.

»Okayokayokay, Fäte, alles okay?«, fragte er und sah zu meiner Mutter hinüber. Ich gab als Antwort irgendein Geräusch von mir.

»Uach.«

Er kniete sich vor Mom hin, hob ihren Kopf an und strich ihr die Haare aus dem Gesicht. Ein bisschen von ihrem Erbrochenen klebte am Saum meines Kleides. Abwesend rieb ich den Fleck im Schnee, ohne den Blick von meiner Mutter zu wenden, wie sie aus dem Auto hing. Ich hatte Tränen in den Augen, die aber dort blieben und diese so ungerechte Szene gnädig verschwimmen ließen.

Mein Vater war außer sich und schrie: »Jesu Christe! Kinder, gibte mir was ssu wische Mommys Mund.«

Keiner rührte sich.

»Nun machte schon, um Himmels wille!«, schrie er zum zweiten Mal in seinem Leben.

Matty reichte ihm eine zerknüllte McDonald's-Tüte. Mein Vater schlug sie ihm aus der Hand und stand auf. Er zog seinen einzigen guten Pullover über den Kopf, rollte ihn zusammen und drückte ihn meiner Mutter unter das Kinn. Sie packte ihn, hielt ihn fest unter ihr Gesicht und stieg, ohne meinen Vater anzusehen, aus dem Wagen und kam zu mir, die ich immer noch ganz verdattert im Schnee saß. Ihre Augen waren kleine rote Perlen, die in verwässerter schwarzer Wimperntusche schwammen. Ich rappelte mich hoch und ging auf sie zu. Wir trafen uns in der Mitte, und sie legte ihren Arm um meine Schultern und weinte in den Pullover. »Es tut mir leid, Faith. Es tut mir ja so leid.«

Mein Kleid war am Hintern durchgeweicht.

»Ist schon gut«, sagte ich schwach, ohne zu wissen, ob ich es wirklich so meinte. Mein Vater nahm uns beide in die Arme. Mom legte ihre Hand auf seinen bloßen Rücken. Er war von der Taille aufwärts nackt.

»Joe, wo ist dein gutes Hemd, das du sonst immer drunter ziehst?«, wollte sie wissen. Sie hielt seinen zusammengeknüllten Pullover noch immer vor den Mund.

»Ich konnte nicht finde.«

»Himmel, Jesus, Joe, ich hab's gebügelt und über die Lehne vom Küchenstuhl gehängt. O Gott, sieh uns nur an«, sagte sie halb lachend und befreite sich aus unserer Umarmung.

Mattys Lehrer Mr. Grillo hielt neben uns und fragte, ob alles in Ordnung sei.

Mein Dad nickte und winkte. »Nan, sie 'atte starke Grippe. Wir fahren nach 'ause.«

»Wenn Sie wollen, kann ich die Kinder zur Kirche mitnehmen«, bot Mr. Grillo an.

Meine Mutter sah mich an. Meine Tiara saß schief. Meine Frisur war zerstört. Ich würde nicht ohne meine Ballerinas zur Kirche gehen. Außerdem klebte Erbrochenes an meinem Kleid. Nein, nein, nein, sagte ich in meinem Kopf, und Matt sagte stumm dasselbe, das konnte ich sehen.

»Nein«, antwortete Mom, »aber vielen Dank, Mr. Grillo.«

Sie kletterte zurück auf den Beifahrersitz. Ich stieg hinten ein, wo Charlie weinte. Hope hatte ihn auf dem Schoß und presste ihn fest an sich, zu ihrem genauso wie zu seinem Trost.

»Du bist aus dem Auto gefallen«, meinte Hope schniefend. »Ich hab's genau gesehen.«

»Ja, ich auch«, flüsterte Charlie.

»Ich weiß.«

»Guck mal, was mit deinem Kleid passiert ist«, sagte Hope. »'scheinlich kriegst du ein neues, hm?«

»Bestimmt«, sagte Charlie.

»Ich weiß«, murmelte ich. Das war der einzige Gedanke, der mich tröstete.

Ein paar Sekunden später fragte Matt: »Geht's euch allen gut? Himmel noch eins!« Seine Stimme zitterte ängstlich und klang, wie meine geklungen hätte, wenn ich sie aus ihrem Gefängnis herausgelassen hätte. Mit den Gefühlen, die mein Inneres und mein Gesicht in diesem Moment befielen, kannte ich mich nicht aus, also verschloss ich sie in mir.

Meine Mutter nickte und hielt sich noch immer den Pullover vors Gesicht. Ich wusste nicht, wo ich hinsehen sollte, auf mein Kleid oder ihren Hinterkopf oder die nackten Schultern meines Vaters oder zur Kirche, die langsam hinter uns verschwand.

Mom sagte: »Faith, wir reden darüber, wenn wir zu Hause sind, ja?« Sie fing an, leise in den Pullover meines Vaters zu weinen. Er wollte den Arm um sie legen, aber sie rückte ganz auf die andere Seite und lehnte ihren Kopf gegen die Scheibe.

An jenem Abend, nach einem langen Schläfchen, teilte Mom uns mit, sie werde wegen dieser ganz speziellen Grippe für ein paar Tage ins Krankenhaus gehen. Wenige Tage später, an dem Morgen, als meine Tante Linda aus Detroit anreiste, um sie dorthin zu bringen, ging es ihr wieder sehr schlecht. Wir beobachteten, wie Tante Linda ihren funkelnden silberblauen Sportwagen abstellte, von dem wir wussten, dass sie ihn gerade von ihrem eigenen Geld gekauft hatte. Sie spazierte in die Küche, schüchtern geleitet von meinem Dad, stellte ein Dutzend bunter Donuts auf den Esstisch und setzte sich. Diese Donuts würden für die nächsten drei Tage, in denen Mom weg war, unser Frühstück sein.

»Kinder, kommt her und nehmt mich in eure Krakenarme«, dröhnte Tante Linda und packte uns mit ihren starken gebräunten Armen, während wir ihren schlanken Bauch umklammerten. Meine Tante war ein Jahr jünger als meine Mutter, aber für mich sah sie wie die Ältere aus. Sie trug viel und interessantes Make-up, mit weißem Lippenstift, was sehr irritierend war, und breitem schwarzem Lidstrich bis fast zu den Schläfen. Meine Mutter sagte einmal, Tante Lindas Stil habe eine gefährliche Wendung genommen, nachdem ihr jemand gesagt habe, sie sehe aus wie Elizabeth Taylor. »Ich sagte dann, er meint bestimmt wie in *Kleines Mädchen, großes Herz* und nicht wie in *Kleopatra,* aber sie wollte nicht auf mich hören.«

Sie hingen sehr aneinander, auch wenn sie, abgesehen vom strengen Vater und der mutterlosen Kindheit, nicht viel gemeinsam hatten. Mir hatte man erzählt, Großmutter Franco sei daran gestorben, dass sie die süßen Dinge des Lebens nicht habe genießen können. Später, als Tante Linda mir erklärte, was »zuckerkrank« bedeutet, dachte ich, dass ich ohne Brausebonbons und Schokoriegel ebenfalls sterben würde.

Während meine Mutter weg war, nahm mein Vater ein paar Tage frei und kümmerte sich um uns, so gut er konnte. Wir lebten in einem Rausch aus Fernsehen und McDonald's.

An dem Morgen, als mein Vater mir ein neues Kommunionkleid kaufen sollte, kam Großvater Franco vorbei. Ich ging gerade die Treppe hinunter, als er meinem Dad seine Kreditkarte gab, damit er mir »jedes Kleid, das sie will«, kaufen könne, »jedes Kleid der Welt«, wiederholte er. Mein Vater versuchte ihm zu sagen, dass er sich das Kleid selbst leisten könne, aber mein Großvater raunte meinem Dad zu, er habe den Eindruck, wir könnten uns dieser Tage nur sehr wenig leisten. Mein Vater behauptete, das sei nicht wahr und »diesse Sache« (was auch immer das sein mochte) habe nichts mit Geld zu tun. »Diesse Sache« sei ganz allein Moms Entscheidung gewesen und ganz und gar nicht seine. Ich dachte, meine Mutter müsse diesmal wirklich sehr krank sein, wenn sie in ein Krankenhaus ging, obwohl das doch bestimmt teuer war. Sie war in solchen Dingen sehr knauserig; anstatt einen Zahnarzt zu bezahlen, zog sie uns die Milchzähne lieber selbst auf der Küchentheke heraus. Die Zähne saßen so lose wie Mais an einem Kolben, und das Ziehen war weniger schlimm als der Anblick der riesigen Zange, der uns jedes Mal halb zu Tode erschreckte.

Später, im Auto, fragte ich meinen Vater, warum er nicht gewollt habe, dass Mom mit »diesser Sache« ins Krankenhaus geht. Er fragte zurück, woher ich von »diesse Sache« wisse? Ich sagte, ich hätte ihn und Großvater reden gehört. Da wurde er böse und fuhr mich an, ich solle nicht anderer Leute Gespräche belauschen, es sei für ein Mädchen eine Sünde, zu lauschen. Er sagte: »Fäte, wenn du mal heiratest, dann verstehe mehre von viele Sache.«

Da fiel mir zum ersten Mal auf, dass mein Name eine ganz andere Bedeutung hatte, wenn mein Vater das h wegließ. Aus dem Religionsunterricht wusste ich, dass »Faith« – Glaube – mit Gott zu tun hat, weil er aus dem Herzen und den Gebeten eines jeden kommt. Der Begriff »Fate« – Schicksal – jedoch wurde von Ungläubigen bemüht, um ihr ignorantes Verhalten zu entschuldigen. »Was soll man schon machen?«, sagten solche trägen Sünder. »Es war eben mein ›Schicksal‹, dass ich dieses Auto klauen, diese Geliebte nehmen, diesen Verkäufer umbringen musste.« Uns brachte man allerdings bei, dass man seine Sünden mit Hilfe seines Glaubens hinter sich lassen könne und das Schicksal eines guten Katholiken nicht die Hölle sei.

Mein Vater fragte, ob ich verstanden hätte, was er gesagt habe. Ich jammerte, dass ich doch gar nicht anders gekonnt hätte, dass ich schließlich nur dabeigestanden hätte.

Er stellte den Motor ab und sah mich mit müden, traurigen Augen an. »Was soll ich nur mache mit dir, Fäte?«

Am liebsten hätte ich erwidert: Was soll ich nur machen mit dir und Mom? Ich wollte gestehen, dass ich allmählich den Glauben daran verlor, dass sie mir alles erzählten, was ich wissen sollte. Und wenn sie weiter im Geheimen flüstern würden, dass es dann mein Schicksal wäre, sie belauschen zu müssen. Und ihre Schuld, wenn das eine verdammte Sünde sei.

An dem Tag, als ich endlich Kommunion hatte, war meine Mutter immer noch fort, also brachte mein Großvater Hope und mich zur Kirche, nachdem er die Jungen an der Eishalle abgesetzt hatte. Mein Vater nutzte die Gelegenheit, zu arbeiten, etwas Geld zu verdienen bei einer doppelt bezahlten Sonderschicht. Das Kleid, das ich mit meinem Vater zusammen ausgesucht hatte, war nicht teuer gewesen. Es war eigentlich nicht einmal so schön wie das erste. Es war mehr im Carmen- als im Westernstil, aber es passte perfekt, und da der Schnee geschmolzen war, würde ich meine neuen Schuhe dazu anziehen können.

Da sich inzwischen herumgesprochen hatte, dass meine Mutter so schrecklich krank sei, wurde ich in der Kirche angesehen, als wäre ich für irgendwas berühmt. Alle Leute starrten mich an, aber vielleicht lag das auch daran, dass ich diesmal die Einzige war, die Erstkommunion hatte.

Ich erinnere mich daran, dass ich nicht fassen konnte, wie leicht die Hostie war, als Pater Pete sie in meine Hand legte, wo sie doch ein Teil des Leibes Christi war. Als ich sie mir in den Mund steckte, klebte sie sofort am Gaumen fest, so wie Matty es vorausgesagt hatte, und ich verbrachte den restlichen Gottesdienst damit, sie mit der Zunge zu etwas Herunterschluckbarem zu verarbeiten. Ich hoffte, meine Technik mit der Zeit zu verbessern.

Nach der Kommunion zog ich Leggins und ein Trägerkleid an, und wir gingen alle zusammen zum Feiern ins Ponderosa

Steakhouse. Dann gingen wir zum Frühlingsmarkt auf dem Parkplatz beim K-Mart und fuhren mit allen aufregenden Karussells. Es war schön, und diesmal musste sich niemand übergeben.

Als meine Mutter aus dem Krankenhaus zurückkam, schien sie wieder völlig normal. Besser als die anderen Male, wenn sie zum Ausruhen hingegangen war. Sie war glücklich und freute sich sogar, uns zu sehen. Sie machte das Haus sauber, schmorte eine Schinkenkeule mit Honigkruste und schien gar nicht überrascht, als Pater Pete in seinem schwarzen VW Golf vorfuhr. Dad in seinem Kombi kam schüchtern hinterher. Sie lud Pater Pete ein, zum Abendessen zu bleiben, aber er lehnte ab. Er habe sich nur gefragt, wann es günstig sei, dass sie ihn mal in der Kirche besuchen komme. Er dachte, sie hätten vielleicht ein paar Dinge zu besprechen, Dinge, über die man vor Kindern besser nicht redete. Meine Mutter sah uns vier an, die wir um den Tisch versammelt waren, ließ ihren Blick auf mir ruhen und erwiderte: »Es gibt nichts, was diesen Kindern verborgen bleibt. Legen Sie los«, sagte sie. Pater Pete lächelte und bot ihr leise seinen guten Rat an für das Dilemma, in dem sie sich befunden haben müsse. Sie sagte, sie sei sich keines Dilemmas bewusst. Charlie erklärte: »Ja, Mom war krank, und jetzt geht's ihr wieder gut, weil sie im Krankenhaus war.«

»Na dann«, sagte Pater Pete, »hoffe ich, dass wir Sie bald wieder in der Kirche sehen werden.«

Meine Mom darauf: »Nein, das werden Sie wohl nicht«, und drehte das Radio laut, als sie »Me and Bobby McGee« hörte.

Dad machte ein Bier auf und begleitete Pater Pete zum Auto.

Nach dem Essen bog meine Mutter die Antenne an unserem Fernseher zurecht, fand einen Film, den sie liebte, *Rebecca*, und ließ uns eine Stunde länger aufbleiben als sonst, damit wir den

Film mit ihr ansehen konnten. Wir vier Kinder lehnten uns gegen sie wie Kienspan an ein Feuer.

»Bist du wieder ganz gesund von der Grippe, Mom?«, fragte Hope und kletterte ihr behutsam auf den Schoß, vorsichtig, um ihrem »Aua-Bauch« nicht wehzutun.

»Jawohl, ganz gesund. Nie mehr Grippe!«, sagte sie.

Mein Vater erhob sich von der Couch und ging raus, um für den Rest des Abends Erdklumpen durch den Garten zu treten.

In dieser Woche ging Mom nicht mit uns zur Kirche, und die Woche danach auch nicht. Nachdem ein Monat mit seinen Sonntagen vergangen war und sie uns und Dad immer allein aus der Tür gescheucht hatte, fragte ich sie schließlich, warum sie nicht mehr hingehe.

»Weil ich im Haus zu viel zu tun habe«, sagte sie. »Außerdem ist es die einzige Zeit, die ich mal ohne euch verbringen kann.«

Dann fragte ich sie, ob sie es vermisse, und sie sagte: »Nein, das tue ich nicht, denn jetzt bete ich immer zu Hause, wenn ich auf Händen und Knien die Böden schrubbe.«

Den Leuten in der Kirche fiel natürlich auf, dass meine Mutter nicht mehr kam. Zuerst fragten sie oft nach ihr, dann weniger, schließlich nur noch selten, zuletzt gar nicht mehr. Ich fing an, die alten Zeiten zu vermissen, als mein Dad nach der Messe noch wartete, um mit den Nachbarn auf Italienisch zu reden, dabei mit einem Zahnstocher zwischen seinen Zähnen herumfuhrwerkte, nickte und über ihre Geschichten aus der Heimat lachte. Ich vermisste es, wie meine Mutter immer aus dem Auto gerufen hatte: »Lass uns gehen, Joe, ich will die Kinder nach Hause bringen!« Jetzt vermieden wir, anderen in die Augen zu sehen.

Früher liebte ich es, wie Pater Pete auf lustige, moderne Art Geschichten über Jesus erzählte. Er sagte: »Tja, was zum Henker hatte Jesus wohl darüber zu sagen, frage ich euch? Wahrscheinlich kratzte Jesus sich am Kopf und dachte, verflixt noch mal, was zum Henker sind das für Leute, die mich bitten, Wunder zu vollbringen, als wäre ich eine Art Jahrmarktattraktion? Ich bin der Sohn Gottes, verflixt noch eins!«

Da musste ich immer kichern. Und meine Mutter verdrehte die Augen und sah auf die Uhr. Es fehlte mir, dass sie das tat.

Jetzt passte ich bei den Lesungen und Predigten nicht mehr auf. Ich dachte ständig darüber nach, was meine Mutter zu Hause wohl machte. Manchmal stellte ich mir vor, wie sie mit Tante Linda telefonierte oder ihre Nägel feilte oder noch mal ins Bett ging. Andere Male stellte ich mir vor, dass sie allein vor sich hin weinte. Früher hatte ich immer um Spielzeug gebetet oder dass mich bestimmte Jungen oder andere Leute mochten. Jetzt betete ich für meine Mutter oder in ihrem Namen. Früher hatte ich nach der Kirche immer gewartet und geguckt, was andere Leute anhatten und mir diese Sachen an mir selbst vorgestellt. Jetzt hetzten wir nach dem abschließenden »Gehet hin in Frieden« zum Auto. Früher hatte ich das Gefühl genossen, diese eine Stunde in der Woche normal zu sein, wenn wir sechs in unterschiedlichen Größen nebeneinanderstanden, von Dad bis hin zum kleinen Charlie. Jetzt zwickten wir uns gegenseitig und zeigten auf die Leute vor uns und schoben, wenn wir uns trauten, unsere Finger ganz dicht an ihre Hintern heran. Dad stöhnte dann und machte »schsch«, damit wir Ruhe gaben, aber was hatten wir denn jetzt, wo uns hinterher nicht einmal mehr heiße Schokolade und Donuts erwarteten, noch für einen Anreiz, uns zu benehmen? Ohne Mom, die über uns wachte, mit Gott und Dad, die sich als nicht ebenbürtig einschüchternde Vertreter erwiesen, war die Kirche eine sinnlose Pflichtveranstaltung.

Meine eigene Mission hielt ich jedoch aufrecht. Wenn meine Mutter eine Sünderin war, weil sie nicht zur Kirche und damit zur Hölle ging, würde ich die Stellung halten müssen. Ich würde sie vertreten und ihre Seele retten. Meine Brüder und meine Schwester zum Lachen zu bringen war nur eine harmlose Methode, die Monotonie der Wache, die ich hielt, zu durchbrechen.

2. Kapitel

Wenn Leute aus der Kirche oder der Nachbarschaft meinen Vater bei seinem richtigen Namen Giuseppe nannten, erschrak ich jedes Mal. Ich erschrak noch mehr, wenn ich meinen Vater Italienisch antworten hörte. Es war, als würde er in Zungen reden oder, schlimmer noch, nur so tun und sich ein Kauderwelsch ausdenken, um uns hinters Licht zu führen. Für meine Mutter waren Dads Italienischkenntnisse wohl eher frustrierend, weil sie trotz ihrer reinrassigen Herkunft kein Wort sprechen konnte. Sie hatte auch kein Interesse, Italienisch zu lernen, und verbot schlichtweg, es in unserem Haus zu sprechen. Mein Vater wurde einmal »erwischt«, als er mir beibrachte, »Gigi ist meine Katze« auf Italienisch zu sagen. Mom schrie ihn an, er solle aufhören – sie wolle, dass wir »normal« seien, nicht wie andere Einwanderer, über deren Akzent und Kleidung die Leute sich lustig machten.

»Ich will nicht, dass die Leute denken, meine Kinder seien Pakis«, erklärte sie. Auf ihrer Liste von Leuten, mit denen man nichts zu tun haben will, hatten Pakis vor kurzem die Araber ersetzt. Die Araber verursachten der ganzen Welt wirtschaftliche Probleme mit ihrer Ölkrise, wie sie sagte, und alle Jobs, die noch übrig seien, gingen an die Pakis. Ihre »Paki-Panik« machte meinen Vater immer für ein paar Sekunden sprachlos. Zwar verstand er Englisch, jedoch nicht die Dummheiten, die manchmal aus Moms Mund kamen. Dann antwortete er: »Warum denke Leute, unsere Kinder Pakis, wenn alle wisse, sie sinde *schmierige Itacker*?«

»Ganz genau. Und zwar reinrassig«, erwiderte sie dann.

Wir waren Itacker, doch als wir noch in der Stadt lebten, zusammen mit anderen Itackern, fühlten wir uns nicht als Itacker.

Und obwohl wir im Vergleich zu anderen Kindern eine dunklere Haut hatten, wurde ich niemals Paki genannt – Nigger, ja, aber niemals Paki. Und das »Nigger-Ding« fing auch nur wegen meiner Mutter an. Billy Bondi, das erste Kind, das mich so nannte, meinte eher meine Haare als meine dunkle Haut. »Faith, du hast nen Afro wie die Jackson Five!«, sagte er zu mir. »Wahrscheinlich bist du ein Nigger und weißt es nicht einmal.«

Wie Matty, Hope und Charlie kam auch ich mit einem Kopf voll schwarzer krauser Locken auf die Welt. Doch mit der Zeit wurde das Haar dünner und schlaffer, so dass es, als ich zehn wurde, etwa so viel Spannkraft hatte wie Wasserdampf. Meine Mutter schien mein strähniges Haar noch mehr zu hassen als ich und zwang mir eine Heimdauerwelle nach der anderen auf. Manchmal gelang sie ganz gut, manchmal schrie ich, den Kopf über der Küchenspüle, meine Mutter an, dass, wenn ich jemals am Kopf erkrankte, es sicher von diesen Dauerwellen käme. Meistens aber war ich danach mit einem ungleichmäßig fluffigkrausen Haarschopf geschlagen, den man mit Spucke und Spangen kaum im Zaum halten konnte.

Ein besonders schlechtes Ergebnis fiel zufällig mit einer Wiederholung der beliebten Serie *Roots* zusammen, die wir gebannt verfolgten. Es veränderte die Art, wie ich schwarze Leute betrachtete, wenn mein Großvater zum Einkaufen mit uns nach Detroit fuhr. Früher war ich fasziniert gewesen, wie verschieden sie aussahen, nach *Roots* sah ich sie jedoch noch eindringlicher an und versuchte zu ergründen, ob sie wohl darunter litten, einmal Sklaven gewesen zu sein.

Wie bei *Grease* und *Star Wars* war es unvermeidlich, dass auch die Figuren aus *Roots* den Weg in unsere Pausenspiele fanden. Angelo Delassi fing damit an, indem er wie Kunta Kinte sprach, der Star-Sklave. Frankie Fredi und Palmerino Scalia imitierten Chicken George. Natalia und Nadine, die Zwillinge, übernahmen automatisch die Rollen der Südstaatenschönheiten und damit die besten, weil sie uns nur herumkommandieren mussten. Und immer, immer war ich die Kizzy, Kuntas Tochter.

»Faith DiNapoli ist wahrscheinlich ein Nigger, also ist sie die Kizzy«, war stets der letzte Satz bei der Verteilung unserer Schulhofrollen. Faith DiNapoli war außerdem die feigste von allen, und weil Faith DiNapoli nie ausgesucht wurde, um Prinzessin Leia zu spielen oder eins der Mädchen aus *Grease*, war Faith DiNapoli dankbar für die Rolle der Kizzy, die immerhin die weibliche Hauptrolle war.

In unserem *Roots*-Spiel war es so, dass meine »Besitzerin« Tina Degenero mich an der Stange unter dem Basketballnetz festband. Ich setzte mich dann auf den Betonboden und bettelte, dass mir »die Ketten« (das Springseil) abgenommen würden, während ein Haufen Jungs Angelo zu Boden warf. Angelo und ich mussten verzweifelt die Arme nacheinander ausstrecken, doch die »Sklavenfänger« schleppten ihn weg, wobei er sich wehrte und schrie. Die »Südstaatenschönheiten« riefen und neckten: »Sei still, sei doch still, Kizzy, du bist nur eine dumme Niggerin.« Ich sollte sie böse anzischen, weil sie Kunta und mich voneinander trennten, uns aus unserer Heimat Afrika verschleppten und nach Detroit brachten, wo wir in den Fabriken von Ford oder Chrysler arbeiten mussten. Nach einer besonders fiesen Versteigerung wurde ich an einen Jungen verkauft, der versprach, mich freizulassen unter der Bedingung, dass er mich hart auf den Arm schlagen dürfe. Weil mir die Handgelenke schmerzten und ich meine Finger schon nicht mehr spürte, willigte ich ein. Er schlug mir dann zwei- oder dreimal auf die Schulter und ging einfach weg. Als ich die Zwillinge bat, mich loszubinden, sagten sie, dummen Niggern würden sie nichts Gutes tun. Also blieb ich zusammengekauert unter dem Basketballnetz sitzen, bis Matty und seine Freunde Pause hatten und dort spielen wollten. Matty beugte sich beschämt zu mir runter und meinte, ich solle aufhören, mit Kindern zu spielen, die mich nicht leiden könnten. Das war das erste Mal, dass mir in den Sinn kam, dass sie mich vielleicht wirklich nicht mochten.

Als ich von der Schule nach Hause ging, waren meine Handgelenke noch immer geschwollen und gerötet, und auf meiner Schulter war ein riesiger blauer Fleck. Meine Mutter wollte wissen, was zum Teufel passiert sei, und ich beschrieb stolz unser Sklavenspiel und dass ich als Star-Sklavin auserwählt worden sei. Matt erzählte, wie er mich an die Basketballstange gebunden gefunden hatte, und Hope fügte hinzu: »Ja, weil alle denken, Faith ist ein Nigger.«

Meine Mutter schnippte laut mit den Fingern und sagte: »Das Wort will ich nie wieder hören, hast du verstanden?« Sie ließ sich seufzend auf einen Stuhl fallen und zog mich zu sich. »Faith, Schätzchen, du musst lernen, dich zu wehren. Du kannst nein sagen, wenn du die Spiele der anderen nicht mitspielen willst. Das ist überhaupt nicht schlimm.«

Ich versicherte, es würde mir nichts ausmachen, eine Sklavin zu sein, denn die Alternative wäre, in der Pause ein Niemand zu sein.

»Das sind doch meine Freunde«, sagte ich, »und sie wollen, dass ich mit ihnen spiele.«

Meine Mutter fragte: »Wer genau sind denn diese Freunde?«, und notierte sorgsam alle Namen, die ich aufzählte. Hope erinnerte sich an die, die ich vergaß oder schützen wollte.

»Und vergiss nicht Frankie Fredi«, fügte Hope hinzu, »denn ich habe gehört, wie er dich eine ›dreckige Sünderin‹ genannt hat, Mom.«

Sie rollte mit den Augen.

Am nächsten Morgen brachte sie uns vier zur Schule und hielt dabei statt unserer Hände ihre Zigarette und die Schlüssel fest umschlossen. Im Büro der Rektorin ließ sie mich die Bluse von der Schulter ziehen, um Schwester Mina den mittlerweile lila Fleck zu zeigen. Meine Mutter informierte sie darüber, was diese »ignoranten Immigranten« in den Pausen so trieben, und schlug vor, dass man sie vielleicht lieber zu Tätigkeiten anhalten solle, die heiliger seien, verdammt noch mal, oder zumindest zu etwas, was nicht das Verscherbeln ihrer Tochter an Gewalttätige beinhalte. Schwester Mina bedankte sich steif für die Information, versprach, der Sache nachzugehen, fügte jedoch hinzu, dass sie es seltsam fände, Ratschläge zur religiösen Erziehung ihrer Schüler zu bekommen, wo meine Mutter sich nicht einmal um unsere kümmere.

»Wie können Sie es wagen, vor meiner Tochter so mit mir zu sprechen?«, zischte meine Mutter.

Ich fiel fast in Ohnmacht vor lauter Angst. Ich hatte noch nie gehört, dass jemand eine Nonne anblaffte. Nie hätte ich gedacht, dass einer Nonne so etwas passieren könnte. Deshalb waren sie ja Nonnen. Ihre Aufgabe war es, *uns* anzublaffen, wenn auch im Namen Gottes.

Schwester Mina räusperte sich vornehm und hielt ihre Faust dabei wie ein Mikrofon vor den Mund. »Mrs. DiNapoli«, sagte sie leise, »es ist meine Pflicht, zu sagen, was ich denke, da ich bei unseren Elternabenden bisher ja nicht viel Gelegenheit dazu hatte.«

Es stimmte, dass immer mein Vater dort hinging. Aber Mom sagte, das komme daher, weil sie uns jeden einzelnen gottverdammten Abend bei unseren Hausaufgaben helfen würde und es gut für ihn sei, zu sehen, wie zum Teufel ein Klassenzimmer von innen aussieht.

»Mein Mann geht immer hin, und das sollte Ihnen reichen.« Ihre Stimme klang brüchig, als würde eine jüngere Version ihrer selbst, die ebenfalls von Nonnen unterrichtet wurde, aus ihrer Kehle dringen.

»Manchmal ist Abwesenheit die größte aller Sünden, Mrs. DiNapoli«, fügte Schwester Mina hinzu und legte den Arm um meine Schultern.

Ich hatte Angst vor allem in diesem Raum, besonders vor Gott, den ich nicht sehen, aber spüren konnte, wie er, vor Wut schäumend, über uns schwebte. Weil meine Mutter eine Nonne anschrie, würde etwas Schreckliches geschehen. Diese Gewissheit durchfuhr mich in diesem Moment zum ersten Mal. Seitdem begann ich eine Verbindung zu erkennen zwischen den Sünden meiner Mutter und den schlimmen Dingen, die Gott uns zustoßen ließ.

»Hören Sie, Schwester«, fuhr meine Mutter fort, und ich spürte, wie ihre Seele in einen Abgrund gezogen wurde und meine dabei mit sich riss, so nah stand ich bei ihr. »Ich bin nicht hergekommen, um mich von ihnen belehren zu lassen. Ich bin hier, weil ich meine Kinder sehr liebe, und deshalb will ich nicht, dass ihnen etwas Schlimmes zustößt. Wenn Sie also nichts gegen diese kleinen Arschlöcher unternehmen, die meine Faith festbinden, sie schlagen und eine Niggerin nennen, dann seien Sie versichert, dass ich es tue!«

Während sie die Worte ausspuckte, löste sie mit zitternden Fingern eine Zigarettenschachtel aus ihrer Pastikumhüllung.

»Das wird nicht nötig sein, Mrs. DiNapoli. Ich werde mich dieser Sache annehmen. Ach, und Rauchen ist auf dem Schulgelände nicht gestattet, meine Liebe.« Schwester Mina wartete eine Sekunde, bevor sie mit gespielter Freundlichkeit hinzufügte: »Komm mit, Faith, ich bringe dich wieder in deine Klasse.«

»Bye, Mom«, murmelte ich.

Die Glocke klingelte.

Schwester Mina nickte meiner Mutter zu und schob mich hinaus. Während sie mich den langen Flur entlangführte, sah ich mich um und beobachtete, wie meine Mutter ein Taschentuch aus ihrer Handtasche zog und sich mit einer Hand die Nase putzte. Mit der anderen, in der sie die unangezündete Zigarette hielt, winkte sie mir hektisch hinterher. Als wir zu meinem Klassenzimmer kamen, blieb ich stehen und warf meiner sündigen Mutter eine Kusshand zu. Sie machte eine Bewegung, den Kuss aufzufangen, als würde sie ihn wirklich dringend brauchen, und brach ihre Zigarette in zwei Teile. Ich sog erschrocken die Luft ein, als sie sie auf den Teppich fallen ließ und aus dem Büro stürmte.

Das war ein Versehen, Jesus, betete ich zum Kruzifix, das über der Tafel hing. Meine Mutter meint es nur gut. Sie meint es immer gut. Tatsächlich bin ich sicher, dass sie es Dir später beichten wird, wenn sie im Garten hockt und Unkraut jätet.

Es war nicht so, dass meine Mutter jemals viele Freundinnen gehabt hätte wie die anderen Mütter in unserem Viertel, aber plötzlich schien es, als wäre Tante Linda ihre einzige Freundin. Sie wohnten nur eine Stunde voneinander entfernt, aber sie führten ganz unterschiedliche Leben. Tante Linda arbeitete in Detroit und wohnte dort allein. Meine Mutter war nur an den Sonntagmorgen allein. Tante Linda ging mit vielen verschiedenen Männern aus. Meine Mutter war nur mit dem einen Mann ausgegangen, den sie geheiratet hatte. Tante Linda war einmal mit einem verheirateten Mathelehrer nach Las Vegas gereist. Ich belauschte sie am zweiten Apparat, als meine Mutter sagte: »O ja, tolle Sache, Joe hat mich an meinem Geburtstag in diesen Hamburger-Laden ausgeführt, A&W. Die Kinder waren auch dabei, weil ich keinen Babysitter gefunden hatte, also bat ich sie, so zu tun, als wären sie nicht da. Das versuchten sie tatsächlich, ganz doll. Hope versteckte sich hinter ihren Fingern, und Faith legte sich hin und sagte: ›Seht ihr? Ich bin unsichtbar.‹«

Meine Tante kicherte und sagte: »Teufel noch mal, du hast gewonnen, Nancy.«

Tante Linda kam uns einen Samstag im Monat besuchen, was meinem Vater eine Ausrede gab, lange wegzubleiben. Er war nicht gern dabei, wenn meine Tante meine Mutter mit ihren Geschichten über das verruchte Singledasein zum Lachen brachte. Doch bei einem dieser Besuche brachte Mom meine Tante mit ihren Geschichten über das Verheiratetsein mit Kindern noch viel mehr zum Lachen. Am meisten lachten sie darüber, wie ich mal eine ägyptische Pyramide gebastelt hatte, mit Zuckerwürfeln und Pailletten als Schätzen. Ich hielt es für eine wunderbare Darstellung antiken Lebens, und meine Mutter fuhr mich mit dem Auto zur Schule und half mir, das zerbrechliche Modell ins Klassenzimmer zu tragen. Allerdings hatten wir Ameisen im Haus gehabt, und die waren mitgereist. Schwester Mina schrie und schlug sich auf den Rock, als sie die Tierchen entdeckte.

»Aber verstehen Sie denn nicht?«, hatte Mom erklärt. »Die Ameisen sind doch die Sklaven, die mit dem Pharao eingeschlossen wurden. Wie Sie ja wissen, hat Faith eine starke Affinität zu den Kämpfen der Sklaven, also dachte sie, das müsse sie auch darstellen.«

Meine Mutter machte Schwester Mina nach, wie sie mit bösem Gesicht herumsprang, meine Pyramide wegschmiss, Insektenspray versprühte und mir eine gnädige Zwei plus gab. Es sah aus, als würde Tante Linda vor Lachen ersticken. Ich lachte mit, erinnerte mich jedoch gleichzeitig daran, wie peinlich mir die Sache mit den Ameisen gewesen war und dass meine Mutter vor einer Nonne Witze darüber gerissen hatte.

»Ich sagte zu Faith: ›Das ist gar keine schlechte Note, wenn man bedenkt, dass du die ganze Schule kontaminiert hast.‹«

Mom schenkte Wein nach. Tante Linda hörte auf zu lachen und legte eine Hand auf meinen Kopf. »Ach, Faith, Kleine, wenigstens waren es keine Läuse, hm?«

Sie ließ ihre Hand ein paar Sekunden liegen und sah mich

lange an. Ich bewunderte meine Tante Linda und ihr Singleleben. Und ich konnte nicht verstehen, warum kein Mann sie sich geschnappt und sie geheiratet und ihr einen Haufen Kinder geschenkt hatte. Als ich sie einmal fragte, warum sie keinen Mann habe, zuckte sie mit den Schultern und sagte, das frage sie sich auch. Aber sie habe, meinte sie dann, andere Talente, nicht zuletzt jenes, einer der wenigen Menschen zu sein, die meine traurige Mutter in eine glückliche verwandeln könnten, selbst wenn es nur für einen Tag sei und einen Haufen Drinks benötige.

Während sie weiterredeten, über Filme, Geld und Schminke, stibitzte ich drei Schlucke von ihrem Wein und berauschte mich an dem tollen Gefühl, »eine von ihnen« zu sein und leise kichernd am Küchentisch zu sitzen. Teil von etwas Wichtigem zu sein, unserer Kirche, dieser Familie, ihrem Gespräch, ließ mich besser schlafen und selbstsicherer sein, und ich versuchte, dieses Gefühl zu bewahren. Es war besser, als ein Sklave zu sein. Dann fragte ich mich, ob diese kleinen Schlückchen mir einen ebensolchen Kater verschafften wie jenen, von dem ich wusste, dass Mom und ihre Schwester ihn am nächsten Morgen haben würden.

Kurz nachdem Tante Linda am Sonntag abgereist war, kam Dad nach Hause und verkündete, dass wir umziehen würden, und zwar aus der Stadt raus aufs Land, in einen Ort namens Emeryville, eine Stunde entfernt, wo er gerade ein kleines Grundstück gekauft habe. Zuerst tat ich so, als hätte ich ihn nicht verstanden. Sein Akzent war vor Aufregung sehr stark. Er hatte nicht umziehen gesagt, sondern was? Aufziehen, entziehen, Benzin? Aber natürlich wusste ich, dass er umziehen gemeint hatte, und er hätte genauso gut sagen können, dass wir nach Italien zurückgehen, denn Emeryville klang ebenso weit entfernt und ausländisch. Und dass mein Vater seinen Namen hatte ändern müssen, als er nach Kanada kam, erschien mir nun nicht mehr so unfassbar. Ich musste ebenfalls unbedingt jemand anders werden als Faith DiNapoli, dieses Mädchen, das mit dem gelben Legostein in der Hand vor Angst erstarrt war, weil sie den einzigen Ort verlassen sollte, den sie kannte. Mein Dad merkte, dass wir vier dabei waren, ein komplexes Legohaus für unsere Katze Gigi zu bauen. Das ist nur Zufall, dass wir dieses Ding bauen, wollte ich rufen und hätte es am liebsten mit Schwung vom Tisch gefegt. Aber mein Dad sagte: »Guucke mal, wie schön, Kinder, macht weiter, könne Ubung gebrauche.«

Meine Mutter schlug die Hände vor den Mund und murmelte erstickt: »O Gott, Joe! Wir haben es gekriegt? Wir haben das Grundstück gekriegt? Wie viel?«

»Tja, Nancy, d. g. A. d. W.«, äffte er ihren Schimpfnamen nach, »uns gebe gute Geschäft.«

»Und wir können uns das auch wirklich leisten, ja?«, fragte sie und nickte, wie um sich ihre Frage selbst zu beantworten.

Dad sagte: »Ich glaube, ja. Ich ’offe.«

»Oh, Joe, das ist toll«, quietschte meine Mutter. Sie sprang auf, verteilte dabei die Legosteine, die sie auf ihrem Schoß sortiert hatte, über den Boden und schlang die Arme um seinen Hals. »Das ist genau das Richtige für uns [*Kuss*]. Da draußen wird es so viel besser für uns sein [*Kuss*]. Wir müssen hier weg, du weißt es.«

»Ich weiß, Nancy«, sagte mein Dad und wich ihrem Mund aus. »Ich weiß.«

Charlie biss von einer Käsescheibe ab und fragte: »Aber muss ich denn auch hier weg?«

Meine Mutter ließ sich wieder auf ihren Stuhl fallen und sagte: »Du, Charlie, bist wahrscheinlich der Einzige, der hier nicht wegmuss, aber ich glaube, wir nehmen dich trotzdem mit.«

Das ist sie also, dachte ich. Die Bestrafung, weil meine Mutter eine Nonne angeschrien hat und nicht mehr zur Kirche geht.

Mein Dad hatte es vorausgesagt.

Ein paar Monate früher, etliche Sonntage nach Hopes Erstkommunion (in meinem alten Kleid), kam mein Vater in seinem weißen fleckigen Overall die Treppe heruntergeschlichen. Er fand uns in unseren besten Kleidern aufgereiht auf der Couch, wo wir auf den Kirchgang warteten. Die Zeichentrickserie im Fernseher war leise gestellt, weil Tante Linda im unteren Flur im Gästebett schlief.

Er sah uns an, schüttelte den Kopf, drehte sich um und rannte wieder nach oben, wobei er immer zwei Stufen auf einmal nahm.

»Nancy!«, hörten wir ihn brüllen. »Du musst aufstehn! Ich will du sehe diese Kinder. Das ist ni guut!«, schrie er. »Ich will, du sie bringe ssu Kirche, verdammte!«

An manchen Wochenenden übernahm mein Vater auf der neuen Baustelle in Forest Glade Akkordarbeit zum anderthalbfachen Lohn. Normalerweise machte er keine Dachdeckerarbeiten, aber die Bezahlung war gut, an Sonntagen noch besser, und Mom musste vergessen haben, uns zu sagen, dass die Kirche für uns an diesem Morgen ausfiele, weil mein Dad uns nicht hinbringen könnte. Außerdem waren sie und Tante Linda am Abend zuvor lange auf gewesen und hatten über die High School gelacht und dass Großvater Franco so streng gewesen war. Wir hatten lange über unsere übliche Bettzeit hinaus aufbleiben und Monopoly spielen dürfen. An diesem Morgen wäre also die Gelegenheit gewesen, mit meiner Mutter zusammen auszuschlafen – etwas, das wir öfter taten, als mir lieb war. An solchen sündigen Sonntagen konnte ich fast spüren, wie Gott und Seine guten Kinder ohne uns weitermachten.

Meine Mutter kam die Treppe heruntergetorkelt und rieb sich die Schlafkrümel aus den Augen. Beim Anblick unserer kleinen Vorstellung, für die hauptsächlich ich verantwortlich gewesen war, runzelte sie mitfühlend die Stirn. Ich hatte alle geweckt, Frühstücksflocken verteilt und zur Ruhe ermahnt. Ich hatte sogar Charlies schwarzes welliges Haar mit Kamm und Spucke seitlich hinters Ohr gekämmt, so wie meine Mutter es immer machte. Hope zupfte unbehaglich an dem am wenigsten schönen der von mir geerbten Kleider herum. Mehr und mehr ein Wildfang, fing sie allmählich an, die hübscheren Kleider zu ruinieren, so dass ich meine Lieblingssachen nur ungern herausrückte, auch wenn sie mir längst nicht mehr passten.

»Ach, Gott«, seufzte meine Mutter. »Ihr seht ja so süß aus. Seht euch nur an!«

Dad schrie sie an: »Iste alles, was du kannste sage, eh? Suß? Sie sind perfekte, und du machst die Familie kaput. Du und deine verdammte Sturheite! Du wirst sie bringe ssu Kirche, Nancy, mir egal, wie.«

Meine Mutter ignorierte meinen Vater, verschränkte die Arme und musterte uns vier, vor allem mich. Mein vormaliger Stolz geronn allmählich zu Scham, also starrte ich eindringlich auf Matty, der seinerseits eindringlich auf seine Schuhe starrte.

»Joe, geh einfach los und verdien Geld, okay?«, sagte Mom beinahe freundlich. »Sonst müssen wir bald alle am Sonntag arbeiten.«

In diesem Moment fuhr der Boss meines Vaters vor und hupte. Dad sprang auf uns zu, küsste »Ich liebe euch, Kinder« auf unsere vier Köpfe, wobei ich den »Liebe«-Kuss abbekam und sie ganz deutlich spürte. Auf seinem Weg nach draußen zischte er noch mahnend: »Ich meine ernste, Nancy, sonst begehst du eine Sunde. Noch viel größer als andere.« Er schlug die Tür zu und war weg.

Tante Linda tauchte aus dem dunklen Flur auf. Sie trug denselben glänzend blauen Hosenanzug, den sie am Abend zuvor getragen hatte. Sie griff nach ihrem bodenlangen Pelzmantel, warf ihn über die Schultern und glättete mit der Hand den Teil ihrer Frisur, der zu Berge stand. »Tja, Kinder, ratet mal! Eure Tante wird euch heute Morgen zur Kirche bringen«, verkündete sie mit einer so tiefen, rauen Stimme, dass sie sich wie ein Mann anhörte. »Wie findet ihr das?«

Sie schnitt eine Grimasse in Richtung meiner Mutter – eine »Was zum Teufel!«-Grimasse.

»Ach, meine Liebe, danke«, sagt meine Mutter, leckte ihre Daumen an und wischte den verirrten Lidstrich meiner Tante wieder zurück unter die Augen. »Vielleicht werden sie dich für mich halten.« Sie lachte und zog Tante Linda den Mantel fest um die Schultern.

Wir stiegen der Reihe nach in unseren Kombi, und Matty musste Tante Linda erklären, wie man zur Kirche kommt. Ich wusste, dass sie selbst nur selten hinging, also erinnerte ich sie während der Messe daran, was man wann machen musste. »Jetzt kommt der Teil, wo wir uns hinsetzen«, flüsterte ich, »jetzt müssen wir knien, Tante Linda, und jetzt beten.«

Sie nickte anerkennend und faltete die Hände. »Ja, lass uns beten. Lass uns kräftig beten, Faith.«

»Bete auch für Mom«, flüsterte ich.

»Ja, für deine Mutter und ein bisschen auch für mich, mein Schatz«, sagte sie, schloss die Augen und rieb sich die Schläfen.

Alles, was wir über den Umzug gesagt bekamen, war, dass er stattfinden müsste. Dass wir von vorn anfangen müssten. Dass zu viele Leute in dieser Nachbarschaft zu viel über uns wüssten. Ich hatte gehört, wie meine Mutter meiner Tante Linda sagte, dass mein Vater es allmählich satt habe, wie die Leute sie ansahen und über sie sprachen. Doch ich wusste, dass wir nur deshalb umzogen, weil Mom nicht nachgab. Sie ging nicht zur Kirche, sie bat nicht um Vergebung wegen dieser »anderen« Sünde, obwohl ich mir partout nicht vorstellen konnte, was schlimmer wäre, als am Sonntag den Gottesdienst zu verschlafen. Vielleicht, dass sie Schwester Mina angeschrien hatte? Dass sie uns und die Nachbarskinder hin und wieder anbrüllte? Andere Mütter taten das genauso, also worin lag bei ihr der Unterschied? Na gut, sie kochte nicht ihre eigene Tomatensoße und sah auch nicht den ganzen Tag Seifenopern wie die anderen Mütter. Und sie hatte einen Wäschetrockner und benutzte ihn sogar im Sommer. Unter ihren ganz engen Hosen trug sie manchmal keine Unterwäsche. Und sie trank wie mein Dad, obwohl das Bier bei ihr viel weniger zu wirken schien als bei ihm. Sie trug oft Lockenwickler ohne Tuch darum. Und während andere Mütter ihre Zigarettenpausen auf der Feuerleiter abhielten, rauchte meine Mutter auf der Bank am Rand des Tanzsaals, wenn sie Hope und mir bei unseren Tanzschritten zusah und uns anfeuerte, als wären wir beim Sport. Sie las auch Zeitung und hatte viel darüber zu sagen, was sie am Abend in den Nachrichten gehört hatte. Sie erzählte es jedem, der zuhörte, selbst wenn immer häufiger nur wir Kinder ihre Zuhörer waren. Und was wussten wir schon über arrogante Politiker, die Ungerechtigkeit der OPEC oder das unnötige Abschlachten süßer Robbenjungen? Nein, sie war nicht wie andere Mütter, nur schien das alle anderen mehr zu stören als sie selbst.

Der richtige Name meines Vaters lautete Giuseppe, aber als er kanadischer Staatsbürger wurde, änderte er ihn offiziell in Joe. Zwar war Joe tatsächlich die englische Entsprechung für Giuseppe, doch laut meiner Mutter wählte er den Namen wohl eher deshalb, weil er ihn leichter buchstabieren konnte. Er wusste nicht genau, ob das eine Beleidigung war, jedenfalls erzählte er mir immer, seinen alten Namen zurückzulassen habe es ihm im neuen Land leichter gemacht.

Deshalb beschloss auch ich, meinen Namen zu ändern, genau

wie mein Dad. Als Vornamen entschied ich mich für »Rebecca«, weil das der Lieblingsfilm meiner Mutter war und der Name der Heldin von *Sunnybrook Farm*, gespielt von Shirley Temple. Als Nachnamen wählte ich »Gauloises«. »Rebecca Gauloises« würde überall passen und ganz normal klingen, wenn wir in der Nähe all dieser Farmen von Frankokanadiern wohnten, von denen sie uns erzählt hatten. Als ich meinen neuen Namen verkündete, sagte meine Mutter, der Vorname ginge wohl in Ordnung, aber meinen Nachnamen könne ich nicht ändern. Es wäre zu schwierig mit den Schulunterlagen, erklärte sie. Vor allem erschien es ihr keine gute Idee, mich nach Tante Lindas Zigaretten zu benennen.

»Außerdem«, fügte sie hinzu und zog an ihrer eigenen, »wenn du deinen Nachnamen änderst, wollen die anderen drei das auch. Und es fällt mir schon schwer genug, mir all eure Vornamen zu merken.«

Es stimmte, dass meine kreativen Ideen großen Einfluss auf meine Geschwister hatten. Nachdem ich Rebecca geworden war, änderte Hope ihren Namen in »Chastity«, den Namen der Tochter von Sonny und Cher. Matty und Charlie stritten sich um den Namen »Steve Austin« aus der Serie *Der Sechs-Millionen-Dollar-Mann*. Meine Mutter schlug vor, sie könnten ihn doch aufteilen und hin und wieder wechseln. Matty könne eine Woche lang »Steve« sein, während Charlie dann »Austin« sei, und umgekehrt. Während sie nur Spaß machten, hatte ich wirklich Angst, dass »Faith DiNapoli« zu italienisch klänge, und wollte nicht riskieren, jemals wieder als Nigger bezeichnet zu werden. Ich wusste, wir würden ohnehin auffallen, weil Katrina Trevi mir erzählt hatte, dass da draußen fast keine Ausländer wohnten, es sei denn, man zähle die Frankokanadier dazu, was wir nicht taten. Zwar waren sie Katholiken wie wir, aber meine Mutter sagte, sie seien den Italienern in vielen Dingen überlegen.

»Die vermehren sich da draußen wie die Karnickel, und zwar absichtlich, nicht aus Versehen wie ich«, witzelte sie. Dann meinte sie, wir müssten keine Sorge haben, uns die Nachnamen dort nicht merken zu können, weil es nur ungefähr drei oder vier davon gebe: St. Pierre, Chaumier, Lachapelle und Laroque. Sie war weder ganz nüchtern, als sie das sagte, noch lag sie damit ganz falsch.

Ich war ja auch der Meinung, dass unser Haus in der Stadt zu klein war. In Hopes und mein Zimmer passte noch nicht einmal eine Kommode, und wir mussten uns ein Bett teilen. Der Flur fungierte als Gästezimmer. Wir mussten unser Spielzeug unter dem Esstisch stapeln, der aber sowieso nie benutzt wurde, außer an Weihnachten und Thanksgiving, wenn wir alle stumm dasaßen und uns gegenseitig anstarrten wie leere Grabsteine. Wir brauchten also wirklich mehr Platz, aber es kam mir so vor, als würden wir da draußen auf dem Land viel zu viel Platz haben. Wir hätten dort keine Nachbarn mehr, die die Streitereien meiner Eltern hören könnten, und wir hätten keine Mrs. Piletti mehr, deren blaue Flecken wir zählen könnten, um uns selbst ein bisschen besser zu fühlen. Es gäbe keine Sandkiste am Ende der Straße, in die wir flüchten könnten. Keinen Eismann, den wir jagen könnten. Keine Wasserfontänen zum Hindurchlaufen aus dem Feuerhydranten, den ältere »Punks« traktiert und aufgeschraubt hätten. Keine kross gebackenen Brötchen und frische Mortadella aus Little Italy, wo wir unseren Dad mit seinen Kollegen in einer Kneipe erwischen würden, wie er Italienisch sprach, bis er meine Mutter sähe und dann auf Englisch verspräche: »Okay, okay, bin ich gleich ssu 'ause, Nancy.« Hope und ich würden nicht mehr den Bus Nr. 4 zu unserer Tanzstunde im Zentrum nehmen. Meine Mutter würde nicht mehr sagen: »Lass Hope ja nicht aus den Augen, oder ich dreh dir den Hals um. Setzt euch hinter den Fahrer. Und hier sind fünf Dollar für

Pommes frites mit Soße bei Kresge's. Geht sonst nirgendwo hin. Sprecht auf keinen Fall mit irgendwelchen Perversen. Kommt sofort nach Hause. Bring das Wechselgeld wieder mit.«

Das alles würde es nicht mehr geben.

Das neue Haus auf dem Land sahen wir zuerst in pastellenen Wasserfarben in einem der Siedlungsprospekte meines Vaters. Sie hatten sogar eine Familie davor gemalt; einen blonden Mann und eine blonde Frau mit zwei fast weißhaarigen Kindern, die winkten. Die Frau hielt ein Baby im Arm, und sie hatten einen freundlich aussehenden gelben Hund. Das neue Haus hieß »Modell Walhalla« und hatte »versetzte Ebenen, 4 Schlafz. plus Wohnz., Kamin, Carport«. Mein Vater bestand darauf, dass wir einen kleinen Springbrunnen in den Garten malten. Aber ich nannte Emeryville bald schon »Emerald City«, nach der Smaragd-Hauptstadt aus dem Land von Oz, denn wollte nicht auch Dorothy unbedingt von dort weg? Obwohl diese Stadt perfekt schien, viel Platz und viel Schönes zu bieten hatte – wollte Dorothy nicht trotzdem immer nur nach Hause?

Als mein Dad dann anfing, eigenhändig das Haus auf dem Land zu bauen, hatten wir erst mal zwei Häuser. Ich weiß nicht, woher wir das Geld dafür nahmen, doch eines Tages, als ich mit Katrina Trevi spielte, hörte ich zufällig, wie ihre Mutter Frances einer anderen Frau zuraunte, die DiNapolis hätten »alles, was von ihren Seelen noch übrig ist, an einen Hypothekenschuldner verkauft«.

Ich erzählte Mom, was ich gehört hatte. Ich wusste nicht, was ein Hypothekenschuldner ist, aber ich wusste wohl, was Seelen und Geld waren, und ich fragte sie, was sie glaube, wie viel Geld ich wohl für meine bekäme. Sie meinte, ich bekäme dafür sicher viel mehr als Frances Trevi, denn Tatsache sei, dass ich zumindest eine hätte.

Samstags fuhren wir immer raus, um das neue Haus zu besichtigen und kleinere Sachen wie Blumentöpfe und Spielzeuge in unserem neuen Schuppen zu lagern. Und jedes Mal, wenn wir hinfuhren, versuchte ich, mir alle Abzweigungen und landschaftlichen Besonderheiten ganz genau zu merken, in der Hoffnung, dass sie sich verändern und wir uns verfahren und den ganzen Plan sausen lassen würden.

Wir verbrachten die Nachmittage mit Spielen zwischen aufgeworfenen Hügeln aus Sand und Dreck und liefen barfuß herum, weil das Fundament oft überflutet und der Keller in ein riesiges Planschbecken verwandelt war.

Meine Mutter machte diese Art von Bauschaden jedes Mal nervös. »Bist du sicher, dass du weißt, was du da tust, Joe?«, fragte sie nach. »Ich glaube nicht, dass ich ein Schwimmbecken im Haus haben wollte.«

Bevor die Wände hochgezogen und die Türen eingebaut waren, fanden wir immer jede Menge Zigarettenkippen und leere Bierflaschen in den Ecken. Einmal entdeckte ich die Überreste eines kleinen Lagerfeuers genau in der Mitte des Zimmers, das einmal mein Zimmer werden sollte. Ich überlegte, dass das Landstreicher gewesen sein mussten. Wir hatten Landstreicher, dachte ich, so wie andere Leute Ameisen oder Termiten. Ich stellte mir vor, wie sie sich um das Feuer auf dem Zementboden meines neuen Zimmers drängten, einander Landstreichergeschichten erzählten und Bohnen aus der Dose aßen. Und wie ich sie dabei erwischte. »Das ist mein verdammtes Zimmer, ihr Landstreicher, also raus mit euch!«, hätte ich ihnen in ihre schmutzigen Gesichter geschrien und zugesehen, wie sie hastig über die halb fertigen Wände sprängen und dabei Stöcke mit zusammengebundenen Taschentuchbeuteln an den Enden festhielten.

Meine Mutter sagte jedoch, das seien vermutlich ein paar »Punk-Arschlöcher« aus der Nachbarschaft gewesen und: »Na, super, ich dachte, das würden wir alles hinter uns lassen.«

Plötzlich bekam ich das Gefühl, unser neues Haus beschützen zu müssen, und der Gedanke, später dort zu wohnen, begann mir allmählich zu gefallen. Endlich würde ich mein eigenes Zimmer haben, im Erdgeschoss, direkt neben dem Wohnzimmer. Es wäre klein, aber es würde ganz allein mir gehören, und ich wusste schon genau, wie ich es einrichten wollte – alles, einschließlich der Lampe, sollte so sein wie bei Holly Hobbie, dem einfachen Mädchen vom Land mit der Patchwork-Schürze und der übergroßen Haube mit Blümchenmuster. Und ich würde die Bibel von der Kommunion und den rosa Rosenkranz sowie meine besten Murmeln und ein Foto meines heiß geliebten Shaun Cassidys in die Schublade dieses weißen Rattan-Nachtschränkchens legen, das ich im Sears-Katalog gesehen hatte.

Obwohl Dad uns ein bisschen Geld dafür bezahlte, dass wir die Wände abschliffen, jeder von uns ein kleines Stückchen, sollten wir die Zeit eigentlich nutzen, um neue Freunde zu suchen. Zuerst trauten wir uns jedoch nicht, das Grundstück zu verlassen. Außerdem wohnten alle so weit weg, nicht wie in der Stadt, wo wir Mr. Rossi vom oberen Badezimmerfenster aus dabei zusehen konnten, wie er in sein unteres Klo pinkelte.

Wir brauchten unbedingt Fahrräder.

Ich war mit den Aufgaben, die Dad mir gab, immer schnell fertig und zog ihn dann am Hemd, um einen neuen Auftrag zu bekommen. Ich hatte das Gefühl, ganz allein und heldenhaft alles Wichtige verrichten zu können, was das neue Haus in ein richtiges Zuhause verwandeln würde. Das Haus in der Stadt war immer noch nicht verkauft, was im Grunde ein Segen war, denn das Haus auf dem Land war noch längst nicht bezugsfertig.

Aber dann kam das Gerede über »Die Rezession«. Ständig hieß es Die Rezession hier und Die Rezession da, und ich stellte mir Die Rezession wie eine weiße wolkige Hand vor, wie in dem Film *Die Zehn Gebote*, die sich aus dem Himmel schob und Erstgeborene tötete. Meine Mutter meinte, das zeige eine Menge »Einsicht«, denn eine Rezession töte zwar nicht gerade Kinder, werfe ihre Väter aber ganz sicher auf den Boden der Tatsachen zurück.

Eines Nachmittags kamen eine Menge Leute in unser Haus in der Stadt und setzten sich um unseren Esstisch. Sie legten Dad eine Menge Papiere zum Unterschreiben vor, während Mom eine Menge Bierdosen holte. Wie es schien, war das Haus in der Stadt nun endlich verkauft, aber anstatt glücklich zu sein, als die Leute wieder gingen, fing meine Mutter an zu weinen und schickte uns ins Bett.

Tschsch. Mein Vater machte eine Bierdose auf.

Tschsch. Meine Mutter machte auch eine auf.

Ich stand oben an der Treppe und lauschte, als sie Dad sagte: »Wir werden das neue Haus verlieren, Joe, das weiß ich. Wie sollen wir uns das bei diesem miesen Angebot bloß leisten können? Herrgott, Joe, und Die Rezession? Was, wenn du deine Stelle verlierst? Ich habe das miese Gefühl, dass wir das neue Haus verlieren werden. Ich spür's einfach. Und der Übergabetermin? Der ist viel zu früh!«

Er murmelte: »Was soll ich mache? Mehr warte? Wossu? Diese sswei Ratessahlunge sinde, was uns umbringt, Nan. Diese Angebot iste beste, wir könne kriege, ich verspreche. Niemande hat heute Geld. Niemande.« Dann sagte er: »Du musse anfange ssu arbeite. Wir musse rede daruber, dass du vielleicht arbeite.«

»Arbeiten?« Sie lachte. »Und wer soll sich dann um die Kinder kümmern?«

»Was mit deine Schwester, eh? Warum nicht Linda könne helfe?«

Meine Mutter lachte noch lauter und sagte: »Linda ist nicht so dumm wie ich. Linda hat, was man eine Karriere und ein Leben nennt. Denkst du, sie will bei uns einziehen und Kindermädchen spielen? Einmal im Monat reicht ihr vollkommen, Joe, sei vernünftig!« Meine Mutter fing an aufzuzählen, wo sie auf dem Land ihre neue Karriere beginnen könne. »In der Eislaufhalle«, feixte sie, »oder in diesem Donut-Laden? Ich werde zwei Dollar die Stunde verdienen und dem Babysitter drei bezahlen. Himmel noch eins, Joe, denk mal genau nach. Wir haben vier. Vier Kinder!«

Dad sagte nichts und ging kurz darauf zu Bett. Mom rief Tante Linda an und telefonierte mit ihr bis spät in die Nacht. Sie weinte ein bisschen, und ich hörte das *tschsch, tschsch* noch mehrere Male.

In jener Nacht lag ich wach und überlegte, wie man ein Haus verlieren konnte. Bedeutete es, dass wir aufs Land fahren und es nicht mehr finden würden? Würde es sich selbst von seinem Fundament losreißen und woanders hingehen? Oder wäre es so, dass das neue Haus am selben Ort bliebe und wir diejenigen wären, die verloren gingen? Konnte ein Haus seine Familie verlieren? Aber das war alles zu viel, und ich fing lieber wieder an, darüber nachzudenken, was ich morgen anziehen würde. Und was am letzten Schultag in zwei Wochen? Was am ersten Tag in der neuen Schule? Weiß Gott, dass wir wegziehen? Schickt die alte Kirche unsere Unterlagen in die neue? Gibt es überhaupt Unterlagen? Was ist mit den Unterlagen über meine Mom? Vielleicht könnte ich ihre auf dem Weg ändern oder sie ganz löschen. Oder wir erzählen den Leuten, wir seien Halbwaisen, damit Moms zu erwartende Abwesenheit in der neuen Kirche nicht so sehr auffällt wie in der Stadt. Oder wir sagen den Leuten, unsere Mutter sei verkrüppelt und könne sich kaum bewegen und sonntags leider überhaupt nicht aufstehen.

Mein Vater strengte sich sehr an, das Haus rechtzeitig fertig zu bekommen, er übernachtete sogar dort auf einer Matratze, die wir uns von Großvater Franco ausliehen. Aber er musste auch seinen normalen Job erledigen, um Geld für das Dach zu verdienen. Wir bekamen ihn gar nicht mehr zu Gesicht. Und dann war da das Problem mit dem Übergabetermin des alten Hauses. Der kam schneller, als das Dach fertig wurde, weshalb wir keine andere Möglichkeit hatten, als ein großes Hauszelt zu mieten und in den Garten des neues Hauses zu ziehen. Mom meinte, es sei wie Camping, nur dass wir die Einzigen seien, die dort campierten, und dass wir Toilette und Dusche hätten. Zumindest, wenn es nicht regnete.

An dem Tag, als wir aus unserem Haus auszogen, kam niemand, um uns zu verabschieden. Meiner Mutter war das egal, und sie schimpfte auch nicht mit uns, als wir den anderen erzählten, wir würden jetzt eine Weile im Zelt wohnen. Für uns war es ein Abenteuer, etwas, womit wir angeben konnten. Für Dad war es ein bisschen peinlich, weshalb er im neuen Haus geblieben war und auf uns wartete. Für Mom war das Zelt einfach eine Tatsache, und ach Gott, na und? Ihr war das Wichtigste, dass sie diese Stadt und die verdammte Nachbarschaft für immer verließ. Sie war an diesem Tag so glücklich, wie ich sie noch nie gesehen hatte. Bei ihrem letzten Gang durchs Haus rief sie: »Gut, dich los zu sein, elektrische Heizung!« und »Sayonara, ihr faulenden Dielen!« und »Mach's gut, du stinkender Teppich!«.

»Also, Kinder, sagt dem Haus Lebewohl«, forderte sie uns auf, als sie den Motor anließ. »Und wenn niemand *uns* Lebewohl sagen will«, fügte sie hinzu, »dann müssen wir wohl *ihnen* Lebewohl sagen.« Sie fuhr mit dem Kombi langsam die schmale, dicht bebaute Straße entlang. Auf dem Dach des Wagens waren Teppiche und Kisten gestapelt, innen war jeder verfügbare Zentimeter mit Kleidern und Kindern vollgestopft, und das Zelt, in dem wir die nächsten Wochen wohnen würden, zogen wir auf einem Anhänger hinter uns her. »Kinder, ich möchte, dass ihr der naseweisen Frances Trevi Lebewohl sagt!«, rief sie aus dem Fenster.

»Tschüs, Sie naseweise Frances Trevi!«, brüllten wir aus dem Fenster, der naseweisen Frances Trevi, die auf der Veranda saß, mitten ins Gesicht.

Dann hielten wir die Hände vor den Mund und kicherten.

»Tschüs, ihr hochnäsigen Fontanas mit all euren Millionen. Betrüger!«

»Tschüs, ihr hochnäsigen Betrüger-Fontanas mit all euren Millionen«, riefen wir als Echo.

»Sagt den Arschlöchern an der Ecke Lebewohl, die euch an Halloween nie was Süßes gegeben haben!«

»Tschüs, ihr … Arschlöcher … an der Ecke, die uns an Halloween nie was Süßes gegeben haben!«, riefen wir und zauderten allesamt bei dem Wort »Arschloch«, weil wir fürchteten, dafür eine Ohrfeige zu kassieren.

Aber Mom war wie im Rausch. Und sie war wunderschön, wie sie mit unserer Siamkatze Gigi auf den Schultern davonfuhr.

»Sagt tschüs zum Laden, in dem wir die eine verdammte Woche vor drei Jahren nicht anschreiben lassen durften und deshalb nichts zu essen bekamen!«

»Tschüs, Laden«, rief wir, verstummten dann jedoch, weil wir den Rest des Satzes nicht verstanden hatten.

»Leb wohl, Schule, wo niemand erkannt hat, wie großartig meine Kinder sind!«

In diesem Moment platzten wir fast vor Enthusiasmus, und als wir »Leb wohl, Schule, wo niemand erkannt hat, wie großartig wir sind!« riefen, sah ich nicht zur Schule, sondern ganz ehrfurchtsvoll auf Moms Profil. Sie fand uns großartig?

»Und zum Schluss, Kinder …« – sie räusperte sich, als sie an der Kirche vorbeifuhr – »… möchte ich, dass ihr Pater Pete Lebewohl sagt, dem armseligsten Heuchler der ganzen Welt!«

»Tschüs, Pater Pete … Armleuchter … der Welt!«, brüllten die Jungen.

Darüber musste sie so sehr lachen, dass sie ihre Zigarette nicht anzünden konnte, weil sie vor lauter Kichern keine Luft bekam. Als sie hörte, wie Hope und ich ganz deutlich »Heuchler« sagten, sah sie uns kurz im Rückspiegel an und kicherte weiter, aber vermutlich war sie damals die Einzige im Wagen, die wusste, was dieses Wort bedeutet.

Es machte mir nichts aus, im Zelt zu wohnen. Eigentlich machte es niemandem was aus außer meinem Dad.

»Das erinnert ihn wahrscheinlich zu sehr an seine alte Heimat«, erklärte Mom, während sie die Essteller mit dem Gartenschlauch abspritzte, weil unsere neue Küchenspüle noch nicht geliefert worden war. Dad schlief also weiter auf der Matratze im Haus, stand früh in der Morgendämmerung auf und hämmerte auf dem Dach herum.

Dad fand, Matty sei mit seinen fast zwölf Jahren alt genug, um ihm dort oben zu helfen, die Dachschindeln zu befestigen. Meine Mutter schrie, dass, wenn Matty sich den Hals bräche, »dann helfe dir Gott, Joe, denn dann dreh ich dir den Hals um!«.

Dad brüllte zurück: »Wie schön, was fur eine tolle Anfang, Nancy, aber ich nicht glaube, dass unsere neue Nachbare könne dich höre!«

Wir anderen halfen, was wir konnten. Ich schmierte Brote und reichte Kanthölzer an. Manchmal öffnete ich zischend Bierdosen, wenn Kollegen meines Vaters vorbeikamen, obwohl das immer bedeutete, dass an diesem Tag nicht mehr viel gearbeitet wurde. Wenn sie kamen, brach meine Mutter oft zum Lebensmittelhändler auf, oder sie fuhr dahin, wo wir jetzt unsere Post abholen mussten, die uns nicht mehr gebracht wurde. Das kleine Postgebäude faszinierte mich. Es war immer geöffnet, sogar noch nach fünf.

Das Leben auf dem Land war interessant, aber es war schwierig, Freunde zu finden. Da bald die Schule anfangen würde, so dachte ich, könnte ich ja bis dahin warten, um mich nicht so unter Druck zu setzen. Zu uns war bisher noch niemand gekommen, obwohl wir Kinder sahen, die draußen spielten, ein paar am Fluss, ein paar in den hohen Maisfeldern, und zwei wohnten direkt in unserer Nähe, hinter dem Zaun in dem kleinen blauen Haus. Sie schienen in Hopes und meinem Alter zu sein, doch sie liefen immer weg, wenn sie uns sahen. Meine Mutter meinte, sie nähmen uns vielleicht übel, dass wir das einzige neue Haus in einer Gegend mit lauter alten Häusern hätten. Wir sollten uns mehr anstrengen, dass sie uns mögen, sagte sie, damit sie nicht dächten, wir seien hochnäsig.

»Geht hin und redet mit ihnen«, sagte sie und hängte Wäsche auf die improvisierte Wäscheleine.

»Nein, ich will nicht mit ihnen reden«, sagte ich und starrte die Mädchen an, die hinter ihrem Haus standen und um die Ecke lugten.

»Nun geh schon. Wovor hast du denn Angst? Geh hin oder ich gehe.«

Sie hatte natürlich vor nichts da draußen Angst. An unserem ersten Tag ging sie sofort zu unseren unmittelbaren Nachbarn, einem jungen frankokanadischen Pärchen, das gerade ein Baby bekommen hatte. Sie stapfte einfach den Kiesweg hinauf, um zu fragen, ob sie im Notfall ihr Telefon benutzen dürfe. Bis wir unser eigenes hätten. Ich bin sicher, sie hatten keine Ahnung, dass »Notfälle« bedeuten konnte, Tante Linda anzurufen, per R-Gespräch natürlich, und lange kichernde Gespräche zu führen, während die Nachbarn im Nebenzimmer zu Abend aßen. Beim Abschied erinnerte sie stets daran, dass Hope und ich, die wir uns hinter ihren Beinen versteckten, bald alt genug zum Babysitten seien. Und das sei doch toll für sie, oder?

Schließlich, nach drei Wochen Zeltleben, gab ich vor, dringend einkaufen zu müssen. Der Laden war einige Blocks entfernt, falls man die vier großen Grundstücke, die durch Feldwege getrennt waren, überhaupt Blocks nennen konnte. Ich nahm die Abkürzung über den hinteren Zaun und mitten durch den Garten des blauen Hauses. Die Mädchen in unserem Alter spielten Strumpfball auf der Veranda.

Als sie mich sahen, geriet ich in Panik.

»He«, rief eines von ihnen. »Du da! He! Hallo! Haaalloooo!« Lauter verschiedene Stimmen kamen mir von hinten näher.

Ich wollte mich nicht umdrehen und ging noch schneller in Richtung Laden, in dem ich überhaupt nichts kaufen musste. Vielleicht Weingummi für Mom und Sonnenblumenkerne für Hope.

Ich kam an Matty und Charlie vorbei, die vor der kleinen Spielhalle mit den Flippern saßen, von der meine Mutter sagte, dass wir Mädchen nicht hineingehen dürften. Ich rief: »Hallo, Matty«, und wusste, dass es ihn ärgern würde, weil er hier draußen einfach nur »Matt« genannt werden wollte.

»Verpiss dich«, antwortete er und warf mir einen Kiesel an den Kopf. »Du darfst hier nicht hin.«

»Und du darfst nicht ›verpiss dich‹ sagen. Das verrat ich Mom«, erwiderte ich hämisch und streckte ihm die Zunge raus.

Charlie beachtete uns nicht weiter, kaute an den Nägeln und wippte auf den Füßen vor und zurück. So, wie er jeden Jungen musterte, der durch die Tür kam, schien er auf jemanden Bestimmtes zu warten. Meine Brüder haben Glück, dachte ich. Sie finden leichter Freunde, weil sie viel mehr Freiheit haben als Hope und ich. Seitdem wir hierher gezogen waren, verschwanden sie einfach. Manchmal den ganzen Tag lang, und meine Mutter war nie sauer oder besorgt. Sie hatten zwei Freunde gefunden, die beide nicht in ihrem Alter waren, sondern irgendwo dazwischen, und ziemlich zurückgeblieben aussahen.

Mom gab ihnen lustige Spitznamen. »Wo geht ihr Jungs denn heute mit Dick und Doof hin?«, fragte sie zum Beispiel.

»Nirgendwo«, rief Matty dann zurück und rannte, dicht gefolgt von Charlie, die Kiesauffahrt hinunter zu den beiden Jungen, die rittlings auf ihren Fahrrädern saßen und warteten, während ihre dünnen Arme und Hände über den Lenkstangen baumelten wie welke Topfpflanzen.

»Wir bleiben in der Nähe«, fügte Charlie noch hinzu.

Und es stimmte, sie waren nie so weit entfernt, dass sie nicht hörten, wenn meine Mutter von der Auffahrt aus nach ihnen rief. Keiner von uns ging so weit weg, dass wir sie nicht hören konnten, vor allem Hope und ich nicht. Trotzdem fingen wir allmählich an, uns voneinander zu entfernen. In der Stadt war es kaum möglich gewesen, auseinanderzudriften, aber auf dem Land gab es nicht so viele Häuser, Straßen, Perverse oder Parks, um uns zusammenzuhalten.

Weil ich nicht wie ein Feigling dastehen wollte, beschloss ich, zum blauen Haus zurückzugehen und zu sehen, ob die beiden Mädchen in unserem Alter noch mal hallo sagen würden. Ich redete mir immer wieder ein: Du bist stark genug, hallo zu sagen. Sag es ganz schnell. Du bist doch kein Idiot. Es wird dich nicht umbringen. Sie werden dich nicht auffressen.

Aber als ich ankam, waren sie verschwunden, die Veranda war leer, und ich kam mir dumm vor, weil ich sie ignoriert hatte. Als ich dann von hinten auf unser Grundstück zurückging, sah ich, dass die Mädchen vor unserem Zelt standen und abwechselnd hineinspähten.

»He«, rief ich. »Was macht ihr da?«

Meine Mutter streckte ihren Kopf aus dem Zelt und lächelte, als sie mich sah. »Das ist Faith, mein ältestes Mädchen. Sie ist fast so alt wie du, Janey«, sagte sie zu dem Mädchen, das nach meinem Alter aussah. Erst war ich sauer, weil sie nicht meinen neuen

Namen »Rebecca« gesagt hatte, doch dann fiel mir ein, dass ich selbst ihn schon einen Monat lang nicht mehr benutzt hatte.

Ich nickte dieser Janey zu. Es verursachte mir regelrecht Bauchschmerzen, jemand Neues kennenzulernen. Ich konnte mich nicht erinnern, mich überhaupt schon einmal mit jemandem angefreundet zu haben. In Windsor waren meine Freunde schon immer meine Freunde gewesen, schon immer da gewesen, genau wie die Ulmen oder der Eismann.

Hope sprang hinter Mom aus dem Zelt und sagte: »Lula ist so alt wie ich, Faith. Fast genau. Unsere Geburtstage liegen nur eine Woche und einen Tag auseinander.«

Wie schön für dich, spottete ich innerlich. Ich rechnete fast damit, dass sie sich an den Händen fassten und kichernd zum Fluss hinunterliefen.

Lula lächelte. Sie sah aus wie ein Junge. Selbst von nahem hätte ich sie für einen Jungen gehalten, wenn mir niemand gesagt hätte, dass sie ein Mädchen war.

»Hallo«, sagte ich zu niemand Bestimmtem und tauchte an ihnen vorbei ins Zelt.

Ich zog den Reißverschluss zu und setzte mich meiner Mutter gegenüber.

»Wann sind sie hergekommen?«, flüsterte ich.

»Vor ein paar Minuten, als ich sie darum gebeten habe«, antwortete sie mit zusammengebissenen Zähnen, ohne vom Wäschefalten aufzusehen.

»Du musst mir keine Freundinnen besorgen, hörst du?«

»Ach. Das hatte ich aber gerade anders gedeutet. Ich hab doch gesehen, wie du an ihnen vorbeigelaufen bist wie eine eingebildete Ziege. Sei nicht zickig, Faith, das ist nicht gut hier.«

»Ich bin nicht zickig.«

»Tja, es ist aber zickig, wenn du hier bei mir herumsitzt. Geh raus und sprich mit ihnen.«

Ich rührte mich nicht.

»Ich mein's ernst, Faith. Du – gehst – jetzt – mit Hopey – raus! Sofort«, zischte sie.

»Na schön. Gleich.«

»Jetzt!«, schrie sie.

Trotzig wartete ich noch einen Moment, dann zog ich den Reißverschluss hoch. Ich war dankbar, dass die beiden zum Gartentisch gegangen waren, der im Carport stand, und dankbar, dass mein Vater den Bagger oder irgendeins der anderen Geräte angeworfen hatte, die alle über unser Baugrundstück verteilt standen. Ich betete, dass sie meine Mutter nicht schreien gehört hatten. Ich kann mich nur erinnern, dass ich dachte: Sei ganz locker!, während ich auf sie zuging.

Hope schien völlig verändert. Stolz führte sie Lula, diesem Jungen-Mädchen, Gigi vor. Seit die Türen und Fenster eingebaut waren, hielten wir Gigi immer im Haus, weil sie rollig war. Alles, was ich über »rollig« wusste, war, dass Gigi hin und wieder herumrollte, sich aufführte wie wild und laut miaute und von anderen Katzen ferngehalten werden musste, bis sie irgendwann wieder aufhörte herumzuschreien.

»Das ist eine Siamkatze, aus der Nähe von China«, erklärte Hope. Lula und Janey kauerten sich um Gigi herum. Lula fragte, ob sie sie halten dürfe.

»Sicher«, sagte ich, das war mein Stichwort. »Sie ist meine Katze, seit ich sieben bin«, erklärte ich.

»Aber wir teilen sie uns«, sagte Hope.

»Ja, aber eigentlich gehört sie mir – seit ich sieben bin.«

»Na, das wissen wir ja jetzt«, meinte Janey schnippisch, das Mädchen fast in meinem Alter, das Mädchen, das ich jetzt am liebsten angespuckt hätte und von nun an hassen würde, das schwor ich mir. Ich verschränkte meine Arme ganz fest vor der Brust und setzte mich auf den Gartentisch.

»Was kann man hier draußen denn Lustiges machen?«, wollte Hope wissen. Ich war ziemlich beeindruckt von ihr, gleichzeitig aber auch wütend. Es war, als hätte sie ein Buch übers Umziehen gelesen mit lauter guten Vorschlägen, was man neue Leute fragen oder ihnen zeigen konnte. Ein Buch, das ihr außerdem beigebracht hatte, wie man sich als älteste Tochter gab, als diejenige, die Verantwortung trug.

»Wir hatten unsere Fußballmeisterschaft, aber die ist jetzt vorbei«, sagte Lula. »Wir könnten mit unserem Kanu zum Fluss gehen. Manchmal spielen wir auf dem Friedhof. Oder unter der Brücke. Und hinter der Kirche gibt es so einen Schuppen. Wir könnten euch dahin mitnehmen. Wir wissen, wie man da reinkommt. Und wir wissen auch, wie man aufs Dach der Schule klettern kann«, sagte Lula.

»Das dürfen wir aber nicht mehr, du Blödkopf«, sagte Janey.

»Ich weiß. Ich sage ja nur, dass ich weiß, wie man's macht.«

»Ich weiß nicht«, meinte Hope ein bisschen schüchtern. Nach all diesen neuen Informationen sah sie nun hilfesuchend zu mir.

»Wir könnten ja was unternehmen«, sagte ich und brachte das Gespräch damit vollends zum Stillstand. »Ich weiß nicht«, fügte ich hinzu, »irgendwas.«

Alle zuckten mit den Schultern und streichelten Gigi immer heftiger, weshalb sie Lula aus den unbeholfenen Armen sprang. Gigi war hier noch nie im Freien gewesen, und als ich sie sah, wie sie vom Sandhaufen aufs Fensterbrett, dann auf den Gartentisch und dann zum Kombi sprang, tat sie mir leid. Ich fühlte mich genau wie sie, verängstigt durch die ungewohnte Weite dieses fremden Orts und diese fremden Menschen.

Wir brauchten zehn Minuten, um Gigi unter dem fahrbaren Hauszelt einzufangen. Vier kichernde Mädchen zu sehen, die eine verängstigte und verärgerte rollige Katze herumscheuchten, amüsierte meinen Vater so sehr, dass er laut vom Dach herunterlachte. Ich glaube, er dachte bei sich: Genau das ist es.

Als meine Mutter zu ihm hochsah und dabei ihre Augen mit der Hand vor der Sonne abschirmte, dachte sie, glaube ich, dass diese schmutzigen Kinder, die ein gereiztes Tier durch den Sand und an schmierigen Maschinen vorbeischeuchten, meinen Vater an seine alte Heimat erinnerten. Sie sahen sich einige Sekunden lang an und lächelten beide, Dad von oben, Mom von unten, als wären sie glücklich verliebt. Ich hielt dieses Bild in Gedanken fest und legte es in einer Ecke ab, in der ich schon ein paar andere schöne Erinnerungen aufbewahrte.

Hope schrie: »Da ist Gigi, Mom!«

Meine Mutter griff nach einem ihrer Hinterbeine, packte die Katze am Nacken und warf sie unerschrocken wie eine Heldin ins Haus. Sie drehte sich zu uns vier Mädchen um und rief: »Ich weiß, was wir machen! Lasst uns nach Belle River fahren und Eis essen.«

Es war großartig, nach Belle River zu fahren, keine Frage, aber das war nicht der Grund, weshalb Hope und ich so laut mit Lula und Janey zusammen »Hurra« schrien. Der Grund war vielmehr, dass Mom noch nie so fröhlich vorgeschlagen hatte, Eis essen zu gehen. Ich blickte zu Hope und Hope zu mir, und wir dachten beide dasselbe. Vielleicht würde hier endlich alles normal werden.

3. Kapitel

Das neue Dach war fast fertig, aber wie es aussah, würden wir es nicht mehr brauchen. Denn es fühlte sich an, als hätte sich Die Rezession auf unseren müden Häuptern ein bequemes Nest gebaut. Und wenn wir schliefen, lag uns Die Rezession auf der Brust. Es war das Einzige, worüber meine Eltern redeten und stritten. Jedes Mal, wenn wir im Kombi das Radio anstellten, hörten wir von Der Rezession, dann von Zinssätzen und dann von Der Inflation, die mit Der Rezession einherging. Ich hatte nicht die leiseste Ahnung, was das alles bedeutete, aber wegen Der Rezession kamen wieder viele offiziell aussehende Leute mit vielen Papierstapeln zu uns. Anstatt sich um unseren Esstisch zu versammeln, der immer noch eingelagert war, zusammen mit den Betten und der Winterkleidung, saßen sie diesmal um den Gartentisch in unserem gerade fertiggestellten Carport. Wir hatten kein Telefon, also sagte meine Mutter: »Ist das nicht nett, dass diese Leute so freundlich sind und persönlich bei uns vorbeikommen?«

Am ersten Nachmittag, als sie uns besuchten, hatte es gerade aufgehört zu regnen. Meine Mutter bot ihnen nichts zu trinken an, obwohl sie und mein Dad einige Bier leerten, eins nach dem anderen.

Die Ersten mit Papierstapeln waren ein Mann von unserer alten Bank in Windsor und eine Frau von der neuen in Belle River. Die beiden saßen Seite an Seite, die Köpfe nebeneinander über die Unterlagen gebeugt. Sie dachten nach, dann kritzelten sie die neue Hypothekenrate an den Rand einer Zeitung und schoben sie meinen Eltern vor die Nase.

Mein Vater lachte. »Ich nur sage Inflation!«

Meine Mutter lachte ebenfalls, also lachte ich auch, woraufhin sie sagte, ich solle gehen und woanders spielen und ob ich nicht was Besseres zu tun hätte.

Widerstrebend, meine Abschiebung mit hängendem Kopf übertrieben zur Schau stellend, ließ ich die Bankleute mit meinen Eltern allein. Es war so, dass Informationen für mich mittlerweile so lebensnotwendig waren wie für andere Kinder Vitamine. Meine Neugier war mein sechster Sinn geworden, die mir mehr Erkenntnisse verschaffte als mein Geruchs- oder Tastsinn. Die Dinge um uns herum änderten sich viel zu schnell, und wenn ich mich auf die Informationen meiner Eltern verließe, wären wir schon längst wieder auf dem Weg, bevor sie uns überhaupt sagen würden, wohin und warum wir gingen.

Ich verzog mich auf die andere Seite der halbhohen Mauer und spielte mit Gigi. Wir hatten sie mit einem Stück Faden angebunden, damit sie nicht weglaufen konnte. Sie trottete über die Hügel aus Sand und Schmutz und miaute, als wäre sie hinter Gittern und wütend darüber.

Die Bankleute steckten gerade die Unterlagen in ihre Mappen zurück, als d. g. A. d. W., der Boss meines Vaters, vorbeikam. Sein richtiger Name lautete John Dormer, und *JD Construction* stand groß auf der Seite seines klotzigen Kastenwagens. Alle sagten hallo zu ihm, bis auf meine Mutter, die ihn mit den Worten begrüßte: »Das Einzige, was diesen Tag für uns noch schlimmer machen könnte, John, wäre, wenn du hergekommen bist, um Joe zu feuern.«

»Herrgott, Nan«, sagte John und nahm seine Baseballkappe ab. »Ich bin nicht hergekommen, um jemanden zu feuern, aber ich muss was Wichtiges mit euch beiden besprechen.«

Eine Sekunde lang sprach niemand ein Wort. Dann sagte Mom: »Scheiße, verdammt! Genau das ist es, weshalb du hier bist, John, oder?«

Dad zuckte vermutlich zusammen, weil sie vor seinem Boss und den Bankmenschen fluchte, denn das waren Leute, die entweder wichtige Papiere oder unsere jämmerliche Zukunft in ihren Händen hielten. Ihre gedämpften Stimmen und ihre offenkundige Autorität verliehen dem Carport einen fast sakralen Charakter. Doch mir war klar, dass meine Mutter schon lange keine Übung mehr darin hatte, sich vor den Mächtigen zu beugen. Am wenigsten vor meinem Vater.

»Einen Moment, bitte«, sagte sie, ohne darauf zu achten, welche Wirkung ihre groben Worte auf alle hatten. »Ehe wir weitermachen, brauche ich einen Drink. Sonst noch jemand?«

John sagte: »Sicher«, Dad sagte: »Nein, danke.« Die Bankleute standen auf und sagten, sie würden am nächsten Morgen anrufen und den neuen Finanzplan durchgeben.

»Wie denn? Wir haben doch kein Telefon«, erwiderte meine Mutter. »Warum schicken Sie ihn nicht per Brieftaube, hm? Wie wäre das?«

Sie warf diese Worte über ihre Schulter, während sie zum Zelt ging, wo die Kühlbox stand. Sie sah mich hinter der Wand kauern. Ich mied ihren Blick und dachte: Warum bringst du die verdammte Kühlbox nicht in den Carport und sparst dir den Weg?

Auf dem Rückweg, die klirrenden Bierflaschen in der Hand, blieb Mom vor mir stehen. Ich schob Kieselsteine mit einem Stock zu einem Haufen zusammen.

»Faith, komm, setz dich zu uns, sag John guten Tag, ja? Ich möchte dich bei mir haben.«

Die Bankleute gingen, und ich stand auf und folgte Mom in den Carport. Ich war verlegen, weil Dads Boss da war, also sprang ich meinem Vater auf den Schoß und drückte ihn ein wenig zu fest. In jenem Sommer entdeckte ich allmählich, dass ich, wenn ich es wollte, den Eindruck von Liebenswürdigkeit erwecken konnte. Ich begann eine gewisse Eitelkeit zu kultivieren, was ganz bestimmt eine Sünde war, denn in Religion hatten sie uns gesagt, dass das Wissen um die eigene Macht ein Mädchen in den Wahnsinn treiben könne. Auf diese Weise würden anständige Frauen zu Huren, erzählte man uns, und aus ebendiesem Grund könnten Schauspielerinnen nie glücklich sein.

Und ich war davon besessen.

In der Woche zuvor war im oberen Badezimmer ein breiter Spiegel angebracht worden, der von einer Wand zur anderen reichte, und ich gab sechsmal in einer Stunde vor, pinkeln zu müssen. Jedes Mal, wenn ich hochging, starrte ich mich im Spiegel an, länger, als ich je irgendetwas in meinem Leben angestarrt hatte, vom Fernseher einmal abgesehen. Ich betrachtete mich von der Seite, zog meinen Po ein und streckte ihn raus. Ich begutachtete mich aus der Nähe und von weiter weg, von vorn und von hinten. Einmal kam im Radio meines Vaters, während er im Keller arbeitete, »Evergreen« von Barbra Streisand, und ich sang es meinem Spiegelbild leise vor und hielt sogar den letzten Ton genauso lang wie Barbra. Ich kletterte auf die Kommode und studierte das Innere meiner unteren Augenlider. Warum das alles? Ich denke, ich nahm nur ernsthaft in Augenschein, was bereits vorhanden war und was noch kommen würde. Zum Beispiel bekam ich nach und nach auch diese Dellen in den Oberschenkeln, wie ich sie bei Mom sehen konnte, wenn sie einen Badeanzug trug. Und ich hatte Angst. Ich merkte mir, welcher Gesichtsausdruck bei bestimmten Gefühlen am besten aussah, selbst bei Gefühlen, die ich noch nicht richtig erlebt hatte, wie »Verlangen« oder »Liebeskummer«. Aber die Gewissheit, dass die Leute, vor allem Jungen und Männer, eines Tages innehalten und mich so ansehen würden, wie sie Mom ansahen, war etwas, was in jener Zeit einem Gefühl von Macht am nächsten kam.

Das Schlimmste an der Eitelkeit eines Mädchens ist, dass sie ansteckend ist, denn als Hope auftauchte, schrie sie sofort: »Ich auch, Daddy, ich auch!« Und Dad breitete einen Arm aus und umarmte ein paar Sekunden lang uns beide, bis er uns wegkitzelte, was er immer häufiger machte.

»Und? Wir geht es dir?«, fragte John meinen Vater. »Das Haus wird ja so langsam. Sieht gut aus. Was nimmst du für die Laibungen?«

»Aluminium. Blanke Aluminium. Nan wille sie anstreichen.«

Mein Dad sah seinen Boss nicht an und drängte Hope und mich von seinem Schoß.

»Klingt gut. Danke«, sagte John zu meiner Mutter, als sie ihm ein Bier gab.

»Na klar. Mädchen, geht von eurem Dad runter«, bellte sie und gab mir ein Zeichen, dass ich neben ihr auf der Bank sitzen solle. Ich wollte eigentlich nicht mehr im Carport bleiben. Die Luft wurde langsam dick von ihrem Ärger, und das verriet mir alles, was ich über unser weiteres Schicksal wissen musste.

»Hey, Nancy«, sagte John, »warum schickst du die Kinder nicht zum Spielen, damit ich mit euch …«

»Sie können bleiben, John«, unterbrach Mom ihn ohne jede sichtbare Gefühlsregung. Ich stand mit verschränkten Armen da. Hope setzte sich neben Mom. Meine Mutter ließ d. g. A. d. W. keinen Moment aus den Augen, während er sich nicht hinsetzte. Er nahm nur einen großen Schluck Bier und erklärte, wie seine kleine Firma den großen Auftrag für den Siedlungsbau verloren habe, weil die große Siedlung nicht gebaut werde, weil niemand die Häuser kaufen wolle, weil niemand mehr Geld habe, und das sei es, was er am meisten gefürchtet habe, aber keine Sorge, er habe noch Arbeit für meinen Vater, gute sogar, in Calgary, einer Stadt, von der ich noch nie gehört hatte, selbst in Erdkunde nicht.

Stille.

»Wir haben das Haus verloren«, sagte meine Mom und ließ ihre Flasche auf den Gartentisch knallen.

Hope und ich sahen zur offenen Fliegentür und ins Haus. Ich konnte erkennen, dass Hope dasselbe dachte wie ich. Wie kann das Haus verloren sein, wo es doch genau hier vor uns steht? Wir sind hier. Ich kann es sehen.

»Calgary. Liebe Jesus«, sagte mein Dad. »Wann?«

»Sofort. Es wäre auch nicht für lang, sechs Monate, vielleicht ein Jahr. Du kannst die Kinder mitnehmen. Wenn du willst. Manche der Männer tun das. Für die Familien gibt es Unterkünfte. Nicht allzu teuer. Na ja, die Unterkünfte werden gerade erst gebaut, aber in der Zwischenzeit könnten wir euch in ein Motel stecken, in der Nähe einer Schule natürlich. Da draußen gibt es viel zu tun. Viel Arbeit.«

Wieder Stille.

»Ich fühle mich … schrecklich«, fuhr John fort, »aber hier gibt es nun mal nichts. Keine Arbeit. Das alles ist wirklich schrecklich.«

»Ich weiß«, sagte mein Dad. »Ich weiß. Aber …« Er legte die Hand vor den Mund, um nichts mehr zu sagen. Er sah zu meiner Mutter hinüber, doch sie tat, als hätte sie nichts gehört. Sie konzentrierte sich darauf, das Etikett von ihrer Bierflasche abzulösen, langsam und sauber, in einem feuchten Stück.

»Seht euch das mal an«, sagte sie und betrachtete das Etikett. »Das soll Glück bringen. Hier«, sie gab es mir, »geh und leg es zum Trocknen in deine Bibel, als Erinnerung an diesen Tag. Ich finde, das passt gut.«

Dad fuhr sich mit der Hand durch sein dichtes lockiges Haar, das zerdrückt war, weil er den ganzen Tag Baseballkappen trug.

»Ich weiß nicht, was sage«, meinte er. »Nan und ich … musse viel rede, John. Wo du arbeite morge?«

»Draußen auf der Bundesstraße neun, am Zweifamilienhaus«, sagte John.

»Ich komme Mittag«, sagte Dad und stand auf. Sie gaben sich die Hand.

Mom blieb sitzen und betrachtete ihre Fingernägel. Aber als John in der Auffahrt zurücksetzte, stand sie auf und rannte hinter ihm her. John hielt an und kurbelte sein Fenster herunter. Sie neigte sich vor, als wollte sie ihm etwas sagen, doch dann stand sie nur schweigend da, die Hände in die Hüften gestemmt. Sie holte ein paarmal tief Luft, aber ehe sie etwas sagen konnte, fiel ihr Kopf nach vorn. Dad rannte zu ihr. John wollte aussteigen, aber Dad hob die Hand. Er zog Mom vom Wagen weg, doch sie riss sich los und ging wieder zu mir und Hope, die wir wie angewurzelt auf der Bank saßen und uns an die Sitzfläche klammerten. John legte wieder den Rückwärtsgang ein und fuhr davon. Meine Mutter drehte sich um und hob einen großen Erdklumpen auf, den sie ihm ungeschickt hinterherwarf.

»'ör auf, Nan, iste nicht seine Schuld«, sagte mein Dad.

»Wessen dann?«, schrie sie und drehte sich zu ihm um.

Sie standen ein bis zwei Meter auseinander am Rand der Kiesauffahrt.

Meine Mutter wandte sich ab, ging langsam zum Zelt hinüber, griff hinein, nahm sich ihre Handtasche und warf sie durch das offene Fenster in den Kombi. Sie stieg ein und fuhr fort, ohne irgendwas zu sagen.

Ich blickte zu Hope, die sich auf die Unterlippe biss. Sie stand auf und ging ins Haus, und ich sah, wie die neue Fliegentür langsam hinter ihr zufiel. Ich hielt meinen Blick auf die Tür dieses Hauses gerichtet, das immer noch da war. Das Haus war noch da. Wir waren diejenigen, die verloren gingen.

Ich beobachtete Dad, der in der Mitte der Auffahrt stand. Seine Augen wanderten vom Dach zum aufgewühlten Garten, dann zum Hauszelt hinüber, dann zu mir, dann wieder zum Dach, dann zu Gigi, die jetzt an ihrer Wollfadenleine nagte.

»Wo sinde Junge?«, rief er schließlich zu mir herüber und hielt dabei seine Hand über die Augen, um die Sonne abzuschirmen, so wie meine Mutter es getan hatte an dem Tag, als sie zu ihm aufs Dach hinaufgelacht hatte. An dem Tag, als er zu ihr hinuntergelacht hatte. An unserem letzten normalen Tag an diesem Ort.

»Ich weiß nicht«, schrie ich zurück. »Ziehen wir jetzt nach Calvary?«

»Calvary? Nein, Fäte, heißte Cal-Gary.«

Es war das erste Mal, dass mein Vater mich verbesserte, und ich fand es plötzlich lustig, wie wir da so weit entfernt voneinander standen und über diesen blöden Abstand hinweg Fragen und Antworten hin und her brüllten. Dann trug er mir auf, »ssu gehe und finde Junge unde hole ssu Abendessen«, und ich sagte »okay« und dachte, es wäre eine gute Gelegenheit, um mal in den Spielsalon zu linsen. Hope sollte mich begleiten. Allein wäre ich zu schüchtern, ihn zu betreten.

Ich zog die Fliegentür auf und rief: »Hope, komm! Wir müssen die Jungs suchen! Und in die Spielhalle gehen!«

Keine Antwort.

Ich ging hinein und stieg vorsichtig die Holztreppe hinauf. Es gab noch kein Geländer. Genau wie die Küchenspüle, die Badewanne und die Steine für den Kamin war es noch nicht geliefert worden, und nun würde das alles wohl auch nie mehr geliefert werden.

Hope lag in einem der Schlafzimmer auf dem Boden. Sie hatte Dads Bettdecke genommen und tat so, als schliefe sie tief und fest.

»Hope, steh auf, wir müssen die Jungs suchen.«

»Werden wir wieder umziehen?«, fragte sie mit gespielt schläfriger Stimme.

»Ich weiß nicht.«

»Wo ist Mom?«

»Ich weiß nicht, lass uns gehen.«

»Ich will nicht umziehen. Ich hab Freundinnen hier.«

Und es stimmte, dass sie Freundschaft geschlossen hatte. Jeden Tag, seit Hope Janey und Lula kannte, ging sie zum Frühstücken in ihr Haus hinüber. Ich nicht, und ich schob meine Mutter als Entschuldigung vor. »Wer soll Mom denn dann Gesellschaft leisten?«

Außerdem mochte ich sie nicht besonders. Oder eher: Ich dachte, dass sie mich nicht besonders mochten. Aber sie liebten Hope, weil sie alles tat, was sie ihr sagten. Manchmal gesellte ich mich zu ihnen, wenn sie am Fluss nach Kaulquappen oder »Spuren« suchten. »Spuren« konnten alles sein, vom alten Schuh bis zur Zigarettenschachtel. »Kinder auf dem Land gebrauchen ihre Phantasie«, sagte meine Mutter, »weil es hier draußen nicht viel zu tun gibt.« Janey und Lula sammelten diese »Spuren«, als wären sie von großer Bedeutung. Und Hope machte ihr Spiel mit.

»Vielleicht ist das von bösen Menschen«, sagte sie zum Beispiel voll Argwohn und Ernst, während sie mit einem Stock in einer schmutzigen Plastiktüte oder zusammengerollten Socke herumstocherte. Dann schrien alle auf, ließen die »Spur« fallen und rannten zum Friedhof, wohin ich ihnen halbherzig folgte.

So verbrachten wir unsere Zeit auf dem Land, im kleinen Ort Emeryville an einer unbefestigten Straße abseits der Bundesstraße. Es gab tatsächlich viele Frankokanadier dort, und tatsächlich hatten die meisten denselben Nachnamen, Chaumier. Einschließlich Janey und Lula.

»Das erklärt auch, warum Mattys neue Freunde so aussehen, wie sie aussehen«, meinte meine Mutter. »Inzucht.«

Als Hope endlich »aufwachte« und mit mir nach unten kam,

warteten Lula und Janey schon am Gartentisch im Carport auf uns.

»Hallo, wir gehen zum Friedhof. Kommt ihr mit?«, fragte Janey. Ich spielte gern auf dem Friedhof. Er war nicht alt, alle Grabsteine lagen flach auf dem Boden, so dass es überhaupt nicht gruselig war.

»Wir können nicht, wir müssen die Jungs suchen«, sagte ich.

»Wir ziehen wieder weg«, fügte Hope hinzu.

»Tut ihr nicht. Das ist doch dumm«, erwiderte Janey.

»Wir haben das Haus verloren«, sagte Hope. Ich schlug ihr auf den Arm. Mom würde nicht wollen, dass die etwas wussten, was noch nicht einmal wir selbst richtig wussten.

»Aber es ist doch da«, sagte Lula und hob den Arm wie die Assistentin eines Zauberkünstlers. »Seht ihr? Egal, vielleicht sind die Jungs ja auch da draußen, am Fluss oder so.«

»'scheinlich spielen sie Flipper«, sagte Hope.

»Dann gehen wir auf dem Rückweg eben am Flipperladen vorbei, kommt schon.«

Hope und ich sahen uns an. Ich dachte, wenn wir es hinausschieben, die Jungs zu finden, dann könnten wir vielleicht auch alles andere Schlimme noch eine Weile hinausschieben. Den Umzug.

»Okay«, sagten wir.

Mein Dad holte gerade etwas aus dem Zelt. Ich rief ihm zu, wir würden die Jungs suchen gehen und zum Abendessen zurück sein.

»Okay und hier, nimm«, sagte Dad und kam zu mir. Er gab mir einen Fünf-Dollar-Schein. »Kaufe was fur alle.«

Ich staunte verzückt. Ich würde es für die Spielhalle nehmen, für das erste Flipperspiel meines Lebens.

Wir rannten zum Fluss, staksten am flachen Ufer entlang bis zu der kleinen Brücke, die zum Friedhof führte. Das war der Weg hinten herum. Der alte Chaumier, Janeys und Lulas Großonkel, wohnte an der Zufahrtsstraße am Vordereingang, neben dem Tor. Er kümmerte sich um den Friedhof, hielt ihn sauber, mähte den Rasen, polierte die Grabsteine und sammelte all unsere Chipstüten, Kaugummipapiere und Limodosen auf. Der Alte, wie wir ihn nannten, hasste es, wenn wir auf dem Friedhof spielten. Immer, wenn er uns vier zusammen auf der Straße sah, selbst wenn wir nicht in die Nähe des Friedhofs kamen, drohte er mit der Faust und brüllte: »Bleibt bloß vom Friedhof weg, verdammt, sonst fahr ich euch mit dem Auto platt!« So wie er herumschrie, hätte man nicht gemeint, dass Lula und Janey in irgendeiner Weise mit ihm verwandt waren. »Ich bring euch alle um, wenn ich euch noch mal erwische, das schwöre ich.«

Wir ignorierten ihn einfach oder liefen weg, je nach Laune und je nachdem, ob wir Schuhe trugen oder nicht. Aber wir mussten jedes Mal darüber lachen, dass er uns so hasste.

Das Beste am Friedhof waren die Statuen. Es gab vierzehn lebensgroße Skulpturen einzelner Stationen des Kreuzwegs. Da war Jesus mit der Dornenkrone, Jesus beim Verhör, Jesus mit Maria und eine Statue von Veronika, die Ihm auf Seinem Weg durch die Straße das Gesicht abwischte. Als Jesus das Kreuz auf dem Rücken trug, stürzte er dreimal. Er war auf dem Weg in den Tod, auf dem Kalvarienberg – so wie wir, dachte ich, auf unserem Weg nach »Calvary«. Ich wusste, dass wir in Calgary nicht getötet werden würden, aber trotzdem hatte ich das Gefühl, dort sterben zu müssen. Ich wollte nicht wieder umziehen.

Die Statuen hatten genau die richtige Höhe, um auf ihnen herumzuklettern, sie zu umarmen und mit ihnen zu sprechen, zum Beispiel wenn wir »Gefangene« spielten oder so taten, als würden wir mit ihnen tanzen. Der beste Tanzpartner war Jesus bei Seiner Auferstehung. Er hielt die Arme auf Höhe unserer Hüften ausgestreckt, was perfekt war, um sich für einen Engtanz dagegenzulehnen.

Als wir beim Friedhof ankamen, kletterte Lula sofort hoch und fing an, Jesus zu küssen. Mir wurde übel. Man konnte der weißen Statue ansehen, dass sie oft auf diese Weise belästigt wurde und sehr traurig darüber war. Der Mund war rosa gefärbt, und der Lack blätterte ab, so dass man den Gips darunter sah. Vielleicht durchliefen neben mir noch andere Mädchen diese Phase, dass sie in Jesus verliebt waren und ihn heiraten wollten, dachte ich. Ich selbst hatte über die Jahre Respekt für Ihn entwickelt und schätzte Ihn mittlerweile einfach als guten Freund. Meistens jedoch fürchtete ich Seinen Zorn. Ich fing schon an, mir Gedanken zu machen, ob Er es gewesen war, der Die Rezession auf uns herniedergebracht hatte, da sie sich offenbar nur auf unsere Familie auswirkte. Ich dachte, Er könnte sauer auf uns sein, weil wir erst zweimal in die neue Kirche gegangen waren. Aber das war nicht unsere Schuld. Wir hatten viel zu tun, um das Haus fertigzubauen, und jeder Tag zählte, auch der Sonntag.

»Seht mal! Ich mache Zungenkuss«, sagte Lula und leckte Jesus den Mund ab.

Ich schloss die Augen. Ich hatte darum beten wollen, dass wir in Emeryville blieben, aber während ich dieses kranke Spektakel beobachtete, bereitete ich mich innerlich lieber auf unsere garantierte Verbannung vor.

Lula gab Jesus noch ein paar Schmatzer, bevor sie von ihm abließ. »Jetzt bist du dran, Faith«, sagte sie.

»Nein. Vergiss es. Das ist eine Sünde. Außerdem ist es abartig.«

»Du bist abartig«, sagte Janey und schubste mich leicht, um ihre Schwester zu verteidigen.

»Halt die Klappe, Janey«, sagte Hope, um mich zu verteidigen.

»Das ist keine Sünde«, sagte Lula. »So kannst du küssen üben.«

Da kletterte Hope hinauf und nahm Lulas Platz bei Jesus ein.

Ich sah zu, wie meine kleine Schwester sich am Leib Jesu rieb und dabei dämlich stöhnte und ihren Kopf vor und zurück warf. Ich konnte nicht anders und schlug ihr auf die Knöchel.

»Geh da runter!«, kreischte ich. »Du siehst total bescheuert aus, Hope.« Ich schämte mich für sie und machte mir Sorgen um ihre Seele. Merkte sie denn nicht, in welcher Gefahr wir schwebten? Das Letzte, was wir gebrauchen konnten, war Gott oder Seinen Sohn noch weiter zu erzürnen, indem wir Jesus auf diese schreckliche Weise belästigten.

Hope schrie zurück: »Ich bin überhaupt nicht bescheuert, sondern du! Du bist ja so ein Baby!«

Damals wussten wir es noch nicht, doch in jenem Sommer waren wir uns zum letzten Mal so nahe. Danach würde ich nie mehr genau wissen, wo sie war oder wen sie küsste, ob es Statuen waren oder nicht.

Vom Friedhof aus konnten wir die Auffahrt des alten Chaumier sehen. Sie war leer. Am meisten hasste er es, wenn wir von der kleinen Friedhofsbrücke in den Fluss sprangen, weil wir beim Herumplanschen seine Rhabarberpflanzen unter Wasser setzten, die direkt am Ufer wuchsen. Einmal wurde er so wütend, dass er mit seinem Cadillac auf die Brücke fuhr, während wir darunter im Wasser planschten. Von dem Dröhnen des Wagens auf den Metallplanken hatten wir das Gefühl, in einem Flugzeug zu schwimmen. Als der Alte den Kopf vorstreckte, um uns anzuschreien, spritzten wir ihn nass. Er trat noch ein paarmal aufs Gaspedal, dann fuhr er weiter. Wir schwammen durch den Fluss nach Hause, doch der Alte erwartete uns an einer Stelle, wo der Fluss an der Bundesstraße vorbeifloß, und warf mit Steinen nach unseren Köpfen. Ich dachte, er müsse verrückt sein. An jenem Tag erzählte uns Mom, während wir uns abtrockneten, dass wir im Fluss zwischen menschlichen Exkrementen herumschwimmen würden, was weitaus gefährlicher sei als ein wütender alter Mann.

Nachdem wir die Auffahrt noch einmal kontrolliert hatten, sagte Janey: »Der Alte ist weg. Wir sollten schnell schwimmen gehen.«

Unter der Brücke war der Fluss schön tief. Manchmal, wenn wir reinsprangen, riefen wir laut den Namen eines Jungen, den wir mochten. Ich rief immer »Shaun Cassidy«, weil ich hier noch keine Jungen kannte.

»Wir haben keine Badeanzüge dabei«, sagte Hope.

»Na und? Schwimmen wir eben nackt. Das machen wir immer«, entgegnete Janey, während sie und Lula sich hastig auszogen. »Seid keine Feiglinge.«

Hope hatte ihre Kleider als Erste ausgezogen. Wir waren alle noch kleine Mädchen, aber selbst Janey mit ihren fast zwölf Jahren war weniger entwickelt als Hope. Tatsächlich hatte Hope mit neun schon mehr Busen vorzuweisen als ich. Sie hatte mir sogar mal erzählt, wie ihre Nippel manchmal juckten. Meine eigene Nacktheit war noch ganz unschuldig, deshalb wusste ich noch nicht einmal, warum ich zögerte. Ich hatte keinen Busen und keinerlei komische Haare, und ich vermisste auch nichts davon. Doch es fühlte sich seltsam sündig an, nicht angezogen zu sein, mitten am helllichten Tag neben all diesen Toten und dem leidenden Jesus.

»Was, wenn die Jungs vorbeikommen?«, wollte ich wissen.

»Wen juckt das schon? Na, komm«, schrie die nackte Janey zu mir Hasenfuß herüber. Ich ließ mir Zeit, meine Schnürsenkel aufzubinden, und beschloss, die Unterwäsche anzulassen. Den Rest zog ich nur aus, weil es heiß war.

Mein erster halbnackter Sprung war wundervoll, der einzige Schmerz, den ich spürte, rührte vom Aufprall aufs Wasser, und er war willkommen. Wir sprangen von der kleinen Brücke, die den Parkplatz der Kirche vom Friedhof trennte, schrien laut Jungennamen heraus, und ich liebte diesen Ort, Emeryville. Ich wollte für immer hier bleiben. Glatt und klein bleiben wie jetzt. Mit diesen Mädchen befreundet bleiben. Größer als Hope bleiben. Ich wollte für den Rest meines Lebens zehn bleiben und mit meiner kleinen Schwester nackt von einer Brücke springen. Es machte mir einen Riesenspaß, sogar mit Janey, die mir geduldig beibrachte, wie man im Wasser eine Rückwärtsrolle macht, ohne Wasser in die Nase zu bekommen. Es machte uns allen einen Riesenspaß, so dass keine von uns bemerkte, wie der Cadillac des alten Chaumier am Ende des Friedhofswegs parkte.

Als wir ihn schließlich sahen, stiegen wir aus dem Fluss, nicht zu schnell, sondern auf eine Art, die unser selbsternanntes Recht demonstrieren sollte, dort schwimmen zu gehen. Wir halfen uns gegenseitig ans Ufer, lachten jede ein wenig zu laut über die Albereien der anderen und beachteten ihn in keiner Weise. Keine von uns wusste, wie lange er schon dort wartete, eine bedrohlich summende Wespe, der Kopf über dem Steuer kaum zu sehen.

»Scheiße, dein Onkel ist böse«, sagte ich zu Lula, die mit ihren Shorts kämpfte. Sie machte sich nicht die Mühe, ihre Unterhose anzuziehen, sondern knüllte sie zu einem Ball zusammen und stopfte sie in die hintere Hosentasche.

»Er wird uns nichts tun«, sagte sie nervös, zog sich das T-Shirt über den nassen Kopf und streckte ihm die Zunge raus. Ich kippte fast vornüber vor Lachen, während ich versuchte, mir die Strümpfe über die nassen Füße zu ziehen. Hope war immer noch mit ihrer Unterwäsche beschäftigt.

Der Alte ließ den Motor laut grollend aufheulen, dann streckte er den Kopf aus dem Fenster und brüllte: »Ich sag's euch, verschwindet bloß von der verdammten Brücke, sonst fahr ich euch Mistkäfer mit meinem Wagen platt!«

»Was für ein Arschloch«, flüsterte Janey, die jetzt vollständig angezogen war. »Ich werd meiner Mutter erzählen, dass er immerzu flucht und uns beschimpft und totfahren will.«

»Sei bloß still, alter Mann, die Brücke gehört dir nicht. Wir können hier sein, wenn wir wollen!«, brüllte Lula.

Völlig zusammenhanglos fügte Hope hinzu: »Ja, und mein Großvater sind Sie auch nicht!«

Ich sah Hope an. Mein Mund stand weit offen, und sie war ebenso erschrocken über ihre Worte wie ich.

»Hope! Pass auf, was du sagst, und zieh dein verdammtes T-Shirt an, wir müssen hier weg«, zischte ich und zog mir die Shorts über mein nasses Höschen. Ich bedauerte, meine Unterwäsche anbehalten zu haben. Jetzt sah es aus, als hätte ich mir in die Hose gemacht.

Der Alte fing an, wie ein Verrückter zu hupen, als er sah, dass wir über die niedrige Ziegelmauer sprangen, die seinen Garten vom Friedhofsweg trennte. Mit heulendem Motor raste er zur Brücke. Wir rannten los, geradewegs durch den Garten. Janey blieb kurz stehen, riss ein paar dicke Rhabarberblätter heraus, und unsere Füße zertrampelten den Rest. Janey nahm einige Blätter, warf sie über ihre Schulter nach hinten und imitierte das Geräusch explodierender Bomben, wenn sie auf dem Boden landeten.

Noch lachten wir.

Es dauerte ein paar Sekunden, bis der alte Chaumier die paarmal zurückgesetzt hatte, die er brauchte, um seinen riesigen Cadillac zu wenden, was uns einen kleinen Vorsprung verschaffte. Dann kam er den Friedhofsweg zurückgebraust. Als wir auf das Haus gegenüber zurannten, beschleunigte er und folgte uns auf den Fersen. Der Alte wollte uns wirklich umbringen, und wenn er uns erwischte, so dachte ich, würde er es tatsächlich tun. Doch obwohl ich den sicheren Tod vor Augen hatte, fühlte ich mich so voller Lebensmut wie nie zuvor. Auf gar keinen Fall würden so lebendige Kreaturen wie wir von ihm ermordet werden, in diesem Alter, an diesem Tag. Auf gar keinen Fall würde ich auf diese Weise sterben.

Wir kürzten durch ein paar Gärten ab, sprangen über einen weiteren kleinen Zaun, überquerten eine weitere Straße, bis wir schließlich das freie Feld erreichten.

»Wir haben es geschafft!«, schrie Hope.

Ich lachte, völlig unangebracht, aus purer Freude.

Das Sojafeld begann gerade erst zu sprießen, so dass wir auf der anderen Seite den Maschendrahtzaun und die Rückseite des Postgebäudes sehen konnten. Dahinter kam die Bundesstraße, dann noch ein paar Straßen und wir wären zu Hause.

Hope kreischte: »Guckt mal, er kommt!«

»Oh, mein Gott, dieser Mistkerl fährt durchs Feld«, schrie Janey und lachte fast, weil sie es nicht glauben konnte.

Der Alte fuhr durch den letzten Garten, als gäbe es eine befestigte Straße mitten hindurch. Er fuhr direkt unter der Wäscheleine durch. Seine Antenne verhakte sich, dann sprang sie wieder vor und wackelte im Wind. Weiße Hemden, Handtücher und Bettlaken fielen auf die staubige Motorhaube, das Dach und den Kofferraum des Cadillac.

»Er wird uns umbringen«, gellte Janey, und in diesem Moment geriet ich in Panik.

Der alte Chaumier stoppte am Feldrand. Dann fuhr er den schweren Wagen zentimeterweise über die Kante, als wären die Reifen Zehen, mit denen er Wasser testete. Er muss sich sicher gewesen sein, dass der Boden den Cadillac tragen würde, denn es kam mir nur wie eine winzige Sekunde vor, bis er unsere Verfolgung wieder aufgenommen hatte, direkt hinter uns und schneller war, als wir je rennen konnten. So sicher ich auch wusste, wie wichtig es war, sein Ziel im Auge zu behalten, blickte ich dennoch zurück. Den großen glänzenden Wagen mit irrsinniger Geschwindigkeit durch das zerklüftete, löchrige Feld holpern zu sehen war, wie ein Auto beim Selbstmord zu beobachten, bei dem es gleichzeitig den umbrachte, der darin saß.

Wir hatten das Postgebäude fast erreicht und keuchten viel zu heftig für junge Mädchen, die noch nicht einmal die erste ihrer Tausenden von Zigaretten geraucht hatten.

»Wir haben's fast geschafft!«, schrie ich und krallte meine Nägel in Hopes Handgelenk. Ich konnte sie nicht loslassen, auch wenn Janey und Lula sich getrennt hatten und dadurch viel schneller rennen konnten und kein so gutes Ziel bildeten.

Als wir an den hohen Maschendrahtzaun kamen, sprangen wir hoch und klammerten uns daran fest. Wir waren wie vier Fliegen, die an einer riesigen Klatsche klebten. Wir kletterten hinüber und mieden vorsichtig die gefährlichen Stellen, wo die Enden der verdrehten Metallschlingen wie Zacken einer Krone spitz nach oben zeigten.

Lula holte sich mehrere Kratzer und landete weinend auf der anderen Seite. Hope hatte es am Oberschenkel erwischt, und sie schlug hart auf den Hintern auf. Blut lief ihr das Bein hinab. Sie hatte ihre Schuhe liegen lassen und die gesamte Strecke über die schmutzige Straße und durch das pieksende Sojafeld barfuß bewältigt, ohne einen Mucks. Ich war entsetzt und beeindruckt und stinkwütend auf den Alten, der jetzt fünf Meter entfernt auf der anderen Seite des gelobten Zauns stand, den Wagen im Leerlauf.

Jetzt konnte er uns nicht mehr kriegen. Auf keinen Fall würde er durch einen Zaun aus Metall fahren können.

»Der ist ja komplett verrückt«, sagte Janey und legte die Hände um ihre aufgeschürften Knie. Laut rief sie: »Du bist total verrückt, alter Mann! Diesmal werde ich es meiner Mutter erzählen, und dann kommst du ins Gefängnis. Für immer! Arschloch!«

Der Alte trat fest aufs Gaspedal und ließ den Motor aufheulen. Doch statt den Zaun zu durchbrechen, sahen wir, wie der gesamte hintere Teil des Wagens tief in die weiche Erde einsank. Die durchdrehenden Räder ließen den Dreck hoch in die Luft spritzen, und ein paar Brocken rieselten auf uns herab.

Mein erster Gedanke war, dass wir leben würden, vielleicht nicht in dieser Stadt, aber zumindest irgendwo. Mein zweiter Gedanke war, dass wir hier nicht erwünscht waren. Wir hatten das Haus verloren, also würden wir den Ort verlassen müssen, weil er so klein war wie die Probleme der Leute hier. Im Vergleich dazu würden wir wie gebeugte, beschämte Riesen herausragen. Vor allem mein Vater. Wenn meine Mutter unser Leben in der Stadt versaut hatte, so hatte mein Vater wenig getan, dies auf dem Land wiedergutzumachen.

Ich nahm Hope bis nach Hause auf den Rücken, weil wir nicht wieder zurückgehen würden, um ihre Schuhe zu holen. Sie waren es nicht wert, dafür zu sterben. Ich glaube, wir rechneten damit, dass der Alte aus dem Wagen springen und vor Frust wenigstens seinen Hut auf die Motorhaube werfen würde. Doch blieb er sitzen und rührte sich nicht, nur sein qualmender, grummelnder Wagen zeugte von seinem abgrundtiefen Hass auf uns.

Langsamer, aber immer noch auf der Hut gingen wir weiter. Und jedes Mal, wenn sich eine von uns umdrehte, um sicherzugehen, dass er noch feststeckte, streckten wir unsere Mittelfinger in die Höhe und wedelten damit in seine Richtung, bis wir ihn nicht mehr sehen konnten.

Hinter Janeys und Lulas Haus trennten wir uns.

»Bis bald«, sagte ich kleinlaut.

Janey lief zu mir und nahm mich in den Arm. »Ihr zwei seid die Besten«, sagte sie. »Ich bin froh, dass ihr hierher gezogen seid.«

»Wir auch«, sagte ich. »Aber sag's gleich deiner Mom, denn er muss ins Gefängnis. Es ist mir egal, ob er ein Verwandter ist. Okay?«

»Ich weiß.« Und sie winkten uns nach, bis wir den Zaun erreichten und drüberkletterten.

Ich ließ Hopes Hand los und sah, dass der Grill rauchte. Ich rannte los. Mom war zu Hause. Sie war vermutlich nur zum Laden gefahren, um einzukaufen. Und um sich ein wenig zu beruhigen.

Als ich den Carport erreichte, kam sie mit einem Beutel gefrorener Hotdog-Brötchen aus dem Haus. »Wo zum Teufel seid ihr zwei gewesen? Hast du dir in die Hose gemacht, Faith?«, fragte sie mit Blick auf meine durchweichte Hose belustigt. »Und Hopey, wo sind deine Schuhe?« Sie sah genauer hin und stöhnte erschrocken auf. »Hope! Deine Füße!«

»Mom …«, begann Hope, stockte und begann zu weinen.

»Was zum Teufel ist mit euch beiden passiert, Faith?«

Ich erzählte ihr, dass wir schwimmen gewesen waren. Dass wir in den Fluss gesprungen waren und nichts Schlimmes gemacht hatten, keinen Unfug, nichts. Und dann erzählte ich, wie der alte Chaumier mit seinem Wagen den Friedhofsweg versperrt hatte, und als wir vor Angst weggelaufen waren, versucht hatte, uns umzubringen, »den ganzen Weg bis zur Stadt, den ganzen Weg durch das Feld, den ganzen Weg bis zum Postgebäude, aber sein Wagen, weißt du, der blieb stecken, und deshalb konnte er uns nicht umbringen, aber er wollte es und will es vielleicht immer noch. Und er war so nahe dran. Und er sollte ins Gefängnis kommen.« Und dann weinte ich.

Dad hatte einen Teil der Geschichte vom Dach aus mitgehört und sprang dort herunter, wo es über den Carport ragte. Er griff nach einem Hammer und wollte wissen: »Wann ssu 'ölle iste das passiert?«

»Gerade eben«, weinte Hope. »Ich finde, er sollte ins Gefängnis. Er ist so böse, und 'scheinlich hat er meine Schuhe.« Sie wischte sich mit einer schmutzigen Hand über ihr schmutziges Gesicht. Das verschwitzte lockige Haar klebte ihr am Kopf. Wie sie dastand und betreten vom linken auf den rechten Fuß wippte, sah sie aus, als wäre sie erst zwei. Mom legte ihr die

Hände auf den Kopf und sah auf ihre ramponierten Füße hinunter.

»Herrgott, Joe, sieh dir nur ihre Füße an!«

Überall waren blutige Schnitte wie Kritzeleien, die zu den Knien hin weniger wurden. Und am Oberschenkel die große Wunde, auf der das Blut schon zu verkrusten begann.

»Faith, geh und füll Wasser in die kleine Wanne. Hope, du badest jetzt deine Füße.«

»Das wird ein toller Schorf, um dran rumzuknibbeln«, flüsterte Hope und beugte sich über ihre Verletzung. Dad schlug ihre Hand weg und holte den Erste-Hilfe-Kasten aus der Werkzeugkiste.

Mom kniete sich hin, um auf Augenhöhe zu sein, hielt uns ihren gestreckten Zeigefinger vors Gesicht, erst bei mir, dann bei Hope, und zischte: »Ihr zwei habt hoffentlich die Wahrheit erzählt. Hört ihr? Ich werde jetzt da rübergehen und mit Lulas und Janeys Mom reden. Bleibt hier.« Sie sah meinen Vater eindringlich an und sagte: »Und du gehst und holst Hopeys Schuhe von diesem Arschloch! Und sag ihm, er soll sich einen verdammten Anwalt nehmen!«

Dad nickte und beugte sich mit einem Pflaster über Hopes Bein. Er wirkte erschöpft und wütend. Das Pflaster war viel zu klein für die Wunde, deshalb fragte sie, ob sie fünf Pflaster haben könne, und er gab ihr fünf. Ich füllte mit dem Schlauch Wasser in die kleine Fußwanne und beneidete Hope um ihre Verletzung. Ich hatte von diesem Leidensweg nichts weiter vorzuweisen, außer dass es aussah, als hätte ich mir in die Hose gemacht.

Mom marschierte hinter unser Haus, und dann sah ich sie zum ersten Mal über einen Zaun springen. Sie machte es gar nicht schlecht. Die Landung war ein bisschen schwerfällig, aber sie wischte sich die grasigen Hände am Po ab und ging weiter Richtung Hintertür. Janeys und Lulas Mom hielt sie ihr bereits auf.

Dad ließ uns beschreiben, wo der Alte wohnte. Hope sagte, neben dem Friedhofsweg, braunes Haus, aber »'scheinlich sitzt er noch im Feld«. Dad griff sich die Autoschlüssel und rief den Jungen zu, die im Keller einen Puck hin und her schossen, sie sollten verdammt noch mal rauskommen und auf die Mädchen aufpassen.

Die Art und Weise, wie er mit quietschenden Reifen aus der Auffahrt schlingerte, machte mich ganz verliebt in meinen Vater. Ich feuerte ihn innerlich an, den Alten zu zerschmettern wie auch jede andere Macht, die sich uns entgegenstellte. Aus irgendeinem Grund dachte ich, das würde meiner Mutter so gefallen, dass sie ihn wieder lieben könnte. Kämpf für uns, Dad, spornte ich ihn in meinem Kopf an. Lass dieser Familie nichts Schlimmes passieren, sonst hört Mom auf, dich zu lieben. Wenn sie das nicht schon getan hat.

Matty und Charlie kamen Eis lutschend aus dem Haus. Hope und ich griffen uns auch zwei Eis und erzählten Matty und Charlie die Geschichte, wie ihre beiden Schwestern an diesem Tag fast gestorben wären. Obwohl sie nichts Schlimmes getan hatten. Matty meinte, der Alte habe bestimmt eine Waffe, ein Gewehr oder ein langes Schwert, auf dem Beifahrersitz. Hope sagte, sie habe keine Waffe gesehen. Matty ärgerte sie, indem er sagte: »Das kommt, weil du so doll geweint hast, dass du es nicht sehen konntest.« Charlie spekulierte, der Plan des Alten sei gewesen, uns zu überfahren, die Leichen in sein Haus zu bringen und zu zerstückeln. Danach hätte er die Teile auf dem Friedhof vergraben, und niemand hätte uns je gefunden. Nach seiner Geschichte leuchteten Charlies Augen vor Vergnügen.

»Sei still, du machst mir Angst«, sagte ich zitternd. »Ich frage mich, ob Dad ihn wohl verprügelt.«

»Oder ob Mom das macht«, ergänzte Hope, was uns wahrscheinlicher schien. Wir kicherten.

»Wir müssen wieder wegziehen, wisst ihr das?«, sagte Charlie.

Allmählich dachte ich, es wäre vielleicht doch keine schlechte Idee, wegzuziehen, zumindest könnte uns dann der alte Chaumier nicht umbringen. Matty stand auf und sagte, er wolle hinterherlaufen und Dad einholen.

»Nein, nicht, dann kommt der Alte und bringt dich um. Er hasst Kinder!«, sagte Charlie und fing an zu weinen. »Oder er kommt und bringt uns um.«

Ich dachte an das Geld, das Dad mir gegeben hatte, und tastete nach dem Schein. Er war weg, wahrscheinlich aus der Tasche gefallen, während ich um mein Leben gerannt war.

Wie eigenartig, fast gestorben zu sein, dachte ich, und sah zu Hope, die mit ihren zerschrammten Füßen im kalten Wasser immer wieder zusammenzuckte. Was hätte meine Mutter ohne ihre zwei Mädchen gemacht? Ich konnte mir nicht einmal vorstellen, was sie für ein Gesicht machen würde, wenn sie die Haustür öffnen und sich zwingen müsste, den Polizisten zuzuhören, die ihr erzählten, dass man draußen hinter dem Postgebäude die Leichen von Faith und Hope gefunden habe. »Breite Reifenabdrücke quer über die Mitte, Ma'am. Und der verrückte Alte stand daneben und lachte.« Ich konnte mir nicht vorstellen, wie ihr Gesicht aussähe, wenn sie solch eine schlimme Nachricht erhielte. In diesem Moment gab ich Gott das Versprechen, verdammt noch mal, besser auf meinen sterblichen Leib aufzupassen. Und noch viel besser auf den meiner kleinen Schwester.

Als wir die Sirenen hörten, warfen Hope und ich uns einen Blick zu, wie Erwachsene es tun. Ihr Gesicht wirkte jetzt älter. Die Sirenen kamen heulend näher, bis wir zwei Polizeiwagen neben Janeys und Lulas Haus vorfahren sahen. Große uniformierte Männer stiegen aus, klopften und verschwanden im Inneren.

Charlie flüsterte: »Der Alte kommt ins Gefängnis. Deshalb ist die Polizei jetzt da.«

Wir gingen zum Zaun und starrten verblüfft auf die Hintertür. Sie hatte alle wichtigen Leute dieses Tages verschluckt.

Meine Mutter trat aus dem Haus und rief uns zu sich. »Mädchen, ich brauche euch hier mal«, rief sie. Sie hielt ihre Arme fest um ihre Taille geschlungen. Als wir näher kamen, versuchte ich, ihren Gesichtsausdruck zu deuten, konnte es aber nicht. »Hope, Faith … der alte Mann? Er hat euch ins Sojafeld gejagt? Richtig?« Sie sprach mit uns wie mit Charlie oder Gigi.

»Ja, und dann hat er …«

»Ja, ich weiß, was er dann getan hat.« Sie sah uns kaum an. War sie sauer auf uns? Wir hatten doch eigentlich nichts gemacht, verdammt! Was hatte der Alte der Polizei erzählt?

»Lula und Janey haben mir gerade dieselbe Geschichte erzählt wie ihr. Aber hört mir zu. Es ist etwas Schlimmes passiert.«

Mom setzte sich auf die Stufen, und wir traten näher an sie heran. Charlie hielt meine Hand ganz fest. Dann sagte sie: »Charlie, Schätzchen, geh schon mal zum Haus zurück, wir kommen gleich nach.«

»Aber da ist jetzt keiner, Mom. Matty ist Dad hinterhergelaufen.«

»Mist.«

Einer der Polizisten kam auf die Veranda. »Nancy, welche ist Hope und welche Faith?«, wollte er wissen. Mir wurde ganz schwindlig, weil er so groß war. Hope auch. Sie krallte sich mit ihrer Faust in mein T-Shirt und sperrte den Mund auf, als sie sah, dass er eine Waffe trug. Er hatte seine Uniformjacke ausgezogen. Seine Handgelenke waren breit und sicher hart genug, um Kugeln abzufangen, auch ohne die Armbänder, die Wonder Woman brauchte.

»Haben sie ihn gefunden, Mom? Kommt er ins Gefängnis?«, fragte Hope.

»Ja, Schätzchen, sie haben ihn gefunden«, erwiderte sie. Dann drehte sie sich zu dem Polizisten um und zischte: »Welchen Unterschied macht es, wer wer ist? Herrgott noch mal, Sie haben doch gehört, was ihnen zugestoßen ist. Dieses Arschloch hat versucht, sie umzubringen. Ich bin froh, dass er tot ist, denn sonst hätte ich ihn umgebracht, wenn ich ihn in meine verdammten Finger gekriegt hätte.«

Ein Durcheinander von Buchstaben wirbelte durch meinen Kopf. Sie trudelten zu Wörtern zusammen und reihten sich dann zu einem verwegenen Satz, so dass vor meinem geistigen Auge *Du sollst nicht töten* erschien, in heiliger schnörkliger Schrift. Ich weiß noch, dass ich dachte, ich bin nur ein kleines Mädchen, und als meine Knie nachgaben, jammerte ich auch so, weil ich glaubte, der Teufel hätte meine Beine gepackt. Der erste Mensch, nach dem ich griff, war meine Mutter. Ich dachte, sie könnte mich aus der Hölle erretten oder würde mit mir hinabsteigen.

»Faith!«, schrie sie. Ich war nicht ganz ohnmächtig, aber die Schwärze war so nah, dass ich ihr nachgegeben hätte, hätte meine Mutter mich nicht so fest am Arm gepackt.

»Herrgott noch mal, sehen Sie nur, was Sie getan haben«, blaffte sie den Polizisten an. »Sie ist doch noch ein Kind!«

»Ma'am, ich wollte nicht ...«, stammelte der Polizist und griff nach meinem anderen Arm.

»Rühren Sie sie ja nicht an!«, keifte Mom und schlug auf seine monsterbreiten Handgelenke. O Gott, dachte ich, erst schreit sie eine Nonne an, und jetzt schlägt sie einen Polizisten! Ich ließ mich ins Schwarze fallen, der Teufel holte uns beide!

»Steh auf, Faith, es ist nicht deine Schuld, steh auf!«

Sie riss an meinem Arm, als hätte sie mit meinem Körper ein Tauziehen gegen den Teufel ausgetragen und gewonnen.

»Hör zu«, sagte sie, »keiner von euch hat Schuld. Er war ein alter Mann, der sich furchtbar aufgeregt hat, deshalb hat er einen

Schlaganfall oder einen Herzinfarkt bekommen. Es wäre auch so passiert, selbst wenn ihr nicht da gewesen wärt.«

Vom letzten Teil war ich nicht so überzeugt und sie auch nicht, das konnte ich erkennen.

»Trotzdem«, sagte der Polizist, »muss ich ihnen ein paar Fragen stellen, Nancy, ihre Aussagen aufnehmen, damit ich meinen Bericht schreiben kann. Haben Sie etwas dagegen, wenn ich die beiden kurz verhöre?«

»Ja, ich habe was dagegen. Wir hatten einen sehr langen, anstrengenden Tag. Ich bringe meine Kinder jetzt nach Hause. Und in Ihren Bericht können Sie Folgendes schreiben: Altes Arschloch versucht, meine Kinder zu töten. Happy End.«

»Okay, hören Sie«, sagte der Polizist, »ich werde Sie morgen anrufen.«

»Wir haben kein Telefon«, antworteten wir alle wie aus einem Mund. Meine Mutter grinste den Polizisten an, fast stolz.

»Tja, dann ... Ist das Ihr Haus da drüben mit dem Zelt?«, wollte er wissen.

»Ja – noch«, antwortete meine Mutter.

»Dann komme ich morgen mit ein paar Unterlagen vorbei«, sagte der Polizist.

»Stellen Sie sich hinten an«, sagte meine Mutter. »Morgen kommen alle mit ein paar Unterlagen vorbei.«

Lula und Janey klopften an ihr Fenster im oberen Stockwerk. Janey reckte den Daumen in die Höhe. Hope wollte die Geste erwidern, aber meine Mutter schlug ihr auf die Hand und hielt sie fest, während sie dem Polizisten auf Wiedersehen winkte.

Als Lulas und Janeys Mom herauskam, verscheuchte sie ihre Töchter vom Fenster.

»Hallo, Mädchen«, sagte sie zu uns, »geht es euch gut?« Sie war immer nett zu uns gewesen, fast zu freundlich, aber sie stellte eine Menge Fragen, etwa: »Wie lange meint ihr, dass dieses Zelt noch im Vorgarten steht? Ist das ein Springseil, das eure Mutter da als Wäscheleine benutzt? Seid ihr schon in der Schule angemeldet? Ach, und warum nicht? Und wer genau schläft da in dem Zelt ohne Heizung?« Wir erklärten, meine Mom, Hope und ich hätten ein Bett, die Jungen eins auf der anderen Seite, und mein Dad schliefe im Haus auf einer Matratze, und der einzige Grund, warum wir so lebten, sei, dass jetzt Sommer war …

»Uns geht's gut«, erklärten wir.

»Hören Sie, Nancy, was für ein Tag! Ich glaube, es wäre eine gute Idee, wenn die Mädchen erst mal eine Weile nicht mehr herkommen. Ich denke, Janey und Lula brauchen ein bisschen Pause vom Herumtoben.«

»Meinen Sie das ernst?«, fragte meine Mom. »Aber sie haben doch Spaß zusammen. Sie haben nichts verkehrt gemacht, als sie da am Fluss gespielt haben. Ich hatte Angst, weil sie da in diesem ganzen Dreck herumschwimmen, und nicht, weil ein verrückter alter Mann sie überfahren könnte.«

»Na ja, es ist heute jemand gestorben, Nancy. Und er war ein Verwandter, vergessen Sie das nicht.«

»Tja dann, Dana«, sagte meine Mutter, »hoffe ich, dass er Sie und die Kinder in seinem Testament nicht vergessen hat.«

»Nancy, es ist nicht nötig, dass …«

»Doch, es ist nötig, Dana, es ist vieles dringend nötig.« Wir starrten alle auf meine Mutter. Sie schwoll an, als hätte sie einen riesigen Feuerball inhaliert. »Also gut, die Mädchen werden sich fernhalten«, sagte sie, als würde ihr Mund die Worte einzeln ausdrucken. »Ab sofort. Diese Sekunde. Gehen wir!«

Und wir gingen zusammen zum Zaun. Meine Mutter ließ sich Zeit mit dem Hinüberklettern. Wir mussten ihr verfangenes Hosenbein befreien, und Hope stützte ihren Hintern, bis sie am Boden Halt gefunden hatte.

Dad saß im Carport und hielt Hopes Schuhe hoch. Er hatte

sie auf der Brücke gefunden, wo ein Nachbar ihm erzählt hatte, was passiert war. Er wirkte kein bisschen wütend. Eher belustigt.

Matty sagte: »Wir sind hingefahren und wollten ihn umbringen, aber er war schon tot.«

Mein Vater sagte: »Musse einfach uberkoche, diese Mann«, und fing an zu lachen und hörte eine ganze Weile nicht wieder auf. Meine Mutter ließ sich ihm gegenüber in den Gartenstuhl fallen.

»Das Gefühl kenn ich«, sagte sie und schnitt eine Grimasse in unsere Richtung. »Herrje, da guckt man mal ein paar Sekunden nicht hin, und schon bringen unsere Kinder einen Mann ins Grab.«

Dann sah sie in meinem entsetzten Gesicht die Reaktion auf ihren Scherz. Sie schlug die Hände vors Gesicht und wischte mit einer dramatischen Geste alles Lustige daraus fort. »Komm her, Faith, komm her«, forderte sie mich auf.

Ich ging zu ihrem Stuhl. Sie nahm meine Hände in ihre. »Faith, du musst das wieder aus deinem Kopf kriegen, dass ihr heute einen Menschen umgebracht habt. Ich kenne dich. Du nimmst immer alles so schwer. Aber ich sage dir …« Sie konnte nicht weitersprechen. Sie wurde von den gleichen Lachkrämpfen geschüttelt, die bei meinem Vater gerade abebbten. »Vielleicht ist es ein Zeichen. Vielleicht ist es an der Zeit, umzuziehen!«, lachte sie.

»Und nach Calgary zu gehen?«, fragte ich unbehaglich und riss meine Hände los. Bei all dem Gerede über Mord waren die Gedanken ans Umziehen verschwunden, doch nun kehrte Calgary in unsere Köpfe zurück wie eine ansteckende Krankheit.

»Nein, nicht Calgary. Wir gehen nicht nach Calgary«, sagte Mom, wieder ernst geworden.

Sie sah meinen Vater lange an. Er stand auf und ging zur Kühlbox, um zwei Bier zu holen. Die Jungen liefen ihm nach wie zwei Hunde. Dann folgten sie ihm auch wieder den ganzen Weg in den Carport zurück. Dad setzte sich an den Gartentisch und seufzte. Die Jungen, rechts und links neben ihm, seufzten ebenfalls.

Es sah aus wie drei gegen drei.

»Ich glaube, du haste recht«, sagte er schließlich.

»Ich finde, wir bleiben hier«, fuhr sie fort, »und suchen uns eine kleine Wohnung in der Stadt. Wir können sie mieten. Ich war beim Waschsalon, und da hingen drei Angebote in Belle River, die ganz gut klangen. Ich kann Teilzeit arbeiten. Und mein Dad sagt, er leiht uns was. Und dann warten wir auf dich.«

Sie war ganz außer Atem. »Du kannst ja Weihnachten nach Hause kommen«, fügte sie hinzu.

Dad sagte nichts.

»Du kannst den Kindern Briefe schreiben und jeden Sonntag anrufen.«

Er schwieg.

»Und ehe du dich versiehst, ist Ostern und dann Frühling, und du bist wieder zu Hause!«

Dad machte sein Bier auf. Bevor er den ersten Schluck nehmen konnte, schluchzte er auf und fing an zu weinen. Meine Mutter schoss aus ihrem Stuhl. Sie ging zu ihm hin und kniete sich vor seine Füße. Zuerst hielt er den Kopf gebeugt, also legte sie ihre Hände auf seine Knie und wartete und starrte auf seine Haare, die sich bereits ein wenig lichteten. Es war, als wären wir gar nicht da. Als wären die beiden allein und wieder neunzehn. Als wären diese zwölf Jahre und wir vier Kinder nie passiert. Dann sah er zu ihr auf, packte ihre Arme und schlang sie sich um den Hals. Er umarmte sie, drückte sie ganz fest und sagte immer wieder: »Es tute mir so leid, Nan, so leid, meine Kinder.«

4. Kapitel

Am Morgen unseres ersten und einzigen Familienurlaubs wachten wir auf, als Dad diesen riesigen Wohnwagen in der Auffahrt warm laufen ließ. Mom sagte, das Ding wäre für die nächsten Wochen unser Zuhause – es habe alles, was unser Zuhause hat, nur auf Rädern. Sie verwandelte sich in einen Wirbelwind, schleuderte Sommerkleider in einen großen Koffer, verstaute schwungvoll eine Kiste Bier und eine Stange Zigaretten im Küchenabteil, klapperte Gabeln und Messer in die Mini-Schubladen und stapelte Klopapierrollen bis obenhin in die Schränke. Warum hatten sie uns nicht vorgewarnt? Warum scheuchten sie uns so früh am Morgen auf? Wahrscheinlich, weil kurzfristige Geldprobleme schon oft genug kleinere Unternehmungen wie etwa Autokino zunichtegemacht und Matty, Hope und Charlie für mehrere Tage in tiefe Enttäuschung gestürzt hatten. Sie wollten nicht, dass die Kinder wegen etwas so Großem wie einem Urlaub enttäuscht würden.

Ich war sieben und hatte mir nie was daraus gemacht, irgendwo hinzufahren. Meine Mutter wusste, dass ich mich gegen große Veränderungen oder fremde Menschen sperrte. Ich mochte es, wenn die Dinge blieben, wie sie waren. Ich hielt an Kleidern fest, die ich liebte, auch wenn ich längst aus ihnen herausgewachsen war. Ich aß immer von demselben blauen Plastikteller mit weißen Punkten, den mein Großvater mir geschenkt hatte. Selbst wenn wir zum Chinesen gingen, bestellte ich immer Hamburger mit Pommes frites und ignorierte die fiese Frühlingsrolle, die meine Mutter mir jedes Mal auf den Teller legte.

»Für den Fall, dass du deine Meinung änderst«, sagte sie dabei mit hochgezogenen Brauen.

Wir fuhren also zur Tierpension und gaben unser Kätzchen Gigi ab, das wir damals gerade erst bekommen hatten, und ich weinte. Wir hielten an einem 24-Stunden-Laden, kauften Limo, Chips und Malstifte, aber ich stieß sie weg. Als wir uns der Grenze näherten, sah ich die ganze Zeit aus dem Fenster und fragte: »Warum fahren wir weg? Wo fahren wir hin? Was wird uns da draußen passieren?«

»Faith«, sagte Mom, »hör auf. Sei mal ein bisschen abenteuerlustig.«

Ich schwor mir selbst, dass solcherlei Überraschungen nie wieder passieren dürften. Seit diesem Ereignis hörte ich auf zu glauben, was meine Eltern mir offen sagten, und verließ mich ausschließlich auf Informationen, die ich hinter ihrem Rücken auskundschaftete. Ich schätze, das ist der Grund, warum sich meine Erinnerung diesem Urlaub verweigert. Fast jedes Mal muss ich das Fotoalbum als Beweis hervorholen, dass wir die Niagarafälle wirklich gesehen haben und Manitoulin Island, die größte Binneninsel der Erde, den Freizeitpark Storybook Gardens und die historischen Züge auf der alten Eisenbahnlinie Soo Line Railroad. Ja, wir sind tatsächlich da gewesen. Es ist passiert. Seht ihr? Das bin ich, mit Schirmmütze und Schmollschnute vor dem Standbild der Wawa-Gans, die Arme fest verschränkt. Und da ist Hopey, wie sie bei Sauble Beach einen streunenden Hund streichelt. Matty und Charlie im Autoskooter. Hope ohne Schneidezähne. Dad mit Schnurrbart. Mom mit riesiger Sonnenbrille und breitem Lächeln. Sie liebte Veränderungen. Ich nicht.

Bis zu dem Morgen, an dem mein Vater nach Calgary aufbrach, hatte ich fast vergessen, dass wir schon einmal weiter fort gewesen waren als Emeryville. An jenem Morgen stand wieder ein Wohnwagen mit laufendem Motor in der Auffahrt. Dad und sein Boss hatten beschlossen, darin zu wohnen, bis sie eine feste Unterkunft fänden.

Und wieder kam dieser Morgen ohne Vorwarnung.

Und wieder war es draußen noch dunkel, als Mom uns weckte, damit wir Dad auf Wiedersehen sagen konnten, bevor er seinen langen, langen Urlaub antrat, weit von uns entfernt.

»Kinder, steht auf, Dad fährt weg«, flüsterte sie draußen vor dem Zelt.

»Das wissen wir doch«, sagte Matty ganz schläfrig.

»Nein, Kinder, jetzt. Er fährt jetzt. Kommt raus und sagt auf Wiedersehen.«

Ein schweres Gewicht lastete auf meinem Herzen, so schwer, dass es wehtat, als ich versuchte, mich aufzurichten. Dad fuhr weg? Jetzt? Wie kam es, dass sie uns das nicht früher gesagt hatten? Weil sie ein Meer aus Tränen vermeiden wollten. Weil wir jeden einzelnen Tag vor diesem Morgen gejammert und gebettelt hätten, dass er bliebe. Weil Charlie schon angedroht hatte, sich in Dads Seesack zu verstecken. Weil keiner von uns sich vorstellen konnte, dass er tatsächlich geht.

Seit das Wort Calgary gefallen war, hatte ich um Geld gebetet, gerade genug, dass Dad nicht weggehen müsste, um welches zu verdienen. Ich hatte ganz nett angefragt, und als das Geld nicht kam, fühlte ich mich von Gott ignoriert. Oder war es eine Strafe? Vielleicht, weil ich den alten Chaumier umgebracht hatte. Vielleicht war der jemandes Vater gewesen, und deshalb mussten wir unseren nun für eine Weile hergeben, wegen seiner trauernden Familie. So verstand ich damals Gottes Amt. Er war für ein kompliziertes System der Ausgeglichenheit zuständig, und da sich in jener Zeit die Hölle nur für uns DiNapolis auftat, nahm ich an, wir müssten etwas sehr, sehr Schlimmes verbrochen haben, um all diesen Kummer zu verdienen. Doch wem sollte man die Schuld geben? Charlie war klein, Matt war nicht böse, nur traurig, und Hope wich nie von meiner Seite. Die Schuld musste ganz allein bei meiner Mutter liegen. Sie hatte uns in Gottes schlechtes Buch gebracht, sie hatte dafür gesorgt, dass Dad heute wegging, also schwor ich, dafür zu sorgen, dass ihre Sünden vergeben würden, damit wir wieder in Gottes gutes Buch kämen.

Hope rührte sich nicht, doch ich wusste, dass sie wach war. Nicht besonders vorsichtig kletterte ich über ihren kleinen Körper.

Ich fand meinen Vater im Carport, wo er einen Stapel neuer Arbeitshemden in seinen grünen Seesack stopfte. Ich half ihm dabei. Mom ging ins Haus, um das Radio anzustellen und Kaffee zu kochen.

»Ich wünschte, ich könnte mitkommen«, sagte ich, obwohl ich es nicht so meinte. Ich wollte nicht mit ihm weggehen. Aber ich wollte genauso wenig, dass er ging. Ich wollte nicht, dass sich irgendetwas änderte. Ich hätte für den Rest meines Lebens in diesem Zelt wohnen können.

»Das wunsch ich auch«, sagte Dad leise, ohne aufzusehen. »Aber, wie schon gesagte, wäre ssu hart, ssu teuer, und ich geh nur ssu verdiene Geld und komme wieder nach 'ause. Wir habe besproche alles, du weißte?«

Matty kam zu uns und reckte sich übertrieben. In letzter Zeit war er oft still oder ganz abwesend. Selbst an seinem Geburtstag vor zwei Tagen hatten wir lange auf ihn warten müssen, bis er endlich nach Hause kam und Mom uns den Kuchen anschneiden ließ. Sie schimpfte nicht mit ihm, aber ich konnte sehen, dass sie sich Sorgen machte, weil Kuchen uns sonst immer schnell zusammengebracht hatte. Seinen ganzen zwölften Geburtstag lang lächelte Matt kein einziges Mal, und nichts, was wir taten, konnte das ändern.

»Hallo, Dad«, flüsterte er. »Fährst du heute?«

»Hey, Matteo. Ja. 'ole John noch ab, dann wir fahre. Tute mir leid, iste so schnell nach dein Geburtstag.«

Schweigen.

Matty sagte: »Tja, dann mal tschüs.«

»Tschus, Matteo.«

»Ich werd mal wieder ins Bett gehen, schätze ich. Es ist ja noch dunkel.«

»Okay. Ich liebe dich.«

»Ich dich auch, Dad«, sagte Matt ganz schnell. Sie gaben einander die Hand, dann nahmen sie sich in die Arme, aber als Dad ihn küssen wollte, machte Matty sich los.

Als er wieder zum Zelt ging, rief Dad ihm nach: »'öre auffe deine Mutter und sei nett ssu die Mädchen. Auch ssu deine Schwester. Okay? Ich rufe an.«

Matty nickte und tauchte wieder ins Zelt. Ich hatte das Gefühl, dass er dort weinen würde, also blieb ich im Carport, um ihn in Ruhe zu lassen.

Ich war erleichtert, dass Dad nicht gesagt hatte, Matty sei nun der »Mann im Haus« wie bei den Waltons, weil Matty mir das unaufhörlich unter die Nase gerieben hätte. Ständig hätte er gefrotzelt: »Dad hat aber gesagt, dass ich jetzt der Boss bin, und du musst tun, was ich will, weil Dad das so gesagt hat.«

Schließlich kam Hope raus, Charlie nicht. Klein Charlie konnte schlafen wie ein Stein. Sie rieb sich die Augen. »Daddy, fährst du heute weg?«

»Ja, meine Schatz, aber ich bin bald ssuruck«, sagte er sehr zärtlich.

»Wann ist bald?«

»Vielleicht an Thanksgiving?«

»Wie wäre es mit vielleicht an Halloween?«

»Vielleicht«, erwiderte er ungewiss.

»Weil ich an Halloween ein Engel sein werde«, sagte sie.

»Ah ja?«

»Ja, und weißt du, was Faith sein wird?«, fuhr sie mit Blick zu mir fort.

»Nein, sag's mir«, bat Dad und sah mich ebenfalls an. Ich zuckte mit den Schultern.

»Ein dummer doofer hässlicher Popo-Blödmann!«, rief sie und brach in Gelächter aus. Ich lachte auch, weil ich so schockiert war, trotzdem fand ich es gemein.

»He, du hast geflucht«, sagte ich, als hätte ich sie noch nie fluchen gehört.

»Eh«, sagte Dad und zog nervös den Seesack zu, »das ware nicht nett. Sag entschuldige, Ope.«

Sie muss noch ganz verschlafen gewesen sein, denn sie erwiderte: »Aber es tut mir nicht leid, Daddy, es hat dich zum Lachen gebracht! Das war ein Witz.«

Dads Gesicht nach zu urteilen, hatte der Witz ihm tatsächlich gefallen. Aber als Mom dazukam, tauschten sie besorgte Blicke, weil sie ahnten, dass sicher noch mehr solche Wörter aus unseren süßen Mündern kämen, wenn er nicht mehr da wäre.

Es war immer noch dunkel, als er uns zwei in die Arme nahm, in unseren Schlafanzügen hochhob und hin und her pendeln ließ. Wir ächzten.

»O Gott, ihr Mädchen seide so groß. Nexte Mal, wann ich komme, ihr habt schon BAs oder so! Und geht mit Junge aus.«

»Dad!«, kreischten wir und schlugen ihm auf den Arm. »Du bist eklig!«

Mom klatschte zum Aufbruch in die Hände. »Okay! Los geht's. Trink deinen Kaffee aus, Joe, ich will nicht, dass du den Becher mitnimmst, wir haben nur die zwei.«

Sie stießen an, leerten ihre zwei Becher wie Whiskey und knallten sie gleichzeitig wieder auf den Tisch. Peng.

»Was ist mit Charlie?«, wollte ich wissen.

Mom sah Dad an. Wahrscheinlich würde Charlie weinen, laut und lang, also bat mein Vater, ihn schlafen zu lassen, und sagte, er werde vom ersten Zwischenstopp aus anrufen.

»Prima. Das wird dann das erste und letzte Mal sein, dass diese Nummer benutzt wird«, sagte sie.

Ein paar Tage zuvor war ein Telefon geliefert worden. Allerdings sollte es in zwei Tagen wieder abgeschaltet werden, weil wir in dem neuen Haus in Belle River eine andere Nummer haben würden. Die erste Telefonnummer blieb uns nicht mal so lange, dass sich das Auswendiglernen gelohnt hätte, also hatte Mom sie auf Kreppband geschrieben und ans Steuerrad geklebt und die zweite Nummer ganz groß darunter.

Dad und sein Boss hatten beschlossen, durch die USA ins westliche Kanada zu fahren, weil es schneller ginge. Mom hatte ihm alle großen Städte, durch die sie kamen, auf der Landkarte gezeigt und die Orte eingekreist, von wo aus er anrufen sollte.

»Ich schätze, Chicago wird der erste Halt sein. Du kannst Charlie von dort anrufen«, instruierte sie ihn wie eine Lehrerin.

»Ja, schätz ich auch«, sagte er und sah mich und Hope an. »Ich liebe euch sehr, ihr Mädchen, und ihr passe auf eure Mama auf, fur mich, okay?«

»Das werden wir.«

»Und du, Fäte, passe auf Ope auf, okay?«

»Das werde ich«, erklärte ich stolz.

»He, ich brauch das nicht, dass sie auf mich aufpasst, verdammt«, sagte Hope und stampfte mit dem Fuß auf.

»Eh«, riefen Mom und Dad im selben Moment und schnippten mit den Fingern vor Hopes Gesicht.

»Stop. Und jetzt mich nehme fest in die Arm«, sagte Dad, kauerte sich auf Hopes Höhe und streckte seine Arme vor. »Beide«, sagte er und zog auch mich dazu.

An diesen ersten großen Abschied in meinem Leben erinnere ich mich nicht mehr genau, zumindest nicht, was mich selbst angeht. Ich erinnere mich hauptsächlich an die anderen. Hope drückte Dad ganz fest und rannte dann ins Zelt. Wahrscheinlich gesellte sie sich zu Matty, der wahrscheinlich in Fötusstellung dalag, wahrscheinlich an Charlie herangekuschelt. Ich glaube, Mom zog mich sanft aus Dads Umarmung und sagte: »Warte im Carport auf mich«, weil ich genau das tat, während die beiden gemeinsam zum Wohnwagen gingen. Sie gingen ganz langsam, und Mom legte eine Hand auf Dads Rücken, als müsste sie ihn anschieben, weil er sonst seine Meinung änderte, wofür ich inständig, inständig, inständig betete. Dreh um, rief ich innerlich. Dreh einfach um, Dad, und sag, dass das alles Blödsinn ist! Ich kann meine Frau und meine vier großartigen kleinen Kinder doch nicht verlassen, nicht für so einen blöden, wenn auch gut bezahlten Job in Calgary! Ich bleibe hier, weil ich sie viel zu lieb habe, als dass ich gehen könnte, und Geld nicht alles ist. Doch ich wusste – Geld war alles. Geld war der einzige Grund, weshalb mein Vater sich nicht umdrehen konnte und wollte. Er stieg in die Fahrerkabine, die zur Straße zeigte, so dass ich nicht sehen konnte, ob meine Eltern sich ihren Abschiedskuss mit ehelicher Leidenschaft gaben. Dad hupte einmal, ganz leicht, weil es noch früh war und dunkel, und dann fuhr er einfach davon.

Mom blickte ihm vom Ende der Ausfahrt aus nach, die Arme in vertrauter Weise fest um den Körper geschlungen, so dass es wie ein menschlicher Verband aussah. Sie winkte nicht.

Zwanzig Minuten später, nachdem meine Mutter und ich schweigend den Carport aufgeräumt hatten und kurz bevor die Sonne voll aufging, beschlossen wir, es würde uns guttun, noch ein kleines bisschen zu schlafen. Es war noch zu dunkel im Zelt, um die Umrisse der Jungen zu erkennen, aber ich konnte sie leise schnarchen hören. Durch Tasten merkte ich, dass Hope sich auf die Jungenseite gelegt hatte, also legten Mom und ich uns allein auf unsere. Sie schloss die Augen, schob ihre Hand auf meinen Unterarm und döste sofort weg.

Sie war müder als ich.

Ich konnte nicht schlafen, also betete ich zu Gott, Er möge Mom vergeben, falls sie irgendetwas mit dieser Misere zu tun hätte. Ich betete, Er möge mir vergeben, falls ich etwas damit zu tun hätte. Ich betete zu Gott, meiner Mutter genügend Kraft zu geben, um mit uns vieren allein klarzukommen, ohne allzu viel Backpfeifen verteilen und schreien zu müssen. Ich betete für die Familie, die unser Haus gekauft hatte. Mochten sie es lieben und sauber halten. Mochten die Kinder die Wände nicht mit Buntstiften beschmieren, vor allem nicht in meinem ehemaligen Zimmer. Mochten sie nie erfahren, wie es war, dieses Haus zu verlieren. Am meisten jedoch betete ich für Dad und seine glorreiche Rückkehr. Ich starrte intensiv zum Zeltdach hinauf und betete mit der inbrünstigen Intensität einer wahren Gläubigen: »Lieber Gott im Himmel, lass meinen Dad schnell viel Geld verdienen, damit er früher nach Hause kommen kann. Behüte ihn. Lass ihm nichts Schlimmes zustoßen, oder ich spreche nie, nie wieder mit Dir.« Ich betete zum Himmel, wer auch immer dort oben zu dieser gottverlassenen Stunde wach sein mochte. Egal, ob Jesus, Maria oder Josef. Und weil ich eine wahre Gläubige war, auf diese perfekte Weise, wie es elfjährige katholische Mädchen nun mal sind, war ich nicht im mindesten überrascht, als sich vertraute Motorengeräusche nahten. Gott hatte mich erhört! Die Schuld war beglichen! Vielleicht hatte ich wirklich genug für die ganze Familie gebetet!

Ich hob die Stoffklappe über dem kleinen Sichtfenster und blickte in Richtung Straße. Ich beobachtete, wie das Licht am Wohnwagen meines Vaters ausging – weil die Sonne aufging, weil er es nicht mehr brauchte, weil er nach Hause zurückkam und wir alles Licht waren, das er brauchte. Oder nicht?

Er kam zurück. Und ich hatte es gewusst. Ich hatte gewusst, dass er seine Meinung ändern würde. Oder Gott hatte es getan.

Danke, Gott.

Doch anstatt den Motor abzustellen, aus dem Wohnwagen zu stürzen, die Eingangsklappe vom Zelt beiseitezuschlagen und sich erleichtert auf uns zu werfen, blieb Dad nur stehen und ließ den Motor weiterlaufen.

»Mom!« Ich rüttelte sie leicht am Arm. »Dad ist zurück!« Ich war noch immer fassungslos, dass mir das gelungen war. Wie sollte ich bloß erklären, was für Kräfte ich hatte?

»Was?«

Sie schnellte hoch und stürzte aus dem Zelt, im Halbschlaf, ins Halbdunkel. Ich beobachtete, wie sie zum Wohnwagen tapste wie eine Blinde.

Dad öffnete die Seitentür und verschwand ins Innere. Eine Sekunde später kam Charlie aus dem Wagen, Gigi auf dem Arm und ganz wacklig auf den Beinen, nur mit einer schlabbrigen blauen Unterhose bekleidet. Schlaftrunken kletterte er hinunter, und Dad sprang hinterher.

Ich beobachtete vom Zelt aus, wie Mom auf die Knie fiel und lachte und weinte. Charlie ließ Gigi los und rannte zu ihr. Gigi sprang ebenfalls los, blieb dann aber stehen und rollte sich im Gras.

Ich konnte hören, wie Hope und Matty sich hinter mir regten. »Hey!«, schrien sie, schlugen die Zeltklappe zurück und entdeckten Dad. Gigi war von all dem Lärm ganz durcheinander.

Hope und Matty rannten auf Dad zu, doch Mom sagte: »Fangt die Katze ein, Kinder, bevor sie überfahren wird«, und so waren sie abgelenkt. Sie trieben sie im vorderen Garten in die Enge, aber dann sauste sie blitzschnell durch Hopes Beine, und die Jungen mussten ihr in den hinteren Teil nachjagen.

Mom schloss den schläfrigen Charlie in die Arme und warf ihn spielerisch zu Boden. »Wo wolltest du denn hin?«, fragte sie lachend.

»Nach Calgary«, sagte er und kicherte.

Ich glaube, in diesem Moment fand Mom ihre Kinder witzig und töricht und herzergreifend zugleich.

Ich sah, wie Dad ihr einen Becher Kaffee gab und einen Kasten Donuts. Er strubbelte Charlie durchs Haar und lächelte meine Mutter an, genau so wie er sie an jenem Tag damals vom Dach aus angelächelt hatte. An dem Tag, als er das letzte Mal alles unter Kontrolle gehabt hatte.

Charlie hatte seine Drohung wahr gemacht und sich eingeschmuggelt und war immerhin bis zum Donut-Laden gekommen. Ich sah, wie er den Kopf zurückwarf und über seine eigene Niedlichkeit lachte. Mom kitzelte ihn.

»Hör auf, Mom!«, kicherte er.

»Du kleines Monster«, schalt sie zum Spaß. »Charlie!«

Dann sah ich, wie Dad hup-hup-hupte und wieder fortfuhr.

Mein Vater verließ uns erneut. Und diesmal würde Gott mir nicht helfen. Aber Er hätte immerhin etwas dagegen tun können, dass ich die Einzige war, die zum Abschied heftig winkte und verzweifelt weinte. Ich habe mir immer gewünscht, Dad hätte im Rückspiegel sehen können, wie jemand, irgendjemand seinetwegen zusammenbricht, denn dann hätte er uns an jenem Tag vielleicht, vielleicht nicht verlassen.

Am folgenden Wochenende zogen wir nach Belle River, und alles, was wir bei unserem ersten Umzug eingelagert hatten, kam hinterher. Alles außer dem Ehebett meiner Eltern. Meine Mutter verkaufte es für fünfzig Dollar und holte stattdessen ein Schlafsofa, weil das Wohnzimmer jetzt ihr Schlafzimmer sein würde. Sie hatte sich für ein Haus mit nur zwei Schlafzimmern entschieden, einen Bungalow aus weißen Ziegeln, weil es das billigste Angebot und sofort frei war.

Unser neues Haus lag am Stadtrand und war gefährlich nah ans Ufer des Belle River gebaut. Der Vermieter, Mr. Meloche, dem das

Bestattungsinstitut am Ort gehörte, warnte uns vor Überschwemmungen und meinte, bevor er das Fundament nicht abgedichtet habe, sollten wir keine wichtigen Dokumente im Keller lagern. Nachdem er uns mit diesem Rat und einem neuen Satz Schlüsseln allein gelassen hatte, lachte meine Mutter, warf alles, was wir hatten, in den Keller und sagte, wir brauchten den Platz und von unseren Sachen sei sowieso nichts besonders wichtig.

Das Gute an dem Haus war, dass es nur einen kurzen Fußweg von unserer neuen Schule entfernt lag, ebenso von der Kirche, die alt und groß war und sich dadurch für mich vertraut anfühlte, so dass ich wieder hingehen und beten wollte. Es machte mir nichts aus, dass wir zu unserer rechten und linken Seite Maispflanzen anstelle von Nachbarn sahen. Und vor uns erstreckte sich das Sojafeld der Lauzons, die auf der gegenüberliegenden Straßenseite in dem einzigen Haus wohnten, das von unserer Veranda aus zu sehen war.

Während ich den Fonduetopf auspackte, den wir nie benutzten, fragte ich meine Mutter, warum wir es uns nicht leisten könnten, ein anderes Haus zu kaufen. Schließlich verdiene Dad sein Geld damit, Häuser zu bauen.

»Faith, hast du je ein Corvette-Cabrio gesehen?«

»Ja.«

»Tja, die Chancen, dass der Mann, der dieses Auto gebaut hat, genug Geld verdient, um selbst eins zu fahren, sind sehr, sehr gering.«

»Aber Dad baut keine Autos.«

»Genau, deshalb wohnen wir jetzt ja auch zur Miete«, sagte Mom mit Bezug auf eines der letzten Streitgespräche, das sie mit Dad geführt hatte.

Damals, bei dem anderen Haus, als die Bankleute für immer gegangen waren, blieben meine Eltern noch lange im Carport sitzen, tranken Bier und redeten leise. Meine Mutter fragte, ob die

Antwort auf unsere finanziellen Probleme nicht darin liegen könne, dass mein Vater sich eine Arbeit in der Fabrik sucht. Sie fand, Fabrikarbeiter hätten ein regelmäßigeres Einkommen und mehr Sicherheit, und wenigstens würde sie dann wissen, wo mein Dad den lieben langen Tag sei. Dad widersprach ihr nicht, was das Geld betraf, doch er lachte über die »Sicherheit«, denn die meisten Fabrikarbeiter, die er kenne, würden ebenfalls entlassen. Außerdem, so sagte er, arbeite er lieber auf einer Baustelle unter freiem Himmel. Den ganzen Tag in der Sonne zu arbeiten sei gut für die Seele. Meine Mutter witzelte, dass zu viel Sonne vielleicht sein Problem gewesen sei. Dad stieß mit ihr an und sagte: »Amen.«

Am ersten Abend im neuen Haus bekamen wir Pizza und so viel Coladosen, wie wir trinken konnten. Nach sechs Wochen in einem Zelt waren wir ganz aufgeregt, wieder in richtigen Zimmern zu schlafen, mit festen Wänden und sicheren Türen, also gingen wir früh ins Bett. Doch um ein Uhr nachts war ich plötzlich hellwach. Vielleicht rührte meine Schlaflosigkeit von den vier Colas, weshalb ich bereits zweimal hatte zur Toilette gehen müssen. Wahrscheinlicher war aber, dass sie von der Stille kam. Lärm war immer so was wie ein Familienmitglied für mich gewesen. Manchmal war er da, manchmal nicht, ich hatte ihn nie bewusst wahrgenommen, wenn er da war, nur wenn er fehlte, und das geschah fast nie. Bis zu jener Nacht. Es war so still, dass ich nicht schlafen konnte. Ich begriff, dass in der Stadt der Straßenverkehr und das Gekeife meiner Eltern meine Schlaflieder gewesen waren; im Zelt hatten ihr Flüstern und das Zirpen der Grillen mich schläfrig gemacht. Ihre Stimmen waren über die Jahre so etwas wie mein persönlicher Radiosender geworden, der Nachrichten von der Front meldete. Und obwohl ich ihre Streitereien hasste, erfuhr ich nur zu gern, warum sie sie austrugen. Nun aber wurde nichts mehr gesprochen, und was noch schlimmer war: Es gab keine Möglichkeit, an Informationen zu kommen, ausgerechnet in dieser Zeit, in der wir sie so dringend brauchten. Dad war weg, und Mom erzählte uns nichts.

Mitten in jener ersten stillen Nacht stand ich zum dritten Mal auf, um zur Toilette zu gehen. Es fühlte sich gut an, Teppich unter den Füßen und nur ein paar Schritte zum Badezimmer zu haben. Da sah ich Licht am Ende des Flurs: Mom war ebenfalls wach und saß am Esstisch. Sie war teilweise von Kisten verdeckt, links von ihr brannte eine Zigarette, rechts stand eine halb leere Weinflasche. Der Fernseher war leise gestellt, und das Telefon stand zu ihren Füßen, das Kabel wie eine Hundeleine gespannt. Sie schrieb etwas in ein kleines rotes Buch. Als ich mich von hinten anschlich, hörte ich sie schniefen. Ehe sie abdecken konnte, was sie schrieb, las ich die Worte »Faith«, »Joe«, »Gott« sowie die Namen meiner Brüder und meiner Schwester.

Gleichzeitig bemerkten wir, wie mein Schatten über das Buch glitt. »Hhh!«, atmete ich erschrocken ein.

»Faith! Gott, hast du mich erschreckt! Was machst du denn noch hier?«

»Ich weiß nicht. Ich kann nicht schlafen«, sagte ich und beruhigte mit zitternder Hand mein klopfendes Herz. Sie klappte das Buch zu, ließ ihren Finger jedoch im Spalt stecken. Dann schob sie den Stift hinters Ohr und drehte sich zu mir um.

»Ja, ich weiß, was du meinst. Wir hatten einen aufregenden Tag, oder?«

»Das stimmt. Was machst du da?«, fragte ich und starrte zu dem Buch auf ihrem Schoß.

»Ach, nichts, ich ordne nur eine paar Dinge«, sagte sie, ohne das Buch zu beachten. Sie lächelte und schien ein wenig beschwipst. Dann schob sie mir eine meiner Haarsträhnen hinters Ohr. »Geh wieder schlafen, Kleines. Versuch, an Schafe zu denken oder so was.«

»Okay. Nacht.«

»Nacht.«

Ich ging auf die Toilette, kletterte wieder ins untere Etagenbett und überlegte, was in Gottes Namen sie da aufschrieb.

Weil ich die Stille nicht länger ertragen konnte und wusste, dass irgendwo Informationen zu holen sein müssten, durchstöberte ich ein paar Tage später, als meine Mutter zum Wäschewaschen in der Stadt war, das ganze Haus. Bei den Kisten im Keller fing ich an. Als ich dort kein kleines rotes Buch fand, nahm ich mir die Abstellkammer im Flur vor, wo Mom sauber gefaltet ihre Kleidung aufbewahrte. Aus dem obersten Regal ragte der Besteckkasten hervor. Die einzigen Dinge, die sie dort immer aufbewahrt hatte, waren ihre Schmetterlingsbrosche und ein paar wichtige Papiere, da das Besteck längst verkauft war, um Lebensmittel oder Tanzstunden zu bezahlen, alles, was damals wichtiger gewesen war. Allein daran, dass der Kasten in einem anderen Winkel aus dem Regal ragte, erkannte ich, dass ich die Bundeslade gefunden hatte. Doch selbst wenn sie keines der Zehn Gebote enthielt, wusste ich, dass ich gegen ein ganz wichtiges verstoßen würde, wenn ich das private Tagebuch meiner Mutter aufschlüge. Ich würde ihre Gedanken stehlen. Aber gehörten ihre Gedanken nicht auch uns? Denn was mit unserer Mutter geschah, geschah doch auch mit uns, oder nicht? Ich würde nicht stehlen, ich würde nur Informationen sammeln. Ich hatte nicht die Absicht, jemanden zu verletzen, sondern zu helfen, vor allem mir selbst.

Vorsichtig schob ich die Brosche vom Buch, als wäre sie ein echter Schmetterling und kein albernes, stumpf gewordenes Schmuckstück, das plötzlich viel kleiner aussah als früher.

Ich entzifferte den ersten Eintrag als eine Zusammenfassung des letzten Streits meiner Eltern. *Und dann sagte Joe, er würde lieber sterben, als in einer Fabrik zu arbeiten.*

Sie schrieb, sie wünsche, er werde vielleicht tatsächlich sterben, weil er eine halbwegs anständige Lebensversicherung habe und alle Beiträge bezahlt seien. Darunter schrieb sie: *Nur ein Witz* und unterstrich es dreimal. *Gott vergib mir!* Sie fügte hinzu, wenn er vielleicht ein wenig verletzt werde, *bitte nicht zu schlimm*, dass sie dann Anspruch auf eine Entschädigungszahlung hätten. Darunter auch wieder: *Nur ein Scherz, wirklich,* fünfmal dick unterstrichen.

Verdammt noch mal, fuhr sie fort, *ich will, dass das hier funktioniert, auch wenn es mich umbringt. Die Kinder werden hier glücklich sein. Matty, Faith, Hope und Charlie soll es gut gehen. Ich werde ihnen eine gute Mutter sein. Von nun an werde ich alles richtig machen. Ich bin alles, was sie brauchen. Und ich denke, ganz ehrlich, dass ich auch alles bin, was sie haben – denn ich frage mich, ob Joe und ich je wieder zusammen sein werden. Ich bin nicht allzu unglücklich, das alles allein stemmen zu müssen. Es fühlt sich gut an.*

Als ich meine Mutter die lange Kiesauffahrt herauffahren hörte, klappte ich das Buch zu und legte es in sein Versteck zurück. Ich wurde ganz ruhig. Jetzt wusste ich Bescheid, und ich würde auch weiterhin auf dem Laufenden bleiben. Es war die erste Nacht, in der ich tief und fest schlief, meinen Körper gegen die harte, kalte Wand gedrückt.

5. Kapitel

Als Dad weg war, wurde meine Mutter zu jenem Mann im Haus, den wir nie gehabt hatten. Sie stand frühmorgens auf, bereitete unser Frühstück und unser Mittagessen vor und machte sich dann für ihre Arbeit fertig – ihre erste Stelle, seit sie mit neunzehn als Kassiererin in dieser Bank in Detroit gearbeitet hatte. Sie hatte sich kurzerhand im »2–4 Diner« in Belle River beworben. Es war neu, vierundzwanzig Stunden am Tag geöffnet, und man konnte ein »2–4« bestellen: eine ganze Palette Bier auf einmal, gekühlt serviert in zwei großen Blecheimern. Männer, die scharenweise von der Schicht kamen, drängten sich um die Resopaltische, und das »Tsch-tsch-tsch« vom Öffnen ihrer Bierdosen kreiste als blecherner Rhythmus durchs Lokal. Meine Mutter machte sich die Haare und schminkte sich sehr sorgfältig, mehr als früher, wenn sie zur Kirche gegangen war. Wir Kinder aßen dort jeden »2–4–1-Donnerstag« zu Mittag, wenn es zwei Essen zum Preis für eines gab. Matty und Charlie und Hope und ich kamen je zu zweit oder alle zusammen, wir setzten uns an die Theke und machten unsere Hausaufgaben. Und wir beobachteten, wie die Männer unsere Mom beobachteten. Oder wir beobachteten Matty, wie er die Männer beobachtete, wie sie unsere Mom beobachteten.

Sie arbeitete die mittlere, die Tagesschicht. Dafür gab es nicht so viel Geld wie für die Früh- oder die Nachtschicht, aber wir waren zu jung, um uns nachts allein zu lassen, und Mom war noch zu unerfahren, um die Scharen von Gästen zu bedienen, die abends kamen.

Bald ging ich jeden Tag nach der Schule ins Diner, zusammen mit meiner neuen Freundin Nicole Laroque. Ich hatte sie dort kennengelernt, als sie bestelltes Essen für ihre Eltern abholte, die den Eisenwarenladen gegenüber besaßen. Nicole war nett und offensichtlich sehr froh, mich getroffen zu haben, da sie vor mir wohl noch nie eine Freundin hatte. Nicole fand es ebenso traurig wie aufregend, dass meine Mutter hier arbeitete, in einem Restaurant.

»Und danach«, meinte sie seufzend, »sagt meine Ma, dass deine Ma wahrscheinlich nach Hause geht und alles noch mal macht, kochen und putzen und vier Kinder bedienen.«

Ich nickte und erzählte ihr nicht, dass Mom nach der Arbeit bequeme Klamotten anzog, sich einen großen Drink eingoss und einen riesigen Topf Nudeln mit Fertigsoße kochte, den sie auf dem Herd stehen ließ, damit wir uns selbst davon nehmen konnten, wenn oder – was die Jungs betraf – *falls* wir zum Abendessen nach Hause kamen. Mom selbst legte sich mit der Zeitung aufs Sofa und schlief manchmal noch vor Sonnenuntergang ein.

An einem der Besuchswochenenden von Tante Linda bekam Mom einen Anruf, ob sie im Diner eine Doppelschicht übernehmen könne. Wir brauchten das Geld, also sagte sie zu und rief laut: »Vergib mir, Joe, jetzt weiß ich, wie das ist!« Tante Linda verbrachte das ganze Wochenende damit, den Herd zu schrubben und große Mengen Essen für uns zu kochen, das sie dann portionsweise einfror. Sie ließ die Jungen den Rasen mähen und den Keller aufräumen. Einmal drehte Matty sich zu ihr um und sagte: »Junge, Junge, meine Mutter braucht dich wirklich dringend!«

»Nein, weißt du, was deine Mutter braucht, Matt?«, fragte sie zurück, während sie die Wäsche zusammenlegte. »Sie braucht eine Ehefrau.«

Matt lachte und sagte: »Ich auch!«

Nicoles Mutter lud mich manchmal zu ihnen zum Essen ein. Ich half dann, den Tisch zu decken, staunte über das Besteck, das zueinander passte, und betrachtete mein Spiegelbild in den glänzenden Tellern, die rundum heil waren. Brav wie ein Soldat stand ich da, während ihre Mutter mir Drei-Gänge-Mahlzeiten auf meinen Teller häufte. Ich atmete alles tief ein, so als wäre die Normalität in diesem Hause etwas, bei dem ich mich wie mit einer Erkältung anstecken und das ich später an unseren verkorksten Haushalt weitergeben könnte.

Einmal, als ich Halsweh hatte, blieb ich zu Hause und langweilte mich. Ich fing an, das Haus zu putzen. Kurz zuvor hatte ich im Tagebuch meiner Mutter herumspioniert und gelesen: *Diese Kinder tun nichts, um zu helfen. Sie kommen nach Hause, ziehen nicht mal die Schuhe aus, und wenn ich einen guten Eintopf koche, verliert niemand auch nur ein Wort darüber. Ich werde in Streik treten, Herrgott noch mal. Oder zumindest werde ich die Mädels rannehmen, so wie Dad mich und Lin immer rangenommen hat.*

An jenem Nachmittag deckte ich den Tisch mit meinem blauen Pünktchenteller am Kopfende und daneben den vier anderen, die alle nicht zusammenpassten. Ich füllte die Weinkaraffe mit rotem Brausepulver und Wasser. Mein Vater hatte auf dem Jahrmarkt einen Satz pastellfarbener Glaskrüge gewonnen, und die stellte ich nun rechts neben jeden Teller. Ich faltete Küchenpapier zusammen und legte eine Gabel und einen Löffel auf jedes Dreieck. Wir hatten nicht genug Messer, also beschloss ich, sie wegzulassen. Außerdem gab es Fertignudeln in Käsesoße, Pommes frites aus dem Backofen und Eisbergsalat mit French Dressing – wir würden also keine Messer brauchen.

Ich zündete eine der Stromausfall-Reserve-Kerzen an, zog eine saubere Hose über und wartete.

Mom kam als Erste nach Hause, und während sie ihre Jacke auszog, konnte sie die Augen nicht vom Tisch nehmen. »Na, wenn das mal nicht hübsch ist, Faith! Mann, Mann, Mann.«

»Gefällt es dir?« Ich saß schon an meinem Platz und schlenkerte mit den Beinen.

»Das ist sehr hübsch«, sagte sie und nickte. »Wie geht es dir?« Sie legte mir eine Hand auf die Stirn. »Bist du sicher, dass du nicht im Fieberwahn bist?«

»Nein. Es geht mir schon viel besser«, antwortete ich, und es stimmte. Ich glühte geradezu vor Gesundheit.

Minuten später kamen Matty, Hope und Charlie ins Haus gepoltert und stürmten wie üblich zum Kochtopf auf dem Herd.

Mom klatschte und rief: »Hey, hey, hey!«

Matty hielt schon eine Müslischüssel aus Plastik in der einen und die Kelle in der anderen Hand. »Was ist, Mom?«

Meine Mutter schnappte ihm die Sachen aus den Händen. »Gib her, Matt. Immer mit der Ruhe. Faith hat im Esszimmer den Tisch gedeckt, also werden wir dort essen.«

Alle stöhnten auf, doch meine Mutter hielt die Kelle hoch über ihren Kopf und gab sie dann mir. »Möchtest du austeilen, Faith?«

»Ja«, sagte ich dankbar. »Vielleicht können sich alle schon mal an den Tisch setzen«, diktierte ich. »Und dann gibt es Essen. Mom, du musst auf dem Mülleimer sitzen. Und erst alle Hände waschen!«

Ich benahm mich ganz wie Nicoles Mutter oder wie Großvater, wenn wir bei ihm aßen.

»Ja«, sagte meine Mutter begeistert, »lasst uns alle unsere verdammten Hände waschen!«

Ich sprach sogar ein Tischgebet, ganz schnell, weil kein anderer es wollte. »HerrsegneunsunddieseGabendiewirvonDeinerGüteempfangenhabendurchChristusunsernHerrn. Amen.«

Matty fügte hinzu: »Und bitte, Herr, mach, dass Faith ihr Fieber bald überwindet, weil wir uns alle um sie sorgen.«

Ich warf ein Salatblatt nach ihm.

Mom zündete sich eine Zigarette an und blickte um den

Tisch. »Ist das nicht schön? Das ist schön, Faith. Du solltest öfter krank zu Hause bleiben. Sagt danke, Kinder.«

»Danke, Kinder!«, riefen Matty, Hope und Charlie, ohne von ihren Tellern aufzublicken.

Auch ich wollte unbedingt, dass mein neues Leben funktionierte, dachte ich, während ich Soße über meinen Salat goss. Wenn ich mich richtig anstrengte, könnte ich gut genug für uns alle sein.

Das Telefon klingelte und drohte uns aus diesem kostbaren Moment der Normalität herauszureißen. Doch als ich hörte, wie meine Mutter, den Mund voller Nudeln, sagte: »Matt wird dich später zurückrufen, Trevor, wir sind gerade mitten beim Abendessen«, hätte ich ihr vor lauter Dankbarkeit am liebsten die Arme um den Hals geschlungen und geschluchzt.

Jungs – auf einmal tauchten sie in Belle River am Rande meines Blickfelds auf und tanzten vor meinen Augen wie Sonnenflecken. Erst waren sie wie Schatten. Vom Fenster des Diner aus beobachteten Nicole und ich, wie die Jungs der Stadt mit ihren Fahrrädern unvorhersehbaren Wegen folgten, und wir waren so gebannt von ihnen, wie einen manchmal ein Schwarm Fliegen fasziniert. In der Abenddämmerung lungerten sie vor unserem Mini-Kaufhaus oder umlagerten wie halbtote Motten eine der vier Straßenlaternen, die die Hauptstraße säumten.

Das Erste, was meine Mutter sagte, als ihr auffiel, dass mir Jungs auffielen, war: »Herrgott, Faith, mach den Mund zu.«

Dieselben Jungs gingen auch auf meine Schule, aber sie faszinierten mich nur außerhalb der grauen Schulkulisse. Auf dem Sportplatz oder in der Einkaufsstraße trugen sie nicht mehr ihre braven katholischen Schuluniformen, und es war fast ein Schock, sie nach den sauberen Hosen mit Bügelfalten und weißen Hemden mit Button-down-Kragen nun unordentlich, ohne Hemden und mit Baseballkappen zu sehen. Sie rochen sogar anders. Ich kann mich nicht mehr erinnern, wann ich das erste Mal, statt eine anonyme Gruppe wahrzunehmen, einen von ihnen herauspickte. Ich weiß nicht, warum ich überhaupt anfing, sie zu bemerken, aber ich weiß noch, dass es um die Zeit herum passierte, als mein Vater wegfuhr und meine Mutter begann, so hart zu arbeiten wie er früher.

Zuerst nahm ich sie immer als Anhängsel meiner Brüder zur Kenntnis. Ich dachte: Der spielt Hockey mit Matty, der ist mehr in Charlies Alter als in meinem, der Typ da hat mal nach zehn Uhr bei uns zu Hause angerufen und nach Matty gefragt, und Mom hat ihn, bevor sie den Hörer auf die Gabel donnerte, noch angeblafft, dass er ein »blöder Idiot« sei, weil er so spät anriefe, und ihn aufgefordert, das nie wieder zu tun, da die Kinder zur Schule müssten wie er übrigens auch.

Einmal holten Mom und ich Matty von der Eishalle ab, und Matty kam mit zwei gleichermaßen durchnässten und erschöpften Jungs zu unserem Kombi.

»Können wir Pete und Trev mitnehmen?«

»Sicher«, sagte Mom nicht besonders freundlich.

Pete und Trev warfen ihre großen Sporttaschen hinten rein und stiegen mit Matty in den Wagen.

»Das ist meine Schwester Faith«, sagte Matty.

»Hallo, Faith«, leierten sie. Dann unterhielten sie sich über Dinge, die mich nicht interessierten, obwohl es anders aussah, weil ich sie, das Kinn auf die Rückenlehne gestützt, die ganze Zeit anstarrte. Dabei gab es außer ihren verschwitzten Hälsen und eingerissenen Trikots nichts Besonderes zu sehen. Ihre ausgeblichenen Jeans und schmutzigen Schuhe. Ihre Fingerknöchel und Ohren.

Und wieder schlug Mom mir auf den Arm und sagte: »Faith, mach den Mund zu, um Himmels willen«, worauf Pete kicherte und ich litt. Doch es war ein schöner Schmerz, wie ein gutartiger Tumor, der mein Herz befallen hatte. Und ich wusste, er würde mein Leben lang weiterwachsen. Wenn ich einen Jungen sah, vielleicht den mit den schiefen Zähnen, der im Kaufhaus arbeitete, tat mir plötzlich das Herz weh. Es war noch nicht so, dass ich Jungs liebte, aber ich liebte, was sie waren und was sie konnten, das ich nicht konnte. Jungs konnten meinen Körper rebellieren lassen. Wie war es nur möglich, dass ein Junge mein Herz dazu brachte, zwei oder drei Sekunden lang seine grundlegende Aufgabe zu vergessen, Blut durch meine Adern zu pumpen? Ich wusste, der Schmerz würde mich nicht umbringen, immerhin war ich auch nicht gestorben, als mein Vater uns verließ. Aber etwa um diese Zeit gewöhnte ich mich an die Wunde tief in mir drin, vor allem als aus den sechs Monaten Calgary ein Jahr wurde, dann zwei. Ich wusste, ich wäre nie in der Lage, diese Art von Schmerz im Herzen eines Jungen hervorzurufen, weil ich mich nicht für sonderlich bemerkenswert hielt: Nichts an mir war besonders genug gewesen, um meinen Vater zu halten, während zum Beispiel bessere Bezahlung ein guter Grund wäre, alles hinter sich zu lassen, wie Mom immer sagte.

Das war der Beginn meiner neuen Schwermut. Es war nicht die Art von Traurigkeit, die ich verspürte, wenn mir langweilig war oder wenn ich in der Zeichentrickserie *Kimba* den weißen Löwen den Tod seiner Mutter rächen sah. Es war eher ein Schmachten, das sich dauerhaft anfühlte. Ich mochte Jungs. Aber ich war nicht perfekt. Deshalb würden sie mich verlassen. Deshalb würde ich immer traurig bleiben, und dies wäre mein Schicksal.

Ich listete meine Sorgen in meinem Notizbuch auf und schob es Nicole in Religion rüber.

1. Ist meine Nase für ein Mädchen zu groß? (»Nein«, schrieb sie daneben.)

2. Mein Hintern? (»Nein, das sitzt nur in Deinem Kopf, Doofkopf. Verstanden? Dein Hintern ist in Deinem Kopf, ha, ha.«)

3. Vielleicht bin ich zu religiös, das langweilt die Jungs. (»Mich auch, gähn.«)

4. Wir sind arm. (»Jesus auch.«)

5. Ich rede zu viel über meine Gefühle. (»Vielleicht hast du zu viele?«)

6. Meine Mutter sagt immer, mit meiner scharfen Zunge schade ich mir nur selbst. (»Stimme zu.«)

7. Ich glaube, dass Sex vor der Ehe eine Sünde ist. (Ich schrieb *Stimme zu: ja/nein* daneben. Nicole stimmte nicht zu.)

8. Ich finde Penisse eklig. Glaubst Du, Jesus hatte einen Penis? (»Jep.«)

Nicole malte daneben ein Bild von Jesus am Kreuz, allerdings ohne das Tuch um die Hüfte. Stattdessen hing da ein Penis, der wie ein Pfeil auf die Worte zeigte: *Auf die Knie, Faith!*

Ich sagte lautlos »Du bist eklig« und klappte das Buch zu.

Einmal, als wir noch in Emeryville wohnten, waren Hope und ich zum Fluss hinuntergegangen. Es war ein Montag, und wir fanden ein paar tolle »Spuren« am Ufer: eine Zigarettenschachtel mit vier Zigaretten in einer verschlossenen Plastiktüte, einen toten Vogel und den erst durchweichten und dann wieder getrockneten Teil einer Zeitschrift. Wir zündeten eine der Zigaretten an und wechselten uns mit dem Rauchen ab. Keine von uns wusste, wie man inhaliert, also pusteten wir nur den Rauch aus. Die Zigarette in der Hand, zog Hope behutsam die zusammengeklebten Seiten der Zeitschrift auseinander. Die Fotos zeigten nackte Männer, meist auf der Seite liegend. Sie wirkten wie riesige muskulöse Babys mit fast orange gebräunter Haut und glänzend zurückgekämmtem Haar. Sie lächelten uns an und boten ihre großen feuchten Penisse dar, die aus ihren mächtigen Pranken hervorlugten. Die Penisse sahen aus wie Tierbabys, als gehörten sie zu einer anderen Spezies als der Rest der Männerkörper. Sie schienen nass von Pipi oder Schweiß, und als Reaktion darauf kreischten wir erst laut auf und warfen die Seiten ein, zwei Meter von uns, dann krochen wir wieder hin und wagten erneut einen Blick. Wir waren von Ehrfurcht ergriffen und gleichzeitig angewidert. Mein erster Gedanke war, dass mir die Jungs leidtaten wegen dieses monstermäßigen Dings, das sie da hatten. Es war das Gegenteil eines weichen und geheimnisvollen Mädchenkörpers. Dann taten mir die Mädchen leid, die auf irgendeine sexy Weise mit diesem neu entdeckten Körperteil fertigwerden mussten. Ich nicht, dachte ich. Keiner kann mich auch nur in die Nähe dieser erbärmlichen Dinger bekommen. Immerhin waren diese nackten Männer wie mein Dad, wie die Lehrer, die ich in der Schule hatte. Langsam war die Sache klar für mich: Jungs hatten Penisse. Ich hatte die von Matty und Charlie gesehen, weil sie im Stehen pinkelten und Hope und ich manchmal gerade daneben in der Badewanne saßen. Als Charlie sechs war, pinkelte er uns einmal aus Spaß an. Wir begossen ihn dafür mit zig Ladungen Wasser, eine kleine Überschwemmung, die bis zum Flur schwappte und den Teppich dunkel einfärbte. Jungs stanken außerdem und schlugen ständig auf alle möglichen Dinge ein. Hope und ich waren bei allem, was wir taten, netter und sauberer. Doch obwohl ich mich lieber in Gesellschaft von Mädchen aufhielt, war es viel spannender, Jungen anzusehen und sich mit ihnen zu beschäftigen.

Als Hope und ich uns die Penisse genau eingeprägt hatten, warfen wir das Heft wieder ins Wasser und beobachteten, wie es sich vollsog und wegtrieb. Ich dachte, hoffentlich ist dies das letzte Mal in meinem Leben, dass ich so was Blödes gesehen habe. Ich war vielleicht nicht unbedingt schön, aber wenigstens besaß ich nicht etwas derart Unansehnliches, selbst wenn man es in der

Hose verstecken konnte. Trotzdem war diese »Spur« eine der spannendsten Entdeckungen überhaupt gewesen.

Zuerst dachte ich, die Nummer sieben meiner Bedenken wäre das größte Hindernis auf meinem Weg zum Frausein, aber mit zwölf, als ich anfing, bei einem Jungen aus der Nachbarschaft zu babysitten, bekam ich Angst, dass Nummer acht das viel größere Problem werden könnte.

Todd Mitchelssen junior war ein riesiges Baby, das mit seinen jungen Eltern in einem Haus wohnte, das nur einen kurzen Fußweg durch die Felder hinter unserem Haus entfernt lag. Er war das erste männliche Baby, bei dem ich babysittete, also war sein Penis der erste , für den ich je verantwortlich war, zumindest was das Windelwechseln betraf. Vielleicht lag es daran, dass er ein so riesiges Baby war, aber sein Penis wirkte auf komische Weise winzig klein. Er lag einfach nur da wie ein verschrumpeltes Fragezeichen. Allerdings hatte ich auch keine Vergleichsmöglichkeiten. Das ist also ein echter, lebendiger Penis?, dachte ich bei mir, als ich zum ersten Mal eine Windel unter seinen teigigen Hintern schob. Na, super. Er sah aus wie ein Zwergenfinger und wirkte genauso bedrohlich. Den Fotos aus dieser Zeitschrift sah er in keiner Weise ähnlich, und ich vermutete allmählich, dass das falsche Penisse gewesen sein könnten, aus Plastik oder Gummi.

Seine Mom, Sue Mitchelssen, war mit Todd senior verheiratet, dem Co-Trainer von Matts Eishockeymannschaft. Sue und Todd wirkten ziemlich cool auf mich. Und mir war schleierhaft, warum sie schon verheiratet sein konnten, wo sie doch sicher noch zur High School hätten gehen müssen. Todd senior schien nicht mal alt genug zum Rasieren. Sue sah Zeichentrickserien im Fernsehen, und einmal entdeckte ich, wie sie beim Telefonieren mit Buntstiften in einem Ausmalbuch malte und achtgab, nicht über die Linien zu kommen.

Meine Mutter erzählte mir, dass Sue tatsächlich nur etwa sechs Jahre älter war als ich, und wenn ich mich richtig dumm anstellte, könne ich eines Tages so enden wie sie. Oder wie meine eigene Mom. Sue und Mom waren beide noch keine zwanzig gewesen, als sie ihr Kind bekamen. Sie unterhielten sich gelegentlich darüber, wobei Mom dann viel deprimierter klang. Vielleicht, weil sie gleich drei weitere Kinder bekommen hatte, während Sue warten wollte, bis Todd senior eine Stelle bei Ford bekam, bevor sie das zweite plante.

Ich konnte mir nicht vorstellen, Mutter zu sein, vor allem seit ich wusste, dass zum Schwangerwerden ein Penis in eine Frau eindringen musste. Mit zwölf dachte ich allerdings noch, es hätte mehr mit der Gegend um den Bauchnabel zu tun als mit irgendetwas darunter. Mein medizinisches Wissen über Sex rührte aus Fernsehserien, in denen Frauen sich küssend auf einem Mann wanden, dann wechselten sie die Stellung, und er lag oben. Sex war dummerweise faszinierend, aber immer noch wie ein Film, der erst ab achtzehn freigegeben war; etwas, von dem ich gehört hatte und von dem ich wusste, dass ich es eines Tages auch machen würde, hinter dem ich aber nicht sonderlich her war.

Auch meine Mutter nutzte den Fernseher, um uns aufzuklären. Wenn etwa ein Mädchen spärlich bekleidet in einem Varieté tanzte wie eine Hure, dann wies sie auf all die Liederlichkeit ihres Tuns hin. »Seht sie euch an, Mädchen«, sagte sie zu Hope und mir. »Ihre Eltern bekommen sicher einen Herzinfarkt, wenn sie sie so sehen. Ich weiß, ich würde sterben! Ich dreh euch den Hals um, wenn ihr beide so endet!«

Hope und ich hampelten dann herum und wackelten mit dem Po wie Stripteasetänzerinnen, um sie zu ärgern.

Manchmal halfen auch Seifenopern, Hope und mir den Pfad der Tugend und Rechtschaffenheit zu weisen, der immer genau das Gegenteil von dem war, was die bestaussehenden Mädchen taten. »Arme, dumme Erica Kane«, sagte Mom beispielsweise. »Sie denkt tatsächlich, dieser Arzt würde sie lieben, aber das tut er nicht. Ihm geht es nur um Sex, er nutzt sie bloß aus, merkt euch das, Mädchen. Und wenn sie das erkennt, wird sie sich auch von ihm scheiden lassen. Das war dann wohl Ehemann Nummer drei!«

Was Mom uns über Sex erzählte, war wenig hilfreich. Aber aus ihren Tagebüchern wusste ich, dass sie viel daran dachte. Zum Beispiel schrieb sie: *O Gott, es ist so lange her, dass ich mit einem Mann zusammen war! Ich kann mir nicht mal mehr vorstellen, wie es ist, mit einem auszugehen. Ich sehe schon Matts Gesicht vor mir, wenn ich ihm einen Kerl vorstelle. Vergiss es. Es würde ihm für den Rest seines Lebens einen Schaden verpassen. Ich werde warten müssen, bis sie älter sind. Frage mich, ob Joe wohl mit anderen schläft.*

Bei der Vorstellung hätte ich am liebsten geheult.

Ein anderes Mal schrieb sie von Adam Lauzon und nannte ihn *den süßen Nachbarsjungen von gegenüber. Der Kleine gefällt mir immer besser.*

Es war eines der wenigen Male, dass ich meiner Mutter gestehen wollte, heimlich ihr Tagebuch zu lesen, nur um ihr zu sagen, wie sehr sie mich manchmal anekelte. Adam war achtzehn und Mom dreiunddreißig, du meine Güte! Eine alte Frau, die auf einen jungen Typen scharf war, der manchmal unseren Rasen mähte oder die Jungs zum Training fuhr – das war das Ekligste, was ich je gehört hatte. Und was schrieb meine verdorbene Mutter? *Herrje, eines Tages sollte ich ihn mir einfach schnappen und es tun. Er ist ein bisschen doof, und ich will auch gar nichts weiter von ihm, aber hey – er ist achtzehn! Was wäre das für ein Spaß! Und für ihn erst. Oh, ich darf gar nicht daran denken. Für diese Gedanken sollte ich ins Gefängnis kommen.*

ODER IN DIE HÖLLE, hätte ich am liebsten dazugeschrieben, in roter Tinte, genau daneben. Fünfmal unterstrichen.

Danach fiel es mir eine Zeitlang schwer, meine Mutter anzusehen. Besser gesagt, ich hatte Probleme, sie *nicht* anzusehen, und musste mich zusammenreißen, die Androhung ewiger Hölle aus meinem Gesicht zu tilgen.

Nur ihretwegen fing ich an, Adam Lauzon, den »süßen Nachbarsjungen«, aufmerksamer zu betrachten. Manchmal kam er zu uns, um Holz zu schlagen oder das Feld zu pflügen, das neben unserem Haus lag, und dann zog er sein Hemd aus. Einmal ertappte er mich dabei, wie ich auf seinen Bauch stierte, auf diese feine Linie aus Haaren, die zum »Da-unten« führte. Unsere Blicke trafen sich, ich wurde knallrot und dachte: O nein, jetzt bin ich schon wie meine Mutter!

Einmal, als Mom mich zum Sitten zu den Mitchelssens brachte, erwähnte ich ganz beiläufig, wie toll ich es fände, dass Sue ihre Küche so hübsch tapeziert habe, ganz allein, und wie gern ich das auch können würde, eines Tages, meine eigene Küche, wenn ich verheiratet wäre und mein eigenes kleines Baby hätte.

Sie erwiderte: »Wie würde dir ihr Leben gefallen, Faith? Wenn du in sechs oder sieben Jahren Mutter wärst? Denk drüber nach. Es geht nicht nur um hübsche Tapeten. Die meiste Zeit ist es die Hölle.«

Aber eigentlich erschien mir Sues Leben gar nicht so schlecht. Sie wohnte in ihrem eigenen Haus, gemietet zwar, aber trotzdem hatten sie genug Geld, um immer einen Vorrat an Feigenpasteten, Maischips und toller Eiskrem zu haben, und zwar nicht nur die rot-weiß-braune, die nach einer Woche zu griesigem Schaum wurde, sondern gute Marken. Außerdem hatten die Mitchelssens einen Videorecorder, etwas, das wir die nächsten zwei Jahre noch nicht haben würden. Und sie hatten mindestens ein Dutzend gekaufte Filme. *Der weiße Hai* und *Grease* hatte ich bestimmt schon zehnmal bei ihnen gesehen.

Manchmal sitteten Hope und ich Todd junior gemeinsam. Wir nannten es »zwei für einen«, aber das Geld dafür teilte ich nie. Hope machte mit, damit sie abends mal aus dem Haus kam, und ich hatte nichts gegen ein bisschen Gesellschaft. Und falls Todd senior zu betrunken heimkam, konnten Hope und ich zusammen den Schotterweg zurück nach Hause gehen. Es war so stockfinster dort, dass wir uns, wenn ein Auto vorbeifuhr, dicht aneinanderdrängten, in einer stummen, steifen Geste, da wir uns ansonsten nicht mehr so nahe standen.

Weil er so klein war, aber trotzdem so groß, nannten wir Todd junior, nachdem wir Dustin Hoffman als alten Indianer in *Little Big Man* gesehen hatten, »Little Big Todd«. Bis Hope und ich einmal rechts und links von ihm auf der Couch saßen, um ihn am Umfallen zu hindern, und ich sagte: »Weißt du was, Hope? Wir sind ein BLT-Sandwich. Anstelle von Speck, Salat und Tomate haben wir Big Little Todd zwischen uns.« Darüber lachten wir uns so kaputt, dass BLT sein neuer Spitzname wurde. Und das Witzigste war, dass BLT sich mit uns kaputtlachte, ohne zu wissen, worum es ging.

Sue Mitchelssen rief an und fragte, ob ich zu einem bestimmten Termin babysitten könne, und nachdem ich zugesagt hatte, erklärte sie, BLT habe eine kleine Operation gehabt, ihm sei die Spitze seines Penis abgeschnitten worden. Man müsse ihn jetzt besonders pflegen. Ich wurde rot und sagte: »Ja, ja, ich verstehe«, aber ich verstand gar nichts. Ich fragte Mom, was das bedeute, dass man seinen Penis »besonders pflegen« müsse. Sie meinte, der Arme werde wahrscheinlich die ganze Nacht schreien wie verrückt.

Ich bekam eine Gänsehaut, als ich die medizinischen Instruktionen hörte. »Was heißt, das kann sich entzünden? Wie?«, jammerte ich.

»Da ist eine wunde Stelle, das ist alles. Wahrscheinlich muss eine Salbe drauf.«

»Warum macht man das überhaupt, die Spitze vom Penis abschneiden?«

»Manche Leute lassen das bei Jungen eben machen. Da wird nur die überschüssige Haut entfernt. Es ist hygienischer. Und Juden machen das aus Glaubensgründen, weißt du?«

Über Penisse hatten sie uns in der Schule nichts erzählt, aber über Juden. Und das war ziemlich verwirrend, denn obwohl Jesus ein Jude war, bedeutete Jude zu sein, nicht an Jesus zu glauben.

»Sind die Mitchelssens Juden?«

»Ich glaube nicht. Wahrscheinlich geht es ihnen nur um die Sauberkeit.«

»Iih, Sauberkeit wofür?«

»Mach dir keine Gedanken darüber, Faith. Tu einfach, was Sue dir zeigt.«

Vielleicht waren die Mitchelssens doch Juden, dachte ich, denn sie gingen nicht zur Kirche, jedenfalls nicht in unsere.

Hope begleitete mich an jenem speziellen Abend der Penispflege. Sie wollte BLTs verletzten Penis auch sehen, in erster Linie kam sie jedoch mit, um was von dem tollen Essen abzugreifen.

Als wir bei den Mitchelssens klingelten, hatten Sue und Todd senior bereits ihre Jacken an. Sue gab mir eine kleine Tube mit Salbe und sagte, BLT (sie nannte ihn »Toddy«) schlafe noch und wenn er aufwache, brauche er eine neue Windel. Sie erklärte, nach der normalen Windelwechselei solle ich einfach ein kleines bisschen davon auf seine Penisspitze tupfen und ihn wieder einwickeln. »Er fühlt sich nicht so wohl, Faith, aber er schreit schon viel weniger.«

Es kam mir irgendwie kriminell vor, seinem Baby die Penisspitze abschneiden zu lassen. Kriminell und unnötig, aber auch interessant, so dass ich fast dankbar war für das Vertrauen, das sie offenbar in mich setzten. Und ungeduldig, dass er aufwachte, damit ich dieses postoperative Problem an seinem Penis betreuen könnte.

»Machen Sie sich keine Sorgen, Mrs. Mitchelssen. Meine Mutter hat mir erklärt, was zu tun ist«, erwiderte ich mit vorgerecktem Brustkorb, ganz krankenschwesternhaft und naseweis. Ich konnte es kaum erwarten, Nicole mit all den neuen Informationen zu versorgen, die ich über Penisse hatte.

Hope stand hinter mir, stumm wie immer. Sie mochte Erwachsene nicht besonders, selbst wenn sie sie kannte.

»Ich bin froh, dass Hope mit dabei ist. Sie ist deine kleine Assistentin, was, Faith? Ich wünschte, ich hätte auch eine.«

»Das stimmt.« Ich schielte seitwärts zu Hope. Kleine Assistentin? Von wegen! Ich wusste, dass sie in Gedanken schon bis über die Ellbogen in den grünen Oliven mit der roten Paprikafüllung steckte, die sie so gern mochte und die es bei uns zu Hause selten gab, höchstens mal wenn wir Besuch hatten. Hope war gierig, und ich musste ihr zeigen, wie man die Sachen strategisch plünderte, damit es nicht so auffiel.

Die Leute sagten immer: »Nimm dir, was du möchtest«, aber ich wusste, dass sie es nicht so meinten. Es würde noch etwa ein Jahr dauern, bis wir dazu übergingen, die Zigaretten meiner Mutter zu stibitzen und uns etwas von ihrem Schnaps abzufüllen, und durch unser Kekseklauen und Konservenkapern bekamen wir jetzt schon jede Menge Übung.

Als BLT sich nur ein winziges bisschen rührte, stürmte ich sofort nach oben, um ihn aus seinem verschwitzten Schlaf zu holen. Seine Haare waren zu einem feuchten Schopf strähniger Locken verklebt, die ich ihm am liebsten etwas geschnitten hätte, doch dann erinnerte ich mich an den Rat meiner Mutter, als ich mit dem Babysitten anfing: »Diese kleinen Kinder, Faith, sind nicht deine Püppchen. Sie scheißen, und sie schreien, und das werden ihre Eltern auch tun, wenn du zulässt, dass ihnen was passiert, hörst du?«

Ich trug BLT nach unten, wo Hope schon wartete. Auf dem Teppich war eine Decke ausgebreitet, und im Fernseher lief *Der Weiße Hai* – die Stelle, an der alle Leute zum ersten Mal aus dem Wasser rennen.

Ich löste seine Windel. Sein Penis war immer noch klein, und mit der entzündeten Spitze sah er aus wie ein tiefroter krummer Finger und nicht wie ein künftiges Sexwerkzeug.

»Iihh!«, riefen wir im Chor.

Wir kreischten wieder »iihh«, als ich das Stückchen Gaze von der Penisspitze löste, und noch einmal, vielleicht ein bisschen zu laut, als ich um sein Sackding herumwischte, einmal rauf und runter. Als ich auf die Tube drückte und etwas von der weißen gummiartigen Salbe auftragen wollte, stieß BLT einen spitzen Schrei aus wie ein Mädchen. Er schrie wie die Leute in dem Film, wenn der weiße Hai ihnen ein Bein abbeißt oder den Penis, wenn sie einen hatten.

»Heilige Scheiße«, sagte ich.

»Schsch, Bi!«, flehte Hope. »Schsch, Bi, Bi, schsch.« »Bi« sollte wohl eine Abkürzung für BLT sein.

»Schsch, Bi«, wiederholte ich. Doch er hörte nicht auf.

Das Schlimmste war, dass er versuchte, mit seinen kräftigen Patschfingern nach dem Penis zu greifen. Er hatte schon feste Fingernägel, die ich deutlich spürte, als er sie in meine Haut bohrte, während ich seine Arme festzuhalten versuchte. Mir war zwar instinktiv bewusst, wie schrecklich sich das für ein kleines Baby anfühlen musste, aber so etwas wie mütterliche Instinkte besaß ich nicht. Meine Instinkte zielten nur darauf ab, den Zigarettenrauch meiner Mutter zu erschnüffeln, wenn sie spätnachts noch wach war, und zu erraten, dass sie sich Sorgen machte. Aber was das Schreien dieses Babys anging, versagte mein Instinkt. Ich hatte keine Ahnung, wie man auf gute und gesunde Weise jemanden tröstet, der Schmerzen hat, einschließlich meiner selbst.

Hope brach nun ebenfalls in Tränen aus und kroch zum Videorecorder, um den Film abzuschalten, und zwar an der Stelle, wo die Mutter glaubt, ihr Kind sei vom Hai gefressen worden. »Was sollen wir jetzt machen?«, jammerte sie. »Er hört und hört und hört nicht auf, Faith. Was sollen wir nur machen?« Ihre Art, mit Katastrophen fertig zu werden, war, sich ständig zu wiederholen.

BLT hatte sich aus dem schlaffen Griff meiner zaghaften Entschlossenheit befreit. Er versuchte zu krabbeln, was damit endete, dass er seinen roten entzündeten Penis über den Teppich schurrte. Ich wollte diesem Kind nicht wehtun, aber letztlich tat ich genau das, weil ich seine Knöchel festhielt, um ihn wieder auf den Rücken zu drehen. Durch dieses Gewackel schrappte sein wunder Penis noch heftiger über den Teppich. Er war wie eine kaputte Schubkarre, das Hinterteil ragte in die Luft, der Aua-Penis schubberte auf dem Boden. Sein Geschrei wurde kehliger, er schrie Zeter und Mordio, so wie Gigi einmal geklungen hatte, als sie von einem streunenden Kater überwältigt wurde. »Ruf Mom an, Hope! Sofort!«, schrie ich. Sie verschwand in die Küche.

BLT bekam seinen Penis wieder zu fassen, schlug seine kleinen Nägel hinein, kreischte und zog die Beine fest an den Körper wie ein erschreckter Krebs.

Flehentlich bat ich: »Ach, Toddy, tut mir leid, Baby, nun hör doch auf zu weinen«, aber gleichzeitig dachte ich, heiliger Jesus, selbst wenn sie Juden sind und das hier wegen ihrer Religion machen müssen, würde ich sie noch nicht einmal in die Nähe meines Himmels lassen, diese blöden Mitchelssens. Ich betete, dass sie zur Hölle fahren mochten oder an einem brennenden Ort verrotten, wo alte gerupfte Vögel an den Spitzen ihrer nackten und enthäuteten Genitalien herumpickten.

Ich hörte unseren Wagen vorfahren, die Tür aufgehen und meine Mutter hereinrauschen, die den Kiesweg zwischen unseren Häusern sicher so schnell entlanggerast war, dass der Schotter spritzte.

»Was zum Teufel ist hier los?«, schrie sie, und der ganze Raum des kleinen Wohnzimmers war von ihr erfüllt.

»Nichts, er ist so aufgewacht«, wimmerte ich, durch mein Versagen wieder zum kleinen Mädchen geworden.

»Hört jetzt beide auf damit, ihr macht es nur noch schlimmer.«

Ich beobachtete, wie Moms starrer Körper weich wurde und sie sich wie ein Liebhaber, wie ein C über BLT krümmte, der immer noch wütend kreischte. Als sie die Jacke meines Vaters auszog und hinter sich warf, sah ich, dass sie ihr kurzes gelbes Nachthemd anhatte, und aus ihrem Haar ragten oben zwei rosa Lockenwickler heraus. Alles fühlte sich wie ein grausiger Notfall an, den ich verursacht hatte.

»Hallooo, du Süüüßer, oooooh, naaaa, duuuuu Baaaaabyyy«, gurrte meine Mutter, als wäre es ein einziges Wort, das sie in leisem Singsang flötete. Bei uns klang sie nie so. Es war, als wären Hope und ich gar nicht im Zimmer, als würden wir sie nicht dabei sehen, wie sie die liebe Mutter spielte, die sie bei uns nie gewesen war.

»Na-naaa«, sagte sie, und BLT schmolz dahin, so wie ich ihn bei seiner eigenen Mutter erlebte, wenn sie sich anschlich und ihn überraschte, wenn er im Planschbecken im Garten saß. Er riss dann die nassen Ärmchen hoch und streckte sie ihr entgegen, so wie er es bei mir nie machte, der doofen Babysitterin. Bis dahin hatte ich nicht gedacht, dass ich auf diese Babyliebe eifersüchtig sein könnte.

Dank Moms Voodoozauber verwandelte sich BLTs Geschrei in Heulen, dann Weinen, dann Schnaufen, und dann verebbte sein stotterndes Geschluchze komplett. Es war, als hätte sie wie ein DJ die Nadel von der sich drehenden Schallplatte seines qualvollen Leids gehoben.

»Armer kleiner Junge, hmmm?«, sagte sie und drehte sich mit tränennassem Lächeln zu uns um. Sie wirkte glücklich. Das alles verursachte ihr keine schlechte, sondern im Gegenteil gute Laune. Mit leichter Hand schob sie die Decke unter seinen Po und löste seine Hände vom »kleinen Aua-Dudu«. BLT ließ meine Mutter nicht aus den Augen. Sie küsste seine Stirn und entlockte ihm ein Kichern. Ihre sanfte, leise Stimme verwandelte sein zerquältes Gesicht wieder in das eines pausbäckigen Babys.

Ich war stinksauer, weil ich dachte, wenn *ich* mal schreien würde wie verrückt, dann würde meine Mutter sich noch verrückter aufführen und mich übertönen. Hier aber saß sie, ganz verliebt in ein fremdes Baby, das in den Augen unserer Familie ein Niemand war, und turtelte mit ihm wie eine Mutter, die man aus dem Katalog bestellt hatte. Gut, ich wusste, da war ein Unterschied, er war noch ein »kleines Baby« und ich nicht mehr, worauf ich ja auch ständig hingewiesen wurde, aber dieses Mutterding machte mich fertig.

»Wow«, sagte Hope. »Faith hat versucht, dass er die Beine still hält, um ihm zu helfen, aber er wollte und wollte und wollte nicht aufhören.«

Meine Mutter sah mich eine Sekunde lang fest an, worauf ich das Gefühl hatte, mich verteidigen zu müssen. »Ich hab versucht, dass er aufhört, wirklich«, sagte ich, »aber er hat von Anfang an geschrien, schon als ich ihn hochnahm. Ich wusste nicht, wie. Ich hab's versucht. Und ich glaube, ich hatte ihn fast so weit, als du kamst.«

»Schsch, schsch, Baby«, sagte meine Mutter über sein leises Jammern hinweg und ignorierte meines. Sie spreizte mit festem Griff seine Beine und massierte die Creme sanft und fast schon ein wenig peinlich unten um seinen kleinen roten Penis herum, dann hinauf bis zur Spitze. Und ich hasste diesen Penis noch mehr, als BLT ihn hasste. Ich hasste alle Penisse, die so voll Schmerz und Scherereien zu sein schienen. Warum müssen sie nur so kompliziert und furchterregend sein, selbst für ihre Besitzer?

»Siehst du?«, sagte sie. »Siehst du, Faith? Beweg dich ganz langsam und rede so wie ich.« Sie senkte ihre Stimme zu einem Flüstern. »Und sieh ihn die ganze Zeit an, denn er ist ja nur ein kleines, verschrecktes Babylein, mein Kleiner, hm, mein Baby?«, gurrte sie wieder, ohne den Blick von ihm zu wenden. »Hast du Aua-Weh? Hmm?«

BLT strampelte wie ein dummes kleines Hündchen. Wie sie da so über ihm kauerte, erinnerte sie mich an die Jungfrau Maria, von dem kurzen gelben Nachthemd einmal abgesehen. Alles, was noch fehlte, waren ein staunendes Schaf und eine muhende Kuh, dann wäre mit BLT als Jesuskind meine gedankliche Krippenszene perfekt. Ich fragte mich, ob die Jungfrau Maria mit Jesu Penis ähnliche Probleme gehabt hatte. Ich fragte mich, ob Jesus unter diesem schmalen Lendentuch, das er anscheinend immer trug, wirklich einen Penis hatte. Vielleicht könnte ich ihn erkennen, wenn ich in der Kirche genauer hinsah. Jesus war ein Jude, also hatten sie ihm vermutlich auch die Penisspitze abgeschnitten. Hatte die Jungfrau Maria die Nerven verloren, so wie ich, oder wusste sie genau, wie man mit einem Penis umging, so wie meine Mutter? Durch meinen Dad und ihre zwei Söhne hatte Mom Erfahrung, aber für die Jungfrau Maria war das alles bestimmt so neu gewesen wie für mich. Nach der Inkompetenz, die ich im Vergleich zur Geschicklichkeit meiner Mutter mit diesem verdammten Ding demonstriert hatte, war es beruhigend, etwas mit Maria gemeinsam zu haben.

Mom beschloss dazubleiben, bis die Mitchelssens wieder nach Hause kamen. Hope meinte, sie sei müde und könne allein zurückgehen. Meine Mutter schärfte ihr ein, bei ihrer Ankunft durchzurufen, und war ganz erleichtert, als sie es tat.

BLT schlief auf dem Arm meiner Mutter ein, und wir sahen uns den Rest des *Weißen Hais* zusammen an, ganz leise, weil das Baby schlief. Sie kannte den Film noch nicht, und ich sagte – vermutlich um meine kümmerlichen Kenntnisse bei der Kinderpflege wettzumachen – den Text immer schon vor einer Szene laut auf, wie um zu verkünden: Hier weiß ich was, was du nicht weißt.

»Siehst du, Mom? Gleich kommt das, wo der Hai die Leute in dem Boot erschreckt, ja? Und der eine Typ wird gefressen. Aber erst später. Obwohl er Experte für Haie ist.«

Meine Mutter nickte steif. Vielleicht hielt sie mich für zu jung für diesen Film, für diese Aufgabe als Babysitter, für all die dämlichen Herausforderungen. Trotzdem ließ sie das Video mit all seinem Horror und all seiner Meuchelei weiterlaufen. Und die meiste Zeit hätte ich genauso gut Luft sein können, denn sie, mit dem schlafenden BLT im Arm, schien sich rundum wohlzufühlen.

Als Sue und Todd senior nach Hause kamen, erschraken sie erst, aber Mom sagte: »Alles in Ordnung, ihr habt drei zum Preis für eine bekommen«, und gab Sue ihr Baby mit ein paar Ratschlägen zurück.

»Er hat geschrien, Sue, und die Mädchen haben mich angerufen, aber das war okay, ich bin froh, dass sie es gemacht haben.« Sie zog die Jacke meines Vaters fest um die Schultern. Die zwei schienen nicht zu bemerken, dass sie schon im Nachthemd war. »Du solltest ihn trotzdem untersuchen lassen«, fuhr Mom fort. »Ich glaube nicht, dass es eine Infektion ist, aber als es bei Matty gemacht wurde, hat der Arzt nicht richtig aufgepasst. Toddy hat heute viel geschrien. Für mich sieht es okay aus, aber ich bin kein Arzt.«

Sue Mitchelssen nickte wie die Neunzehnjährige, die sie war, stummer als Hope, wie sie vor einigen Stunden neben dem schreienden Baby gestanden hatte. Sie nickte betretener als ich, die ich stocksteif und hilflos vor Angst gewesen war.

Die Spitze von Mattys Penis ist also auch ab, dachte ich. Bei Charlie dann wohl ebenfalls, obwohl wir keine Juden sind. Und ich konnte weiß Gott nicht verstehen, was zum Teufel sauber und hygienisch an dem war, was wir gerade durchgemacht hatten.

»Ich will nie mehr einen Penis sehen, solange ich lebe«, verkündete ich, als wir von den Mitchelssens wegfuhren.

»Ja, das hab ich früher auch gedacht«, erwiderte meine Mutter, während sie langsam über den Feldweg fuhr. »Wahrscheinlich in dem Moment, als Matty geboren wurde.«

»Mom! Sei nicht eklig!«

»Ach, Faith! Werd erwachsen«, sagte sie und lachte über ihren eigenen Witz.

Kurz vor unserem Haus sahen wir, wie Adam Lauzons Wagen rückwärts aus unserer Ausfahrt setzte, während Matty seine Eishockeytasche die Verandatreppe hinaufzerrte. Adam fuhr Matt überall hin, manchmal sogar ohne dass meine Mutter ihn darum bat. Plötzlich dachte ich an Adams Penis und ob seine Spitze auch abgeschnitten war.

»Gut, dass wir ihn haben«, sagte Mom und hielt an, um ihn vorbeizulassen. »Schade, dass er zu alt für dich ist, Faith.«

»Iihh, schade, dass er zu jung für dich ist!«, konterte ich, vielleicht ein wenig zu vorwurfsvoll.

»Eigentlich ist er das gar nicht«, entgegnete sie.

»MOM!«

»FAITH!«

Manchmal, an Samstagen, wenn Mom ins Diner aufbrach, spazierte ich am Ende unserer Auffahrt herum und wartete darauf, dass Adams Mom zur Arbeit fuhr. Ich sah zu, dass ich kurze Hosen trug und meine braunen Beine zeigen konnte. Wenn ihr Wagen verschwunden war, streckte Adam seinen Kopf durch die Tür und winkte, ich solle rüberkommen. Manchmal spielten wir auf Adams Atari *Pong* und redeten über Kinofilme oder politische Dinge, über unsere Erde und Robbenbabys, meine Lieblingsthemen. Adam erzählte, er wolle Schriftsteller werden, am liebsten für Science Fiction, »mit Seele und Substanz«. Nebenbei wolle er Wirtschaft studieren, um tagsüber eine richtige Arbeit zu haben. Einmal hatte er gesagt, ich solle allmählich anfangen, über einen BH nachzudenken, und meine Mom bitten, dass sie mir einen kauft.

»Und du solltest darüber nachdenken, deine Klappe zu halten, Adam« war das Einzige, was mir einfiel, bevor ich verschämt nach Hause lief. Er wollte sicher nur helfen, eine Art Vaterfigur sein, aber Mom sagte, für die Vatersachen hätten wir immer noch Großvater, bis unser eigener Vater wieder nach Hause käme. Nicht, dass ich mit einem von denen über meine Brüste geredet hätte!

Adam fuhr mit unserem Kombi gleichauf. Er lehnte sich rüber und kurbelte das Beifahrerfenster runter.

Mom kurbelte ihr Fenster hinunter und rief: »Danke, mein Bester! Ich weiß gar nicht, wie ich das wiedergutmachen kann, dass du Matty andauernd rumfährst. Warte. Lass mich dir was fürs Benzin geben.«

»Ach, nicht der Rede wert, das lag doch sowieso auf meinem Weg«, rief Adam über die laufenden Motoren hinweg.

Meine Mutter stieg aus. Als sie sich in seinen Wagen beugte und ihm zehn Dollar hinhielt, konnte ich sehen, wie er protestierend die Hand hob und das Geld abwehrte. Lachend knüllte sie den Schein zusammen und warf ihn auf den Rücksitz. »Da, nimm! Trink mal ein Bier auf mich oder zwei.«

Ich sah, dass ihr Nachthemd am Hintern hochgerutscht war. Als sie sich umdrehte und wieder einstieg, sah ich, wie Adam ihre Beine beobachtete. Er hupte und fuhr davon.

»Mom. Herrgott noch mal! Sieh nur, was du anhast!«, schalt ich sie und schnalzte mit der Zunge.

»Ach, wen kümmert das schon, Faith? Das war doch bloß Adam.«

»Trotzdem«, schmollte ich.

»Trotzdem«, machte sie mich nach.

»Trotzdem.«

»Trotzdem!«

Ich wartete ein bisschen, dann flüsterte ich in meine Bluse: »Trotzdem hat er bestimmt deinen Po gesehen.«

Meine Mutter lachte und sagte: »Der hat bestimmt schon so einige gesehen.«

6. Kapitel

Eines Sonntagmorgens drehte ich mit dem Fahrrad ein paar Runden in unserer Auffahrt und wartete, statt mich für die Kirche fertigzumachen, darauf, dass Adams Mutter zur Arbeit fuhr. Wir gingen immer seltener zur Messe. Matt war es egal; Charlie hatte vor kurzem beschlossen, dass er nicht an Gott glaubte; also waren es, wenn überhaupt, Hope und ich, die zur Kirche gingen, und irgendwann nur noch ich. Mom setzte mich manchmal auf ihrem Weg zur Arbeit bei Nicole ab, und ich begleitete ihre Familie und tat, als gehörte ich dazu.

An jenem Tag kam Großvater vorbei, um Mom Geld zu bringen. Er erwischte mich, wie ich am Ende der Auffahrt herumlungerte, meine braunen Beine präsentierte und ein trägerloses Oberteil trug für den Fall, dass Adam vorbeikäme.

»Faith, was machst du hier?«, rief er aus dem Autofenster.

»Aber Grandpa, ich wohne hier!«, rief ich scherzhaft zurück.

»Weiß deine Mutter, dass du barfuß herumläufst? Wo ist denn dein Kleidchen?«

Mein Kleidchen?, wollte ich rufen. Ich trage keine Kleidchen mehr, ich bin jetzt ein Teenager, du alter Sack. Aber ich sagte nichts, weil er einen Scheck dabeihatte, den wir brauchten. Ich sah auf meine schmutzigen Füße und angeschlagenen Knöchel, und meine Oberschenkel kamen mir knackig und beunruhigend vor, wie sie so lang und gebräunt aus meinen weißen Frotteeshorts ragten.

»Hier, gib das deiner Mutter, und sag ihr, sie soll mich anrufen.« Er reichte mir den Scheck. »Und Faith! Geh und zieh dir was Sauberes an.«

Meine Kleidung war sauber, aber ich wusste, was er meinte, und nachdem er weggefahren war, tat ich, was er gesagt hatte. Ich tat es, weil er ein Mann war – der letzte, der uns in unserem Leben geblieben war. Adam zählte ich damals noch nicht als Mann. Er war ein älterer Junge mit Mannespotenzial, aber gerade das erschien mir noch unbestimmt. Dad versäumte zum Glück all die neuen Dinge, die an meinem Körper und in meinem Kopf sprossen, und unsere wöchentlichen Telefonate verliefen nach bewährtem Muster.

»Was macht Schule, Fäte?«

»Gut, Dad.«

»Hast du Freundinne?«

»Ja, jede Menge.«

»Und du verstehst dich gut mit jede?«

»Ja, ich versuch's.«

»Gut. Ich liebe dich, Fäte.«

»Ich dich auch, Dad.«

»Okay, jetzt gib mir Ope.«

Wahrscheinlich zog ich mich auch deshalb um, weil ich Großvaters Anerkennung wollte, die er seinen eigenen Töchtern nicht zollte. Da meine Mutter das wusste, hielt sie immer die Luft an, wenn sie sich bei ihm für sein Geld bedankte oder für die kleineren Gefälligkeiten, die er ihr erwies, einschließlich des einen Mals, als sie ihn bat, mit mir für den Abschlussball Schuhe kaufen zu gehen. Ich hörte am Nebenanschluss mit, als Großvater erst laut ausatmete, dann einwilligte und sagte, er wolle sowieso ein bestimmtes amerikanisches Motoröl kaufen, das es nur in Detroit gebe. Mom dankte ihm und erklärte, dass sie die Extraschicht dringend brauche, nun, da Joe gerade wieder auf Arbeit warte. »Ja, zum zweiten Mal in sechs Monaten«, fügte Großvater hinzu. Und nein, wir würden in Detroit nicht Tante Linda besuchen, weil es vor ihrer Wohnung keine Parkplätze gebe, sagte er, und er den Wagen nicht auf der Straße stehen und von Schwarzen demolieren lasse.

Ich war noch nie allein mit Großvater irgendwohin gefahren. Normalerweise blieben wir vier immer zusammen in seinem Wagen, Matty, ich, Hope und Charlie, wie Orgelpfeifen nebeneinander angeschnallt, stumm geradeaus starrend. Er brüllte, wenn wir unsere Hände aus dem Fenster streckten oder Stifte auf den Boden fallen ließen. Er brüllte, wenn er uns mit Süßigkeiten erwischte, die wir in unseren Taschen eingeschmuggelt hatten. Selbst wenn es krümelfreie Süßigkeiten waren wie Lakritze oder Kaugummi. Aber sein Gebrüll machte uns nichts aus, weil es nicht gegen uns persönlich gerichtet war. Es ging um Disziplin, auf eine kluge und gute Art. Großvater erklärte, es sei wichtig, dass ein Wagen sauber bliebe, wegen des Wiederverkaufswerts, auch wenn wir wussten, dass er nicht die Absicht hatte, sein kostbares Fahrzeug je zu verkaufen.

Ich wünschte mir, dass dieser Einkaufsbummel so organisiert und fehlerlos abliefe wie Großvaters Leben. Einen Tag lang wollte ich das Gegenteil von unserem Chaos und Gerümpel sein. Ich wollte ihm zeigen, was für eine umsichtige und ungewöhnliche junge Dame ich zu werden hoffte. Ganz im Gegensatz zu Mom und ihrer Schwester.

Mein Großvater fuhr zehn Jahre lang einen rostfarbenen Ford Comet mit beigefarbener Tweedpolsterung und einem Abspielgerät für die damals neu entwickelten 8-Spur-Tonbandkassetten sowie Lautsprechern im Fond. Er sah so neu aus wie seine in Plastik verschweißte Matchbox-Miniatur-Version. Großvater sprach von seinem Wagen, als hätte er ihn selbst erfunden und mit eigenen Händen gebaut. Er fuhr immer so vorsichtig in seine Garage, dass man meinen konnte, der Wagen bewege sich auf gläsernen Federn, die man in Plutonium getaucht und mit einer Bombe versehen hatte, die bei der geringsten Erschütterung detonieren würde. »Erschütterung« bedeutete auch, sich mit dem Po dagegenzulehnen, wenn man sich bückte, um die Schuhe zuzubinden. »Pass auf den Wagen auf! Geh vom Wagen weg! Lehn dich nicht an den Wagen!«

Er war immer so. Und ganz besonders, wenn es um sein Werkzeug ging. Es gab kein Fitzelchen Rost an seinen Schraubenschlüsseln oder Erde an den Gartenrechen, und er sortierte jede Schraube, jede Beilagscheibe, jeden Nagel nach Größe und Länge in alte Babykostgläschen, die er sorgfältig gewaschen und getrocknet hatte. Die Gläschen hingen an ihren von unten ans Regal geschraubten Deckeln wie Präparate oder Larven, die nach dem Schlüpfen zu Gottes Eisenwarenladen erblühen würden, einem Ort, an dem man nichts anfassen durfte. Sein gesamtes Haus glich einem Laboratorium, das sowohl spannend als auch furchterregend war.

Aber es war sauber.

Eis mussten wir draußen essen, auch im Winter, und Herumrennen und Spielen waren nur im Keller erlaubt, der noch nicht ausgebaut war und aussah wie ein leeres unterirdisches Schwimmbad, auf das ein riesiges Puppenhaus mit drei Schlafzimmern aufgesetzt worden war.

Von diesem Perfektionismus war offenbar nichts auf seine Töchter übergegangen. Und obwohl meine Mutter kaum Zeit mit ihm verbrachte, verbrachte mein Großvater gern Zeit mit seinen hübschen und perfekten Enkelkindern. Wenn er uns anderen Leuten vorstellte, dann mit unseren jeweiligen Namen und Besonderheiten: »Dies ist mein ältester Enkel, Matthew. Er ist sehr verantwortungsbewusst. Dies ist meine fleißige Enkelin Faith. Hope ist meine zweite Enkeltochter; sie ist sehr athletisch. Und hier ist unser lieber süßer Charlie, ein sehr sensibles Kerlchen«, erzählte er den Grenzposten vor Detroit oder der älteren Dame, die in dem einzigen McDonalds arbeitete, das er besuchte.

Er war auch der einzige Mensch, der uns freigebig Geld schenkte. Pfundweise. Als wir klein waren, sammelte er Ein-Cent-, Fünf-Cent-, Zehn-Cent- und Vierteldollarstücke in großen Schraubgläsern und gab sie uns einmal jährlich mit der strengen Anweisung, gerecht zu teilen. Als Charlie noch klein war, hauten wir ihn immer übers Ohr. Mit drei Jahren gab er sein Geld weniger aus, als dass er es in irgendwelche Ritzen im Haus und in seinem Körper steckte. Manchmal zählte Großvater die Münzen erst und forderte uns dann auf, die Summe ebenso genau zu zählen. Wenn er gute Laune hatte, überließ er uns das Geld auch, wenn wir vier Stunden lang gezählt hatten und immer noch enttäuschende sechs Cent danebenlagen.

So lernte ich rechnen. Und einkaufen. So hatte ich auch meine Hälfte für die Schuhe angespart, die ich für meinen Abschluss der Mittelschule kaufen wollte. Sie waren cremefarben und hatten einen Keilabsatz und einen aufgedruckten Schmetterling. Ich hatte sie aus einer Anzeige in der *Detroit Free Press* ausgeschnitten. Als ich sie meiner Mutter zeigte, sagte sie: »Ich bin sicher, dein Großvater findet sie sehr interessant. Vierzehn Dollar neunundneunzig, ohne Steuern, wenn wir sie in den Staaten holten, also ein Schnäppchen.«

Am Morgen unseres Einkaufsbummels zog sie mir so sorgfältig meine saubersten Sachen an, dass klar war, sie war noch nervöser als ich. Zunächst bügelte sie mein Roadrunner-T-Shirt, was selten vorkam. Dann flocht sie meine Haare mit zitternden Händen in zwei Versuchen zu einem französischen Zopf, wozu ich zwischen ihren Beinen auf dem Boden sitzen musste. Der Qualm ihrer bereits dritten Zigarette dümpelte in einem Aschenbecher vor meinem Gesicht. Ich wedelte ihn mit dramatischer Gebärde und asthmatischem Husten fort. »Deine Raucherei kann mich umbringen, Mom, weißt du das?«

»Sitz still«, befahl meine Mutter und flocht die Strähnen fester.

»Ich kann dich auch mit meinen Händen umbringen, Faith, da brauche ich keine Zigaretten.«

Damit wir Kinder nicht nach Rauch stanken, besprühte sie uns manchmal mit einem Hauch von *Moonwind*. Heute jedoch nicht. Großvater hasste Parfüm an Frauen.

»Benimm dich, oder er nimmt dich nie wieder irgendwohin mit«, sagte sie und band das Ende meines Zopfs zusammen.

»Werd ich.«

»Ich mein's ernst, oder ich dreh dir den Hals um.«

»Ich weiß!«

»Ich will keine Klagen von ihm hören.«

»Okayokaaaaay.«

Großvater fuhr vor und hupte einmal. Er stieg nicht aus. Unser Haus hatte er seit unserem Einzug nur ein einziges Mal betreten, im ersten Monat, als er mit Mom über den Zustand unserer gemieteten Heimstatt und den ihrer Ehe sprach. An jenem Tag hörte ich ihn im Wohnzimmer poltern, sie solle sich daran erinnern, wie er sie großgezogen habe, und welche Schande es sei, dass sie uns ein so schlechtes Beispiel gebe, vor allem den Mädchen. Mom verdrehte nur die Augen und schlang ihre Arme eng um den Körper. Sie widersprach ihrem Vater nie, also taten wir es auch nicht. Ein stirnrunzelnder Blick von ihm auf meine oder Hopes rückenfreie, dünne Sommerhemdchen genügte, um uns wieder ins Haus laufen und T-Shirts anziehen zu lassen.

Mom brachte mich zu Großvaters Wagen. Unsere Auffahrt war übersät mit knallbuntem Spielzeug, mit Fahrrädern, Rollschuhen und Gigi, die jetzt überall herumstreunen durfte. Unsere einst verwöhnte und verhätschelte Siamkatze sah allmählich aus wie der Rest der Familie, schmuddlig und vernachlässigt.

»Hallo, Dad, danke, dass du sie mitnimmst. Ich brauche diese Schicht wirklich dringend«, sagte Mom und öffnete die hintere Wagentür.

Großvater sah zu, wie sie mich auf dem Rücksitz festschnallte. Er ließ uns nie vorn sitzen, weil er nicht wollte, dass wir am Radio herumspielten oder das Handschuhfach durchwühlten. Meine Mutter verabschiedete sich von mir, indem sie wortlos den erhobenen Zeigefinger vor ihr Gesicht hielt und mich mit hochgezogenen Brauen streng ansah.

Ich schnitt eine Grimasse, und wir fuhren los.

Ich hatte nichts gegen Großvaters Regeln. Ich war stolz auf ihn und wie sauber er aussah, während mein Vater immer wirkte, als wäre er gerade einer Hochzeitstorte aus Gips entsprungen.

Obwohl die Rassenkrawalle schon Jahre zurücklagen, war die Kriminalitätsrate immer noch sehr hoch; für einen Einkauf in Detroit nahm Großvater also, weil der Wechselkurs damals noch sehr günstig war, sogar den sicheren Tod in Kauf. Der Trick sei, sagte er, alle Fenster hochzukurbeln, die Türen zu verriegeln und den Augenkontakt mit sämtlichen Schwarzen zu vermeiden. Angeblich hassten sie uns und konnten nicht zwischen weißen Kanadiern und weißen Amerikanern unterscheiden und würden uns erschießen, auch wenn wir – also Kanada – gar nicht so viele Sklaven gehabt hätten.

Im Stadtzentrum standen hässliche Häusergerippe mit Gruppen von Schwarzen davor, meist junge Männer, die sich um ausgebrannte Autos und verlassene Baustellen scharten. Wir sahen dies jedoch nur während der fünf Minuten, die kanadische Kauflustige brauchten, um die Schnellstraße zu erreichen. Und man müsse schnell fahren. Man dürfe keinen Umweg nehmen oder gar herumspazieren, weil man etwas suche, sagte Großvater. Man dürfe nicht nach dem Weg fragen. Wenn man nicht genau wisse, wo man hinwolle, solle man umdrehen und wieder nach Hause fahren. Wenn man so dumm sei, sich zu verlaufen, führe es dazu, dass man überfallen, ausgeraubt, vergewaltigt und erschossen werde.

Zumindest erzählte er uns das.

Großvater, die Hände am Lenkrad fest auf zehn und zwölf Uhr, nahm die Schnellstraße durch die Innenstadt von Detroit, fuhr ein bisschen zu schnell und bog fünf Minuten hinter der Brücke ein bisschen zu scharf ab. In der Kurve wurde mir schlecht, und ich legte eine Hand auf meinen Bauch, der sich komisch anfühlte.

Er fuhr auf den Parkplatz des Schuhdiscounters Payless und stellte den Wagen in einiger Entfernung zu den zerbeulten, dreckigen Autos ab. Er griff meine Hand und rannte mit mir in den Laden, wahrscheinlich, um einem Kreuzfeuer oder meiner Entführung zu entgehen.

Wir waren die einzigen Weißen im Payless.

Großvater ließ mich die ganze Arbeit machen. Ich zeigte der Verkäuferin das Bild aus der Anzeige. Großvater sagte nichts. Ich nannte ihr meine Größe. Großvater sagte nichts. Sie kam zurück und erklärte, sie habe diese Schuhe nicht in meiner Größe, zumindest nicht genau in dieser. Großvater sah mich an. Sie bot mir eine halbe Nummer kleiner an. Ich nickte. Großvater begehrte auf: »Entschuldigen Sie, Miss, aber meine Enkeltochter hat Ihnen ihre Größe genannt. Warum meinen Sie, dass eine halbe Nummer kleiner passen sollte? Sie lügt doch nicht.«

»Sir, äh, bei manchen Fabrikaten fallen die Größen anders aus.«

»Das ist das Dümmste, was ich je gehört habe.«

Ich wollte der Verkäuferin sagen, dass Großvater mit jedem so sprach, nicht nur mit Schwarzen.

»Tja, ob Sie das nun für dumm halten oder nicht …«

»Grandpa, ich möchte sie gern anprobieren, okay?«

»Warum? Das ist nicht deine Größe. Such dir andere Schuhe aus, Faith.«

»Ich probier sie einfach an«, beharrte ich schwach. Manchmal war es schwer mit ihm.

Er nickte der Frau zu, dass sie die Schachtel abstellen könne. Als ich die Schuhe anprobierte, setzte er sich neben mich und blickte starr geradeaus. Sie waren etwas eng, aber es waren mit die schönsten Schuhe, die ich je gesehen hatte. Ich wollte Schmetterlingshaarspangen und meine Schmetterlingskette tragen. Die Schmetterlinge auf den Schuhen würden dieses Outfit vervollständigen. Außerdem würden sie sich noch weiten. Ich wollte sie unbedingt.

»Die sehen mir zu klein aus, Faith.«

»Nein, ich finde, sie passen, Grandpa. Siehst du? Ich glaube, das ist genau meine Größe.« In meiner Stimme schwang sehnsüchtige Verzweiflung.

»Das glaube ich nicht.«

Er ging auf die Knie und drückte den Daumen fest auf meinen Zeh. Er entdeckte etwas Staub auf der Spitze und nahm sein Taschentuch, um ihn abzuwischen.

»Sie sehen zu klein aus.«

»Das finde ich nicht.«

»Du willst Schuhe kaufen, die du womöglich nur einmal tragen kannst, und das ist dumm. Es ist unpraktisch, Faith. Wenn es hier nichts anderes gibt, das dir gefällt, dann gehen wir wieder. Du wirst keine Schuhe kaufen, die dir nicht passen. Das kann ich nicht zulassen.«

Durch meine Tränen blickte ich auf die Regalreihen voll langweiliger Schuhe.

»Können wir dann woanders hinfahren?«, fragte ich.

»Nein. Deine Mutter kann dich woanders hinfahren. Dies ist das beste Geschäft für Schuhe.«

»Wie wäre es mit einem anderen Payless?«

»Das ist das einzige.«

Das war gelogen. Ich wusste, es gab noch andere. In der Anzeige waren vier Geschäfte im Großraum Detroit aufgelistet, aber dies war vermutlich das einzige, von dem er wusste, wie man hinkam, ohne von Schwarzen erschossen zu werden.

»Zieh deine Schuhe an, wir gehen.«

»Sie passen aber, Grandpa! Sieh doch!«

»Sie passen nicht. Wir gehen.«

Ich zog die Schuhe aus, und wir gingen. Auf dem Weg zur Tür warf Großvater der Verkäuferin denselben verächtlichen Blick zu, mit dem er damals in unser Haus gekommen war und Mom in unserem unordentlichen Wohnzimmer angeschrien hatte.

Ich versuchte, nicht zu schmollen. Schmollen war für Großvater so was Ähnliches wie Pornografie, und er würde mich nie mehr irgendwohin mitnehmen, wenn er mich mit all meinen Gefühlen im Gesicht erwischte. Ich verschränkte die Arme und lockerte sie wieder, während Großvater zügig auf die Schnellstraße auf- und wieder von ihr abfuhr. Er wollte noch dahin, wo es das seiner Meinung nach beste und billigste Motoröl gab. Es war eine kleine Tankstelle, von einem Weißen, einem Freund von ihm aus der Zeit, als er noch Kranführer gewesen war. Ein Jahr zuvor hatte er Matt, Hope und mich schon mal dorthin mitgenommen. Der Tankstellenbesitzer hatte uns ein paar Zuckerstangen für Charlie mitgegeben, der wegen einer Grippe hatte zu Hause bleiben müssen.

Wir fuhren also zu dieser Tankstelle, aber alles sah anders aus als beim letzten Mal. Sie wirkte kleiner und unaufgeräumter, und verloren aussehende junge Schwarze lümmelten an den kaputten Autos, die auf dem Parkplatz herumstanden. Sie trugen auch in die Runde.

Großvater kurbelte sein Fenster herunter. »Ist Jerry da?«, fragte er in die Runde.

Keiner antwortete.

Mein Magen krampfte sich zusammen und zwickte.

»Entschuldigung, ich suche den Besitzer, Jerry. Ist er da?«

Einer der Schwarzen sprang von seinem Hocker auf und kam zum Wagen. Er wischte sich die Hände mit einem alten Lappen ab. Großvaters Hände lagen immer noch auf zehn und zwei Uhr und kneteten das Lenkrad.

»Wen suchen Sie?«, fragte der Schwarze, stützte seinen Arm am Wagen ab und sah meinen Großvater amüsiert an. Es muss ihm komisch vorgekommen sein, dass ich auf dem Rücksitz saß, denn er blickte immer wieder von mir zu Großvater und zurück.

»Jerry, den Besitzer«, sagte Großvater.

»Der Laden gehört ihm nicht mehr. Der gehört jetzt mir. Brauchen Sie was?«

»Na ja, ich habe hier immer Valvoline Gold geholt. Verkaufen Sie das noch?«

»Ja, warten Sie.«

Der Mann drehte sich zu einem Jungen um, der etwa in meinem Alter war und mich die ganze Zeit anstarrte.

»Jace, geh und hol dem Mann ein Valvoline.«

Dann wandte er sich wieder an meinen Großvater und sagte: »Ganz schön heiß für Juni.«

»Ja, das stimmt«, erwiderte Großvater.

Ich musste dringend pinkeln, hatte aber schreckliche Angst davor, wie die Toiletten aussehen oder was mir die schwarzen Männer auf dem Weg dorthin antun würden.

»Hey, ich hab was für sie«, sagte der Mann zu Großvater und deutete auf mich. Er trabte in den Kiosk zurück. Ich wusste nicht, wo ich hinsehen oder was ich mit meinen Händen machen sollte, aber mein Türknopf war heruntergedrückt, mein Fenster hochgekurbelt und das meines Großvaters nur einen Spaltbreit offen. Wir machten alles richtig.

Es wurde heißer. Meine Oberschenkel klebten feucht aneinander.

Der Mann und dieser Junge in meinem Alter, Jace, kamen

beide durch die Tür des Kiosks. Der Mann hielt das Öl, Jace ein schmelzendes Eis am Stiel.

»Ist das das Öl?«, fragte der Mann und hielt den Kanister vor Großvaters Fenster.

»Ja. Wie viel?«, entgegnete Großvater.

»Ich geb Ihnen eine Kiste für zehn.«

»Die nehm ich«, sagte Großvater. »Danke.«

»Mach schon, Jace«, sagte der Mann zu Jace. »Gib es ihr.«

Er stupste Jace an, damit er mir das schmelzende Eis gäbe, während er mehr Motoröl holte. Jace hielt das Eis vor mein Fenster. Ich konnte sehen, wie die Schokolade ihm schon auf die Hand lief, und wollte sie nicht auf meiner haben. Als ich im Rückspiegel die Augen meines Großvaters sah, nickte er steif. Langsam kurbelte ich die Scheibe runter und griff nach dem nassen Ende des Eisstiels.

»Na, das ist aber nett von dir. Ist das nicht nett von ihm?«, fragte mein Großvater mit ganz fremder Stimme. »Was sagst du, Faith?«

»Danke«, sagte ich.

Jace nickte und lief weg.

Wir waren allein im Wagen, mit dem Eis und meinem üblen Magen.

»Grandpa, das schmilzt echt schnell.«

Großvater rutschte auf dem Sitz herum und suchte nach seinem Taschentuch, doch er konnte es nicht finden. Wahrscheinlich hatte er es bei Payless vergessen.

»Halt es von dir weg«, forderte er.

Zu spät. Ein dickes Stück rutschte meine Finger hinunter, landete neben meiner Hüfte und schob sich unter meinen Po. Ich machte es noch schlimmer, als ich zur Seite rutschte, um es zu fassen zu bekommen, denn dabei löste sich ein weiteres Stück und flutschte zwischen meine Beine. Ich löste den Gurt und stemmte mich hoch, damit ich es zu fassen bekäme, bevor es unter mir schmolz. Es hatte schon einen großen Fleck auf dem Sitz verursacht, und ich bemerkte das Gegenstück dazu zwischen meinen Beinen. Wie hatte es so schnell schmelzen können, ohne dass ich die Kälte gespürt hatte? Der Fleck zwischen meinen Beinen breitete sich aus, warm. Und jetzt erkannte ich, dass diesen Fleck ein grausamer Gott verursacht hatte, der nicht hatte warten können, seinen Fluch über mich zu verhängen, bis ich wieder zu Hause war. Ich musste nicht pinkeln. Ich hatte meine Tage bekommen – mitten auf Großvaters Tweedbezügen.

Ein weiteres Stückchen Eis rutschte vom Stiel und versank zwischen meinen Oberschenkeln. Mir blieb nichts anderes übrig, als so viel zu essen, wie ich konnte, und alles andere um mich herum in den Sitz sickern zu lassen.

»Grandpa«, rief ich, »das tropft überall ins Auto. Darf ich es aus dem Fenster schmeißen?«

Ich wollte ihm nichts von meiner Blutung sagen. Er würde mich in die Tankstelle zur Toilette schicken, und dann würden die Männer und Jace meinen blutigen Po sehen und mich auslachen.

»Nein, wirf es nicht aus dem Fenster, Faith. Tu das nicht!«

Jace stand neben jemandem und starrte mich immer noch an. Ich hasste diesen Jace. Sieh nur her, wollte ich brüllen. Sieh nur, was du getan hast! Sieh nur, was du dem perfekten Auto meines Großvaters angetan hast, du dummes blödes Arschloch! Sieh nur, was du mir angetan hast! Wegen dir habe ich vor lauter Stress und Angst meine Tage bekommen. Ich hasste den schwarzen Jungen für sein Eis, und ich hasste Gott für dieses schlechte Timing.

Der Mann ließ sich Zeit mit dem Öl, also stieg Großvater aus, um ihn zu suchen. »Warte hier, mein Schatz, ich hole dir Servietten.«

Nein, Binden, bitte!, wollte ich rufen. Ich erstickte fast an diesem Eis; es war das Schrecklichste, was ich je in meinen Mund gesteckt hatte.

»Gut, beeil dich, ich will nach Hause«, schluchzte ich, während die letzten Eisbrocken herunterfielen und sich auf meinem Schoß auflösten. Das dunkle Blut sah genauso aus wie die Schokolade, die überall auf meinem T-Shirt, der Cordhose und an mindestens drei Stellen auf Großvaters Rücksitz verschmiert war. Wir hatten in der Schule gelernt, dass man seine Tage dann bekommt, wenn man am wenigsten damit rechnet, und diese Prophezeiung unserer Lehrerin war leider furchtbar wahr.

Als Großvater endlich wieder aus dem Kiosk kam, war das gesamte Eis weg, entweder gegessen oder geschmolzen. Da ich wusste, dass wir nur wenige Blocks von Tante Linda entfernt waren, beschloss ich, Großvater zu überzeugen, dass er dorthin führe, damit ich mich sauber machen könnte. Ich würde Tante Linda beiseitenehmen und ihr von meiner Periode erzählen, und sie würde bestimmt verstehen, warum ich es Großvater nicht sagen konnte.

Großvater öffnete meine Tür und sagte, er habe keine Servietten finden können. »Sag danke und setz dich nach vorn«, flüsterte er, bevor er das Öl in den Kofferraum lud.

Wenn ich nach vorn ginge, wäre mein frischer Fleck zu sehen, und er würde sicher wissen, dass dieser Fleck nicht vom Eis käme. »Ich kann nicht, Grandpa«, krächzte ich. Denk nach, denk nach! »Meine Hose ist ganz voller Eis, und wenn ich vorn sitze, mache ich alles nur noch schlimmer.«

»Das stimmt natürlich«, sagte er, schlug meine Tür zu und setzte sich wieder hinters Steuer. Dann drehte er sich um und begutachtete den Schlamassel: fünf Flecken, etwa so groß wie Teebeutel, um mich herum. Doch ich wusste, dass ich auf dem größten mitten draufsaß. Ich war nun offiziell eine Frau, aber ich sah eher aus wie ein gieriges Kleinkind nach einer Geburtstagsfeier.

»Tut mir leid«, sagte ich und presste die Beine zusammen, um den Blutfluss zu stoppen.

»Es ist ja nicht deine Schuld. Du bist nur höflich gewesen.«

»Vielleicht könnte ich mich bei Tante Linda sauber machen? Sie wohnt doch gleich …«, bot ich an und deutete in ihre Richtung.

»Nein. Ist schon gut, mein Schatz. Ich bring dich sofort nach Hause.«

Als wir an Tante Lindas Hochhaus vorbeifuhren, schaute ich nach oben und wünschte, sie könnte mich mit ihren manikürten Fingern aus dieser verdammt peinlichen Situation herauspicken. Ich stellte mir vor, wie wir uns in einem weichgezeichneten Binden-Werbespot auf einer Schaukel aneinanderkuscheln. Ich wäre von sicherer Watte umhüllt und hätte meine Tage auf einer verschwommenen Wiese voll schwingender Gänseblümchen bekommen. Stattdessen lief im trüben Detroit, umgeben von ausgebrannten Autos und verschwitzten Schwarzen, ungehindert das Blut aus mir heraus.

Großvater raste zur rettenden Schnellstraße zurück, während ich stocksteif hinten im Wagen saß. Ich sprach kein einziges Wort, damit er sich nicht umdrehte und sah, dass ich eine Hand zwischen meine Beine geschoben hatte.

Als wir an unserem Haus ankamen, war ich erleichtert. Ja, es war schmutzig und unberechenbar, aber das war mein Körper auch, und mein Körper gehörte hierher. Ich bedankte mich bei Großvater, rannte zur Tür und hielt dabei meine Handtasche hinter den Po. Ich lief geradewegs zu meinem Kleiderschrank und klemmte mir eine kurze Hose und ein sauberes Höschen unter den Arm. Matty war im Badezimmer, also schlug ich gegen die Tür und schrie: »Raus da! Sofort!«

Matty öffnete genau in dem Moment, als Hope den Flur entlangkam. Ich packte sie und zog sie mit mir ins Bad.

»Immer mit der Ruhe, Mädels!«, rief Matty, als ich ihm die Tür in sein dummes Gesicht schlug. »Hat da etwa jemand seine Tage?«, höhnte er, ohne zu wissen, dass ich die Frage sofort hätte bejahen können.

Hope sah mich erschrocken an. »Faith! Was ist passiert? Geht's dir gut? Hast du die Schuhe gekriegt?«

»Nein«, flüsterte ich. »Gott hat mir meine verdammte Regel geschickt anstelle der verdammten Schuhe.«

Sie schlug eine Hand vor den Mund und verbarg ihr Grinsen, während sie, ohne mich aus den Augen zu lassen, mit der anderen Hand in den Schrank unterm Waschbecken griff.

»O Gott, Faith. Das erste Mal?«

»Ja. Ich hab's Grandpa aber nicht gesagt, sonst hätte er mich umgebracht.«

Sie zog eine der extra starken Binden meiner Mutter hervor und gab sie mir, eine schrecklich aussehende Mini-Windel mit langen Schlaufen an beiden Enden. Da war kein »Klebestreifen«, wie ich es im Fernsehen gesehen hatte, also legte ich die Binde in mein Höschen und fing an, eine der Schlaufen um den Zwickel zu wickeln.

Hope schlug mir auf die Hand. »Dafür brauchst du einen Gürtel, Doofkopf. Hast du keinen Gürtel?«

»Einen Gürtel? Wieso?«

»O Gott, Faith«, sagte sie und sah mich mit dem ungeduldigen Gesichtsausdruck meiner Mutter an. »Warte, ich hol meinen.«

Ich sank auf den Boden, zog mir das Höschen aus und dachte, meine zwölfjährige Schwester ist mir hier weit voraus, und sie wird mir vermutlich auch bei allem anderen weit voraus sein, solange wir leben.

Am Abend rief Mom bei Tante Linda an und erzählte ihr die Geschichte. Ich hörte zu, wie es sich von etwas Schrecklichem in etwas Lustiges verwandelte. »Oh, diese Schwarzen, Dad muss sich eingepisst haben, und die arme Faith kriegt ihre Tage. Arme Faith, Dad hätte sie zu dir bringen sollen.« Mom kicherte und sagte, sie werde nach den Flecken fragen, jetzt sofort, und Tante Linda gleich wieder anrufen. Nachdem sie aufgelegt hatte, sagte ich: »Das ist nicht lustig«, aber sie erwiderte: »Du irrst dich, Faith, das ist viel lustiger, als du denkst.«

Als sie Großvater anrief, sagte er: »Komisch, die meisten der Flecken scheinen rauszugehen, außer einem besonders hartnäckigen genau in der Mitte vom Sitz.«

»Tja, Dad, bleib dran. Du musst einfach dranbleiben. Die werden schon rausgehen.« Sie bekam kaum noch Luft vor unterdrücktem Prusten.

Dann rief sie Tante Linda wieder an und erzählte, was er gesagt hatte, und ich konnte Tante Lindas Gegacker bis zum Esstisch hören.

An diesem Tag hatte Mom Lachtränen in den Augen – am nächsten Tag waren es Tränen der Trauer. Die Nachricht kam von Großvaters Freund, Mr. Marentette. Er rief an und erzählte, er habe Großvater tot auf der Couch gefunden. Sechzehn Jahre lang hätten sie jeden Sonntagmittag Schach gespielt. Als Großvater die Tür nicht öffnete, habe er sofort gewusst, dass etwas nicht stimmte. Mr. Marentette sagte, Großvater habe einen Flanellpyjama getragen, der frisch gebügelt ausgesehen habe, mit Bügelfalten an den Beinen. Und das Oberteil sei bis obenhin zugeknöpft gewesen. Er sagte, er habe keine Ahnung, warum gerade das ihn so sehr getroffen habe, aber sei es nicht typisch Großvater gewesen, selbst den obersten Knopf nicht einfach zu übergehen?

Meine Mutter bejahte, putzte sich die Nase, nickte und weinte.

Großvater wurde am vorletzten Tag meiner ersten Periode beerdigt. Als ich mitbekam, wie Mom nach der Beerdigung mit Tante Linda im Auto herumwitzelte, dass ihn wahrscheinlich mein Malheur auf dem Rücksitz umgebracht habe, wurde ich wütend. Aber das war natürlich nur ein dummer Scherz. Ich wusste, es war nicht meine Schuld gewesen, dass Großvater einen Herzinfarkt bekommen hatte. Also gab ich Gott die Schuld – und diesem schwarzen Jungen, Jace.

»Oh, Lin, er hat den verdammten Fleck einfach nicht aus dem Polster bekom …« Meine Mutter lachte so schallend, dass sie den Satz nicht beenden konnte, und Tante Linda krümmte sich vor Lachen. Bei der Beerdigung hatten die Nachbarn erzählt, als er aus Detroit zurückgekommen sei, habe Großvater sich ein starkes Fleckenmittel in der Garage zusammengemischt und bis in die frühen Morgenstunden an dem Rücksitz herumgeschrubbt, die Arbeitsleuchte über der Windschutzscheibe.

Mom sagte: »Arme Faith. Kaum zu glauben! Zwei alte Männer in drei Jahren«, worüber meine Tante noch heftiger lachen musste. Arschgeigen, alle beide. Ich nahm mir vor, für ihre unsterblichen Seelen zu beten. Irgendjemand musste es ja tun. Und vielleicht würde jetzt, da ich eine Frau war, Gott endlich auf mich hören.

»Hör auf, Nan!«, flehte Tante Linda und beruhigte sich so weit, dass sie eine Zigarette anzünden konnte. »Weißt du, das wäre alles nicht passiert, wenn der sture Esel einfach bei mir angehalten und Faith zu mir raufgeschickt hätte.«

Es war nicht so, dass Mom oder Tante Linda sich über seinen Tod freuten – im Gegenteil, und das konnte man sehen. Sie lachten nur, weil sie an jenem heißen Nachmittag völlig betrunken waren. Zuerst tranken sie Weißwein aus dem Karton, und als der Wein leer war, Bier aus der Flasche.

Tante Linda hatte ihren neuen Freund zu Großvaters Beerdigung mitgebracht, einen Polen namens Paul. Er grinste unbehaglich, während die beiden Insider-Witzchen über ihren strengen Vater rissen, der jetzt im Tod stocksteif war, weil er auch im Leben stocksteif gewesen sei, ha, ha.

Nach der Beerdigung und meiner Abschlussfeier am nächsten Tag wollten sie und Paul zu den Niagarafällen fahren, um zu heiraten, und dann nach New York ziehen, genauer gesagt, nach Greenpoint in Brooklyn. Paul und seine polnische Familie führten dort ein polnisches Restaurant, ein richtiges, mit Tischdecken und Kerzen. Sie würden ohne Feier heiraten, sagte Tante Linda, weil sie in ihrem fortgeschrittenen Alter von dreiunddreißig Jahren in einem weißen Kleid albern aussähe. Eine offizielle Hochzeit sei nun, da Großvater tot sei, sowieso nicht mehr nötig. Aber Tante Linda bedauerte, dass ihr Vater mit der Überzeugung gestorben sei, seine Tochter sei eine liederliche alte Jungfer.

»Hier ist ein Mann, der eine anständige Frau aus mir macht, und er wird nie erfahren, dass meine Seele gerettet ist«, lallte sie und schlug Paul auf die Brust. Paul nickte und lächelte.

Als Tante Linda noch betrunkener wurde, hielt sie mir den vertrauten erhobenen Zeigefinger vors Gesicht. »Du. Faith. Das ist nicht deine Schuld, Süße. Grandpa ist gestorben, weil sein Herz gebrochen war. Und das haben deine Mom und ich verbockt, nicht du.«

Mom sagte sanft: »Schon gut, Lin, das reicht jetzt, okay? Lass uns von was Nettem reden.« Also malte Tante Linda uns aus, wie wir die Freiheitsstatue anschauen würden, wenn ich nach New York käme, und die Radio City Music Hall und wie wir Sandwiches in einem echten Deli essen würden.

Dad konnte nicht zur Beerdigung kommen. Es war zu plötzlich. Zu weit. Zu teuer. Er war zum dritten Mal arbeitslos und wartete auf Nachricht wegen eines Jobs auf einer Bohrinsel. Ich hatte einen seiner Briefe an meine Mutter gelesen, in dem stand:

Halte durch, Nancy. Er schrieb von der Menge *Kole*, die er ganz sicher verdienen werde, wenn er mitten in Alberta nach kostbarem Öl bohre. *Du wirst sehe*, schrieb er, *wir zahle zuruck an deine Vater und kaufe Haus, ich verspreche.*«

Aber da Großvater nun tot war, schuldeten wir ihm nichts mehr.

»Da hatte die Sache ja immerhin ein Gutes«, meinte Tante Linda. »Ihr seid jetzt finanziell vom Haken.«

»Ja, und ich trinke darauf, dass unsere restlichen Gläubiger ein ähnliches Schicksal erleben mögen«, sagte Mom, stieß mit Tante Linda an, und sie lachten wie der Teufel in der Hölle – einem Ort, an dem auch ich ganz sicher enden würde, wenn ich nicht die Chance bekäme, Gott meine Version der Geschichte zu erzählen.

Zu meinem Schulabschluss am nächsten Tag trug ich meine Schmetterlingshaarspangen, die Schmetterlingskette und meine hässlichen gestreiften Pepsi-Cola-Schuhe mit Plateausohle. Zum Trost ließ mich meine Mutter ihre Schmetterlingsbrosche mit den zwei echten Diamantsplittern anstecken. Nach der Feier in der Schule ging meine Klasse geschlossen zur Kirche, wohin mich Tante Linda begleitete. Adam fuhr Hope und die Jungs zur Eishalle.

Nach dem regulären Gottesdienst sprach der Priester eine Homilie sowie ein spezielles Gebet für Faith DiNapolis Großvater Franco, der traurigerweise tags zuvor beerdigt worden sei. Tante Linda drückte mein Handgelenk. Auch wenn ich dankbar für diese Würdigung war, fand ich es schrecklich, dass wir wieder einmal hervorstachen. Vielleicht kam meine üble Laune aber auch daher, weil ich herausgefunden hatte, dass Hope ihre Tage vor mir bereits viermal gehabt hatte.

Großvaters Namen zu hören machte mich jedenfalls traurig, vor allem weil mit ihm alles annähernd Anständige und Ordentliche aus unserem Leben verschwunden war. Er konnte gemein sein, sonst wusste ich über ihn als Mensch nicht viel, dennoch hatte ich zu ihm aufgeschaut und ein Foto von ihm an die Wand neben meinem Bett geklebt.

Der Priester segnete die Abschlussklasse, dann bat er die vierzehn Jugendlichen, die noch zur Beichte gingen, nach der Eucharistiefeier am Altar zu bleiben.

»Wir sehen uns draußen«, sagte Tante Linda und zeigte mit einer Geste, dass sie eine rauchen ginge.

Ich erkannte Serena Agora, die auch auf meiner Schule war, allerdings in der Förderklasse. Matty erzählte, er habe sie mal aus der Kneipe kommen sehen mit einem Typen, der mindestens zwanzig gewesen sein müsse. Ganz bestimmt habe sie schon Sex, meinte er. Aber sie sei doch in meinem Alter, vierzehn, protestierte ich. »Das ist nicht zu früh für diese Gegend«, sagte er, »Mädchen vom Land haben die ganze Zeit Sex, weil es hier nichts anderes zu tun gibt.«

Serena sah nicht wie die Michelles oder Lauries aus, die unsere kleine Stadt besiedelten (oder »besudelten«, wie meine Mutter sagte). Haare, Haut, Augen, alles an ihr war dunkel wie bei mir. Sie hatte wildes lockiges Haar und sah beim Gehen nicht um sich.

Nachdem der Priester die Messe beendet hatte – »Gehet hin zur High School in Frieden« –, sagte ein Messdiener, wir sollten uns dem Alphabet nach hinsetzen. Serena saß als Zweite in der vordersten Bank, ich als Vierte.

Nachdem er sich kurz umgezogen hatte, kehrte Pater Joel zum Heiligen Sakrament der Beichte zurück. Er bedeutete dem ersten Mädchen, ihm in den Beichtstuhl mit dem Samtvorhang am hinteren Ende der Kirche zu folgen.

Ein paar Minuten lang sagte niemand ein Wort, dann flüsterte Serena: »Hey, man hört ja wirklich überhaupt nichts.«

Ich hatte genau dasselbe gedacht und wünschte, ich hätte neben ihr sitzen können.

Das erste Mädchen blieb zwei Minuten drin. Ich hatte vier Sachen zu beichten, bis gestern waren es nur drei gewesen, doch die Fahrt nach Detroit hatte mich zum Nachdenken darüber gebracht, was ich von Schwarzen hielt.

Pater Joel erwartete mich hinter dem Vorhang. »Bist du Faith?«

»Ja.«

»Ich bin Pater Joel. Ich möchte dich zum heutigen Tag beglückwünschen – zu deinem Schulabschluss und zu diesem heiligen Sakrament. Ich möchte dir auch mein herzliches Beileid zum Tod deines Großvaters aussprechen.«

»Vielen Dank.«

»Also, wie sollen wir beginnen? Möchtest du, dass ich anfange?« Die Beichte bestand in diesem Alter hauptsächlich darin, dass man die Lücken ausfüllte. Wir konnten Sünden einfügen, wenn wir wollten, aber es bestand kein Zwang.

»Ja, bitte«, entschied ich mich für den leichten Weg.

»Faith, missbrauchst du im Zorn den Namen Gottes?«

»Das habe ich getan, Pater.«

»Hast du unkeusche Gedanken?«

»Das habe ich, Pater. Manchmal, glaube ich.«

Ich konnte ihm nicht sagen, dass es gewisse Gedanken an einen gewissen Jungen waren, Adam, und dass diese Gedanken mich dazu brachten, mich da unten zu berühren, jedoch ohne besonderes Geschick oder Ziel.

»Hast du deiner Mutter Widerworte gegeben und ihre Autorität angezweifelt?«, fuhr Pater Joel fort. Es war eine Kleinstadt. Alle wussten, dass mein Vater nicht mehr bei uns lebte.

»Das habe ich, Pater«, sagte ich und beließ es dabei.

Kurz zuvor hatte ich Mom gesagt, sie solle sich verziehen, als sie mich am Arm packte, nachdem ich Hope gesagt hatte, sie solle sich verpissen, obwohl Hope mich nur unter dem Tisch getreten hatte. Ich wurde auf mein Zimmer geschickt, bis ich eine Erklärung für mein Verhalten hätte. Später sagte ich meiner Mutter, es habe daran gelegen, dass ich meine Tage habe und seit Großvaters Tod unter Stress stehe, weil ich das irgendwie verarbeiten müsse. Sie hatte den Kopf geschüttelt und den Rest der Einkäufe allein einsortiert.

»Faith«, las Pater Joel laut von einem Schriftstück ab, »der Herr vergibt dir und ruft dich an sein Herz. Sprich mir nach: Vergib mir, Vater, denn ich habe gesündigt, ich habe gesündigt im Herzen und in der Seele …«

Ich dachte an Jace. Er hatte nichts Falsches getan, als er mir das schmelzende Eis anbot, das so fatale Folgen gehabt hatte, aber mir war es so vorgekommen, als hätte er mich herausgefordert, es abzulehnen. Das Eis war kein simples Geschenk gewesen. Er hatte nicht einfach nett sein wollen, er hatte sehen wollen, ob wir nett waren oder nicht. Zu gern hätte ich dem Pater gebeichtet, dass ich zum ersten Mal in meinem Leben den Wunsch verspürt hatte, einem Schwarzen das Wort »Nigger« ins Gesicht zu schleudern. Doch ich tat es nicht. Ich war jetzt eine Erwachsene, mit Regelblutung und allem. Außerdem wusste ich ganz genau, dass wir Weißen genauso waren wie die Schwarzen. Punkt. Ich musste nur an mir arbeiten und die rassistischen Gedanken aus meinem Kopf verbannen. Schließlich wollte ich eines Tages in den USA leben, und dort gab es viele Schwarze. Was wiederum ein gutes Gesprächsthema für mich und Adam sein könnte. Er kannte sich mit so vielen Dingen aus und behandelte mich manchmal wie mindestens sechzehn.

Wir bekreuzigten uns zusammen, und Pater Joel empfahl vier Ave Maria und vier Vaterunser. Auf dem Weg nach draußen sah ich Serena noch einmal auf dem Parkplatz. Sie hatte dunkle Haut und dieses Haar … Mir kam in den Sinn, dass sie schwarze Vorfahren haben könnte. Ich würde mich mit Serena anfreunden, selbst wenn sie schwarz wäre – nein, *weil* sie schwarz wäre, um mir selbst zu beweisen, dass ich kein Rassist war.

Am nächsten Tag fuhren wir zu Großvaters Anwälten in Windsor. Er hatte uns ein bisschen Geld hinterlassen, das sofort an die Gläubiger ging. Den Comet sollte Matty bekommen, sein ältester Enkel und der Verantwortungsbewussteste von uns vieren. Nachdem Matty sechzehn geworden war, dauerte es nicht lang, bis der Comet einem alten Fernsehsessel ähnelte: Saurer Männergeruch dünstete aus dem Rücksitz, Klebeband hielt den Rückspiegel, *Led-Zeppelin*-Aufkleber hafteten an der Stoßstange, Arbeitshemden und die Eishockey-Ausrüstung lagen im Kofferraum und Jointstummel in den Aschenbechern.

7. Kapitel

In den Sommermonaten nach Großvaters Tod ging ich meist barfuß. Dad konnte sich immer noch keinen Besuch leisten. Trotz der Hitze trat Hope den *Sea Cadets* bei, einer Art militärischer Pfadfindertruppe für Wassersportinteressierte. Sie marschierte in einer dicken dunklen Uniform herum und trug schwere glänzende Stiefel. Matt fing an, Auto zu fahren und immer bessere Joints zu drehen, oft beides gleichzeitig. Charlie verschwand nach der Schule in seinem Zimmer und ließ furchtbares Gejaule aus dem tragbaren Kassettenrecorder dröhnen. Seine Lieblingsmusik hatte weder mit Singen noch Tanzen zu tun. Es war Musik, zu der man sich winden oder jemanden umbringen konnte, und wir ignorierten ihn.

Während diese minimalen Veränderungen dafür sorgten, dass die Abstände zwischen uns vieren größer wurden, schrieb Mom Briefe an Dad. Hatte sie einen fertig, bat sie mich, in die Stadt zu radeln und ihn einzuwerfen. Auf dem Rückweg sollte ich eine Zeitung und eine Stange Zigaretten mitbringen. Sie hatte keine Ahnung, dass ich die Briefe öffnete und las und dann die Adresse meines Vaters in bester Imitation ihrer Handschrift auf einen neuen Umschlag schrieb, den ich bei der Post aufgab. Jedes Mal schwor ich mir, dass es der letzte wäre, den ich öffnete, so wie auch jede Zigarette, die ich Mom klaute, meine letzte sein sollte. Doch die Informationen aus jenen Briefen machten mich genauso süchtig und waren genauso lebensnotwendig wie das Nikotin.

Im ersten Brief ging es hauptsächlich um Geld und folgende Aussage: *Lass uns ehrlich zueinander sein, Joe, wir beide wissen doch, dass unsere Ehe schon lange am Ende war, bevor du gegangen bist.*

Mein Herz schlug für Dad. Ich wusste, er vermisste uns, aber er schrieb auch, ohne Geld für ein neues Haus zurückzukommen sei für ihn eine noch größere Niederlage, als das alte Haus verloren zu haben. Das stand in einem seiner Briefe, den ich im Müll gefunden hatte.

Innerlich jubelte ich meiner Mutter zu, wenn sie schrieb: *Und ja, ich bin dankbar, dass Du kein Arschloch bist, was den Unterhalt für die Kinder angeht, aber was willst du? Eine Medaille? Neue Kleidung fürs nächste Schuljahr ist wichtig, vor allem Schuhe, also brauche ich dafür auch mal mehr Geld. Punkt. Ich will das nicht rechtfertigen müssen, und nein, nur weil sie Schuluniformen haben, heißt das nicht, dass sie sonst nichts mehr brauchen. Schlimm genug, dass sie um Anerkennung kämpfen müssen, da sollen sie wenigstens die Sachen haben, die die anderen auch haben. Lass uns nicht darüber streiten. Ich weiß, was Schuhe kosten. Ich denke mir diese Summe nicht aus.*

Kurz nach dem Brief ging Mom mit mir Schuhe kaufen, ein Paar Nikes mit hellblauem Logo. Hope bekam eine Bomberjacke, und die Jungen suchten sich Sporttrikots aus, mit ihren aufgebügelten Namen auf dem Rücken.

Der zweite Brief war noch ergiebiger, obwohl Hope dabei war, die ich beruhigen musste, bevor ich ihr den Brief aus den Fingern winden konnte.

»Nein, das ist nicht richtig«, jammerte sie und hielt ihn fest.

»Herrgott noch mal, Hope, jetzt gib ihn her, oder ich dreh dir den Hals um!«, zischte ich. Vielleicht weil ich wie unsere Mutter klang, rückte sie ihn schließlich raus. Wir kauerten uns auf eine dieser Parkplatzbegrenzungen aus Beton.

»Das ist eine verdammte Sünde«, warnte Hope und zog sich die Baseballkappe der *Sea Cadets* tief über die missbilligenden Augen.

»Ist es nicht. Es ist eine Sünde, dass sie uns andauernd anlügen.«

Ich las ihn zweimal laut vor, während Hope nach Autos oder Leuten, die wir kannten, Ausschau hielt.

Joe, eine offizielle Trennung ist wichtig wegen der Steuer, für mich, ja. Denn wer hat die Kinder? Ich. Nicht du. Das ist alles, was ich sage. Und was das Ausgehen mit anderen angeht, ha, keine Sorge, das ist ein Luxus, den ich hier nicht habe, auch wenn du ihn zweifellos genießt. Was mich angeht, ist das okay, aber ich finde, wir sollten uns zusammensetzen und mit den Kindern sprechen.

Wir zuckten zusammen. Bäh, unsere Eltern gingen mit anderen aus! Oder redeten zumindest davon.

Ich denke, dass die Kinder es ohnehin ahnen, aber wenn Du das nächste Mal kommst, erzähl ihnen, dass es Dir da draußen gefällt. Dass Du Deine Arbeit auf der Bohrinsel magst. Dass Du Freunde hast und ein schönes Leben. Sei ehrlich, sie sind nicht dumm. Ich weiß, Du fühlst Dich als Versager, aber mit Deinem Job da draußen tust Du mehr Gutes, als Du es hier tun könntest. Wir beide wissen das. Und falls Du Dich entscheidest, wieder zurückzukommen, dann nicht zu mir. Ich will nicht wieder so leben. Ich hege keinen Groll gegen Dich, aber ich fühle mich nicht mehr verheiratet. Es ist auch nicht so, dass ich scharf darauf bin, je wieder zu heiraten, aber ich will den Kindern gegenüber ehrlich sein und möchte, dass Du mich da unterstützt. Ich werde nichts Schlechtes über Dich sagen. Ich weiß, Du auch nicht über mich. Lass uns diese Sache gut machen. So viel können wir wohl tun, oder?

Hope hielt sich den Bauch, als ich die Adresse neu schrieb und den Brief einsteckte. »Scheiße«, sagte sie, »mach das nie wieder mit mir, Faith. Mir ist total schlecht.«

Sie war kein bisschen wie ich. Ich fühlte mich großartig.

Der dritte Brief, den ich einstecken sollte, war der letzte, den ich las, weil Mom danach nie wieder an Dad schrieb, jedenfalls nicht, soweit ich weiß. Er ging über sechs Seiten, es war ihr längster. Darin schlug sie vor, dass er beim nächsten Besuch länger bliebe. Unser Großvater, der Mann, der Zeit mit uns verbracht und etwas mit uns unternommen habe, sei gestorben. Sie schrieb, dass wir jetzt überhaupt keine Vaterfigur mehr hätten, *abgesehen von dem Jungen gegenüber, der uns eine große Hilfe ist, vor allem für Matt.*

Iihh, sie schreibt schon wieder über Adam, dachte ich.

Also gib mir durch, wann Du kommst, und ich sag den Kindern Bescheid. Unternimm was mit ihnen. Sie lieben Dich, weißt Du?

Drei Wochen später kam Dad zu Besuch.

Am ersten Abend kam er zum Essen zu uns, worum Mom ihn gebeten hatte. Sie kochte Eintopf, kaufte Brötchen und Kerzen und zeigte ihm, wo alles stand. Dann ging sie weg, ins Kino, viel Spaß mit deinen Kindern.

Nervös deckte ich den Tisch, und wir fünf setzten uns befangen hin. Dad plauderte: »Wie sinde deine Note, Fäte? Und bei dir, Matteo? Gut. Charlie, du siehst große aus. Ope, warum hast du geschnitte deine Haare? Nein, iste sehr schön, aber lange gefalle mir besser.«

Er sagte nichts davon, nicht mehr mit Mom verheiratet zu sein. Er sagte nichts davon, uns zu vermissen oder bei uns versagt zu haben, und wir gierten nicht gerade danach, es zu hören. Es war meine Schuld, dass das Essen so schrecklich ablief. Ich hatte meinen Geschwistern erzählt, was ich gelesen hatte, und es war schwer, sich normal zu benehmen und sich für irgendetwas, über das wir sprachen, wirklich zu interessieren.

Nach dem Essen bedeutete Dad mir und Hope, den Tisch abzuräumen und abzuwaschen, und wir taten es. Die Jungen feixten, weil das normalerweise anders ablief. Matt sagte: »Also, Dad, du lebst jetzt da draußen? Gefällt es dir, nach Öl zu bohren?«

Dad antwortete: »Ja«, nicht mehr, und dann schlug er vor, dass wir, wenn wir ein bisschen älter seien, hinfahren und ihn besuchen könnten, einen ganzen Sommer lang, wenn wir wollten.

»Wenn eure Mama erlaube«, fügte er hinzu und räusperte sich. »Ihr musste sie frage.«

Sie hatte jetzt das Sagen. Ich hatte gelesen, dass Kinder aus kaputten Familien arm dran seien, geschädigt und voller Wut, und dass sie ganz allgemein nichts Gutes im Sinn hätten. Die meisten Kriminellen würden nur von ihrer Mutter großgezogen, und Mädchen wie ich setzten ihre eigenen Ehen in den Sand, wenn sie überhaupt das Glück hätten, dass sie jemand vor den Altar führte. Ich konnte erkennen, dass Matt, Hope und Charlie dasselbe empfanden, und spürte plötzlich, wie sich ein Land der abgründigen Möglichkeiten vor uns auftat. Es war nicht so, dass ich in jenem Moment beschloss, ein schlechter Mensch zu werden, aber jeglicher Anreiz, gut zu sein, war mit einem Mal verschwunden.

Dad übernachtete die Woche über im Motel, aber jeden Tag holte er uns morgens ab und fuhr mit uns irgendwohin. Oft entschied er sich für Unternehmungen, die eher für jüngere Kinder gedacht waren oder für viel ältere. Zum Beispiel führte er uns zum Essen in eine richtige Kneipe aus, einen Ort, der nur eine begrenzte Auswahl an Speisen, aber grenzenlose Faszination für uns bot. Ich erkannte Leute aus dem Pizzaladen und aus der Kirche wieder und hoffte, dass sie mich ebenfalls erkannten. Im düsteren Dunst der Spelunke fühlte ich mich erwachsen und verdorben.

Ein anderes Mal fuhr er mit uns zu der »Farm« in Essex, einer Art Mini-Bauernhof-Freizeitpark. Die Angestellten dort waren angezogen wie Bauern oder Mägde, und es gab Tiere, die man streicheln durfte. Die einzigen Attraktionen, für die wir nicht viel zu groß waren, waren das kleine Riesenrad und eine Heufahrt, auf der wir alle von Flöhen gebissen wurden. Es gab auch ein kleinwüchsiges Albinopferd namens Princess, das nicht mehr stehen konnte, weil seine Vorderbeine verkrüppelt unter den Körper gekrümmt waren. Man musste extra bezahlen, um das Pferd zu sehen. Wir beugten uns alle vier über das Gatter und starrten

Princess lange an. Charlie hielt ihr ein Stück Kaugummi vors Gesicht, doch sie hob kein einziges Mal ihren riesigen Kopf. Sie sah das Kaugummi nur an und nieste. In diesem Augenblick wollte ich zum ersten Mal um meine Familie weinen, aber ich konnte nicht, jedenfalls nicht vor den Menschen, deretwegen ich traurig war.

Dreimal lud Dad uns ins Kino ein, wobei er selbst nicht mitkam. Direkt neben dem Kino war ein Steakhaus, wo wir ihn hinterher wiedertreffen sollten. Er gab Matty Geld und ging. Matty nahm jedes Mal einen Zwanziger vom Stapel, gab mir den Rest und spazierte durchs Einkaufszentrum. Im dunklen Kino schlief Charlie dann an meiner Schulter ein und sabberte wie ein Baby. Welche Filme wir sahen, weiß ich nicht mehr.

An dem Abend, als er wieder nach Calgary zurückflog, brachte Dad uns eine Familienpizza vorbei, die schon leicht abgekühlt war. Als er sagte, er könne nicht bleiben, um mitzuessen, merkte ich, dass er getrunken hatte. Ihrem stirnrunzelnden »Hallo« nach zu urteilen, hatte Mom es auch gemerkt. Nachdem wir ihn umarmt und geküsst und uns für die Woche voller Ausflüge und Filme bedankt hatten, ging er mit ihr auf die Veranda, um zu reden. Wir beobachteten sie durch die Gardinen des großen vorderen Fensters, und aßen die Pizzastücke ohne Teller und Servietten. Die beiden sahen aus, als hätten sie sich gerade auf einer Party kennengelernt und würden sich angeregt unterhalten. Schließlich fasste Dad sie am Arm und gab ihr einen festen Kuss seitlich auf den Kopf. Mom hielt dabei weiter die Arme um den Körper geschlungen. Als er aus unserer Einfahrt fuhr, winkte sie ihm schwach hinterher, doch er sah nicht zurück.

Matt warf seinen Pizzarand in die Schachtel und ging nach unten, um ein paar Schaumstoff-Pucks ins Netz zu schießen. Charlie schnappte sich das Telefon, um jemanden zu finden, den er noch besuchen könnte, und Hope forschte im Fernsehen nach einer Sendung. Ich ging in mein Zimmer und legte mich neben die schlafende Gigi aufs Bett. Sie hatte ihre Pfoten unter den Körper gezogen wie das kleine Pferd von der »Farm«. Ich starrte sie lange an, bevor ich sie wach streichelte, damit sie mich vom Weinen abhielte.

Ich hatte ein Lieblingsoutfit, das ich jeden zweiten Freitag anzog, wenn wir unsere Schuluniformen nicht tragen mussten. Ich bekam viele Komplimente dafür. Die Bluse war rosa mit Rüschen an den Manschetten, dazu passten eine karierte Weste, eine hellblaue Cordhose, rosa und blaue Bänder, die ich mir ins Haar flocht, und meine weißen Nikes mit dem hellblauen Logo.

Diese alten Schuhe waren das Einzige an meinem Outfit, das nicht gestohlen war.

Mittlerweile war ich eine talentierte und erfolgreiche Ladendiebin geworden. Ich traute mich vieles und bereute nichts. Ich erzählte es niemandem – außer Hope, weil es schwierig war, die neuen Kleider vor ihr zu verstecken, und einfacher, von Mom nicht erwischt zu werden, wenn ich die Sachen zwischen uns aufteilte. Wir gingen babysitten und verdienten ein bisschen Geld mit Gelegenheitsarbeiten für unseren Vermieter, Mr. Meloche, also war nichts Ungewöhnliches daran, dass wir uns selbst etwas kaufen konnten. Außerdem brauchte ich die Klamotten. Sie boten Schutz und Trost, nicht vor der Kälte, sondern vor der Welt da draußen. Wir waren arm, wie Mom uns fast täglich ins Gedächtnis rief, aber ich weigerte mich, es zu akzeptieren – oder schlimmer, mich so anzuziehen.

Es schien ganz folgerichtig, mit dem Stehlen zu beginnen; ich glaube, es kam, weil ich alles um mich herum so sehr und so beharrlich begehrt hatte, dass es einfach eine natürliche Umsetzung dieser Begierde war. Beim Stehlen ging es mir gut, so als würde ich in ein Loch fallen und müsste nach allem greifen, was vor meiner Nase hing; alles, was ich klaute, würde meinen Aufprall dämpfen. Meine Eltern konnten es sich einfach nicht leisten, mich auf die Art und Weise zu kleiden, an die ich mich mittlerweile gewöhnt hatte. Und für die ich anerkannt wurde.

»Oh, Faith, was du anhast, gefällt mir gut«, schwärmten die anderen an jenen Freitagen.

»Du siehst heute toll aus, Faith, was für hübsche Haarspangen, wo hast du die her?«

»Oh, mein Gott, das T-Shirt will ich auch, das ist fantastisch!«

Das wollte und konnte ich nicht aufgeben.

Außerdem ging Mom nie in unser Zimmer, und selbst wenn, konnte sie uns die Kleidungsstücke auf dem Fußboden nicht einzeln zuordnen. Die Unordnung ging so weit, dass man den Teppich nicht mehr sehen konnte, stattdessen häufte sich da eine bunte Masse aus verschlungenen Hosenbeinen, Ärmeln, Leggins und Gürteln. Mom nannte es eine »Jungmädchen-Schlangengrube«. Natürlich ahnte sie nicht, dass meine Schlampigkeit System hatte. Wie sollte sie meine Sachen und die gestohlenen Dinge in diesem Chaos auseinanderhalten? Außerdem trugen wir fast jeden Tag Uniform. An den bewussten Freitagen zog ich mich in meinem Zimmer an und sprintete dann zu meiner Jacke. Falls Mom doch einmal neugierig wurde, sagte ich einfach, ich hätte mir was von Nicole geborgt. Unsere Freundinnen kamen nie zu uns, also würde es keine Rückfragen geben. Ich fand mich genial.

Das Erste, was ich geklaut hatte, war ein Paar Handschuhe in der Kirche. Ich bemerkte sie, als wir uns hinknieten. Sie lagen in dem kleinen Regal, wo man das Gesangbuch ablegen konnte, also dachte ich, jemand müsste sie im Gottesdienst zuvor vergessen haben. Sie waren grau und weich wie Blütenblätter. Hope sah, wie ich sie befingerte. »Nimm sie«, raunte sie mir zu.

Und das tat ich.

Hope war ebenso erstaunt wie ich, als ich sie in meine Jackentasche schob. Und zum ersten Mal in meinem Leben war ich froh, dass Mom nicht mehr mit zur Kirche kam. Nicht nur, weil sie mich erwischt hätte – an ihrer Seite hätte ich überhaupt nicht ans Stehlen gedacht. Wer beobachtete mich denn jetzt? Gott? Das erschien mir mittlerweile immer unwahrscheinlicher. Gott hatte meine bisherigen Bitten und Gebete alle ignoriert, so dass ich mich jetzt eben selbst um mich kümmerte. Und zur Kirche ging ich sowieso nur noch, um den hübschen Hinterkopf von James Newhouse zu bewundern und die Gilroy-Jungs, die normalerweise neben ihm saßen. Außerdem war es eine Möglichkeit, meine tollen Klamotten vorzuführen, das war alles.

Ich wusste genau, dass Hope mich nur begleitete, um aus dem Haus zu kommen, und bewunderte sie für ihre Disziplin, weil sie es schaffte, nicht zu kichern, als ich die Handschuhe einkassierte. Ich hatte dabei ein so neues, erhebendes Gefühl, das fast heilig schien. Vielleicht weil ich es in der Kirche tat? Ich weiß es nicht, aber ich konnte es kaum erwarten, wieder etwas mitgehen zu lassen.

Ich fing klein an, bei Garagenflohmärkten, und konzentrierte mich auf Dinge wie Salzstreuer oder Türknäufe. Ich stahl irgendwelche Haushaltsgegenstände, die wir entweder nicht hatten (ein Küchensieb, angebrannte Topfhandschuhe, Buchstützen in Form von Einhörnern) oder nicht gebrauchen konnten (eine Knoblauchpresse, Kerzen, Schundromane). Manchmal stand meine Mutter sogar direkt daneben und erkundigte sich nach dem Preis für einen Satz Küchenstühle mit Vinylbezug.

Wenn ich babysitten ging, wanderte ich mit neuem Blick durch die Wohnungen. Ich war nicht mehr so sehr an gutem Essen interessiert oder daran, wie eine Familie lebte, sondern an ihren Schubladen und Regalen und den Geheimnissen, die sie bargen. Mal steckte ich ein altes Küchenhandtuch ein, mal einen Bleistift. Einmal ließ ich bei den Mitchelssens eine schmale Krawatte aus

Veloursleder mitgehen. Sie hing in der unteren Abstellkammer neben ein paar muffigen Anzughemden, also ging ich davon aus, dass niemand sie vermissen würde.

Doch eine Woche später rief Sue Mitchelssen bei uns an und bat Mom, mich zu fragen, ob ich aus Versehen eine Velourslederkrawatte ausgeliehen hätte, braun, mit schwarzem Rand. Sie meinte, sie sei ziemlich sicher, dass Faith sie habe, denn das letzte Mal habe sie sie gesehen, bevor Faith zum Babysitten da gewesen sei. Meine Mutter schnaubte, das sei unwahrscheinlich, was solle Faith denn damit anfangen? »Wie kannst du Faith so was anhängen? Sie hütet jetzt seit über einem Jahr dein Kind, und wenn du denkst, dass sie je wieder auf deine Rotznase von Sohn aufpasst, dann hast du dich geschnitten.«

Sie legte auf und kam zu mir an den Küchentisch gestampft. Ich gab vor, mich auf mein »Malen nach Zahlen« zu konzentrieren, ebenfalls geklaut.

»Hast du was von Sue gestohlen? Sag die Wahrheit.« Sie hielt mir den erhobenen Zeigefinger vor die Nase.

»Neeeeiiiin. Hab ich nicht. Ich weiß nicht, wovon du sprichst«, erwiderte ich so locker wie möglich, ohne von meinem Kunstwerk aufzusehen. Ich malte gerade einen Himmel, fühlte mich aber höllisch unwohl.

»Du weißt genau, wovon ich spreche. Wenn ich in dein Zimmer gehe und finde, was sie sucht, dreh ich dir den Hals um.«

»Was sucht sie denn?«

Mom wandte sich ab und lief den Flur hinunter. Ich rannte hinterher und beteuerte meine Unschuld. »Du darfst nicht in mein Zimmer gehen. Das ist privat. Ich hab nichts gemacht, Mom. Warum gehst du da rein? Warum glaubst du mir nicht?«

Sie schlug mir die Tür vor der Nase zu, also ging ich ins Badezimmer nebenan. Ich konnte hören, wie sie meine Kommode und den Schrank durchwühlte. Eine Zeitlang war es ruhig, dann hörte ich wildes Auf- und Zuklappen. Ich versuchte verzweifelt, mich zu erinnern, wo ich die Krawatte hingelegt hatte.

Nach einer Weile hörte ich nichts mehr, also verließ ich das Bad wieder. Ich wollte mich ins Wohnzimmer zu Matty verkrümeln, aber Mom rief, ich solle zu ihr kommen. Sie stand mit der Krawatte in der Küche und rauchte eine Zigarette.

»Ich habe Sue angerufen und gesagt, wir kämen gleich vorbei, weil du anscheinend etwas hast, das du ihr zurückgeben musst.«

Ich fing an zu weinen. »Bitte bring mich nicht um, Mom. Das war ein Versehen.«

»Das kannst du Sue erzählen. Fahren wir.«

»Ich kann nicht.«

»Wir fahren. *Sofort.*«

Ich fühlte mich, als hätte ich ein kleines Privatunternehmen verloren. Als wäre ich Bankrott gegangen. Ich klaute nun schon eine ganze Weile, auch große Sachen wie die Wintersteppweste von The Bay. Einmal sogar einen Badeanzug mit passendem Sarong. Ich klaute nicht nur für mich. Zum Beispiel die Topfpflanze, eine Grünlilie, war ein Geschenk für meine Mutter zum Muttertag gewesen. Sie hatte einfach dagestanden, im Gartencenter, draußen vor dem Supermarkt. Aber für das hier erwischt zu werden? Für eine blöde Krawatte? Ich hätte gern das Gefühl gehabt zu bereuen, aber ich war nur sauer und so voller Wut, dass ich Bauchweh bekam.

Nachdem wir in den Comet eingestiegen waren, drehte meine Mutter sich zu mir um, und ich hob instinktiv die Hände vors Gesicht. Sie schlug uns jetzt häufiger, nicht allzu fest, und sie traf auch nicht immer. Aber Schläge waren nicht so schlimm wie Hausarrest. Der war schlimmer, erniedrigend und einfach bescheuert.

»Hör auf, ich will dich nicht schlagen«, zischte sie, »aber erklär mir mal, wo du diesen blöden Teddybären herhast.«

Sie musste ihn auf Hopes Rattanstuhl entdeckt haben. Er hätte dreißig Dollar gekostet und stand im Schaufenster des Blumengeschäfts. Ich hatte es nicht glauben können, als ich ihn sah, dreißig Dollar für dieses Ding?

»Welchen Bären?«, fragte ich.

»Herrgott, Faith, du stiehlst und lügst noch dazu?« Ihre Stimme brach, als sie hinzufügte: »Verdammt, weißt du eigentlich, dass du inzwischen jedes einzelne Gebot gebrochen hast außer vielleicht Ehebruch?«

Sie traf meine alte Wunde, aber sie hatte recht. Und obwohl sie immer darauf bestand, dass der alte Chaumier und Großvater nicht meinetwegen gestorben seien, witzelte sie manchmal, sie wären es doch.

Als wir bei den Mitchelssens vorfuhren, wartete Sue schon mit verschränkten Armen hinter der Fliegentür. Todd junior, inzwischen über zwei, stand neben ihr und hielt sich an ihrem Hosenbein fest. Ich dachte bei mir, dass er irgendwann ein großer dicker Mann werden würde.

Mom drückte mir die Krawatte in die Hand.

»Hier, gib sie zurück«, sagte sie und blickte zum Feld neben dem Haus, weil sie Sue wahrscheinlich nicht in die Augen sehen konnte.

Ich stieg aus und ging möglichst locker zur Tür. Ich war genauso groß wie Sue, weshalb ich auch alle ihre Kleider anprobierte, aber diese Krawatte war das Einzige, was ich je dort gestohlen hatte. Abgesehen von den Handcremeproben. Und diesen kleinen Dingern, die man rechts und links in den Maiskolben steckt, um ihn zu essen, aber ich hatte nur eins genommen, also war es nutzlos. Es war rein zur Dekoration. Ich hatte in letzter Zeit allerdings auch viel seltener auf Todd aufgepasst, eigentlich seit Sues Mann Todd senior sich mal komisch benommen hatte, als er betrunken gewesen war. Er hatte darauf bestanden, mich nach dem Sitten nach Hause zu bringen, obwohl ich gesagt hatte, ich würde das schon allein schaffen. Auf dem Weg kitzelte er mich dauernd im Nacken, und als ich ihm die Hand wegschlug und sagte, er solle aufhören, lachte er und machte es wieder. Er fand das wohl witzig.

»Hör auf, Todd«, hatte ich gerufen und im Dunkeln nach seiner Hand geschlagen.

»Oh, bist du etwa kitzlig, Faith, hm?«, kicherte er.

»Nein, bin ich nicht. Aber du bist betrunken.«

»Bin ich nnnicht«, protestierte er lallend. »Ich komme nur meiner Pflicht nach, dich ssicher nach Hause zu bringen. Was ist falsch daran? Warum bist du so zickig?«

»Das reicht jetzt, danke«, sagte ich, trabte weiter und merkte erst zu Hause, dass er mich nicht bezahlt hatte, der Arsch.

Sue kam auf die Veranda und ermahnte Toddy, im Haus zu bleiben.

»Hallo, Sue«, sagte ich fast flüsternd. »Sue. Du meine Güte. Wie es aussieht, ist das hier aus Versehen in meine Tasche geraten. Und meine Mom denkt, es könnte dir gehören.«

»Ja, das stimmt, Faith. Das gehört mir«, quäkte sie. »Und ich möchte, dass du in mein Haus gehst und es genau da wieder an den Haken hängst, wo du es herhast, bitte.«

Ich sah sie an und dachte, dass es unmöglich für mich wäre, das zu tun. Die Krawatte war schwer zu finden gewesen zwischen all den Hemden, und ich konnte mir direkt vorstellen, wie sich der Blick ihrer kleinen Augen böse in meinen Rücken bohrte, während ich tief in die Abstellkammer tauchte, um sie wieder aufzuhängen. Ich konnte nicht zulassen, dass sie mich dabei beobachtete. Ich schleuderte die Krawatte auf den Boden und ging zum Auto zurück.

»Nimm sie einfach, Sue, okay?«, nuschelte ich fast weinend über die Schulter.

Da öffnete Mom die Fahrertür, während Sue auf mich zustampfte. Ich war zwischen zwei Frauen eingekeilt, die sich beide von mir betrogen fühlten, die beide wild entschlossen waren, mich meine große Sünde spüren zu lassen. Ich hatte nicht anmaßend sein wollen. Ich hatte nur die verdammte Krawatte loswerden wollen. Und ich hatte Angst vor der Beschämung.

»Faith …«, zischte Mom durch die Zähne, »heb sie auf! UND GIB SIE IHR IN DIE HAND! SOFORT!«

»Ja, Faith«, sagte Sue etwas ruhiger. »Ich möchte, dass du mir die Krawatte in die Hand gibst.«

Sue, du blöde Kuh, dachte ich. Du hältst dich ja für so toll. Du bist wieder schwanger, obwohl Todd senior diesen Job bei Ford gar nicht hat, von dem du dauernd sprichst.

»Sue, meine Liebe, halt einfach die Klappe, ja?«, raunzte Mom.

»Oh, wie freundlich, Nancy«, gab sie beleidigt zurück, »wirklich nett. Jetzt weiß ich, woher deine Kinder ihre Gossensprache haben. Sei bloß vorsichtig. Ich werde jedem raten, Faith nicht mehr als Babysitter einzustellen, weil sie stiehlt. Gerade habe ich mit den Scotts telefoniert, und Shirley hat gesagt, dass Faith ein Badehandtuch gestohlen hat, da ist sie ganz sicher.«

Mr. Scott war unser Zahnarzt. Ich habe es gestohlen, weil sie reich waren und sieben flauschige Luxusbadehandtücher hatten. Ich hatte sie gezählt. Und in unserem eigenen Fünf-Personen-Haushalt gab es nur vier ordentliche Handtücher. So.

»Nein, das stimmt nicht«, sprach ich lautlos in Richtung meiner Mutter, die zwar Tränen in den Augen hatte, sie jedoch auf wunderbare und bewunderungswürdige Weise zurückhielt.

»Steig in das gottverdammte Auto, Faith«, befahl sie leise. Dann drehte sie sich zu Sue um und sagte: »Sue, meine Liebe. Da ist deine gottverdammte Krawatte, okay? Bind sie dir bitte um den Hals und erwürg dich damit.«

Als wir die Ausfahrt hinunterfuhren und nichts mehr zu verlieren hatten, kurbelte ich mein Fenster runter und brüllte: »Ja, Sue, und dein Mann ist ein Perversling!«

Meine Mutter schlug mich hart auf den Arm.

»Au. Stimmt aber!«, sagte ich und rieb die Stelle, wo sie mich geschlagen hatte.

»Was hat er gemacht?«

»Nichts. Noch nicht. Einmal war er betrunken und hat mich blöd angemacht.«

»Warum hast du mir nichts gesagt?«

»Ich weiß nicht.«

»Du solltest besser anfangen, mit mir zu reden, Faith, oder ich dreh dir den Hals um, hörst du? Ich bin deine Mutter, ob dir das nun passt oder nicht.« Dann fügte sie hinzu: »Vielleicht bin ich keine gute Mutter.« Sie sagte das in die Windschutzscheibe, als könnte ihr jemand oder etwas von der anderen Seite antworten. Mit einer Stimme, die nach Fernsehmutter klang, fuhr sie fort: »Ich glaube, es wäre gut, wenn du mir alle Sachen bringst, die du geklaut hast.«

»Vergiss es«, murmelte ich herausfordernd.

Klatsch, flach ins Gesicht, das vorletzte Mal in meinem Leben.

»Wage ja nicht, mir zu widersprechen. Wage es nicht! Ich geb mir wirklich alle Mühe. Sonst verkaufe ich dich an Zigeuner oder so was«, drohte sie halb lachend. Ihre eigene Mutter hatte immer gedroht, sie und Tante Linda an Zigeuner zu verkaufen, als die beiden klein waren und sie noch lebte. Ich betete darum, dass eine Gruppe durch die Stadt ziehen möge.

»Mach doch«, sagte ich weinend, erschrocken über alles, was uns beiden da aus dem Mund kam. »Du kannst bestimmt einen guten Preis für mich kriegen!«

»Bestimmt«, wiederholte sie und schluchzte fast. »Flinke Hände hast du ja offenbar.«

Dass Mom meine Klauerei so sehr das Herz brach, hatte ich nie beabsichtigt. Sie fing an, psychologische Ratgeber zu lesen und Mutmaßungen über meine Bedürfnisse aufzustellen – Bedürfnisse, von denen ich gar nicht wusste, dass ich sie hatte. Irgendwann nach dem Showdown bei den Mitchelssens kam sie mit einem dieser Bücher in mein Zimmer. Sie setzte sich auf Hopes Stuhl, ohne vorher den Stapel Schmutzwäsche beiseitezuschieben.

»Faith, hör zu. Ich hab da diese Theorie. Vielleicht bist du deshalb auf Abwege geraten, weil Dad weg ist und alles. Und weil ich so viel arbeiten muss … Pass auf, hier steht …« Sie schlug ein Taschenbuch auf, dessen Titelseite eine Frau zeigte, die durch einen Blitz von einem Mädchen getrennt war, und räusperte sich: *»Die Abwesenheit eines Vaters kann verschiedene Auswirkungen haben. Die Abwesenheit einer Mutter jedoch wird häufig nie offen angesprochen, sondern manifestiert sich bei Kindern in Akten ungezügelter Aggression und Angst. Bei Jungen findet man Gewalt, bei Mädchen gelegentlich Nägelkauen, häufig Stehlen, um Aufmerksamkeit zu erlangen.«*

Sie holte tief Luft wie ein Kind, das zur mündlichen Prüfung antritt. »Und jetzt, wo Großvater gestorben ist, hast du vielleicht das Gefühl … na ja, das Bedürfnis, im Mittelpunkt stehen zu wollen. Es ist ein Schrei nach Hilfe. Vielleicht. Was meinst du?«

Ich fand ihren Verdacht, ich würde stehlen, um im Mittelpunkt der Aufmerksamkeit zu stehen, gar nicht verkehrt, allerdings hatte ich eher das Gefühl, im Mittelpunkt einer Familie zu stehen, die keinen Mittelpunkt hatte oder nicht in der Lage war, Aufmerksamkeit zu schenken.

Ich sagte: »Vielleicht. Aber trotzdem ist es wichtig, schöne Sachen zu haben, Mom. Ich hasse es, dass wir arm sind.«

Sie schloss die Augen und sagte: »Ich hasse es auch, aber Stehlen ist falsch. Es ist schlimm, und es muss aufhören, Faith, sonst …«

»Ich werde nicht mehr stehlen«, sagte ich, obwohl ich eigentlich nur eine Pause machen wollte. Ich hatte mich beim Klauen nicht schlecht gefühlt, sondern erst als meine geheime Angewohnheit entdeckt worden war. Hauptsächlich fand ich es peinlich, wie Mom versuchte, eine Mutter zu sein. Ich merkte, dass sie an jedem anderen Ort sein wollte als hier, im klaustrophobischen Chaos dieses Zimmers, unseres Lebens.

»Vielleicht könnten wir dir einen Job suchen«, meinte sie später. »Dann kannst du dir schöne Sachen von dem Geld kaufen, das du verdienst, ganz legal.«

Obwohl ich ihren Vorschlag tief verabscheute, gefiel mir, wie sehr sie sich sorgte. Es war hauptsächlich Dads Idee gewesen. Meine Eltern hatten an jenem Abend ein langes Telefongespräch geführt. Dad bot an, mit dem Priester über mich zu reden. Es dürfe nicht mehr sein, dass ich stehle, sagte er. Er rief Pater Joel an und berichtete ihm von der Klauerei, woraufhin Pater Joel meinte, da ich auch nicht mehr so regelmäßig zur Kirche komme, stehle ich vielleicht, weil Jesus nicht mehr in mir lebe. Als Dad meiner Mutter das erzählte, während ich unten am zweiten Apparat lauschte, erwiderte sie, dass ich wohl eher deswegen stehle, weil mein Vater nicht mehr bei uns lebe, nicht Jesus.

»Und weme Schuld iste das?«, fragte Dad.

»Mein Gott, fang bloß nicht damit an«, sagte Mom.

Dad sagte, Pater Joel finde, es sei an der Zeit, dass ich an einem von der Kirche organisierten »Erbauungswochenende« teilnehme.

Diese Wochenenden liefen unter dem Titel »Finde Christus in deinem Nächsten«. Adam sagte, er habe mal bei einem mitgemacht und es sei nichts anderes als Gehirnwäsche für abtrünnige Katholiken, um uns in der Spur zu halten wie Schafe. Seit Adam auf die Uni ging, hatte er noch grimmigere Gedanken über den Papst und die Kirche, als ich es je für möglich gehalten hätte.

Abends kam er manchmal vorbei und sprach mit Mom über die Dinge, die er lernte. Sie rauchte und nickte und sagte, er müsse unbedingt weiterstudieren, weil sie es nie getan habe, und er solle sie doch nur ansehen. Dann lachten sie, und er sagte: »Es ist immer schön, mit Ihnen zu reden, Mrs. DiNapoli.« Einmal sagte sie darauf: »Großer Gott, Adam, nenn mich doch Nancy.«

Ich hätte mich fast übergeben, während sie seine Zigarette anzündete.

An jenem Abend saßen wir nebeneinander auf der Veranda und schauten ihm nach, als er ging.

Mom sah mich an, wie ich Adam ansah, und sagte: »Herrgott, Faith, mach den Mund zu.«

Meine Freundin Nicole bot sich freiwillig an, zu dem Erbauungswochenende mitzukommen. Für ihre Familie könne es gar nicht genug Religion geben.

»Versprich mir bloß, dass du danach keine fanatische Heilige wirst«, sagte ich.

»Okay.«

Meine Mutter brachte uns hin, und bevor wir ins Gemeindehaus gingen, rauchten wir erst mal zwei Zigaretten. Ich hatte sie nicht aus Moms Handtasche gestohlen, sondern von dem Kleingeld gekauft, das darin lag. Inzwischen hatte ich meine eigene Marke, eine andere als sie.

Man hatte uns aufgefordert, etwas Hübsches zum Anziehen mitzubringen, das einzige Highlight bei meiner Packerei. Ich sorgte dafür, dass dieses Outfit komplett aus gestohlenen Sachen bestand. Zum Teufel mit ihnen und ihrer Gehirnwäsche, sagte ich mir. Ich wählte ein Paar schicke Leggins und ein klasse Samtoberteil, für das sich noch keine Gelegenheit geboten hatte, es zu tragen.

Da die Einschreibung für das Wochenende nicht öffentlich gewesen war, hatte ich keine Ahnung, wer sonst noch dort sein würde. Ich entdeckte James Newhouse, den Typen aus der Kirche mit der tollen Frisur, Elizabeth St. James, die größte Niete der Schule, und zwei oder drei andere, die mich seit unserem Umzug nach Belle River eingeschüchtert hatten. Ich wollte mit niemandem über irgendetwas reden, geschweige denn über mein kleines Problem mit der Klauerei.

Wir bekamen Umschläge ausgehändigt mit Regeln und Leitsätzen, Liederheft und Notizblock sowie einem Namensschild, das wir die ganze Zeit tragen sollten. Außerdem war ein angeblicher Brief von Jesus darin:

Lieber Freund/Liebe Freundin ...

Gestern habe ich Dich gesehen, als Du mit Deinen Freunden gesprochen hast. Den ganzen Tag habe ich darauf gewartet, dass Du auch mit mir sprechen willst – aber vergeblich. Du bist nicht gekommen. Ja, das hat mich verletzt, aber ich liebe Dich noch immer, weil ich Dein Freund bin. Heute siehst Du so traurig aus, so allein. Ich liebe Dich! *Ich möchte, dass Du meinen Vater kennenlernst. Auch Er will Dir helfen. Ja, so ist Er, mein Vater, stell Dir vor!*

Liebe Grüße

Dein Jesus

Ich weiß noch, wie ich dachte: Jesus hat einen Vater, eine Mutter und zwölf Freunde, die immer da waren. Vielleicht ist Er deswegen so gut.

Es gab noch einen anderen Brief von *einem Teenager* mit der Überschrift: *Bitte hör, was ich* nicht *sage.* Wir mussten jeder einen Satz laut vorlesen. *Ehrlich, ich verabscheue das oberflächliche Spiel, das ich spiele, dieses oberflächliche, falsche Spiel. Wie gern würde ich ehrlich und spontan sein, einfach ich selbst, aber Du musst mir helfen. Du musst meine Hand halten, auch wenn es das Letzte zu sein scheint, was ich will oder brauche.*

Am Ende dieses »Briefes« klatschten alle Beifall, und drei oder vier brachen in Tränen aus. Wir mussten die Hand aufs Herz legen und Schweigen geloben. Wir sollten mit niemandem über dieses Wochenende reden, niemals. Kein Problem. Da es das Dümmste war, was ich je gemacht hatte, war mir kein bisschen daran gelegen, dass jemand davon erführe.

Zum Abendessen gab es Hotdogs, Pommes frites und Orangenlimo. Nach dem Essen schlichen sich ein paar von uns in den Waschraum, um zu rauchen und die Augen zu verdrehen. Ich schwor mir, mich diesen Leuten in keiner Weise zu öffnen. Jemand kam auf die Idee, in den Schlafsaal der Jungs zu schleichen, aber er war von innen abgeschlossen.

Als ich mich später in meinen geliehenen Schlafsack einrollte, hatte ich das Gefühl, meine Religion wollte sich über mich lustig machen. Was früher mal privat und irgendwie heilig gewesen war, fühlte sich jetzt an wie Schultheater mit schlechten Schauspielern und noch schlechterem Essen als in einem Straflager. Genau wie das Stehlen. Das war mein Ding gewesen, meine Art, mich zu beruhigen, und nun hatte ich gar nichts mehr.

Ich fing an, Einzelheiten dieses Wochenendes zu sammeln, über die meine Mutter lachen würde, im Gegensatz zu Dingen, die ich meinem Vater erzählen könnte, um ihn stolz zu machen. Bald merkte ich, dass ich schon ganz die Haltung meiner Mutter übernommen hatte: fest verschränkte Arme, die sich nur lösten, wenn ich eine Haarsträhne aus dem Gesicht schieben oder einen Becher Limo halten musste.

Samstag nach dem Frühstück wurden wir in Gruppen aufgeteilt, um uns dem schrecklichsten Aspekt dieses Wochenendes zu widmen: »Sich Jesus anvertrauen«. Ich erinnerte mich an den Rat meiner Mutter, als sie uns absetzte: »Und halt deine Klappe, Faith, ja? Es geht niemanden was an, was in unserem Haus passiert, hörst du?« Außerdem, so sagte sie, hätten wir keinerlei Probleme, die ein Lottogewinn nicht lösen könne. »Bete darum. Bitte.«

Unser leitender »Bruder« fing an und erzählte von einem Drogen-, Sex- oder Alkoholproblem, das das Ergebnis der »Trennung von Jesus« sei. Wir wurden reihum gebeten, eine ähnliche Geschichte beizutragen, wie wir »Ihn verloren« hätten. Zuerst durften wir noch aussetzen, aber irgendwann mussten wir uns Jesus stellen.

Als ich an der Reihe war, schwieg der Leiter einen Moment und holte tief Luft.

»Faith. Du sagst nicht viel. Wie fühlst du dich?«

Ich sagte, ich sei sehr gerührt.

»Was brauchst du von uns, Faith?«

»Ich weiß nicht«, sagte ich. Ich wusste es nicht.

»Nun, wie wäre es, wenn du uns von einer Krise erzählst, irgendwas, das dir passiert ist, womit du dich allein und verängstigt gefühlt hast. Wir alle haben diese Momente.«

Alle im Kreis nickten, und ich beugte mich vor und bekam das Gefühl, ich hätte etwas Wertvolles von ihnen genommen und stattdessen nur einen Klumpen Kohle hingelegt.

»Ich stehle Sachen und kriege Ärger, und dann geht es mir schlecht«, sagte ich ganz schnell.

Stille.

»Warum stiehlst du, Faith?«

Ich sagte, ich wisse es nicht, und fing an zu weinen. Ich hoffte bei Gott, dass Nicole mich von ihrer Gruppe aus nicht hören konnte. Ich kam mir wie eine Betrügerin vor, weil Stehlen doch schön war und ich es gut konnte und auch schon eine ganze Sammlung hübscher Sachen hatte. Aber aus irgendeinem Grund konnte ich hier, wo alle mich ansahen, meine Tränen nicht zurückhalten. Sie fingen an, mich zu umarmen. Ich müsse großen Schmerz empfunden haben, sagten sie, dass ich durch Stehlen um Hilfe geschrien hätte. Ich nickte und brach in jugendlicher Scheinheiligkeit als schluchzendes Häuflein Elend zusammen.

Sechs weitere Stunden lang hörte ich von Schlägereien, Marihuana und fummelnden Onkeln oder Babysittern. Zur Schlafenszeit – wiederum nur mit industriell verarbeitetem Fleisch und Orangenlimonade abgespeist – hatte ich geschwollene Augen und war wie in Trance. Menschen erzählten einander Dinge über sich, die nur ein Priester hören und um die nur Gott sich kümmern sollte. Und ich steckte mittendrin, nahm alles auf und strengte mich an, dass es mir etwas bedeutete, doch das tat es nicht. Wir sollten berührt sein, ich jedoch war schockiert, von mir selbst und von den anderen. Ich wusch mein aufgequollenes Gesicht und betrachtete mich unter dem bläulich schweren Licht im Spiegel. Ich trug einen Schlafanzug, den ich im Bi-Way gestohlen hatte, Flanell, zweiteilig, ohne Knöpfe, mit kleinen gestickten Erdbeeren auf den Manschetten. Er ist so schön, dachte ich.

Sonntag war der »Tag der Selbstbesinnung«. Wir zogen unsere hübschen Sachen an, und der Bischof kam und umarmte uns, alle fünfunddreißig. Unsere Familien sollten uns mittags abholen und ebenfalls umarmen. Wir sangen ein Lied, dass alle, selbst Nieten wie wir und die Schönen und Beliebten, gleich seien. »Nimm meine Hand, lass uns nie mehr als Fremde geh'n in diesem Land …«

Ich sah die Jungen und Mädchen neben mir an und dachte: Sie weiß und er weiß, dass ich eine Diebin bin. Aber ihr Bruder fasst sie an. Und er denkt, er könnte womöglich schwul sein. Die da hat im Schlafsack an sich rumgespielt, denn ich habe gehört, wie sie geraschelt und gestöhnt hat. Der Typ raucht Gras, und die lügt. Wenn wir alle zur Hölle fahren, was bringt es uns dann, hier zu sein? Vielleicht dass wir da unten dann jemanden kennen, dem wir zuprosten können?

Wir bekamen einen weiteren großen Umschlag mit Briefen von Leuten, die vor uns an solchen Wochenenden teilgenommen hatten. Sie schrieben, sie seien voller Liebe für uns, denn das wurde von ihnen erwartet. Ich bekam mindestens zehn Briefe von diesen Heuchlern und außerdem welche von meiner Familie. Dad schrieb, er vermisse mich und hoffe, das Wochenende helfe mir zu sehen, wie falsch Stehlen sei, denn Jesus habe nie etwas gestohlen. Hope schrieb: *Die haben mir gesagt, ich soll Dir von Jesus und Seiner Liebe schreiben. Was immer das ist. Ich liebe Dich, auch wenn Du nicht mehr nett zu mir bist.* Adam schrieb, wenn ich jemals jemanden zum Reden brauche, so hoffe er, dass ich nicht zögern werde, zu ihm zu kommen. *Du bist ein ganz besonderes Mädchen, und ich wünsche Dir und Deiner Familie das Beste. Ich glaube aber nicht, dass Du es in der Kirche findest. Komm zu mir. Ich bin für Dich da.*

Es klang ein bisschen wie ein Liebesbrief, weil ich es unbedingt so verstehen wollte.

Meine Mutter schrieb: *Dein Bruder wird Dich abholen. In einem Raum voller Liebe und Glück zu sein macht mich fertig. Deine Mutter.*

Als ich nach Hause kam, freute sie sich, mich zu sehen. Sie erhob sich vom Küchenstuhl und ließ von einem Kreuzworträtsel ab, das sie nicht zu lösen versucht hatte. Sie nahm mich in den Arm und machte mich darauf aufmerksam, dass dies die längste Zeit gewesen sei, die ich von ihr getrennt verbracht hätte, ihre Zeit im Krankenhaus nach meiner Kommunion nicht mitgerechnet. Sie wirkte müde, aber interessiert.

»Tja. Also. Hast du über alles nachgedacht, was passiert ist?«, fragte sie, als hätte sie es allzu oft geübt.

»Ja, habe ich«, erwiderte ich freundlich. »Und es ist nicht so, dass ich gern stehle, Mom, aber ich hab nun mal gern schöne Sachen.«

»Was für Sachen?«

»Sachen, die andere auch haben, Schuhe und so.«

»Und du meinst, das macht alles leichter?«

»Es *macht* alles leichter«, sagte ich und musste tatsächlich ein bisschen weinen. Mom legte ihre Hand auf meinen Unterarm und drückte ihn, während ich die dummen Tränen laufen ließ, bis ich sie schließlich wegwischen musste. Um die Stimmung zu vertreiben, griff ich nach ihrem Bier und nahm einen Schluck. Sie schlug meine Hand weg, aber nicht sehr fest, und zog dann spielerisch an meinem Haar.

»Ich habe dich vermisst«, sagte sie. »Ich dachte schon, wir hätten dich an Gott verloren.«

Auf dem Tisch stand eine Rolle Klopapier. Mir fiel auf, dass wir in unserem ganzen Leben noch nie Papiertaschentücher gekauft hatten. Sie wickelte ein bauschiges Stück für mich ab, und während ich mir die Nase putzte, fragte sie, was in dem großen gelben Umschlag sei. Ich zeigte ihr Dads Brief, und sie verdrehte die Augen. Dann interessierte sie sich sehr für Adams Brief.

»Huch«, sagte sie, als sie ihn las. »Vielleicht sollte der Junge doch nicht mehr so oft zu uns kommen.«

»Mom, er will doch nur nett sein«, sagte ich. Aber vielleicht, dachte ich, vielleicht ist sie eifersüchtig, und das stimmte mich ebenso fröhlich wie traurig.

Meine Mutter sah mich an, als taxiere sie mich. Braunes Haar, einszweiundsechzig. Körbchengröße A. Nicht zu mager, aber ein bisschen zu ernst für meine fast fünfzehn.

»Trotzdem. Er hat Freunde in seinem Alter«, sagte sie und faltete den Brief wieder zusammen. »Und du auch. Außerdem kannst du mit mir reden. Oder mit einem Priester, schätze ich, wenn dir das lieber ist.«

Mir waren Priester schon längst nicht mehr lieb. Das Wochenende war wie ein Blick hinter die Kulissen einer Show gewesen, die zum Wohl meiner verlorenen Seele inszeniert worden war.

Monate später hörten wir, dass ein Mädchen in einem Ort ein Stück weiter südlich sich nach so einem Erbauungswochenende das Leben genommen hatte. Gerüchten zufolge hatte sie zugegeben, dass ihre Mutter sie sexuell missbraucht habe. Ich weiß noch, dass ich dachte: Ihre Mutter? Wie geht das denn, ihre Mutter?

Als ich es Mom erzählte, zündete sie sich eine Zigarette an. Sie war ein bisschen beschwipst, als sie sagte: »Ach ja. Ich wette, an dem Wochenende haben alle geweint und das arme Mädchen in den Arm genommen, aber danach, als der Zauber vorbei war, konnten sie es nicht erwarten, der ganzen Straße die schreckliche Geschichte zu erzählen. Wahrscheinlich wusste bald die ganze Stadt, was mit ihr passiert war, und sie ist einfach zusammengebrochen. Klatsch und Tratsch sind die schlimmste Art von Sünde, Faith. Hope wird nicht zu diesem verdammten Wochenende gehen, Punkt. Hope wird nicht gehen und Matt nicht und Charlie auch nicht, und es tut mir leid, dass du gegangen bist.«

Sie fragte mich, ob ich das Mädchen gekannt hätte, und ich sagte nein. Mom schüttelte den Kopf, nahm ihren Drink und ging barfuß auf die Veranda, obwohl es Oktober war und kalt.

Kurz danach hörte ich auf zu stehlen. Und ich hörte auf, so oft in die Kirche zu gehen. Zwei Dinge, die ich früher einmal lieber getan hatte als alles andere auf der Welt.

8. Kapitel

Hope und ich witzelten immer, unsere ganze Sexualerziehung habe aus drei Sätzen meiner Mutter bestanden, die sie während der gesamten Zeit unseres Heranwachsens ständig wiederholte: »Nur ein Flittchen ruft bei einem Jungen an. Warte mit dem Sex, bis du verheiratet bist. Mach's nicht wie deine dumme Mutter.«

Jeden Monat kaufte Mom eine Riesenpackung Binden und warf sie wortlos in das Badezimmerschränkchen unter dem Waschbecken. »Was sollte es dazu zu sagen geben?«, hatte sie Tante Linda gefragt. »Sie wissen doch, was zu tun ist.« Mir war nie in den Sinn gekommen, dass sie selbst keine Mutter gehabt hatte, die ihr solche Sachen beigebracht hatte. Ich dachte immer, nur wir hätten so eine komische Mutter.

Was Sex betraf, war ihr klar, dass wir allmählich in ein Alter kamen, wo Jungs uns anrufen und besuchen und irgendwann zum Weinen bringen könnten. Aber Mom war abergläubisch und dachte wohl, die bloße Erwähnung von Sex könnte ihn in unser Haus holen. Also ließ sie lieber ihre Selbsthilfebücher herumliegen, aufgeschlagen an Stellen mit Ratschlägen wie: *Sich für die Ehe aufheben: Wahre Liebe wartet!*, *Und wenn es der Falsche war? Geschichte einer Tragödie*, *Wie Sie einen Mann dazu bringen, Sie gut zu behandeln* oder *Aussehen ist nicht alles – innere Werte zählen mehr.*

Sie sagte immer: »Mädchen, seht euch nur eure Mutter an. Am besten macht ihr genau das Gegenteil.« Sie inszenierte eine Menge Sachen so, dass es uns zum Lachen bringen sollte: wie sie den Ölfleck in der Auffahrt mit dem Wasserschlauch wegspritzte oder Matts Eishockeysocken im Waschbecken einweichte oder

Gigis Katzenklo ausleerte oder überfällige Rechnungen bezahlte. »Ta-daa«, sagte sie beispielsweise, nahm einen Kontoauszug und rieb ihn fest gegen die Telefonrechnung. »Bitte sehr, bezahlt!«

Aber nie sprach sie deutlich und direkt über all die wichtigen Sachen. Armut und Unbeliebtheit. Zellulite und Ausfluss. Liebeskummer und Wut.

Mit Hope konnte ich über solche Dinge auch nicht reden, weil sie sich nicht den Kopf über die Welt zerbrach. Sie wappnete sich einfach gegen sie. Meine Mutter schrieb einmal in ihr Tagebuch: *Um Hope mache ich mir keine Sorgen, weil sie keine Zeit verschwendet, sich über irgendetwas Sorgen zu machen. Sie ist ein Macher. Um Faith hingegen sorge ich mich schon – weil sie die ganze Zeit dasitzt und sich über alles Sorgen macht.*

Meine Mutter wachte nicht eines Morgens auf und war plötzlich unglücklich – sie hatte damit gerechnet. »Was soll man denn erwarten«, sagte sie mal zu Tante Linda, »wenn man den ersten Mann heiratet, der einen fragt?«

»Na ja, du warst schwanger«, erinnerte Tante Linda sie, »also hatte Joe kaum eine andere Wahl, als deine Ehre zu retten.« Ich hörte das vom Anschluss im Keller aus mit. Matty hatte da unten ein Zimmer für sich eingerichtet, nur mit einem Bett und einer Kommode, und um seine sogenannte »Schlafzone« abzuschirmen, hatte er Kisten darum aufgestapelt. Er und seine neue Freundin Trelly verschanzten sich da oft hinter verschlossener Tür. Wenn das Essen fertig war, klopfte Mom immer ganz nervös an und trat schnell einen Schritt zurück, als könnte, was auch immer darin vorging, ansteckend sein.

»Nancy, es wird Zeit, dass du mal wieder ausgehst«, sagte meine Tante Linda ein anderes Mal, während man im Hintergrund das Klicken ihres Feuerzeugs hörte.

»Ich weiß, aber wie und mit wem? In dieser Stadt gibt es niemanden, der mich interessiert. Außerdem sind die Kinder ständig da. Es ist nicht so einfach.«

»Sieh dich um«, meinte Tante Linda. »Halt einfach die Augen offen. Man kann nie wissen.«

Doch Mom sah sich nicht um, und obwohl sie so gut wie Single war, hielt sie auch nicht die Augen offen. Sie sagte zu Tante Linda, sie gehe nicht aus, weil die Kinder sie nicht für eine »Schlampe« halten sollten und weil sie den Mädchen kein »schlechtes Beispiel« geben wolle. Vor allem aber wegen der Jungs. »Kannst du dir Matts Gesicht vorstellen? Mich hasst er sowieso schon, da würde er den Kerl ja noch mehr hassen. Außerdem: Wer will schon eine Fünfunddreißigjährige mit vier halbwüchsigen Kindern? Besonders mit diesen vieren, die ich kaum in den Griff bekomme. Ich glaube, ich habe sie wirklich überhaupt nicht im Griff.«

Das stimmte. Sie hatte keine Ahnung, dass wir, wenn sie zur Nachtschicht fuhr, nur darauf warteten, ihr Auto verschwinden zu sehen, um flugs unsere Zigaretten hervorzuziehen und damit durchs Haus zu stolzieren. Einmal rief Dad an, und Matt brachte mich und Hope zum Lachen, weil er zwischen dem Aufzählen seiner Schulnoten, die er jeweils um zehn Prozent nach oben frisierte, Rauchringe in die Luft blies. An Freitagen brachte immer einer von Matts Freunden oder seine Freundin Trelly eine Thermoskanne mit irgendwelchem Alkohol mit. Manchmal ließen sie mich mittrinken. An solchen Abenden kam ich mir vor wie eine Lottogewinnerin. Ich wurde ein bisschen beschwipst, und wenn Matt und seine Freunde dann zu einer Party abzischten, rief ich Nicole an und erzählte, ich sei betrunken. Charlie saß in seinem Zimmer und hörte seltsame Musik, und Hope schlief vor dem Fernseher ein, nachdem sie das ganze gute Essen weggefuttert hatte.

Nie verpetzten wir uns gegenseitig. Was hätten wir auch sagen sollen? »Mom, geh bitte nicht mehr zur Arbeit, damit wir nicht so viel Spaß beim Versumpfen haben?«

An solchen Abenden kam manchmal auch Adam vorbei und spielte mit Hope und mir Scrabble. Er brachte Lakritze mit und Donuts und ein paar Biere, die an einer halb geplünderten Sechserträgerfolie baumelten. Manchmal auch einen Film, nun, da wir unseren eigenen – gebrauchten – Videorecorder hatten. Einmal zeigte er mir sein neues Tattoo, einen Totenkopf mit zwei gekreuzten Eishockeyschlägern. Es saß tief auf seiner Hüfte, und die feine Haarlinie, die oben aus seiner Hose lugte, die dunkle Spur, die zum »Da-unten« führte, war nicht zu übersehen.

»Na los, fass ruhig an, Faith, das tut nicht weh«, forderte er mich heraus und schob mir seine Hüfte entgegen, wobei er fast sein Bier verschüttete. Ich streckte langsam meine Hand vor. Als ich seine Haut streifte, schrie er: »Aua!«, und ich kreischte los und krachte fast rückwärts durch die hintere Fliegentür.

»Ach, Faith, ich mach doch nur Spaß«, sagte er. »O Gott, deine Mom hat recht, du bist wirklich ganz schön verklemmt.«

Ich sagte nichts, aber mein Herz brauchte lange, um wieder zu heilen und zu verwinden, dass sie offensichtlich über mich gesprochen hatten. Vielleicht hatten Moms Psychobücher recht damit, dass ich Jungs allein deshalb begehrte, weil wir keinen Vater im Haus hatten, mit dem das Männliche alles andere als tiefgründig und exotisch erschienen wäre. Und ich hatte gelernt, dass Männer gehen, wenn es ihnen zu viel wird. Vielleicht fing ich deswegen an, mich kleiner zu machen, als ich war, meine Stimme leiser, meinen Körper mehr ihnen gehörig als mir selbst, damit ich ihr Weggehen hinauszögern könnte, weil es so leicht wäre, mit mir zusammen zu sein. Faith erwartet nicht viel. Nur einen Anruf, ein kurzes Streicheln über den Kopf. Bleib hier. Faith wird dich nicht weiter stören. Sie braucht nichts.

»Faith, siehst du mich eigentlich als Vaterfigur?«, fragte Adam eines Abends beim Scrabble. Davor hatte er Charlie an der alten Spielhalle in Emeryville aufgegabelt, als der nach Hause trampen wollte, und ihn bei uns abgesetzt.

Charlie sagte: »Ich schon, Adam. Danke fürs Mitnehmen, *Dad.*«

Seine Frage brachte mich in Verlegenheit, weil ich zufällig gerade das Wort »LUST« legte. »Nein«, sagte ich. »Du bist eklig. Vielleicht siehst du mich ja als Tochterfigur, Penner.«

»Das tue ich ganz sicher – überhaupt – bestimmt – nicht«, erwiderte Adam. Mein Gesicht wurde sofort rot, wenn Sonnenschein oder Sex in der Nähe waren. Ich war gerade fünfzehn geworden, Adam war etwas über zwanzig. Die Uhr zeigte nach zehn, und wir hatten an diesem Abend schon ein bisschen zu viel getrunken. Ich hatte mein Bier diskret in einen Kaffeebecher geschüttet, weil Charlie mitspielte.

Charlie witzelte: »Warum erklärst du uns nicht, was ›Lust‹ bedeutet, Adam?«

Adam meinte: »Frag deine Schwester, es ist ihr Wort.«

Ich trat ihm unterm Tisch gegen das Schienbein.

»Frag du doch Denise«, entgegnete ich, ohne von meinen Buchstaben aufzusehen. Adam war all die Jahre hindurch immer mal wieder mit Denise French zusammen. Er hatte mich stets damit aufgezogen, dass sie seine vorübergehende Freundin sei, bis ich alt genug wäre, ihn zu heiraten. Das war, bevor ich angefangen hatte, BHs zu tragen.

»Ihr nervt«, sagte Charlie und verließ mit angewidertem Gesicht das Zimmer.

Wir beendeten das Spiel, nachdem ich statt »Hase« versehentlich »HARE« buchstabiert hatte. Adam legte noch ein »M« ans Ende und lachte. Ich hatte trotzdem gewonnen.

Sex. Meine Mutter hatte ihn nicht mehr, ich hatte ihn noch nicht. Gigi hatte ihn die ganze Zeit. Sie wollte nicht mal mehr im Haus schlafen, weil es immer wieder neue Kater gab, denen sie sich hingeben konnte.

»Was für eine Schlampe«, sagte Mom einmal, als sie Gigi sah, wie sie sich im Garten wand und schrie. »Verdammt. Sie muss sterilisiert werden, so wie ich.«

Dad kam für einen Monat aus Calgary zu Besuch. Die Ölförderanlagen ruhten und damit auch das regelmäßige Einkommen meines Vaters, also hatte er verabredet, auf der Farm eines Onkels zu arbeiten, draußen in Leamington. Er wollte uns eine ganze Woche dorthin mitnehmen und meine Mutter mit Tante Linda allein lassen. Die war ein paar Tage zuvor angereist, ohne Polen-Paul, in gefährlicher Stimmung, mit einer ganzen Kiste Wein und einer Wagenladung hübscher Kleider für meine Mutter, zum Ausleihen oder Behalten. Obwohl es nett und wichtig war, dass wir Zeit mit Dad verbrachten, und ich mich immer freute, wenn er uns einfache Aufgaben stellte und viel Taschengeld gab, hätte ich lieber Zeit mit Tante Linda verbracht. Es war eine Weile her, seit ich sie zuletzt gesehen hatte, und sie war die Lustigste von allen. Außerdem brauchte ich jemanden, um über Sex zu reden. Ich hatte ihn dauernd im Kopf, vor allem wenn Adam in der Nähe war und meine Mutter nicht.

Als ich meinen Entschluss verkündete, bei den »Mädels« zu bleiben, sah Mom meine Tante an und sagte: »Deine Entscheidung, Lin.«

Tante Linda drehte sich zu mir um und sagte: »Faith, Schätzchen. Dein Dad nimmt dich für eine ganze Woche auf eine echte Farm mit. Da gibt es Pferde und Kühe und viel zu erleben. Deine Mom und ich wollen einfach eine Pause einlegen. Es ist nicht so, dass wir dich nicht lieb haben – wir brauchen einfach ein bisschen Mädelszeit.«

»Aber ich bin doch auch ein Mädchen. Warum kann ich nicht mit euch abhängen?«

Mom lehnte sich über den Tisch. »Faith, du solltest ein bisschen Zeit mit deinem Dad verbringen. Das ist wichtig für Töchter. Wir haben das besprochen«, sagte sie mit in Ungeduld getauchter Freundlichkeit.

»Ich will aber nicht. Ich will mit euch zusammen sein. Hier.«

»Tja, wir werden aber nicht hier sein, Liebes. Wir werden eine kleine Reise unternehmen«, sagte Tante Linda. »Ich nehme deine Mutter zu den Niagarafällen mit und vielleicht für ein paar Tage nach Toronto.«

Die Vorstellung, dass sie diese exotischen Orte ohne mich erkunden wollten, ließ mich alle Schubladen in meinem Kopf aufreißen, um nach guten Gründen zu wühlen, weshalb ich sie begleiten müsse. Ich zerbrach mir das Hirn nach dem überzeugendsten Argument. Doch als Mom sagte: »Brich deinem Vater nicht das Herz, Faith, er will, dass ihr alle bei ihm seid«, wusste ich, dass sie keinen von uns dabeihaben wollte.

Hope freute sich auf die Bauernhoftiere und packte entsprechend ein. »Keine Röcke, keine Nylonstrümpfe, keine BHs, jippie!«, rief sie und warf Flanellhemden und Khakihosen in den Müllsack, den wir als Reisetasche benutzten.

Matty packte Gras ein, Charlie seine Kassetten und Sonnencreme.

Wir machten auf der Farm dieses Onkels nichts Besonderes, ärgerten die wilden Kätzchen in der Scheune oder bewarfen uns und die Wäsche der portugiesischen Nachbarn mit reifen Tomaten. Wir halfen Dad bei der schweren Arbeit, etwa beim Aufschichten von Holz oder Reparieren von Zäunen. Dads alter Onkel war mit einer alten Frau verheiratet, die wir wegen ihres Nachnamens Triasi »Nonna Tree« nannten, »Oma Baum«. Nonna Tree zeigte mir und Hope, wie man Gnocchi rollte und Lasagne machte, denn dazu brauchte sie nicht viel Englisch. Aber wir langweilten uns. An manchen Nachmittagen schliefen wir einfach ein, jeder auf einem der vier Sofas, die an den vier Wänden ihres heißen, vollgestopften Wohnzimmers standen.

Mein Lieblingsplatz war der Schuppen. Ich liebte es, mich dort zu verkriechen und die Zigaretten des Onkels zu stibitzen – die ungefilterten, die er selbst gerollt und auf dem obersten Regal versteckt hatte. Wir kauerten uns im hinteren Teil zusammen, unter schwingenden Schinkenkeulen und riesigen lilafarbenen Weinkrügen, die in langen Reihen auf den durchhängenden Regalböden standen. Durch die Ritzen beobachteten wir den Onkel beim Nichtstun oder Rauchen oder dabei, wie er seine alten *Playboys* aus den Fünfzigern durchblätterte.

Manchmal erwischte er uns und schrie: »Issagenochemale, ssu 'ölle, rausse'ier! Iniserrmöge dasse!«

Dann rannten wir lachend weg, weil wir kein Wort von dem verstanden, was er da brüllte. Auch was er sonst so tat, konnte ich nicht verstehen. Er hatte eine gespaltene Persönlichkeit. Zum Beispiel zog er liebevoll sein eigenes Gemüse und hegte einen exotischen Pflaumenbaum, den er direkt aus Italien geholt und es geschafft hatte, ihn anwachsen und gedeihen zu lassen. Aber an anderen Tagen sahen wir, wie er seine Hühner erwürgte und die Bäuche seiner Schweine aufschlitzte, mit ebenjenen Händen, die diese Tiere wenige Stunden zuvor noch großzügig gefüttert hatten. Und die armen Tiere hatten ihm ahnungslos aus der Hand gefressen.

Dad und die Jungen halfen bei all den Morden, während ich viel Zeit damit verbrachte, mir zu überlegen, was meine Mutter wohl machte. Ich stellte mir sie und Tante Linda wie in einem spannungsgeladenen, nicht jugendfreien Kinofilm vor: wie sie Schnellstraßen entlangrasten, mit Truckern und Anhaltern die Sau rausließen, Bier in abgelegenen Kneipen kippten, alles auf ihrem Weg zu den romantischen Niagarafällen und dem zwielichtigen Toronto.

Meine Mutter beim Blues tanzen. Lachend.

Meine Mutter, wie sie ihre Telefonnummer aufschreibt und lügt, sie sei kinderlos, so wie Tante Linda.

Die Vorstellung, wie Mom ohne uns glücklich war, machte mich traurig. Was, wenn sie sich verliebte und für immer in einer dieser Städte blieb, wie Dad? Würden wir dann hier auf der Farm festsitzen, bei den Pflanzen und Tieren? Würde Nonna Tree meine neue Mutter werden? Würde ich Italienisch lernen, meine Hände an der Schürze abwischen und darauf warten, dass der Nachmittag vorüberginge, wie Nonna Tree in ihrem verblichenen Sommerkleid, wenn sie nach vorbeifahrenden Autos den Hals reckte?

Am drittletzten Tag fuhr Matty mit dem Lastwagen des Onkels in die Stadt, um Heu zu holen, und ich durfte mit. Hope und Charlie blieben zurück, um das einzige Pferd, eine heruntergekommene Mähre, zu striegeln – vermutlich das erste Mal seit zehn Jahren. Dad gab mir einen Zehn-Dollar-Schein und sagte, ich solle für alle Eis mitbringen.

Matty fuhr am Ende des Schotterwegs rechts ran und drehte einen Joint.

»Macht's dir Spaß?«, wollte er wissen.

»Nein, dir?«

»Ja, ist doch cool.« Er zuckte mit den Schultern, zündete den Joint an und nahm einen tiefen Zug. Es dauerte ein paar Sekunden, bis er ihn mir anbot. Ich inhalierte tief und wunderte mich, wie wenig ich husten musste, dann gab ich ihn zurück.

»Ich frage mich, was Mom wohl macht.«

»Na, hoffentlich lässt sie sich flachlegen«, meinte er.

»Matt! Verdammt! Sag nicht so was!«

»Warum nicht? Es wäre für uns alle gut, wenn die Alte es mal besorgt bekäme.«

»Ach, halt's Maul, Arschloch«, sagte ich. »Und seit wann

nennst du Mom ›Alte‹, hältst du das für cool oder was?« Ich verhaspelte mich fast ein bisschen, musste aber bei dem Gedanken an Mom als »Alte« lachen.

»Entspann dich, Faith. Sieh mal, wie schön es hier ist.« Er machte eine ausladende Armbewegung zur Landschaft um uns herum. Die Bäume an den Feldrändern standen weit auseinander, mit viel Freiraum dazwischen. Sie waren gedrungen und voller Dornen, aber plötzlich das Interessanteste, was ich je gesehen hatte. Ihre Kronen waren nicht geformt wie Popcorn, so wie auf Gemälden oder Obstplantagen, sie waren knorrig wie alte Hände, und die Blätter trugen ein dunkles, chromglänzendes Grün.

Scheiße, ist das schön! Und ich bin high, dachte ich.

Als wir zurückkamen, fragte Dad nicht nach dem Wechselgeld, und ich schleckte mein Eis, als wäre es der beste Geschmack der Welt, der allerbeste.

Mein Vater hatte keine Freundin. Das wurde klar, als er uns Fotos von seinem Leben auf der Bohrinsel zeigte. Er wohnte auf einer öden Bohrplattform, die aus dem Wasser herausragte wie eine außerirdische Siedlung in einem *Star-Wars*-Film.

»Ich schlaffe unter diese Turm, ich und viele andere«, sagte er.

Er zeigte uns, wo die kleine Kapelle war. Er erzählte, sie bekämen vier Mahlzeiten am Tag, weil die Arbeit so hart sei, dass sie viel Energie brauchten. Ihre Zimmer würden von jemandem sauber gemacht, sagte er, und ihre Wäsche gewaschen und sogar zusammengelegt, »könnt ihr euch das vorstelle?«. Und jedes zweite Wochenende bezahle die Firma ihnen eine Fahrt nach Edmonton, wo es Steaks und Live-Musik gab. Ich überlegte, ob er wohl zu Nutten ging, fragte aber nicht danach. Und als Matty wissen wollte, ob er sich eine neue Frau suchen wolle, lachte er und sagte: »Als Katholike, ich darfe nur eine, und deine Mama war genug fur mich.«

Er schien mir verloren und gleichzeitig ganz nah, wie er über sein neues Zuhause sprach, das noch tiefer im Nirgendwo lag, als ich es für möglich gehalten hätte. Und ich wusste, dass er gern dort lebte, weit weg von allem, und dass er nie mehr zu uns zurückkommen würde.

Der schlimmste Tag auf der Farm war der letzte. Der Onkel brachte einen zappelnden Leinensack mit nach Hause, in dem irgendwelche kleinen Tiere herumwuselten. Der Sack war zugenäht, und Hope und ich fragten, ob wir ihn aufmachen und sie herauslassen könnten.

Er nahm einen Hammer von der Wand und sagte: »Gäh 'ause, Fäte. Ope. Ihre niserrmöge, wassi musse tun.«

Die Jungen blieben. Wir rannten um den Schuppen herum, krochen in die Fleisch- und Weinkammer, kauerten uns hin und lugten durch die Ritzen.

Der Onkel befühlte den Sack und isolierte bedächtig einen Kopf nach dem anderen. Er suchte die beste Stelle und schlug einmal kräftig mit dem Hammer darauf. Er tat es wieder und wieder, bis das, was auch immer in dem Sack war, aufgehört hatte zu zappeln. Er musste um die fünfzigmal zugeschlagen haben. Als er den Sack aufschnitt und die schlaffen Körper auf die Werkbank schüttete, war kein Tropfen Blut an den schneeweißen toten Häschen zu sehen.

»Cool«, murmelte Charlie.

Der Onkel häutete die Kaninchen, legte das Fleisch ein und schenkte jedem von uns eine Pfote. Die Jungen zogen eine Schnur durch die blutigen Stümpfe und hängten sie sich an den Gürtel. Hope und ich hielten die Pfoten mit den Fingerspitzen von uns weg und warfen sie auf den Boden. Wir blieben auch nicht, um die Katzen darum kämpfen zu sehen.

Das, so lernte ich, war der Unterschied zwischen Jungen und Mädchen. Aber Nonna Trees Huhn nach Jägerart, ihre Schweinespießchen und das eingelegte Kaninchenfleisch konnte ich trotzdem mit reuelosem Appetit verspeisen, weil ich meinen Geist zwang, die Verbindung zwischen dem Essen auf meinem Teller und dem dazu notwendigen Schlachten zu verdrängen. Manchmal wird ein Mord aus Liebe begangen, manchmal auch nur für eine Mahlzeit, und ich war ein Mädchen, das gern noch Nachschlag nahm.

Als Dad uns zu Hause ablieferte, gab er mir einen Scheck über das ganze Geld, das er in dem Monat auf der Farm verdient hatte. »Gib deine Mama, mit viele Gruße.« Er kniff mich in die Nase, schüttelte den Jungs die Hand und nahm Hope in den Arm, weil sie am nächsten saß.

Meine Mutter kam aus dem Haus gelaufen, schwenkte die Arme über dem Kopf und hüpfte auf und ab. Dad winkte ihr zu. Sie winkte zurück und lächelte. Er stieg nicht aus, weil sie ihm kein entsprechendes Zeichen gab. Und wir vier gaben uns Mühe, Mom mit unserer Freude über ihr frisches Aussehen und die neue Frisur nicht zu erdrücken. Sie hatte ein bisschen abgenommen und uns dumme Geschenke mitgebracht: riesige Bleistifte mit Radiergummis in Form des Fernsehturms von Toronto und Kaffeebecher von den Niagarafällen mit unseren Namen. Sie stellte wenige Fragen, nur ob wir uns gut benommen hätten und wie es mit den Tieren gewesen sei.

Eine Woche später war unsere Familie offiziell zerrüttet. Mom reichte die Scheidung ein und ging mit Mr. Delgado, ihrem Anwalt, einen trinken. Matty feixte, ob das wohl ein Rendezvous sei und ob sie gerade eine Glückssträhne habe. Sie hielt ihm ihren Zeigefinger vor die Nase und sagte, er solle seine Klappe halten. Sie seien nur Freunde. Mr. Delgado sei eine große Hilfe und nehme wenig Geld.

»Das möcht ich wetten«, höhnte Matt.

Fast sofort nachdem Mom ihn hart in sein gerade siebzehnjähriges Gesicht geschlagen hatte, entschuldigte sie sich und fing an zu weinen. Matty tat, als hätte er nichts gespürt, und wir anderen standen ihm bei, indem wir so taten, als hätten wir nichts gesehen.

Später, als sie sich wieder frisch gemacht hatte und zur Arbeit gefahren war, kramte ich ihr Tagebuch hervor in der Hoffnung, etwas über unsere kurze Zeit der Trennung zu erfahren. Ich sah sofort, dass sie das Tagebuch nicht auf die Fahrt mit Tante Linda mitgenommen hatte, denn der letzte Eintrag lautete: *Lin und ich hatten in der letzten Woche viel Spaß, und ich habe es durchgehalten, die Kinder nicht anzurufen. Ich wusste, dass ich mal eine Pause brauchte, aber ich bin jeden verdammten Morgen früh aufgewacht und habe darauf gewartet, dass Lin wach wird. Ich glaube, sie war frustriert. Sie war sauer, dass ich früher zurückwollte. Wenn sie mal Kinder hat, wird sie wissen, wie es ist, sie zu vermissen. Der einzige Rat, den ich ihr geben konnte, war, nicht vier zu kriegen, so wie ich. Immerhin war Adam uns ein Trost. Wir waren ziemlich betrunken an dem Abend, bevor die Kinder zurückkamen, und Adam hat uns Poker beigebracht. Ich habe vierzig Dollar gewonnen. Ich meine, er ist einundzwanzig oder so, also ist es kein Verbrechen. Und ich mache nur Spaß, da würde nie was laufen, aber sein Interesse ist wirklich sehr schmeichelhaft. Allerdings hat der kleine Mistkerl einen Haufen Tattoos auf dem Rücken, und ich habe ihn davor gewarnt, sie Matt zu zeigen. Dann will der nämlich auch gleich welche. Ganz zu schweigen von Hope oder Charlie. Charlie macht mir Angst in letzter Zeit. Er trägt düstere Kleidung und hat düstere Gedanken …*

Nichts über mich. Wieder einmal. Und ihr ständiges Fantasieren über Adam machte mich wütend. Ich musste mich ermahnen, das bloß nicht zu zeigen, damit ich mich nicht verriete.

Aber mit ihrem Rat für Tante Linda lag sie richtig. Vier Kinder waren zu viel. Vor allem so dicht hintereinander wie wir. Und obwohl wir keine schlechten Kinder waren, strebten wir nicht länger danach, gut zu sein. Dinge wie Sport und gute Noten boten nicht genug Stimulation. Matt verlor sich im Vergessen, und mehr und mehr tat ich das auch und ging sogar mal völlig bekifft mit Nicole zur Kirche. Wir schworen beide, es nie wieder zu tun, weil wir es nicht mehr schafften, zu singen.

Als Hope zur High School kam, lief sie mir ständig hinterher, und ich ließ es zu, auch wenn ich älter war und allmählich cooler hätte sein müssen. Dann machte sie so richtig ernst bei den *Sea Cadets* und verschwand zwei Abende pro Woche mit einem blauen Lieferwagen, der sie und alles, was ich von ihrem Leben wusste, in ein Trainingsgebäude in Windsor mitnahm.

Charlie zog es zu einer Gruppe von Freaks, die lange Koteletten trugen, sich Ohrlöcher stachen und Musik aus England hörten, die irgendwie gespenstisch klang. Das Einzige, was ihn davor bewahrte, in unserer Stadt zu Brei geprügelt zu werden, war, dass er gut Witze erzählen und Eishockey spielen konnte. Außerdem suchte er sich in der neunten eine Freundin, ein pummliges, ruhiges Mädchen namens Cheryl Demaris. Sie waren unzertrennlich, auch wenn sie kaum Händchen hielten. Sie fassten einander überhaupt nicht an, weshalb ihn die Leute als Tunte bezeichneten. Charlie und Cheryl redeten dauernd über Musik und blickten uns andere nur mitleidig an, wenn wir versuchten, in ihr Gespräch einzusteigen.

Und Matty, nun offiziell Matt genannt, hatte Trelly. Zuerst erschreckte sie mich fast zu Tode mit ihrer freizügigen Kleidung und wie sie Matt durchs Haus scheuchte, der sich brüllend zur Wehr setzte. Doch Mom gefiel es, dass Trelly da war, und sei es nur, weil sie beim Kochen und Geschirrspülen half. Trelly erhob sich immer wie eine Zombie-Hausfrau aus ihrem Stuhl, weil sie von Geburt an auf diese Arbeit abgerichtet worden war.

Während meine Brüder bei ihren Freundinnen Erfolg gehabt hatten, war es bei Hope und mir und den Jungs das Gegenteil.

Ich versuchte es zumindest noch, aber Hope war die totale Versagerin. Sie schminkte sich nicht, schob nie ihren Schulschottenrock hoch und trug ihre Uniform genau nach Vorschrift. Wenn ich neben ihr ging, kam ich mir mit meinen Gummihalsbändern, den federbesetzten Haarkämmen und bunten Leggins manchmal wie die sexy Halloweenparty-Version eines Schulmädchens vor. Durch die überfüllten Gänge der Schule schritt Hope, als wäre sie ganz allein, obwohl sie ständig angerempelt wurde. Sie blickte stur auf die Oberkante ihrer Aktenmappe, als wäre es das Faszinierendste auf der ganzen Welt. Ich musste ihr zweimal auf den Arm schlagen, damit sie mich bemerkte und »Oh, hallo, Faith« sagte.

Wie meine Mutter lernte auch ich meinen ersten Freund in der Kirche kennen. Nicole und ich saßen vor James Newhouse, was es uns erschwerte, sein perfektes Haar zu bewundern, ihm jedoch erleichterte, mir einen Zettel zuzustecken, auf dem stand: *Mein Freund mag dich.*

Ich drehte mich um und sah, wie der kichernde James auf einen puterroten Chuckie Pound neben sich zeigte. Die Pounds waren aus England hergezogen. Chuckie war nicht unbedingt gut aussehend, aber immerhin gut gebaut. Ich fühlte mich geschmeichelt, zeigte das aber nicht, drehte mich wieder nach vorn und dankte Gott, dass sich ein Junge für mich interessierte. Endlich jemand für mich! Es war egal, dass er klein und blass war und mit einem dummen englischen Akzent sprach. Was zählte, war nur, dass er mich mochte: Faith DiNapoli, einen Niemand.

Unsere drei Tage dauernde Beziehung bestand darin, dass Chuckie und ich uns ohne besondere Absicht in den Fluren der Schule trafen. Nach einem Fußballspiel, bei dem unsere Schule gewann, ließ ich mich von ihm zum Zaun bei den Schulbussen begleiten, wo uns niemand sehen konnte.

»Ich will dich unbedingt küssen, Faith«, sagte er.

»Na und?«, lautete meine Antwort. Ich wollte das ebenfalls, auch wenn ich unsicher war, wie ich mich einbringen sollte. Er drückte mich gegen den Zaun. Er nahm meine Hand und schob sie vorn in seine Shorts. Ich wehrte mich ein bisschen, war aber schrecklich neugierig. Mit der anderen Hand stützte er sich am Zaun ab, und mit dem Rest seines Körpers presste er sich an mich. Er sagte immer wieder meinen Namen, mit diesem komischen englischen Akzent (»Fa-ith«), und rieb sich wie wild mit meiner Hand, etwa dreißig Sekunden lang.

Ich fragte mich, ob ich wohl vergewaltigt würde. Ist es Vergewaltigung, wenn man kichert? So etwas hatten sie uns in Biologie nicht beigebracht, und all meine inneren Bilder von Penissen wichen einer schüchternen Ernüchterung. Dieser Penis war definitiv anders. Zunächst einmal war er haarlos und weich, und dabei fühlte er sich schwer an, wie ein Wasserballon. Chuckie war mein erster Freund aus Europa. Ich dachte, so machen sie das wohl in Europa. Also ließ ich ihn sich nass über meinen Handrücken ergießen und von dannen ziehen.

»Ich ruf dich an«, rief er nur, zog den Reißverschluss hoch und rannte zum Bus.

»Okay.«

Ich wischte meine Hand im Gras ab, bedacht, nichts von seinem Zeug auf meine Schuluniform zu bekommen oder in die Nähe meines Da-unten. Ich ging langsam nach Hause und roch alle paar Minuten an meinen Fingern. Ich war verwirrt über den Sex, den wir gerade gehabt hatten und von dem ich ganz feucht zwischen den Beinen war. Ich war noch verwirrter, als Chuckie mich von da an in den Fluren ignorierte. Es war kurz vor den Ferien, die beste Zeit, um einen Freund zu haben, welcher Art auch immer. Selbst dieser komische englische Junge hätte diese Stelle für eine Weile einnehmen können.

»Wird dieser Chuckie dich je wieder anrufen, Faith?«, fragte meine Mutter, während sie den Ofen schrubbte. Ich hatte ihr von Chuckie erzählt, von seinem interessanten englischen Akzent und seiner coolen Art, so zu tun, als wäre ich gar nicht da, obwohl ich doch seine Freundin sei.

»Ja, wird er.«

»Klingt wie ein Arschloch, Faith.«

Ruf an, ruf an, ruf an, betete ich ins Telefon, das mit schmutzigen Fingerabdrücken übersät war, eine klebrige Sieben hatte und eine abgewetzte Acht. Ich prägte mir alles an diesem Telefon ein, das immer länger nicht für mich klingelte. Es war nicht so, dass ich in Chuckie verliebt gewesen wäre; er behandelte mich wie ein dummes Mädchen mit einer albernen Hand, die er um seinen lächerlichen Penis geschlungen haben wollte. Gut, er hatte mich gegen meinen Willen an den Zaun gedrückt, ein bisschen zumindest, aber mir kam es so vor, als wäre er derjenige gewesen, den es erwischt hatte, nicht mich. Er war geschwächt gewesen durch mich, wie er so gegrunzt hatte und davongelaufen war. Ich hatte mich dabei gut gefühlt, voll neuer Macht – nicht, weil ich etwas getan hatte, sondern weil ich etwas besaß, das Jungen so unbedingt wollten, dass sie riskierten, sich schwach und überwältigt zu fühlen, um es zu bekommen. Und das wollte ich wieder erleben.

Mom verabscheute es, mich am Telefon warten zu sehen, obwohl ich mich anstrengte, es nicht zu tun. Sie dachte auch, mein Hang, uninteressierte Männer anzuschmachten, komme daher, dass ich Probleme mit meiner abwesenden »Vaterfigur« hätte, und ich fragte mich, ob sie wieder mit Adam über mich gesprochen hatte.

»Hier steht, dass du dein ganzes Leben lang nach einer Vaterfigur suchen wirst. Nach einem Kerl, der dich erzieht«, sagte sie und sah von einem dieser Psychobücher auf.

»Mich erziehen? Das ist doch blöd. Ich werde doch schon von dir erzogen.«

»Trotzdem solltest du deinen Dad anrufen, weißt du? Nur weil er mich hasst, bedeutet das nicht, dass er seine Kinder nicht liebt. Schließlich sind die meisten von euch von ihm«, fügte sie grinsend hinzu.

Chuckie Pound rief mich nie an. Sein Dad bekam eine neue Arbeit in einer anderen Stadt, und die Familie zog weg. Allerdings erzählte ich jedem, er habe mich am Abend vor seiner Abreise noch angerufen, bis seine Mom ihm den Hörer entrissen habe, nur um zu sagen, wie sehr er mich tatsächlich liebe. Er habe gesagt, er würde sich allein deswegen von mir trennen, weil er in seinem Herzen wisse, dass es das Richtige sei, das Leichtere, das Klügere, weil er mich so wahnsinnig liebe, bis zu seinem Tod. Die Alternative wäre »bestenfalls aussichtslos« und »wider die animalische Gier seiner niedersten Instinkte, die an einem Ort hausten, zu dem er nicht vorzudringen wage«. Diesen Satz hatte ich aus meinen geliebten *Dornenvögeln* geklaut, da ich wusste, dass keiner meiner Freunde die Folge in jener Woche gesehen hatte. Am wenigsten Matts Freundin Trelly.

»Chuckie und ich wollen versuchen, in Verbindung zu bleiben, aber es wird sehr, sehr schwer werden«, erklärte ich Trelly, während sie mir die Fingernägel mit »Sally Hansen Hard as Nails« lackierte, in »Liebesapfelrot«. Sie bekam kostenlose Proben vom Friseur, bei dem sie arbeitete.

Trelly antwortete mit nassen Augen: »Ja, Faith, das wird bestimmt scheißschwer. Aber wenn es wirklich sein soll, wird es funktionieren.« Sie legte ihre Hand auf meine, vorsichtig, um nicht die lackierten Nägel zu berühren. »Wie bei mir und Matt, oder? Dann wird es funktionieren, okay? So wie bei uns beiden.«

Matt und Trelly hatten einander kennengelernt, als er sich einen angesagten Fransenschnitt machen lassen wollte und zum ersten Mal zum Friseur ging. Sie war neunzehn, zwei Jahre älter als er, und hatte eine MasterCard, mit der Matt herumprahlte. Und obwohl sie uns zuerst ein wenig einschüchterte, mochten Hope und ich sie ganz gern, weil sie wirklich komisch war und weil man mit ihr über Sex reden konnte. Tatsache war, dass Matt sie nicht allzu gut behandelte. Mom mutmaßte einmal, Matt habe Frauen gegenüber »Aggressionsprobleme«. Ihre Selbsthilfebücher hatten eine Amateurpsychologin aus ihr gemacht, die unsere Leben analysierte wie ein freudianischer Detektiv. Sie erklärte Matt, es sei normal für einen Jungen, seinen Freundinnen gegenüber aggressiv zu sein, wenn er im Grunde wütend auf seine Mutter sei. Matty zuckte nur mit den Schultern und verschwand im Keller, um einen Joint zu rauchen.

Trelly gehörte zu den Leuten, die man nicht im Auto mitnehmen wollte, wenn sie betrunken waren, aus Angst, sie könnten sich übergeben. Außerdem waren ihre Eltern nicht besonders helle, denn sie ließen sie in der Zehnten von der Schule abgehen, nur weil sie sagte, sie würde sich langweilen und der Mathelehrer gefiele ihr nicht. Aber Trelly war sehr hübsch und überraschend muskulös, weil sie jeden Morgen zum *Jane-Fonda-Workout*-Video turnte, einem Weihnachtsgeschenk von Matt. »Nimm den Kopf einer Barbie und steck ihn auf den Körper eines *Action Man*«, lautete Hopes Beschreibung von ihr.

Eines Abends auf einer riesigen Open-Air-Party draußen am Waldrand hatte Trelly viele, viele Biere getrunken und kam zu mir und Hope getorkelt. Sie trug ein Trikot der Pittsburgh Steelers, auf dessen Rücken die Nummer 12 mit schwarzem Markierstift in eine »69« umgemalt worden war. Ihr Lippenstift war stark verschmiert, ihr Haar an einer Seite plattgedrückt, und das T-Shirt hing ihr unordentlich aus dem Hosenbund.

»Faith, Hopey, könnt ihr mich nach Hause bringen, ja? Euer Bruder ist ein totales Scheiß-A-Loch. Mit dem bin ich fertig.«

Hope sah zu mir, verdrehte die Augen, und wir klemmten die betrunkene Trelly zwischen uns. Sie und Matt trennten sich unentwegt, ungefähr jeden zweiten Monat.

»Ich hab nichts gemacht«, lallte sie, während sie sich halb an mir festhielt und halb auf mir hing, in der Hand ein warmes schwappendes *Old-Vienna*-Bier als Wegzehrung. »Also nicht, dass ihr euch jetzt angegriffen fühlt oder so, aber euer Bruder sagt nie was Gutes über mich. Alle meine Freunde sagen, ich muss mich wehren und einfordern, was ich von ihm brauche und so.«

Nachdem Trelly zum Farmhaus ihrer Eltern hinaufgetorkelt war, kehrten wir zu der Party zurück, auf der wir gar nicht sein durften. Serena Agora war ebenfalls da und saß auf der Motorhaube des Wagens, mit dessen Besitzer sie offenbar zusammen war. Der Junge lehnte sich zwischen ihren Beinen gegen den Kühlergrill und redete mit seinen Freunden. Serena stützte sich rückwärts mit den Händen ab und schlenkerte hin und wieder mit einem ihrer gespreizten Beine nach vorn. Sie wirkte ganz entspannt mit diesem Kerl zwischen den Beinen, dessen Hintern ganz nah an ihrem Da-unten war. Sie war fast sechzehn, und ich wusste nun sicher, dass sie schon irgendwie Sex gehabt hatte, allein wegen ihrer lockeren Art mit Jungs.

Ich hatte gelernt zu erkennen, ob ein Mädchen schon Sex gehabt hatte, denn dann schwirrten ständig Jungs um sie herum. Laura Verdun zum Beispiel war eine totale Schlampe und dauernd von Jungs umgeben. Sie saß immer vor dem Pizzaladen mit den zwei Flipperautomaten. Wenn wir hinfuhren, um eine Bestellung abzuholen, schnalzte meine Mutter verächtlich mit der Zunge. »Siehst du das Mädchen da, Faith? Ihre Eltern haben sie bestimmt nicht lieb genug, wenn sie hier so herumlungern muss. Wenn das meine Tochter wäre, würde ich sie windelweich prügeln.«

Auf dem Land war man entweder nett oder eine Nutte. Anders als in der Stadt gab es hier wenig Möglichkeiten, unbeobachtet zu bleiben. Wie du dich zwischen vierzehn und sechzehn benahmst, bestimmte den Rest deines Lebens, vor allem wenn man nicht fortging. Lauren, Serena und Trelly schienen diesen Weg einzuschlagen; ich war von Jesus und meiner Mutter so erzogen worden, den anderen zu gehen. Aber wenn ich diese trostlose Straße in die Ödnis vor mir sah, musste ich gähnen. Ich sah ein Leben vor mir mit sackartiger Kleidung, langweiligen Freunden, sonntäglichem Kirchgang und striktem Telefonierverbot ab zweiundzwanzig Uhr. Ich sah mich Artikel für Jahrbücher schreiben, in Altersheimen aushelfen, Klavierstunden nehmen und Lehrers Liebling sein. Ich sah, wie das Ansteckssträußchen zum Tanzball so vorsichtig an mein Oberteil geheftet wurde, dass der Kerl meine Brüste kein bisschen berührte. Schlimmer: Ich sah mich mit einem Typen, der meine Brüste noch nicht mal berühren *wollte.*

Und noch schlimmer: Ich sah mich selbst, wie ich das alles ganz toll fand.

Ich blickte zu Hope, die zwei Bier aus Matts Kühlbox fischte. Als wir wieder am Feuer angekommen waren, hatte Matt gesagt: »Hängt ja nicht bei mir rum. Und erzählt bloß Mom nichts, und – vor allem! – kotzt nicht, oder ich dreh euch den Hals um.«

»Halt die Klappe, ich hab schon mal Rum getrunken, das weißt du«, hatte Hope erwidert. Das stimmte. Am Abend ihres vierzehnten Geburtstags hatten Matt und ich ihr Rum gegeben, den wir irgendwo geklaut hatten. Wir lachten über sie, wie sie über uns lachte, dass wir über sie lachten, und versuchten, leise zu sein, obwohl Mom nach ein paar ihrer eigenen Drinks längst eingeschlafen war.

Ich trank mittlerweile gern und war gut darin. Schlimmer noch: Ich verstand allmählich, warum meine Mutter trank, und hielt sie nicht mehr für eine schlechte Mutter, die mich in meiner Rolle als gute Tochter leiden ließ.

Als die Sonne unterging, kam Adam Lauzon mit Denise French auf die Party. Ich hatte ihn nicht mehr gesehen, seit er nach seinem ersten Studienjahr nach Windsor gezogen war und nur noch an Wochenenden und in den Semesterferien nach Hause kam. Meine Mutter hatte erzählt, er habe einen heftigen Streit mit seinen Eltern gehabt wegen seiner neuen Tattoos. Sie sagte, es seien religiöse Tattoos, eine Eva mit Schlange auf seinem Arm und das Gesicht Jesu auf seiner Brust. Ich fragte, woher sie das wisse, und sie sagte, Mrs. Lauzon habe es ihr erzählt. Lügnerin. Adam musste sie ihr in der Nacht gezeigt haben, als sie Poker gelernt und Geld gewonnen hatte. O Gott, vielleicht hatten sie Strip-Poker gespielt!

»Da ist Adam«, neckte mich Hope, »und seine zukünftige Frau, Denieeeese.«

»Er wird sie nicht heiraten. Er hat nur Sex mit ihr, nichts weiter, weil sie eine Schlampe ist«, erwiderte ich und tat so, als wäre es mir egal. Gleichzeitig sah ich mich nach einem Platz um, wo ich mich hinsetzen und sie beobachten könnte. Ich hatte wegen der Sache mit Chuckie nicht mehr viel an Adam gedacht – bis jetzt, wo sein Erscheinen die Dunkelheit um mich herum plötzlich elektrisierte. Allein der Blick auf den Beifahrersitz, auf dem ich so oft gesessen hatte und der jetzt von Denise' Schenkeln, Arschbacken, Schultern und Haaren besudelt wurde, ließ die Eifersucht in mir hochkochen. Ich hatte Denise' mal in der Eishalle gesehen, und sie hatte Adams *Red-Wings*-Bomberjacke getragen. Genau diese Bomberjacke hatte er ein paarmal im Dunkel seines Wagens um meine Schultern gelegt, wenn er mich hierhin oder dorthin gefahren hatte, um meiner Mutter einen Gefallen zu tun. Ich hatte mir vorgestellt, wie meine Hautzellen, die immer noch im Futter der Jacke hingen, sich vermehrten und

Denise mit hässlichen roten Pusteln verpesteten. Und jetzt sandte ich ihr durch die Nacht meinen Hass entgegen wie die Funken des Lagerfeuers, die glühend heiß in alle Richtungen stoben.

Als ich noch ein Bier holte, sah Matt mich an. »Stürz mir bloß nicht ab, Faith. Ich will dich nicht auch noch nach Hause tragen.«

»Was soll das denn heißen? Wir waren es doch, die Trelly praktisch nach Hause getragen haben, Arschloch.«

»Na, sieh mal einer an: Faith DiNapoli!«

Ich drehte mich um. Adam.

»Hallo, Adam. Seit wann bist du wieder da?« Ich wurde rot und war dankbar für die Dunkelheit, in der Adam nicht sehen konnte, was er meinem Gesicht antat.

»Gestern erst. Du siehst größer aus. Hope auch. Hey, Matty, alter Knabe!« Sie knufften sich gegen die Arme und stießen mit ihren Bieren an. »Und du gehst mit deinen kleinen Schwestern aus? Du Glückspilz!«

»Lass mich bloß in Ruhe«, brummte Matt. »Ich hab ja keine Wahl. Ich kann nirgends ohne sie hingehen.«

Matt verzog sich zu ein paar Freunden. Er machte gerade die Phase durch, in der die ganze Welt ihn nervte und ihn in Ruhe lassen sollte. Jeden Tag sagte er ohne ersichtlichen Grund: »Lasst mich in Ruhe! Lasst mich doch bloß in Ruhe. Könnt ihr mich nicht endlich in Ruhe lassen?« Die arme Trelly! Wenn sie mal so was Dummes sagte wie: »Könntest du mich erst noch beim Friseur absetzen?«, dann antwortete er: »O ja! Klar. Warum lässt du mich nicht einfach in Ruhe?« Vielleicht lag es daran, dass Dad weg war und Matt meinte, er müsse nun der Mann im Hause sein, aber eigentlich war er kaum zu Hause. Er verschwand ganze Wochenenden lang und rief von Trelly aus an, er sei bei einem Freund. Mom dachte wohl, je weniger Kinder, desto besser, und sagte nichts dazu. Höchstens, dass er eben ein Junge sei. Jungs hätten die spezielle Fähigkeit, Sex zu haben, ohne schwanger zu werden, im Gegensatz zu uns Mädchen, auf die sie besser aufpassen müsse. Das sei ein blöder Grund, protestierte ich. Matt könne doch jemand anders schwängern. »Ja«, sagte sie, »aber da gibt es Mittel und Wege, von denen ich nicht will, dass du oder Hope jemals darüber nachdenken müsst.«

Vielleicht waren Hope und ich tatsächlich zu jung für die Party, aber Adam mit seinen einundzwanzig war definitiv zu alt für dieses oberschulmäßige Saufen, Rauchen und Fummeln. Es mochte etwas Klägliches haben, dass er da war, aber seine Anwesenheit ließ die Party auf coole Weise erwachsener wirken, und ich war ein bisschen stolz, dass er neben mir stand, so komplizenhaft und lebenserfahren.

Adam bezeichnete uns Denise gegenüber als seine »kleinen Nachbarsschwestern«.

»Ich kenne sie, seit sie so groß waren. Bevor sie anfingen, BHs zu tragen und Bier zu trinken.«

Denise erkannte jemanden hinter uns und ging weg, aber nicht ohne Adam vorher auf die Wange zu küssen, was mich zwang, der blöden Kuh Platz zu machen. Sie war viel älter als ich und dachte wohl, eine dumme Fünfzehnjährige sei für sie keine Bedrohung. Da soll sie sich mal bloß nicht zu sicher sein, dachte ich.

»Tja, ich muss los«, sagte ich und folgte Hope, die sich bereits aus dem Gespräch verabschiedet hatte.

»Wo willst du hin? Kommst du nachher wieder?«

»Ich weiß nicht.«

»Ich komme und finde dich.« Er grinste. »Du siehst toll aus, Faith. Richtig toll.«

O ja. Ich trug meine *Jordache*-Jeans, in der mein Po rund und knackig aussah, und ich war die erste in unserer Clique mit den weißen Leder-*Reeboks*, einem Geburtstagsgeschenk, für das ich die Hälfte dazugegeben hatte. Und mein Haar trug ich in einem Fransenlook, der einfach perfekt war, wie alle in der Schule sagten. Aber alles, was ich Adam erwiderte, war ein kurzes, über die Schulter geworfenes »Wie auch immer«, während ich wegging. Meine Mutter mochte es in Ordnung finden, mit dem Mann einer anderen zu flirten, aber für mich war es beinahe Ehebruch und das einzige Gebot, das ich noch nicht übertreten hatte.

Um halb zehn war die Party in vollem Gang. Es müssen um die hundert Leute gewesen sein, die sich in Vierer-, Sechser- und Achtergrüppchen um die lodernden Feuer scharten. Durch die vielen Biere und Mixgetränke, die ich intus hatte, fiel es mir schwer, mich auf irgendein Gesicht zu konzentrieren. Ich stand bei ein paar Leuten, die Nicole aus der französischen High School kannte. Von hier aus konnte ich gut beobachten, was Adam mit Denise trieb. Ich bemerkte, dass er seinen Körper von ihr wegbog und dass sie ihn weitaus öfter küsste als er sie.

Die Nacht wurde dunkler, und die Feuer wurden schwächer. Ich blickte in die Runde taumelnder Teenager und suchte meine Schwester. Auch Matt war verschwunden, obwohl der Comet noch dastand und irgendwas von *Def Lepard* daraus dröhnte, also konnte er nicht weit weg sein. Ich war so betrunken, dass alles wie ein Unterwasserfilm aussah, und ich wollte nach Hause, bevor ich für immer darin ertrank.

Dann sah ich Adam, wie er irgendein Mädchen im Kreis herumschleppte, bis sie sich wach gekämpft hatte und kotzte. Zuerst dachte ich, es wäre die dumme Denise, aber es war Hope. Adam redete in sanftem Singsang auf sie ein: »Genau, einen Fuß vor den anderen ...«, worauf die Leute drum herum über die arme betrunkene Hope lachten. Sie lächelte schwach, schob sich das Haar aus dem Gesicht und bat Adam, sie nach Hause zu bringen.

»Wo hast du sie gefunden? Herrgott, Hope!«, rief ich und stolperte auf die beiden zu.

»In einem Auto, da drüben«, sagte Adam. »Komm, wir bringen sie zu eurem.«

Ich fasste Hope unter den anderen Arm, und sie sagte: »Hallo, Faith. Hallooooo. Hallo. Hallllllloo.«

Wir fanden Matt, und ich sagte: »Sieh sie dir an, lass uns jetzt gehen, verdammt.« Aber er erinnerte mich daran, dass wir Mom gesagt hatten, wir würden noch zum Drive-In fahren, und dass wir alle zusammen nach Hause kommen müssten, nach Mitternacht, voller Popcorn und Aufregung über den neuen *Star-Wars*-Film. Also bugsierten wir Hope in den Comet. Adam und ich tranken aus und sahen zu, wie sie auf dem ruinierten Rücksitz des einst perfekten Wagens unseres Großvaters erneut wegdämmerte. Auf einmal fiel mir auf, wie niedlich sie war. So hatte ich Hope noch nie gesehen. Wir alle waren uns altersmäßig so nah, dass nicht genug Abstand war, um die Kindlichkeit der anderen wahrzunehmen. Doch hier und jetzt wirkte Hope wie ein Baby, und ich fühlte mich wie ein erbärmlicher Schutzengel, der gefeuert werden sollte.

»Ich hätte besser auf sie aufpassen müssen. Sie ist erst vierzehn«, sagte ich.

»Sie hat gekotzt. Sie wird schon wieder«, beruhigte mich Adam. Er beschützt uns, dachte ich. Er ist meiner Mutter und uns eine größere Hilfe als wir einander.

»Tja, dann hätte ich gern noch ein Bier«, sagte ich.

»Ich hab noch was in meinem Wagen«, sagte Adam. »Komm mit.«

Matt warf mir einen Blick zu, der sagen sollte, dass Mom zwar nicht hier sei, er jedoch schon.

»Was?«, schnauzte ich ihn an und streckte ihm die Zunge raus, während ich Adam hinterherhüpfte.

»Bleib nicht zu lange weg, wir fahren gleich, Faith, ich mein's ernst«, rief Matt mir nach.

Zu viele Leute sahen mich an dem Abend mit Adam weggehen. Ein paar lange, tiefe Pfiffe folgten mir in die Nacht von Typen, die ich nicht kannte. Ich war Denise nichts schuldig, und außerdem war das Adam Lauzon, der Nachbarsjunge. Er würde mir nichts tun, was ich nicht wollte.

Als wir zum geteerten Teil der Straße kamen, bemühte ich mich auf der glatten schwarzen Oberfläche um Gleichgewicht. Wir stiegen in seinen Wagen, Adam warf die »Greatest Hits« der *Eagles* ein und fing an, unter der Innenbeleuchtung einen Joint zu drehen.

»Faith DiNapoli«, sagte er und krümelte Hasch in das »V« des Zigarettenpapiers.

»Ja, das bin ich.

»Kleine Faith DiNapoli, das Mädchen von gegenüber.«

»Jep«, erwiderte ich nervös.

»Gehst du noch zur Kirche?«, wollte er wissen.

»Nein, nicht so oft.«

Die Wahrheit war, dass ich nicht mehr hinging, seit es keine Jungs mehr zum Angucken gab. Früher war Jesus Mann genug gewesen, um mich in die Kirche zu locken. Jetzt mussten es schon irdische Männer sein, vorzugsweise mit hübschen Frisuren, andernfalls schlief ich wie der Rest der Familie lieber aus.

»Zu schade. Ich habe dich immer beobachtet, wie du sonntagmorgens losgegangen bist. Das war hübsch anzusehen.«

Am liebsten hätte ich gejubelt: Du hast mich beobachtet? Du hast mich bemerkt?

Stattdessen fragte ich: »Was ist mit dir? Immer noch Hass auf den Papst?«

»Jep. Ich habe jetzt meine eigene Religion, überall auf meinem Körper«, erwiderte er und leckte über den zusammengerollten Joint. »Wenn du willst, zeig ich dir meine Tattoos.«

»Ist schon gut.« Ich konnte ihn nicht auffordern, sein T-Shirt auszuziehen, denn was würde dann aus mir und meinem T-Shirt?

Adam zündete den Joint an, lehnte sich gegen die Scheibe und sah mich auf eine Weise an, die alle Zellen in meinem Körper in Aufruhr versetzte. Mit den Schatten, die die Innenbeleuchtung verursachte, sah Adam irgendwie hinterhältig aus. Ich fragte mich, wie ich wohl in dem Licht aussah. Auch hinterhältig? Älter? Hübsch? Verängstigt? Er nahm einen langen Zug und reichte mir den Joint. Ich zog mit etwas zu viel Schwung.

»Denise wird sauer auf dich sein, hm?«, fragte ich hoffnungsvoll.

»Ist mir egal«, sagte er und knipste das Licht aus.

»So redet man aber nicht über seine Freundin«, erwiderte ich und knipste das Licht wieder an.

»Tja, na ja, ich bin nicht sicher, wie lange sie noch meine Freundin sein wird, Faith«, sagte Adam. »Ich bin gern mit dir zusammen, sehr gern, weißt du?«

»Ja, und wie ich höre, bist du auch gern mit meiner Mutter zusammen.«

Adam dachte ein paar Sekunden nach. »Das stimmt. Deine Mom ist echt cool. Eines Tages wirst du mir zustimmen.«

»Aber mit mir bist du lieber zusammen, oder?« Ich war bekifft und betrunken und lenkte das Gespräch in tückische Bahnen.

»Hm, das ist eine interessante Frage, Faith, und ich werde mich bemühen, sie ehrlich zu beantworten.« Er lachte leise, während ich mich eifrig vorlehnte.

»Na ja, es ist so, dass ich mag, dass du jung bist und alles. Du bist nicht gemein zu mir. Du bist nicht sarkastisch. Du bist nicht zickig und hast ständig irgendwelche komischen Bedürfnisse wie Denise und ihre blöden Freundinnen.«

»Ich wäre nie so zickig wie Denise«, sagte ich. Aber weil ich fand, dass das zu eifrig klang, fügte ich stolz hinzu: »Außerdem habe ich keine komischen Bedürfnisse!«

Adam lachte mir mitten ins Gesicht und versuchte im schummrigen Wagen in meine Augen zu sehen. Ich zog mich zurück und wurde ein Teil der Tür. Er drückte den Rest seines Joints in den Aschenbecher, legte eine Hand an meinen Kopf und griff mein Haar mit der Faust.

»Du tust mir weh«, sagte ich, meinte es aber nicht wirklich ernst.

»Tut mir leid.« Er ließ los. Jetzt knetete er mit beiden Händen meine Oberschenkel. Er sagte meinen Namen, Vor- und Nachnamen. Immer wieder. Faith DiNapoli. Faith DiNapoli.

»Adam, nicht«, sagte ich und fühlte mich klein.

»Wie wär's, wenn wir ein bisschen was machen? Wie wär's mit einem kleinen Kuss?«, fragte er sanft. »Nur einen. Das wird Spaß machen, Faith.«

»Okay. Einen.«

Was wäre schon schlimm an einem Kuss?, dachte ich, bis er mir einen der schmutzigen Sorte gab. Er schob mir seine Zunge bis hinten in den Rachen und stöhnte laut. Er schlang meinen Arm um seinen Hals und griff meine andere Hand, da ich selbst nichts damit anzufangen wusste. Er öffnete meine geballte Faust und legte sie auf seinen Penis, auf die Jeans, um dann meine Hand und unsere Körper zu einem Sandwich zusammenzupressen. Mit der anderen Hand berührte er meine Ohren und Schultern, meine Rippen und Schenkel und entzündete lauter kleine Flammen unter meiner Kleidung. Dabei war er der einzig Aktive. Er war der Experte und ich zu seiner Faith-großen Puppe erstarrt.

Die Aufmerksamkeit, die er anderen Körperteilen als meinem Gesicht und Hals widmete, nämlich meinen kribbelnden Brüsten und der glühenden Mitte, wurde mir schließlich zu viel. Ich konnte nicht mehr damit umgehen, meine Gefühle weder verarbeiten noch kontrollieren.

»Adam!«, gurgelte ich, als wäre ich unter Wasser. Ich stemmte meine Stirn gegen seinen Brustkorb und drückte ihn weg und schob auch seine Hand von meinem Busen.

»Scheiße! Tutmirleidtutmirleid!«, raunte er in mein Haar. Er wich zurück und hob die Hand, die auf meiner Brust gelegen hatte, vor seinen Mund.

Ich zitterte noch, erkannte ihn mit dieser größeren Distanz aber plötzlich wieder.

»Scheiße!«, wiederholte er und hielt meinen zitternden Arm fest. »Bitte, hab keine Angst vor mir, Faith. Okay? Ich bin der Letzte, vor dem du Angst haben sollst. Das war nur ein dummer Kuss.«

Was er nicht wusste, war, dass es mein erster echter Kuss gewesen war. Nach Chuckies Kuss hatte ich mich beschmutzt und belästigt gefühlt, aber diesmal war mir, als hätte ich es besser machen können, wenn nur genug Zeit gewesen wäre. Ich begriff allmählich, worum es ging: zu versuchen, dem anderen dieselben Gefühle zu verschaffen.

»Ist schon gut. Ich hab keine Angst.«

Da lehnte er sich wieder vor und fragte halb scherzhaft, halb drohend: »Wie wäre es dann mit noch einem, hm?« Er klang wie ein Schwimmlehrer, der ein Kind in das warme, aber tiefe Schwimmbecken locken will. Ich sah mich selbst zitternd am Rand stehen und die Arme um meinen Körper schlingen, so wie meine Mutter sich immer selbst umarmte. Meine Mutter. O Gott! Sie würde sterben, wenn sie das hier wüsste, und das erregte mich noch mehr.

Ich sagte: »Ich muss zurück, Adam. Matt dreht mir den Hals um. Hopey ist schlecht geworden. Wir müssen nach Hause.«

»Okay, ich kann dich nach Hause bringen«, erwiderte er und brach aus diesem kritischen Moment aus.

»Nein, wir müssen zusammen zurückkommen, sonst gibt's Ärger. Offiziell sind wir im Kino, im neuen *Star-Wars*-Film.«

Vielleicht lag es an der Erwähnung des Films, der für Kinder wie mich gemacht war, dass er resigniert die Arme ausbreitete.

»Hör zu, Faith, erzähl niemandem davon, okay? Ich habe mich schlecht benommen. Es tut mir leid. Es wird nie wieder vorkommen. Das schwöre ich. Es ist nur so, dass mein Leben in letzter Zeit ziemlich verrückt läuft. Ich bin nicht ich selbst. Ich weiß auch nicht, was mit mir los ist.«

Er erzählte, er sei von der Uni abgegangen und wieder bei seinen Eltern eingezogen und wisse nun nicht, was er mit seinem restlichen Leben anfangen solle. Aber alles, worauf ich mich konzentrieren konnte, war sein Hosenbund. Er stand offen, und sein Penis lugte oben aus der Unterhose wie der Kopf eines Soldaten aus dem Schützengraben. Er bedeckte sich nicht. Er saß einfach mit gespreizten Beinen da und redete. Dann stöhnte er plötzlich, als ginge ihm gerade auf, wem er da sein Leben beichtete, und fing fast an zu weinen, weil ich es war, das kleine Nachbarsmädel.

»Ist schon gut«, sagte ich, »ist ja nichts passiert, Adam.«

Ich hatte das Gefühl, ihn beschützen zu müssen, auch wenn ich es war, deren Körper und Seele vor wenigen Momenten in Gefahr geraten waren. Ich stieg aus dem Wagen und rannte die Straße hinunter Richtung Lagerfeuer, auf Beinen, die mir nicht mehr zu gehören schienen. Hinter mir hörte ich Adam den Motor starten und quietschend losfahren. Ich spürte wieder dieses Gefühl durch mich hindurchrieseln. Es begann an meinen Füßen und strömte oben aus meinem Kopf, und als ich Matt schließlich gefunden hatte, war mir, als wären alle Moleküle in meinem Körper durch ältere, wenn auch nicht weisere ausgetauscht worden.

Es war fast Mitternacht, als wir unsere Auffahrt hochrumpelten.

»Wir sind da«, sagte Matt zu Hope. »Benimm dich normal.«

»Alles in Ordnung«, sagte sie. »Es geht mir gut.«

Im Haus brannte kein Licht. Charlie lag sicher längst im Bett, gefolgt von Mom, die uns mit Geschichten von Weltraumschlachten, gemeinen Bösewichtern und gefährlichen Kometen versorgt wähnte. Und wenn in dem Film, der sich in meinem Kopf abspielte, Adam der Bösewicht war, was machte das aus mir, einem Mädchen, das sich jetzt von einer ganz anderen Art Licht erleuchtet fühlte? Einem Licht, das keinesfalls aus einer anderen Welt kam.

9. Kapitel

Serena Agora war in meinem Haus, in meinem Zimmer und legte vor meinem Spiegel Make-up auf. Ich konnte mein Glück kaum fassen. Ich saß auf dem Schemel und starrte sie ganz verliebt an.

Als Mom an die Tür klopfte, erwachte ich abrupt aus meiner glücklichen Trance. Sie müsse zur Arbeit, sagte sie und sah Serena an. Ich stellte meine neue Freundin vor und war beeindruckt, als Serena ihr die Hand gab. Mom registrierte Serenas grünen Eyeliner, ihren Kaugummi kauenden, vor Lipgloss glänzenden Mund und den langen, dünnen geflochtenen Zopf, der fünfzehn Zentimeter länger war als der Rest ihres krausen Wuschelhaares.

»Nett, dich kennenzulernen«, sagte sie, wandte sich zu mir um und warnte: »Mach mir ja keinen Ärger, Faith.«

Und das meinte sie ernst, denn sie rief eine halbe Stunde später noch einmal an – weil im Diner wenig los war, weil sie sich langweilte, weil sie sich fragte, was wir wohl vorhätten, weil Samstagnachmittage im Sommer lang waren, weil wir, warum denn nicht?, zum Mittagessen vorbeikommen könnten.

»Sag Serena, dass ich euch einlade.«

»Ist schon okay, Mom, wir können uns hier ein Sandwich machen.« Ich spürte ihre Unsicherheit, die mir ausnahmsweise fehlte.

»Na ja, gut, aber mir fällt gerade ein, dass ich mich in letzter Zeit nicht viel um dich gekümmert habe, hm?«

»Stimmt schon«, entgegnete ich ungeduldig, weil ich zu Serena zurückwollte. »Aber du musst ja arbeiten, das weiß ich doch.«

»Vielleicht kann ich heute früher Schluss machen, und wir leihen uns einen Film aus oder so. Ist Hopey in der Nähe?«

»Sie ist bei den *Cadets*.«

»Und Matt?«

»Ist bei Trelly.«

»Und Charlie, ist der zu Hause?«

»Auch nicht.«

»Also gut. Tja, egal, denk dran, Faith, ich finde nicht, dass Adam vorbeikommen sollte, wenn ich nicht da bin, okay?«

Sie bezog sich damit auf ein kurzes Gespräch, das wir ein paar Wochen nach der Open-Air-Party geführt hatten. Ich ging wie auf Wolken, als Adam das erste Mal wieder vorbeikam – das erste Mal, nachdem er diesen Kuss dauerhaft auf meine Lippen gebrannt hatte. Meine Mutter bemerkte, dass ich eine Hüfte vorschob und wie hypnotisiert ihrem Gespräch über Aufsitzrasenmäher lauschte. Ich sendete ihm stumm das Signal, er möge mich ansehen. Ich wollte mir beweisen, dass der Kuss tatsächlich passiert war, und ausloten, ob ich noch einen bekäme, doch länger als eine bedeutungslose Sekunde sah er nicht zu mir. Mom bedankte sich, dass er an jenem Tag den ganzen Rasen gemäht hatte, und zog mir die Haarsträhne aus dem Mund, auf der ich die ganze Zeit herumkaute. Sie zerstörte meinen Tagtraum. Ich hatte mir vorgestellt, Adam hätte den Rasen nur meinetwegen gemäht, weil er mich liebte, weil er so lange wie möglich in meiner Nähe sein wollte, und nicht, weil Mr. Meloche ihn dafür bezahlte, dass er als Ferienjob alle Rasenflächen der Mietshäuser mähte und alle Bäume beschnitt. Er tat es, weil ich keine Zicke war und keine komischen Bedürfnisse hatte. Deshalb liebte er mich, das hatte er gesagt. Ich fand auch, dass in seinem »Tschüs, meine Liebe« eine besondere, eine geheime Bedeutung mitschwang – und so gar keine Bedeutung in seinem »Tschüs, Nancy«.

Als Adam das Ende der Auffahrt erreicht hatte, sah sie mich an und sagte: »Faith, vergiss es, er ist zu alt für dich.«

»Mom, sei nicht albern. Das weiß ich doch. Ich mag ihn nicht mal.«

»Nein, das ist nicht albern. Ich sage, er ist zu alt für dich, und ich denke, ich will ihn nicht mehr hier haben, wenn ich nicht da bin.«

»Warum?«

»Darum.«

»Was darum?«

»FAITH.«

»MOM«, gab ich patzig zurück.

»Faith, Herrgott noch mal. Ich mein's ernst. Punkt. Sonst werde ich es ihm selbst sagen.«

Ich zuckte mit den Schultern, als wäre es mir egal.

Seit der letzten Woche waren Ferien. Serena und ich hatten uns erst kurz davor kennengelernt, beim Nachsitzen. Wir waren beide in der Elften, aber ich war in den Erweiterungskursen und sie »bei den Zurückgebliebenen«, wie sie es nannte. Es war mein allererstes Nachsitzen gewesen. Bei ihr war es das dritte Mal in diesem Jahr. Ich hatte Mr. Payne-Johnson eine freche Antwort gegeben, allein deshalb, weil ich aus einer zerrütteten Familie kam, was meine neue Entschuldigung für alles war. Serena musste nachsitzen, weil sie im Baseballunterstand einen Feuerwerkskörper hatte hochgehen lassen. Unsere Strafe bestand darin, dass wir riesige Tauben und Kreuze aus buntem Filz für die Kirchenbanner ausschneiden mussten. Wenn die Nonne, die Aufsicht hatte, gerade nicht hinsah, schnitt Serena extra Buchstaben aus, so dass auf ihrem Banner »Hanna in der Höhle« stand anstelle von »Hosianna in der Höhe«. Sie legte die Tauben so hin, dass es aussah, als würden sie vögeln.

Da verliebte ich mich in sie, wenn auch nicht wie eine Lesbe oder so.

Serenas Eltern waren Tierärzte, die beide einen Thunderbird fuhren. Sie waren die interessantesten Leute in der Stadt wegen ihrer Bildung und der Piepser, die sie immer bei sich trugen. Serena war schon in New York City gewesen und hatte in Manhattan irgendwelche Cousinen besucht. Ich war noch nie weiter weg gewesen als bis Manitoulin Island, bei unserem ersten und einzigen Urlaub.

An diesem Samstag kam Serena mich das erste Mal besuchen. Wir hatten etwas geraucht, und bei mir kribbelte alles ganz wunderbar. Sie war gerade an dem Punkt ihres Schminkrituals angekommen, wo sie ihre dick mit Mascara verklebten Wimpern mit einer geöffneten Sicherheitsnadel trennte. Serena erklärte, man müsse die Wimperntusche als Letztes auftragen, weil das am längsten dauerte. Das Gemeine sei, dass, wenn man es versaute, man meist noch mal ganz von vorn anfangen müsse – Lidschatten, Eyeliner, alles, von Anfang an.

Serenas Kinn war zwei Zentimeter vom Spiegel entfernt. Sie zupfte die Härchen zwischen ihren Augenbrauen aus, die deshalb so breit seien, erklärte sie, weil sie Griechin sei. Ich fragte, ob das bedeute, dass sie zum Teil schwarz sei, und sie sagte: »Wahrscheinlich.«

»Wir stammen doch alle aus der Gegend um Ägypten, als Volk. Griechenland ist ziemlich nah dran. Auch Italien ist nicht allzu weit weg. Ich wette, wir haben beide was Schwarzes in uns, wir werden ja auch schnell braun.« Immer noch high, kicherte ich bei der Vorstellung, meiner Mutter zu sagen, wir könnten zum Teil schwarz sein.

Serena lehnte sich zurück, begutachtete ihr Spiegelbild und seufzte. Dann reckte sie den Hals und sah aus dem Fenster auf das Maisfeld der Lauzons. In einem Monat würde das Abschneiden der Maisblüten beginnen. Es war eine furchtbare Arbeit, aber die einzige, die man hier auf dem Land als Teenager ohne Führerschein machen konnte. Meist waren es vierzehn- oder fünfzehnjährige Mädchen, die den Mais beschnitten, weil sie größer waren als die Jungs in unserem Alter. Man musste mindestens einsachtundfünfzig sein, um die Blüten ganz oben an der Maispflanze ordentlich wegschneiden zu können und sie so zu kastrieren. So machte man aus normalem Mais Futtermais, aber das erfuhr ich erst später. Damals interessierten mich nur die drei Dollar vierzig pro Stunde und wie viele Blüten ich abschneiden musste, um meine Klamotten für das neue Schuljahr bei Fairweathers einkaufen zu können anstatt im primitiven K-Mart.

Serena und ich würden in diesem Jahr in dieselbe Schneidegruppe gehen. Als ich ihrem Blick folgte, merkte ich, dass sie dasselbe dachte wie ich: Wenn uns der Mais bis zum Kinn reichte, wäre der Sommer allmählich vorbei.

»Der Mais steigt immer höher«, flüsterte sie. Ich sah auf das Feld, dann trafen sich unsere Blicke zwei heiße Sekunden lang im Spiegel.

»So wie unsere Stimmung, je mehr wir rauchen«, kicherte ich. Es war mein erster Cannabiswitz, der sie so sehr zum Lachen brachte, dass sie auf die Toilette rennen musste. Ich schlug die Beine übereinander, wippte auf meinem Schemel vor und zurück und grinste mich im Spiegel an. Als Serena zurückkam, hielt sie sich Klopapier an die Augenwinkel, damit ihre Wimperntusche nicht komplett verlief.

»Faith, du bist scheißwitzig, weißt du das? Scheißwitzig! Heilige Scheiße, war das lustig!« Sie holte tief Luft. »Oooohmeingott!«

Und zum ersten Mal seit langer, langer Zeit, war ich stolz auf mich.

Wir hatten noch eine Tüte Gras übrig und nichts weiter vor.

Adam wohnte wieder zu Hause, aber seine Mom war da. Vom Fenster meines Bruders aus konnte ich die Auffahrt sehen und ihren dunkelblauen Wagen neben seinem.

Während Serena sich weiter die Augenbrauen zupfte, ging ich zwischen den Zimmern hin und her und kontrollierte alle zwei Minuten die Auffahrt. Ich hatte ihr von unserem Kuss erzählt und gelogen, Adam liebe mich mehr als das Leben selbst und wolle einen Weg finden, mit Denise Schluss zu machen, ohne sie allzu sehr zu verletzen. Außerdem hatte ich Serena gesagt, ich hätte beschlossen, in diesem Sommer mit Adam meine Unschuld zu verlieren. Ich meinte es nicht wirklich ernst. Ich hatte das nur gesagt, damit Serena mich lieber mochte, denn sie hatte mir gestanden, dass sie keine Jungfrau mehr sei. Aber an jenem Tag, an jenem Morgen, dachte ich nicht an Sex, sondern nur an Liebe, an die Liebe zu meiner neuen Freundin und an unseren langen Sommer. Ich sah wunderschöne Fotokalenderbilder von Juni, Juli und August vor mir, jedes so groß wie unser Garten, die sich lang ausstreckten, bis hin zum Sonnenuntergang.

Serena war acht Monate älter als ich und hatte mir erzählt, sie habe vor kurzem ihre Führerscheinprüfung bestanden, ihre Eltern wollten sie aber mit keinem ihrer beiden Thunderbirds fahren lassen. Ich hatte erst meinen Anfänger-Führerschein, was bedeutete, dass ich in Begleitung eines Führerscheininhabers fahren durfte.

Und so kam es, dass wir später zur Ouellette Avenue fuhren, in die Innenstadt von Windsor. Die Wirkung unserer nachmittäglichen Kifferei hatte nachgelassen, und Matt sagte, ich könne den Comet nehmen, wenn ich bis acht Uhr wieder zu Hause sei. Mom wäre bestimmt dagegen gewesen, dass ich mit Serena losfuhr, aber sie rief an und sagte: »Vergiss den Film, ich muss bis Mitternacht arbeiten.«

»Ich will mein erstes Mal nicht mit irgendeinem Blödmann

haben, deshalb habe ich mich für Adam entschieden«, erzählte ich Serena unterwegs. »Er kennt sich damit aus und alles, und er will nicht mehr warten.«

»Cool ist außerdem«, fügte Serena hinzu, »dass du keinen schlechten Ruf kriegst, weil er nicht auf unsere Schule geht.«

»Stimmt.«

Ich hielt meine Hand aus dem Fenster, und sie flatterte im Fahrtwind. Dies war die Art von Erwachsenengespräch, wie ich es im Nachmittagsprogramm im Fernsehen gehört hatte. Die Art von Gespräch, das ich mit Nicole nie führte, das ich auch mit meiner Mutter oder Tante Linda niemals führen würde und schon gar nicht mit Hope.

Wir warfen unsere Zigarettenkippen aus den Fenstern, weil die Aschenbecher des Comet von Matts Jointstummeln überquollen. Er hob sie auf und rollte sie manchmal zu neuen Joints zusammen, wenn er am Grund seiner Grastüte angelangt war.

Ouellette Avenue war die Straße in Windsor, wo junge Leute mit Autos, die ihnen nicht gehörten, an anderen jungen Leuten vorbeifuhren, die in Autos saßen, die ihnen ebenfalls nicht gehörten. Für einen Fahranfänger war es gefährlich, weil man von all den gewienerten Wagen und frisch geduschten Fremden mit noch feucht glänzenden Nacken leicht abgelenkt werden konnte.

Serena und ich wollten an jenem Abend nichts weiter kundtun als: Seht uns an in unserem Wagen. Wir fahren. Wir haben ein Ziel.

Es war aufregend, allein mit meiner neuen Freundin herumzukreuzen, aber die Ouellette Avenue selbst wurde erst weit nach einundzwanzig Uhr aufregend, und da musste ich längst wieder zu Hause sein. Im Moment war es, als würden wir mitten im Detroiter Pendlerverkehr stecken, nur in die andere Richtung.

Es gab also für uns keine aufregenden Jungs in aufregenden Autos mit dröhnenden Stereoanlagen, weder kanadische noch amerikanische. Trotzdem fuhren wir die Straße zweimal auf und ab.

»Das ist doch beschissen«, sagte Serena.

»Tja, wir müssen den Wagen bis acht zurückbringen. Aber in einer Stunde wird es bestimmt besser«, erwiderte ich voll Hoffnung und vorgetäuschtem Wissen.

»Aber genau dann müssen wir umdrehen und nach Belle River zurückfahren. Das ist beschissen.«

Immerhin hab ich uns ein Auto besorgt!, hätte ich fast gerufen, doch so gute Freundinnen waren wir noch nicht. Noch befand ich mich in diesem Anbetungsstadium, in dem ich alles getan hätte, was Serena Agora wollte, nur um für sie interessant zu bleiben.

Es war eine Schande, dass kein Junge uns sehen konnte, weil wir wirklich toll aussahen. Wir hatten uns bei Serena fertig angezogen, während ihre Eltern zu einem Bauern gerufen worden waren, bei dem eine Kuh und ein Pferd gleichzeitig Nachwuchs bekamen. Wir zogen unsere superkurzen Miniröcke an und schlugen den Bund noch einmal um. Dann legten wir eine weitere dicke Schicht Make-up auf.

Meine Mutter war nicht dumm. Sie wusste, dass ich diesen Minirock besaß, sie wusste, dass ich dieses knallpinke Spaghettiträger-Top gekauft hatte, sie kannte meine hohen Stoffschuhe mit dem Keilabsatz, die man um die Knöchel zuband. Sie hatte sie mit mir zusammen gekauft, widerwillig zwar, aber sie hatte es getan. Sie ließ mich mit meinem Babysittergeld bezahlen und war stolz, dass ich sie nicht klaute. Was sie auch sagte. Und sie war schon mal Zeuge geworden, wie ich Tante Lindas Aufheller ins Haar gesprüht hatte, obwohl sie meinte, meine Haare würden dadurch eher so orange wie die Fertigsoße von Kraft und nicht »California Blond«.

Ich hatte all diese Sachen nach und nach eingeführt und sie

dabei ganz strategisch mit eher langweiligen Klamotten kombiniert. Zum Beispiel trug ich den Minirock zu dunklen Leggins und meinen flachen Mary Janes, kombiniert mit einem dicken Rollkragenpullover. Oder ich zog das Trägertop ohne BH an, dafür aber unter einem Pullover zu meiner weiten Latzhose. Das Lipgloss? Vielleicht mal zur Kirche. Und jedes Mal, wenn ich mit etwas Anrüchigem davonkam, war es wie ein kleiner Sieg.

An jenem Abend, als ich zum ersten Mal allein mit meiner neuen Freundin im alten Auto meines Großvaters die Ouellette Avenue entlangfuhr, hatte ich jedes einzelne sexy Kleidungsstück an, das ich besaß, und dazu noch ein paar Sachen von Serena. Das Prunkstück meines Outfits waren die fast acht Zentimeter langen Federohrringe, die ich an einer Jahrmarktsbude gekauft hatte, während Mom direkt daneben gestanden und steif genickt hatte, so wie Großvater immer.

»Scheiße, ich liebe diesen Song«, sagte Serena und drehte das Radio bei einem langsamen Stück von *Foreigner* hoch. Laut sangen wir: »I've been waiting for a girl like you«, als wäre der Song nur dafür geschrieben, dass wir ihn einander vorsangen. Nicht wie Lesben, natürlich. Der Radiosprecher sagte, *Foreigner* spiele an diesem Abend in Detroit, in der Cobo Hall am anderen Ufer.

»Wünschst du dir nicht, wir könnten hingehen?«

»Ja«, sagte ich.

Der Sprecher erzählte, wie verrückt es in der Innenstadt von Detroit gerade zugehe, wegen des Freedom Festivals, und dass alles voller Leute sei, nicht wie in Windsor, wo die Straßen wie leer gefegt waren.

Als Serena sagte: »Lass uns hinfahren, Faith. Lass uns nach Detroit fahren. Hier ist es doch bescheuert«, musste ich nichts weiter tun, als in den Tunnel in Richtung USA abzubiegen und meine Geburtsurkunde herauszufischen.

»Wirklich?«

»Ja, und in Detroit kenne ich mich aus wie in meiner Westentasche. Wir werden rauf und runter fahren, und wenn es unheimlich wird, fahren wir wieder weg. Ganz einfach. Besser als das hier ist es allemal«, meinte Serena und gestikulierte dramatisch zu den leeren Gehwegen. »Das ist doch beschissen hier.«

Ich war nicht mehr in Detroit gewesen, seit Großvater gestorben und Tante Linda nach New York gezogen war. Aber wenn wir nur auf einer Straße blieben, auf der Jefferson Avenue, Detroits Gegenstück zur Ouellette, und die Skyline von Windsor im Blick behielten, konnten wir uns nicht verirren.

»O mein Gott, was für eine super Idee.« – Das dachte ich wirklich. Ich fand Serena Agora brillant. Ich dachte, mein Leben würde jetzt interessanter werden.

Doch nur mit Letzterem hatte ich recht.

»O mein Gott, vielleicht sehen wir *Foreigner* irgendwo herumlaufen«, sagte sie und quietschte. »Los, los, los!«

Im Radio lief der nächste *Foreigner*-Song, und Serena drehte die Lautstärke noch weiter auf.

»Als ob sie einfach in Detroit rumlaufen würden«, sagte ich.

»Man kann nie wissen, Faith.«

Serena spielte zu »Cold As Ice« gerade Schlagzeug auf dem Armaturenbrett, als wir vor einer schwarzen Frau am Grenzschalter anhielten. Ohne uns anzusehen, fragte sie: »Nationalität?«

»Kanada!«, brüllten wir.

»Drehen Sie bitte die Musik leiser, meine Damen.«

Beide gleichzeitig grabschten wir nach dem Lautstärkeregler.

»Entschuldigung. Wir sind beide Kanadierinnen.«

»Fahren Sie zum Konzert?« Sie lehnte sich aus ihrem Häuschen, spähte in den Wagen und musterte eingehend uns und unsere Kleidung.

»Nein. Würden wir aber gern.«

»Was genau ist dann Ihr Ziel, meine Damen?«

Wir fingen gleichzeitig an zu antworten. Serena sagte: »Eigentlich nirgendwohin, wir …«, und ich beendete den Satz mit: »… fahren nur so herum, Sie wissen schon, kein bestimmtes Ziel …«

»Eine nach der anderen«, rief sie ungeduldig, genervt wie ein Babysitter. »Sie beide wollen nur in Detroit herumfahren? Ohne bestimmtes Ziel?«

»M-hm.«

»Okay. Um was zu tun?« Sie tippte jetzt etwas in ein Gerät, das wie ein Walkie-Talkie aussah oder wie ein großes Telefon.

»Nichts, wir wollten nur so rumfahren. Wir waren auf der Ouellette und dachten …«

»Tja, da haben Sie falsch gedacht.«

Sie fragte jemanden über das Walkie-Talkie, ob ein Parkplatz bei der Zollkontrolle frei sei, weil sie gleich einen rostfarbenen 72er Ford Comet schicken werde …

Ich begann zu zittern.

»Ach, wissen Sie, Ma'am, wir drehen einfach um, wenn es nicht in Ordnung ist, dass wir … dass wir …«, stammelte ich, während Serena die Arme verschränkte.

»Nein, das werden Sie nicht. Sie werden diesen Wagen jetzt da drüben abstellen, aussteigen, Ihren Schlüssel beim Wachpolizisten abgeben und ins Gebäude gehen. Geben Sie mir Ihre Geburtsurkunden.«

Ich fand sie sehr gemein.

Zwei Männer und eine Frau traten aus dem Gebäude und dirigierten den Comet auf den freien Parkplatz. Eine weitere Schwarze in Uniform kam zur Fahrerseite. »Bitte, steigen Sie aus«, sagte sie, »und geben Sie meinem Kollegen die Schlüssel.«

Mir schlotterten die Knie so sehr, dass ich auf meinen Keilabsätzen fast umknickte. Unsere Outfits, die wir in Kanada mit so viel Lust angezogen hatten, wurden hier in Amerika zur Last. Wir sahen aus wie Nutten, und unser unschuldiges Fahrziel »Nirgendwohin, wir fahren nur so herum« hallte in mir nach, bis es obszön klang. Mom dreht mir den Hals um, dachte ich. Sie wird mich buchstäblich mit ihren eigenen Händen erwürgen.

»Folgen Sie mir«, sagte die Frau und nickte Serena zu. Ich wollte hinterher. »Nein, Sie warten, es kommt eine weitere Beamtin.«

Als ich schließlich sprechen konnte, klang es heiser. »Warum können wir nicht zusammen gehen? Ich möchte meine Mutter anrufen.«

Ich hatte den Drang, nach meiner Mutter zu brüllen, ihren Namen laut in die amerikanische Luft hinauszuschreien, die mich jetzt fast erstickte.

»Bitte sehr«, schnaubte die Frau und verschwand mit Serena. Dann kam eine zweite Frau heraus, diesmal eine Weiße, und führte mich am Oberarm in das Gebäude.

»Das ist alles ein Irrtum«, sagte ich zu ihr.

Als der Wachpolizist den Comet anließ und damit wegfuhr, machte ich mir ein bisschen ins Höschen.

»Daran hätten Sie früher denken müssen«, erwiderte die Zollbeamtin. Plötzlich war es kein Trost mehr, dass sie weiß war.

Sie führte mich in ein kleines Büro mit einem Tisch, zwei Stühlen, einem hohen Fenster, einem großen Schwarzen Brett, an das fast nichts angeheftet war, und einem kleinen Umkleideabteil mit einem Duschvorhang darum. Es sah aus wie ein Beichtstuhl, nur ohne den Samt und ohne die Privatsphäre. Und ganz und gar ohne Jesus.

»Kann ich meine Mutter anrufen?«

»In einer Minute. Setzen Sie sich.«

Sie fragte nach meinem Namen, meiner Adresse, dem Geburtsdatum, Geburtsort, dem Namen der Mutter, des Vaters und der Freundin.

»Wo sind Sie beschäftigt?«

»Was?«

Es war wie im Film, nur dass Serena und ich absolute Fehlbesetzungen waren. Ich hatte Geschichten von so etwas gehört. Es passierte ständig, aber normalerweise nur dann, wenn Kanadier in den USA einkauften und auf dem Nachhauseweg nach einem langen Tag des Shoppens und Schmuggelns auf der kanadischen Seite angehalten wurden.

»Wo arbeiten Sie?«, fragte sie erneut.

»Nirgends. Ich bin sechzehn. Aber ich werde bald im Maisfeld arbeiten. Und manchmal gehe ich babysitten.«

»Und Sie haben den Wagen gefahren? Wem gehört er?«

»Er gehört mir. Mir und meinem Bruder. Ich habe einen Anfängerführerschein, aber meine Freundin hat einen richtigen Führerschein. Wenn sie neben mir sitzt, darf ich fahren. Warum bin ich hier? Kann ich meine Mutter anrufen?«

»In einer Minute. Ich bin gleich zurück.«

Ich saß in dieser Zelle, in diesem Gemäuer, und fühlte mich weit, weit weg von meiner Mutter. Wenn ich zu Hause anriefe, wäre das mein erstes Ferngespräch. Und obwohl ich die Nummer des Diner auswendig wusste, war ich nicht sicher, wie ich sie von Detroit aus anrufen sollte. Ich dachte: Wie kommt es, dass ich in meinem ganzen Leben noch nie ein Ferngespräch geführt habe? Weil du dumme Kuh noch nie irgendwo warst, und jetzt wirst du auch nie mehr irgendwo hinkommen. Zuallerletzt in das schreckliche Amerika, das für Großvaters Tod verantwortlich ist, durch dein Blut. Und sicher wird später noch mehr davon vergossen werden.

In meiner Verzweiflung begann ich instinktiv, den Raum nach einem Kreuz abzusuchen, zu dem ich beten könnte, oder wenigstens nach einem tröstenden Bild von Jesus. Wann war ich das letzte Mal in der Kirche gewesen? Vor zwei, drei Monaten?

Gott, es tut mir leid, dachte ich. Es tut mir ja so leid. Liegt es an meinem Kirchenschwänzen, dass mir das hier passiert? Liegt es daran, dass ich mich von Adam, dem Nachbarsjungen, der meiner Mutter eine so große Hilfe war, auf den Mund habe küssen lassen, so dass Verlangen nach mehr auf den Lippen zurückblieb? Jesus, vergib mir. Ich werde zur Kirche gehen, betete ich. Ich werde nie wieder jemanden küssen. Wenn nötig, werde ich meine Jungfräulichkeit mit ins Grab nehmen. Zumindest werde ich Adam nicht erlauben, mich zu besuchen, wenn Mutter arbeitet. Ich werde auf meine Mutter hören. Ich werde sie lieben und ehren und nie wieder alleinlassen. Und wenn Du versprichst, dass diese Leute mich nicht anfassen werden, werde ich mich auch von Adam nie wieder anfassen lassen.

Da hing ein Kalender, aber kein Kreuz, also musste ich mich damit behelfen, meine Gebete an die ausgebreiteten Zeiger der riesigen Wanduhr zu richten, die schon beschissene zwanzig nach sieben zeigten.

Zehn Minuten später kam die weiße Zollpolizistin in Begleitung einer anderen schwarzen Frau ins Zimmer zurück. Was sie sagte, erreichte mich erst, lange nachdem es ihren Mund verlassen hatte: »Faith DiNapoli, gehen Sie hinter den Vorhang und ziehen Sie Ihre Sachen aus einschließlich der Unterwäsche und geben Sie alles mir, bitte. Wir müssen Ihren Körper nach Drogen absuchen.«

Zuerst gab ich vor, ich könnte ihre Aussprache nicht verstehen. Als sie auf meine Bitte hin ihr Sprüchlein wiederholte, gab ich vor, sie überhaupt nicht zu verstehen.

Ich gab ein Geräusch von mir; kein Lachen, kein Weinen.

»Nhe. Heh … nhe«, stöhnte ich, umklammerte die Sitzfläche des Stuhls, wiegte mich vor und zurück, sah nach unten und schüttelte langsam den Kopf, nein, das ist nicht möglich. Mein Rock war so kurz, dass ich meine Beine fest zusammendrücken musste, um die weiße Sichel meines Höschens zu verbergen. Ich versuchte, sie übereinanderzuschlagen, aber diese Position ließ mich zu erwachsen und verdächtig erscheinen, wie die Drogennutte, für die sie mich hielten. Die Federn meiner Ohrringe hingen erschöpft auf mein Schlüsselbein, und ihr Gewicht zog meinen Kopf nach unten. Ich welkte unter all der grausamen Aufmerksamkeit dahin.

Ich fing an zu weinen.

Die Frau kniete sich neben mich und sagte mit fester Stimme, die trotz der Uniform, die sie trug, auf gewisse Weise liebevoll klang: »Ich werde dir jetzt ein Taschentuch geben, und dann werde ich dir etwas sagen, Faith DiNapoli. Ihr zwei Mädchen seid mächtig dumm. Man zieht sich nicht so an, und man fährt auch nicht ohne Papiere mit einem Auto. Liebchen, der Aschenbecher ist voll Marihuana oder gibt zumindest Anhaltspunkte dafür, dass während der Fahrt Marihuana geraucht wurde. Trotzdem fahrt ihr hierher und erzählt uns, dass ihr zwei, die ihr beide keinen gültigen Führerschein besitzt, einfach nur in Detroit herumfahren wollt. Du musst doch einsehen, dass wir da misstrauisch werden.«

»Ich habe Ihnen doch gesagt, dass Serena ...«

»Nein, Schätzchen, Serena hat keinen Führerschein.«

»Aber sie hat gesagt ...«

»Tja, was auch immer sie gesagt hat, sie hat gelogen. Ihr zwei seht aus und riecht und klingt wie Drogenschmuggler. Oder Prostituierte. So wirkt es auf uns. Und wahrscheinlich seid ihr das nicht, aber verstehst du, warum wir das denken?«

»Nein. Ich schwöre, wir sind keine ...«

»Das können wir nicht wissen. Und offen gesagt, könnt ihr das auch nicht wissen. Drogen kommen auf alle möglichen Arten in diese Stadt, die dich schockieren würden. Ihr zwei wisst vielleicht gar nicht, dass ihr Drogen bei euch habt. Verstehst du? Wir müssen eure Kleider untersuchen und sichergehen, dass ihr auch sonst mit eurem Körper keine Drogen in diese Stadt bringt. Diese Stadt braucht keine weiteren Drogen. Verstehst du das, Kleine?«

»Kann ich bitte meine Mutter anrufen?«

»Wir haben sie bereits verständigt, sie wird bald hier sein. Mit ihrem Anwalt.«

»Woher wussten Sie, wie Sie sie erreichen können?«

»Deine Freundin hat uns gesagt, wo sie arbeitet. Deine Freundin kann sich anscheinend nicht mehr an die Telefonnummer ihrer eigenen Eltern erinnern.«

Serena Agora ist schlau, und ich bin eine dumme Gans, dachte ich. Serena Agora ist außerdem eine beschissene Lügnerin. Ich hasste Serena Agora.

O Gott, Mom brachte Mr. Delgado mit? Ihren Scheidungsanwalt? Das ist komisch, dachte ich, was will er tun, mich von Amerika scheiden? Wenn ich Mom erzähle, dass das nicht meine Idee war, wird sie mich wahrscheinlich von Serena scheiden. Dann wird sie mich von meiner Familie scheiden und mich zu den Zigeunern schicken oder, schlimmer noch, zu Dad auf die Bohrinsel. Die einsamen, verlassenen Ölmänner würden Dad fesseln und ins Meer werfen. Dann würden sie sich reihum an mir vergehen und meinen Minirock in Fetzen reißen. Mein Lippenstift würde immerzu verschmiert sein, wie bei einer Nutte. Da war noch Tante Linda, aber die lebte im schrecklichen Amerika. Vielleicht würde Nonna Tree mich aufnehmen und mir beibringen, wie man gleichmütig wird, wie man Brot backt, wie man wartet. Ich könnte auf ihrer Verandatreppe sitzen, in einem ihrer voluminösen Sommerkleider, und nach Besuchern Ausschau halten, denn ich würde nie weiter gehen als bis zum Briefkasten am Ende der langen staubigen Auffahrt.

»Scheiße, verdammt«, jammerte ich laut und verloren in der sicheren Gewissheit meiner Verbannung.

»Na, na«, meinten beide Frauen. Die eine hielt sogar ihren Zeigefinger vor mein Gesicht, wie Mom es immer tat, wenn Worte nicht reichten. »Pass auf, was du sagst, du bist zu jung, um wie eine alte Schlampe zu reden.«

Darüber lachten sie sich beide kaputt.

Am liebsten hätte ich ihnen ins Gesicht gebrüllt, dass ich hiermit meinen Traum aufgäbe, meine Zukunft in ihrem niederträchtigen Land zu verleben, aber das Einzige, was ich ihnen voll Überzeugung sagen konnte, war: »Ich hoffe, Sie wissen, dass Sie hierfür direkt in die Hölle wandern!«

Ich stellte mir vor, wie ihre nackten Seelen sich aus den Uniformen aufschwangen und wie zwei Scheiben Toast in einem ewigen Toaster versanken.

»Also, wenn Dummheit eine Sünde ist, Liebchen«, erwiderte die eine, während sie die Gummihandschuhe schnalzend über ihre Handgelenke zog, »dann werden du und deine dämliche Freundin bei unserem Teekränzchen mit dem Teufel dabei sein.«

Sie hielt den Plastikvorhang für mich auf, als wartete dahinter ein toller Preis auf mich. Aber da waren nur eine kleine Bank, ein Plastikhaken für Kleidung und in Schulterhöhe zwei beunruhigende gelbe Handabdrücke an der Wand. Passend dazu waren zwei gelbe Fußabdrücke auf den Linoleumboden gemalt.

»Wenn du dich ausgezogen hast, leg deine Hände auf die Hände an der Wand und stell deine Füße auf die Abdrücke am Boden.«

Ich brauchte eine Viertelstunde, um meinen Rock auszuziehen. Eine weitere Viertelstunde für mein Oberteil. Aber sie warteten geduldig. Sie sagten, sie hätten die ganze Nacht. So blieb Mr. Delgado genügend Zeit, die vier Blocks zum Diner zu fahren, meine Mutter abzuholen und in einer Rekordzeit von achtundzwanzig Minuten die Grenze zu erreichen. Die heiße Luft, die meine Mutter ausstieß, während sie vermutlich »Scheiße noch mal, beeilen

Sie sich, verdammt!« ins Armaturenbrett schrie, half bestimmt, den Wagen noch schneller in Richtung Amerika voranzutreiben.

Ich sollte mir diese Wand mit all ihren Rissen und Macken genau einprägen. Ich starrte sie eingehend an, auch als ich meine Mutter laut und böse auf den Wachpolizisten vorn am Eingang losgehen hörte.

»Zur Hölle, wo ist meine Tochter? Sie sagen mir verdammt noch mal lieber gleich, wo zum Teufel sie ist!«

Sie kann nicht weiter als ein paar Meter von der Tür entfernt gewesen sein, hinter der ich mit vorgestreckten Armen und einen Meter weit gespreizten Beinen stand und meine Jungfräulichkeit an eine schwarze Frau verlor, deren Namen ich nie erfahren würde.

Meine Mutter fuhr den verwüsteten Comet nach Hause. Serena und ich kauerten uns in Mr. Delgados Wagen, weil meine Mutter meinte, ich solle lieber mit Mr. Delgado fahren, denn: »Ich kann dich im Moment nicht um mich haben, weil ich nicht weiß, was ich mit dir anstellen würde.«

Mr. Delgados juristische Einschätzung des Falls »Faith und Serena vs. die Vereinigten Staaten von Amerika« war die, dass es keinen Fall gebe. Die Grenzgesetze seien strikt und unanfechtbar, erklärte er, besonders in Präsident Reagans Ära des »Kampfs gegen Drogen«, der uns Kanadier wegen unserer direkten Nachbarschaft besonders betraf.

Die Rückfahrt verlief sehr ruhig. Unsere Wimperntusche war nicht nur verschmiert, sie war völlig verschwunden, was angesichts der vielen Schichten, die wir aufgetragen hatten, an ein physikalisches Wunder grenzte. Serena lag schlaff und abwesend quer auf dem Rücksitz. Ich saß vorn, fest in Mr. Delgados parfümgetränktes Sakko gewickelt. Ich hatte meine Federohrringe abgenommen und in eine der Taschen gesteckt. Ich sah sie nie wieder.

Als wir Serena absetzten, glitt sie aus dem Auto in ihr unbeleuchtetes Haus und sagte weder auf Wiedersehen noch gute Nacht.

Da war die Sache mit der Geldstrafe. Serena besaß tatsächlich keinen Führerschein, was mich 120 Dollar kostete, weil ich ohne rechtmäßige Begleitung gefahren war.

Großvaters Comet war noch schlechter dran. Meine Mutter hatte alles, was vom Rücksitz übrig geblieben war, hinten reingestopft. Auf ihrer Suche nach Drogen hatten die Grenzbeamten das gesamte Polsterteil entfernt und über den Parkplatz verteilt wie auf einer Müllhalde. So jedenfalls beschrieb Mom die Szene meiner Tante Linda an jenem Abend am Telefon, erzählt als Geschichte, die für mich erst nach sehr langer Zeit lustig klang.

Wütend und aufgebracht fuhr meine Mutter nach Kanada zurück und schleuderte den schwarzen Amerikanern religiöse und rassistische Verwünschungen sowie große Ballen Polsterfüllung aus dem Fenster entgegen. Später belauschte ich, wie sie Tante Linda erzählte, sie sei froh gewesen, als ein Polizist, ein attraktiver Kerl namens Dennis, sie angehalten habe. Dankbar habe sie seinen Strafzettel und seine ruhige Standpauke entgegengenommen, denn so sei sie in der Lage gewesen, sich vor ihrer Heimkehr, fünfzehn Minuten nach uns, ausreichend zu beruhigen.

Ich beobachtete, wie unser verwundeter Comet die schwach beleuchtete Auffahrt heraufholperte. Ich hatte mir meinen Schlafanzug angezogen und das Gesicht geschrubbt und fühlte mich für meine Hinrichtung gewappnet. Als ich jedoch die Scheinwerfer ausgehen sah, rannte ich wie ein verängstigter Hund in mein Zimmer.

Meine Mutter stampfte den Flur entlang und blieb vor meiner Tür stehen. Sekunden vergingen, ehe sie anklopfte.

»Komm rein«, sagte ich mit in Resignation getränkter Stimme. Komm rein, Mom, und schlag mich, fest, dachte ich. Mom, bitte schlag mich hart, weil ich nichts fühlen kann. Ich hatte mehr Angst vor dieser Taubheit als vor allem Blut, das ich in Amerika vergossen hatte. Der rote Fleck von der Größe eines Daumenabdrucks in dem Höschen, das ich weggeworfen hatte, sollte der letzte Tropfen gewesen sein, den ich je in diesem Land vergießen würde, schwor ich mir. Von nun an würde ich all mein Sterben nach Hause verlegen oder in die nahe Umgebung.

Meine Mutter öffnete die Tür und stand da. Ihr Gesicht sah hübsch aus, was vielleicht vom Weinen kam, weil ihre Augen hervorquollen und sie dadurch fast so jung aussah wie ich. »Wenigstens haben sie die Flecken rausgekriegt«, sagte sie schließlich, verschränkte fest die Arme und lehnte sich gegen den Türrahmen.

»Was?«

»Die Flecken in Großvaters Comet. Ich schätze, sie haben ein Teppichmesser genommen, um die Polster aufzuschlitzen, und jetzt kann man die Flecken nicht mehr sehen. Komm mit und sieh's dir an.«

Ihre Stimme klang nicht freundlich. Nicht böse. Nur informativ.

Ich stand auf und ging hinter ihr her, vorbei an Mr. Delgado und an Hope, die vor einer großen Schüssel mit irgendetwas saß, das sie nicht mehr aß. Sie sahen zu, wie ich meiner Mutter aus der Tür folgte. Ich dachte, wenn wir erst in die Garage kämen, wäre vielleicht alles vorbei, weil dort ein Sturm aus Schreien und Schlägen oder ähnlichen Strafen auf mich herabregnen würde, doch es sollte so sein, ich wollte es. Ich brauchte es. Es wäre mir vollkommen egal gewesen, wenn sie mich mit bloßen Händen umgebracht hätte, denn eine große, dicke schwarze Frau hatte ihren Finger in meine Vagina gesteckt, um dort nach Drogen zu suchen. Von einer Frau, die mich so sehr liebte, dass ihr Weinen über das

Schreckliche, was mir passiert war, sie hübscher werden ließ, konnte ich mir nichts Schlimmeres vorstellen.

Ich spähte in den Rücksitzbereich, der ein unkenntliches Durcheinander aus Stichwunden und Polsterfüllung war, als hätte man eine Horde hungriger Kampfhähne mit messerscharfen Sporen ein paar Tage bei geschlossenen Fenstern darin eingesperrt. Dies konnte nicht derselbe Rücksitz sein, auf dem ich nur wenige Jahre zuvor mit einem schmelzenden Eis gesessen und geblutet hatte, hilfloser, als ich je in meinem Leben gewesen war. Bis heute.

»Das sieht schrecklich aus, Mom. Es tut mir so leid.« Ich meinte es ernst.

Sie ging für eine lange Weile weg, und als sie mit dem Nähkästchen und zwei angezündeten Zigaretten im Mund wiederkam, wusste ich nicht, wonach ich zuerst greifen sollte.

»Hier.«

Sie gab mir eine der Zigaretten. Eine Sekunde lang tat ich so, als wäre es die erste, die ich je in der Hand hielt.

»Hör auf mit dem Theater, ich weiß, dass du rauchst. Und jetzt ... Lass mich mal sehen ...« Sie wühlte in dem Bastkörbchen, während ihr die Zigarette im Mundwinkel hing. Dann zog sie eine gebogene Polsternadel hervor und suchte nach dem extra starken Zwirn, mit dem sie immer Matts Eishockeysachen reparierte.

Tränen quollen ihr aus den Augen, als sie den Faden verknotete und die Nadel ins Polster stach. Sie zog die zwei Seiten des klaffenden Tweedstoffs zusammen und zerrte und nähte und stopfte dabei die Füllung wieder hinein.

»Du wirst mehr Zwirn brauchen als den hier. Ich werde morgen welchen kaufen. Aber ich glaube, man kann es reparieren. Ich zeige dir den Schrägstich, der wahrscheinlich der einzige Stich ist, mit dem das Ganze zusammenhält. Da ist noch von der

Baumwollfüllung im Keller, erinnerst du dich? Mit der du damals das Herzkissen zum Valentinstag für mich gemacht hast, in Handarbeit?«

Ich sah ihr schweigend zu. Es waren mindestens ein Dutzend offene Wunden im Rücksitzpolster und ein paar längere in den beiden Vordersitzen.

»Du kannst gleich heute Abend anfangen, Faith. Dad hat uns seine Arbeitslampe vermacht, die kannst du am Garagengriff einhängen. Lass die Tür offen, weil das Ding heiß wird, okay? Ich gehe jetzt wieder rein und bespreche die ganze Sache mit Mr. Delgado. Fang vorne an, damit wir wenigstens fahren können. Okay?«

Sie ging zur Tür. Mir fiel auf, dass sie immer noch ihre schwarze Taschenschürze mit der Bedienungsgeldbörse trug. Auf der obersten Stufe blieb sie stehen, strich Haar und T-Shirt glatt und drehte sich zu mir um.

»Faith«, sagte sie, hielt den berüchtigten Zeigefinger hoch und sprach jede Silbe sorgsam aus, »versprich mir eines. Versprich mir, dass das, was heute passiert ist, das Schlimmste war, was dir je in deinem Leben passieren wird, denn ich glaube nicht, dass einer von uns etwas noch Schlimmeres überleben wird. Am wenigsten ich. Verstanden? Versprichst du mir das?«

Dankbar, dass sie mich am Leben gelassen hatte, nickte ich und biss die Zähne zusammen, um nicht loszuheulen.

Ich wartete, bis sie die Tür hinter sich geschlossen hatte, und nahm einen langen, tiefen Zug von der höchst willkommenen Zigarette. Ich werde nie wissen, ob es von der Erleichterung kam, dass meine Mutter mir nicht den Hals umgedreht hatte, oder vom plötzlichen Nikotinstoß, den ich in meinen Blutkreislauf schickte, oder weil Adam Lauzon hupend und winkend an unserem Haus vorbeirollte, dass ich ohnmächtig wurde und auf den kalten Garagenboden fiel.

Als ich wieder zu mir kam, sah ich in das Antlitz Jesu Christi, unseres Herrn. Mein erster Gedanke war, dass Er sich mal wieder rasieren müsste. Adam hatte sein T-Shirt ausgezogen und unter meinen Kopf geschoben, so dass ich zum ersten Mal seine Tattoos sah. Seine Brustbehaarung war spärlich, versah seinen Jesus jedoch mit einer Art Bart, was Ihn realistischer erscheinen ließ. Dann sah ich Adams besorgtes Gesicht. Dann sah ich Eva, die auf seinen rechten Oberarm tätowiert war, mit der Schlange, die ihre Brüste und die Scham bedeckte, sich um seinen Ellbogen wand und am rechten Handgelenk endete.

Er schlug mir auf die Wangen und sagte immer wieder: »Faith, Faith.«

Adam hatte den Motor seines Wagens laufen lassen, direkt vor der Garage, so dass ich eine Sekunde lang dachte, der rachsüchtige Comet hätte mich überfahren und getötet.

Ich hörte die Stimme meiner Mutter, noch ehe ich ihr Gesicht sah.

»Gott im Himmel, Faith, was ist passiert? Was zum Teufel ist hier los? Herrgott, Adam, was hast du mit ihr gemacht? Geh bitte nach Hause.«

»Ich habe nur … Sie ist umgefallen. Ich habe gesehen, wie sie umfiel.«

»Geh einfach nach Hause.«

»In Ordnung, ich wollte aber nur helfen.«

»Ich weiß, bloß brauchen wir im Moment mehr Hilfe, als uns irgendjemand geben kann«, erwiderte sie, zerrte mich auf die Füße, zog mir mein Schlafanzugoberteil über den Bauch und klopfte den Schmutz von meinem Hintern. Ich war am Verhungern. Ich hatte den ganzen Tag nichts weiter zu mir genommen als Gras und Zigaretten.

Adam griff sein T-Shirt vom Boden und stopfte es in die hintere Hosentasche.

»Was immer du sagst, Nancy. Bis bald, Faith«, murmelte er.

Ich winkte und ließ mich von Mom ins Haus führen. Über die Schulter stierte ich auf Adams bebilderten Rücken. Das Kreuz begann an seinem Hals und reichte bis zum Hosenbund, wo sich eine Blumengirlande um den Sockel wand. Der Querbalken erstreckte sich über beide Schulterblätter. Ich kann nur wenige Sekunden weg gewesen sein, aber es kam mir unendlich lang vor, weil die Sonne untergegangen war und alles in tiefe, tiefe Dunkelheit getaucht hatte.

10. Kapitel

Als die Maisbeschneidung begann, hob Mom den Hausarrest schon wieder auf. Sie kam stets an einen Punkt, an dem sich die Bestrafung ihrer Kinder als Bumerang erwies. »Ich bin nicht sicher, ob dieser Hausarrest irgendjemanden bestraft außer mir«, sagte sie, wenn sie Abend für Abend mein missmutiges, genervtes Gesicht sah. »Hast du kein Buch, um in deinem Zimmer zu lesen, damit ich mal telefonieren oder im Fernsehen das einschalten kann, was ich will?«

Insgesamt musste ich nur zwei Wochen im Haus herumlungern. Wenn ich mich auf einen Stuhl setzte, tat ich jedes Mal so, als wäre es ein Rollstuhl, und dramatisierte mein Eingesperrtsein, indem ich vorgab, meine Beine nicht mehr bewegen zu können, so dass ich weder Bier holen noch ans Telefon gehen konnte. In Wahrheit genoss ich es, zu Hause festzusitzen. Das Nähen der Sitzpolster ließ die Zeit einigermaßen erträglich vergehen und bescherte mir den besten Aussichtsplatz auf das Kommen und Gehen von Adam Lauzon.

Hope hatte sich ebenfalls zum Maisbeschneiden angemeldet, damit sie kräftigere Armmuskeln bekäme, um bei den Paraden der *Sea Cadets* ihren Pflichten als Flaggenträgerin besser nachkommen zu können.

»O Gott, Faith, diese Flaggen sind schwerer, als man denkt, wenn man sie so ansieht.«

»Ja, Hope, ich habe tatsächlich die halbe Nacht wach gelegen und darüber nachgedacht.«

Matt schwindelte bei der Altersangabe und ergatterte einen Job als Sommeraushilfe bei Ford. Er hoffte, dauerhaft übernommen zu werden. Charlie war für die Arbeit im Maisfeld noch zu klein, und da er mittlerweile fast ausschließlich schwarze Sachen trug, witzelte Mom, er würde sowieso einen Herzinfarkt kriegen, wenn die Sonne auf sein *Sex-Pistols*-T-Shirt brannte.

Als meine arme Mutter den reichen Tierarzteltern erzählte, wie kaltblütig ihr reizender Nachwuchs mich in jener Nacht übers Ohr gehauen hatte, bekam Serena ebenfalls Hausarrest. Ich belauschte, wie Mom Mrs. Agora erzählte, meine »passive Persönlichkeit« habe mich in Schwierigkeiten gebracht.

Was ich wenig später in ihrem Tagebuch las, war noch schlimmer: *Faith ist ein bisschen ein Mitläufertyp und dummerweise leicht zu beeindrucken. Sie ist zu sehr darum bemüht, zu gefallen, und ich muss einen Weg finden, ihr das auszutreiben.*

Mir gegenüber gab sie zu bedenken, dass Serena vielleicht doch nicht so gut zu mir passe und Nicole eine bessere Freundin sei, da zwischen uns kein »Ungleichgewicht der Kräfte« herrsche. Ich erwiderte, Nicole sei eine Streberin und dass ich durch Serena bestimmt mehr Selbstbewusstsein bekäme. Wie könne ich das von Nicole lernen, wenn sie selbst nicht viel davon habe?

»Damit will ich doch nur sagen, dass du dir deine Freundinnen besser aussuchen solltest.«

»Das würde ich ja gern«, entgegnete ich, »wenn ich ein paar Freundinnen zur Auswahl hätte.«

Mom runzelte die Stirn und verzog mitfühlend die Mundwinkel. Wir besaßen beide nicht viel Talent, Freundinnen zu finden, und noch weniger, sie zu halten. Im Gunde war Serena meine einzige Freundin, deshalb konnte Mom sie mir nicht wegnehmen. Sie hatte ja schon Adam aus dem Haus verbannt ohne weitere Erklärung und nur aufgrund der leisen Ahnung, dass es das Richtige wäre. Einmal schrieb sie in ihr Tagebuch, sie könne immer noch nicht glauben, dass sie zwei Töchter von fünfzehn und sechzehn habe: *die allmählich ihre BHs ausfüllen und hinter meinem*

Rücken bestimmt noch ausgewachsenere Dummheiten machen. Ich wünschte nur, sie würden mehr mit mir reden. Ich sehe andere Mütter und Töchter wie Freundinnen miteinander umgehen. Wir sind eher wie eine Wohngemeinschaft. Ist das mein Fehler? Wahrscheinlich ist es mein Fehler. Aber was ich dagegen tun soll, weiß ich auch nicht.

Meine Mutter war überzeugt, dass die Jungs, mit denen wir im Maisfeld arbeiteten, zurückgeblieben waren, weil sie so große Ohren und die überlangen Arme der Bauern hatten. »Seht euch den mal an!«, lästerte sie, wenn sie uns morgens am Treffpunkt an der Kirchentreppe absetzte. Ihre rosa Lockenwickler lugten unter dem Kopftuch hervor, und sie spähte mit roten Augen über den Rand ihrer riesigen Sonnenbrille. »Der wäre bestimmt ein guter Fang, Faith, wenn du ihm beibringen würdest, sich nicht in der Öffentlichkeit im Schritt zu kratzen.«

Jeden Morgen um halb sieben kam ein gelber Schulbus vorgefahren, sammelte Hope, Serena und mich ein und brachte uns mitten ins Nichts. Und jeden Abend wurden wir, verdreckt und erschöpft, wieder an der Kirche abgeliefert. Die lange Fahrt von den endlosen Maisfeldern ins Ortszentrum ließ uns Belle River immer mehr wie eine geschäftige Großstadt erscheinen.

Wenn man den ganzen Tag über hübsch aussehen wollte, war Maisbeschneiden die schlimmste Art von Arbeit, die man sich vorstellen konnte. Trotzdem zogen Serena und ich jeden Morgen frische bunte Hemdchen mit Spaghettiträgern an, um weiße Streifen auf unserer gebräunten Haut zu vermeiden, und nahmen wasserfeste Wimperntusche, um auch nach den nachmittäglichen Gewittern noch frisch auszusehen. Ich legte mein Make-up auf, während wir auf den Bus warteten und Hope daneben die Augen verdrehte. Allerdings gab es in unserer Maisfeldgruppe keine süßen Jungs, deshalb weiß ich nicht genau, warum wir uns überhaupt die Mühe machten.

Die scharfkantigen Maisblätter hinterließen feine Schnitte auf unseren Wangen. Insektenbisse formten seltsame Muster auf unseren Armen und Schultern. Wenn ich nach Hause kam, witzelte Mom, ich hätte das Sternbild Orion oder den Großen Bären aus Mückenstichen auf dem Rücken. Der Schmutz grub sich so tief in meine Finger, dass ich sie vor dem Haus mit einer alten Haarbürste schrubben und mit dem Gartenschlauch abspritzen musste. Und meine Kleider rochen ständig nach Mais.

Doch mir gefiel die Arbeit, denn vor dem Mais waren alle gleich. Sogar die reichen Kinder der Farmbesitzer arbeiteten Seite an Seite mit uns in der stickigen Hitze. Das Einzige, was ich an dem Job hasste, war Marie, unsere Vorarbeiterin. Obwohl im Alter meiner Mutter, führte sie sich auf, als wäre sie so alt wie wir, und versuchte ständig, ihre frankokanadische Nase in unsere geflüsterten Gespräche zu stecken. »Oh, übörr waas ihr sswei beidö rräden?«, fragte sie und sah Serena und mich neugierig an. Hope setzte sich im Bus immer weit von mir weg, las und tat, als würde sie mich nicht kennen.

»Wir rrädön übörr nieschts, Marie«, blödelte Serena zurück.

»Ihrr Mädschön seid Ärrgörr. Isch be'alt eusch im Augge!«

Meine Mutter schüttete sich zwar aus vor Lachen, wenn ich mitten im Diner, von lauter Frankokanadiern umgeben, Maries Akzent imitierte, schlug dann aber mit einem nassen Wischtuch nach mir. »Vermassel den Job nicht, Faith«, mahnte sie. »Du brauchst das Geld, um diese Strafe zu zahlen, und für deine Klamotten – die du dir bitte kaufen und nicht stehlen wirst. Die einzige Alternative wäre, dass ich dir hier einen Job besorge. Bei mir.«

Also nahm ich mich zusammen. Aber Marie passte wirklich auf wie ein Luchs. Serena meinte, sie sei vielleicht lesbisch, so wie sie immer in unserer Nähe herumlungerte, wenn eine von uns Pipi machen musste.

Kaum jemand blieb die vollen vier Wochen im Mais. Selbst

Hope hörte nach dem ersten Mittwoch auf, an dem wir Überstunden machen mussten, weil ihr die *Sea Cadets* fehlten. An dem Tag sah ich sie auf der Rückfahrt zum ersten Mal an den Fingernägeln kauen, bis sie bluteten. Da ich jedoch das Bußgeld zurückzahlen musste, bevor ich auch nur einen Penny für Schulkleidung hätte, schwor ich mir durchzuhalten. Serena versprach es ebenfalls, doch nach der zweiten Woche fing sie an, einzelne Tage zu fehlen, oder sie kam erst nach dem Mittagessen, von ihrer Mutter oder ihrem Vater gebracht, die nach unserem gelben Bus Ausschau hielten und sie – voll geschminkt und schmollend – absetzten.

Eines regnerischen Morgens, irgendwo draußen in Comber, erwarteten wir, im Bus hockend, das Ende eines bösen Gewitters und hatten die Nase voll.

»Faith, ich kann nicht mehr«, sagte Serena, »ich komme mir vor wie ein Neger oder so. Die reichen Mädchen verbringen ihre Tage am Sandpoint Beach in Tecumseh. Und sieh dir uns an – wir rackern uns ab für nichts!«

Aber Marie wollte uns nicht nach Hause lassen. Sie versprach, das Gewitter wäre bald zu Ende, so dass wir das angefangene Feld noch fertig machen könnten. Sie habe eine Quote, und die würde sie, verdammt noch mal, erfüllen.

»Das ist mein letzter Tag hier«, sagte Serena und sah mit finsterem Blick aus dem Fenster auf das verschlammte Feld. »Ich werde aus diesem verdammten Bus nicht mehr aussteigen.«

»Scheiß drauf, dann hör ich auch auf«, sagte ich. Horrorvisionen des Diners tanzten in meinem Kopf: meine Mutter, wie sie mich herumkommandierte; ich, wie ich mich wand, wenn sie mit Geschäftsmännern flirtete und mich als ihre Älteste vorstellte, ihre kleine Helferin, in dieser aufgesetzten Perfekte-Familie-Art, in die sie immer verfiel, wenn wir sie bei der Arbeit besuchten. Aus ihrem Tagebuch wusste ich außerdem, wie hart die

Arbeit als Bedienung war. Wahrscheinlich härter als im Maisfeld. Vor allem fragte ich mich, wie ich weiterhin ihr Tagebuch lesen sollte, wenn wir immer zusammen arbeiteten.

Trotzdem würde sie einsehen, dass es kein toller Ferienjob war, wenn man für drei Dollar vierzig die Stunde riskierte, vom Blitz erschlagen zu werden – ein guter Grund, um aufzuhören. Wir saßen also fröstelnd in unseren regendurchweichten grünen Mülltüten, mit denen wir uns vor der Nässe schützen sollten, und Serena brüllte, den Mund voll Käsesandwich: »Hey, Marie! Hör mal! Faith und ich, wir kündigen!«

Im Bus brach ein Tumult los. Vier andere Leute stimmten mit ein und schrien, sie würden ebenfalls aufhören, und prompt hatte Marie eine ausgewachsene Meuterei an der Backe. Sie wirkte panisch und kreischte. »Allö Mann – Klappö alten!«

Sie hielt kurz inne, schlug die kleinen Hände vors Gesicht und atmete ein paarmal hektisch durch. »Okä«, begann sie, »FALLS ihrr steigt aus und macht ferrtig diesö Feld, isch ssahlö andertalbfach Lon. Abörr FALLS ihrr nischt wollt das, dann steigt aus SOFORRT und geht nach 'ause. SOFORRT!«

Sie sah Serena und mir direkt in die Augen.

Wir standen in Comber, zwanzig Minuten Fahrzeit von unserem Treffpunkt und mindestens eine halbe Stunde Fußweg von der nächsten größeren Landstraße entfernt. Der Regen hatte zwar nachgelassen, doch es blitzte immer noch heftig, so dass es gefährlich wäre, zu Fuß durch die Gegend zu laufen. Außerdem donnerte es wie verrückt. Aber waren solche Umstände nicht genau das Richtige für zwei Mädchen, die zu Beginn des Sommers von schwarzen Zollpolizistinnen befingert und dafür noch zu Hausarrest verdammt worden waren? Ich hatte Mom versprochen, dass mir nichts Schlimmes mehr passieren würde, doch was könnte schlimmer sein als das hier?

Ich stand also ungerührt auf und streckte mich. Ich wünschte, meine Mutter hätte mich sehen können, wie ich so gar nicht passiv reagierte. Sieh her, Mom, ich bin nicht so leicht zu beeindrucken! Vielleicht ein bisschen schwer vermittelbar, was den Arbeitsmarkt anging, aber das war schon alles. Und ich ging nur deswegen hinter Serena her, weil sie den Sitzplatz am Gang hatte.

»Tschüs, ihr Verlierer«, flötete Serena, sprang aus dem Bus und landete mitten in einem Donnerschlag. Wir kreischten los, zogen die Mülltüten so über die Köpfe, dass nur zwei kleine Löcher für unsere Gesichter blieben. Es war ausgeschlossen, in den Bus zurückzukriechen wie zwei Babys – lieber wäre ich gestorben oder vom Blitz erschlagen worden oder in einer Sturzflut ertrunken.

Falls uns etwas Schlimmes passiert wäre, hätten wir niemanden verklagen können. Wir hatten eine Verzichtserklärung unterschrieben, in der mehr oder weniger stand, dass, falls wir ohnmächtig auf einen vertrockneten Maisstumpf fielen und uns dabei den Schädel spalteten, wir nur beten konnten, dass die fünfzehn Zentimeter lange Wunde keine Narbe gäbe. Das war Sarah Narmont passiert. Sie hatte den Rest des Tages mit blutdurchtränktem Klopapier am Kopf verbracht und den Mais beschnitten wie ein Zombie. »Sie muss eine noch ärmere Familie haben als du«, hatte Mom gesagt, als sie uns an diesem Tag an der Kirche abholte.

Serena und ich hatten versehentlich unsere Wasserflaschen und Essenspakete im Bus liegen lassen, aber in der Hosentasche fand ich noch vier in Plastik verpackte Zigaretten, und Serena hatte das *Van-Halen*-Feuerzeug dabei, das uns beiden gehörte.

Der Regen war schwach, aber kalt. »Wir sind im Arsch!«, lachte Serena, die nur ein Trägerhemdchen unter ihrem Müllbeutel trug und vor Kälte zitterte.

»Das ist zum Kaputtlachen!«, rief ich, und das war es auch, bis ein Lastwagen wild hupend vorbeifuhr und uns beinahe von der Straße fegte. Noch weniger lustig wurde es, als eine Sekunde später der nächste folgte und dasselbe machte.

Mit seinen grusligen Lichtblitzen wirkte das Gewitter äußerst bedrohlich. Die Maispflanzen schimmerten bläulich und rauschten so rhythmisch im Wind, dass es einen fast einschläferte. Wir kamen an Sonnenblumen vorbei, die wie dürre durchnässte Blondinen hin und her schwankten.

Dann hatte Serena eine Idee, so wunderbar, dass ich sie wie einen Kuss auf dem Mund schmecken konnte: »Faith, lass uns Adam Lauzon anrufen. Er wird uns abholen. Du sagst doch immer, er würde alles für dich tun. Wir könnten zu einem Farmhaus laufen und von dort aus telefonieren.«

»Ja … vielleicht … Wenn du meinst.«

An der Wegkreuzung stand eine gut gepflegte Vogelscheuche, frisch ausgestopft und festgebunden, mit einem karierten Arbeitshemd, das fast neu aussah.

»Da, sieh mal! Ich nehm mir das Hemd, verdammt«, verkündete Serena, streifte den Müllsack ab und rannte zur Vogelscheuche, als wäre sie eine Schaufensterpuppe im Einkaufszentrum. Sie entkleidete sie wie einen Liebhaber, rieb sich an ihr und stöhnte, und ich schüttete mich aus vor Lachen. »Danke, liebe Vogelscheuche!«, rief sie über die Schulter zurück, während sie das mit Strohhalmen überzogene Hemd zuknöpfte. »Iihh, Faith, das stinkt, und es ist Vogelscheiße drauf.«

In diesem Moment schlug ganz in der Nähe krachend ein Blitz ein.

»Scheiße!«, kreischten wir und rannten aufs nächste Farmhaus zu, als könnte der Blitz uns nicht treffen, wenn wir von seinem letzten Einschlagspunkt wegliefen; als könnten wir in irgendeiner Weise voraussehen, wo er das nächste Mal einschlüge.

Es war kein großes Wunder, dass genau dieser Farmer der

Besitzer des Maisfelds war, in dem wir gearbeitet hatten. Das Feld daneben gehörte ihm ebenfalls, das, in dem eine jetzt halbnackte Vogelscheuche Wache hielt. Doch der Farmer war gar nicht böse und sagte Serena, sie könne das Hemd gern behalten. Es passe ihm nicht mehr, und wenn mir kalt sei, könne ich auch eins haben. »Geh einfach in mein Zimmer und such dir eins aus«, sagte er. Seine Frau sei gestorben, an Brustkrebs, Gott sei ihrer Seele gnädig, vor gar nicht langer Zeit, deshalb lebe nur er hier, ganz allein, nun, da die Kinder groß seien und studierten und alles Mögliche lernten, außer Mais anzubauen. Aber ich entgegnete, das sei schon in Ordnung, wir würden ja in höchstens einer Viertelstunde abgeholt. Ich bedankte mich, dass er meinem großen Bruder Adam die Richtung erklärte, da ich keine Ahnung hatte, wo zum Teufel wir waren.

»Wir warten einfach draußen auf der Veranda. Es macht Ihnen hoffentlich nichts aus, wenn wir rauchen.«

»Nein, nein«, sagte er, »vielleicht setze ich mich dazu, ich bekomme nicht oft Besuch, vor allem nicht so jungen und hübschen, ha, ha, ha. Was für ein Gewitter. Ja, was für ein Gewitter.«

Der Farmer war nett, auch wenn sein Bauch unter dem Hemd hervorquoll. Er bot uns sogar gelbe Erbsensuppe an, die in Tupperdosen unter dem laufenden Wasserhahn in der Küche auftaute. Seine Schwester koche für ihn, teile es in Portionen auf und bringe es ihm einmal pro Woche vorbei, das müsse man sich mal vorstellen. Alle würden ihm helfen, also sei es gar nicht so schlimm, sagte er.

Ich dachte an meinen eigenen Vater, der ebenfalls allein lebte. Doch im Gegensatz zu meinem Dad hatte dieser Mann es sich nicht ausgesucht, allein zu sein. Die anderen waren gestorben oder weggegangen, fort von den weiten Maisfeldern, die er nun allein bestellen musste.

Als Adam schließlich vorfuhr und hupte, bedankten wir uns

für das Vogelscheuchenhemd und für das Angebot, Erbsensuppe mit ihm zu essen, und ließen den Farmer mit seinen Millionen schwankender Maispflanzen und Tausenden zukünftiger Gewitter allein.

Die Sonne brach heiß hervor. Es war noch nicht mal Mittag. Bevor wir Belle River erreichten, meinte Adam, wir würden noch kurz einen Freund besuchen. »Er wird euch gefallen«, sagte er. »Er hat einen Pool, und seine Eltern sind weg, im Wochenendhaus.«

Ich konnte seine Bierfahne riechen. Meine Mutter hatte erzählt, er verbringe seine Sommerferien damit, Bier zu trinken, Zeitschriften zu lesen und die Füße von dem verrottenden Steg am selbst angelegten Teich seines Vaters baumeln zu lassen. Sie hatte gehört, dass er sehr unter der Trennung von Denise leide und wegen Drogen und weil er sein Studiengeld anstatt für Lehrbücher lieber für Tattoos ausgegeben habe, von der Uni geflogen sei. Sie erinnerte mich daran, dass er in unserem Haus nicht mehr willkommen sei. Ich erinnerte sie daran, dass Klatsch und Tratsch eine Sünde seien, und sie sagte: »Nicht, wenn es wahr ist«, und sofern es keinen guten Grund gebe, dürfe er nicht zu uns kommen. Mitten in einem Gewitter in Comber ausgesetzt zu sein, erschien mir als Grund so gut wie jeder andere. Natürlich würde sie sagen: »Du hättest mich doch anrufen können, ich bin deine Mutter«, während sie meine nackten Füße am Boden meines Zimmer festnageln und mich buchstäblich auf ewig ans Haus binden würde.

»Ich bin froh, dass du mich angerufen hast, Faith. Das wird lustig«, sagte Adam und fuhr zum Getränkemarkt. Bei laufendem Motor hievte er ein paar leere Bierkisten aus dem Kofferraum und trug sie, eine Zigarette im Mundwinkel hängend, hinein.

Serena schob ihren Kopf zwischen die Vordersitze und raunte mir zu: »Das ist deine Chance, Faith. Das könnte dein Tag sein.«

»Ich weiß«, erwiderte ich und rutschte tiefer in den Sitz.

Wie sich herausstellte, kannte Serena Adams Freund Scott Demeter. Genau wie Serenas älterer Bruder dealte auch Scott mit Hasch, wobei er seine Plastiktütchen mit Band-Logos verzierte und Sprüchen wie *Stirb jung – sei eine schöne Leiche* und *Steig in den Zug nach Nirgendwo,* alles sorgsam mit flüssigem Tipp-Ex geschrieben.

Ich mochte Scott nicht, denn er fragte Adam sofort: »Wie alt sind die beiden, Scheiße noch mal?«

Adam antwortete nur: »Älter, als du denkst, Mann.«

Scott hatte die typischen Züge reicher Kinder, deren Mundwinkel nach unten zeigten und die selten in meine und Serenas Richtung wiesen. Er erzählte, dass er auf der Uni, wo er Philosophie studierte, damit er kein Farmer werden müsse wie sein Dad, einfach nicht mit dem Stundenplan zurechtkomme. »Die haben mich in die Frühvorlesungen gesteckt, und ich muss jeden Morgen von hier draußen bis nach Windsor kommen, kannst du dir das vorstellen, Adam? Meine einzige Chance ist das Wohnheim im dritten Jahr. Aber scheiß drauf. Du warst auch da und hast es gehasst, oder?«

Adam nickte, während er ein »fettes Teil« drehte, wie Scott es nannte. Scott warnte mich und Serena, keine »Negerlippen« zu machen, weil er »das Kotzen« kriege, wenn er an einer nassen »Tüte« saugen müsse.

Ich sah mich um und fragte mich, warum Scott dieses Haus je verlassen wollte. Das Anwesen war so nigelnagelneu, perfekt, sauber und vor allem herrschaftlich, dass es kaum auszuhalten war. In der Küche hatte seine Mutter überall Enten verteilt: Enten auf Geschirrtüchern, Enten auf Servietten, Enten auf Tabletts, Topflappen und Wasserkesseln. Über der Spüle hing ein Kruzifix aus weißer Keramik, das seine Eltern, wie Scott erzählte, in Portugal gekauft hatten. Und unglaublich: Ich hatte in meinem ganzen Leben noch keinen so großen Fernseher gesehen wie den im

»offiziellen Wohnzimmer«, der uns schwarz glänzend aus toten Augen anstarrte. Vom »Frühstücksalkoven« aus – etwas, wovon ich noch nie gehört hatte – konnte man auf den ebenerdigen Swimmingpool im Garten sehen.

Adam hatte die Idee, die Party nach draußen zu verlegen. »Sollen wir uns nicht an den Pool zurückziehen?«, fragte er mit gespieltem britischem Akzent und reichte mir den Arm. »Faith DiNapoli? Würdest du mir die Ehre erweisen, mich zum Pool zu begleiten, wo ich dich ins tiefe Ende schmeißen und deinen Kopf unter Wasser halten werde?«

Serena quietschte auf und rannte aus der Tür. Scott jagte ihr nach. Ich erlaubte mir die bekiffte Vorstellung, dass dieses Anwesen mir und Adam gehörte und Serena und Scott nur zu Besuch wären.

Ich stellte mir vor, wie Serena sagte: »Hallo, was habt ihr denn an diesem wunderschönen Tag so vor?«

»Ach, wir lesen nur den Science-Fiction-Roman, den Adam gerade geschrieben hat«, würde ich dann sagen. »Trinkt doch ein Bier mit uns, ja?«

Adam würde erst die Steaks auf dem Gasgrill umdrehen, dann Scott fest die Hand schütteln und mit ihm im Schuppen verschwinden, der ihm als Büro und Schreibplatz diente, während ich kochte und unser Haus sauber hielte. »Schau mich an, Mom«, würde ich schreien. »Ich wohne in einem verdammten Herrenhaus mit einem verdammten ebenerdigen Pool, Scheiße noch mal! Und sieh her: Ich habe mehr Badehandtücher, als ich je brauchen werde, und keines davon ist gestohlen!«

Adam schnappte meine freie Hand und klemmte seine breiten Finger zwischen meine. Dann hielt er unsere gemeinsame Faust unter sein Kinn und verpasste sich einen sanften Kinnhaken. »Faith DiNapoli«, sagte er, »ich bin froh, dass du mich angerufen hast. In letzter Zeit tut das das niemand mehr.«

»Ich weiß. Ich darf dich eigentlich auch nicht anrufen.«

»Okaay, und was darfst du sonst noch nicht mit mir?« Er nahm auch meine andere Hand.

»Na ja, alles. Die Leute sagen, du bist völlig durchgedreht – weil du von der Uni gegangen bist und Denise nicht mehr hast und alles.«

»Ach, scheiß drauf, scheiß auf Denise!« Sein Mund fand meinen Daumen, und er sog kurz daran, dann zog er mich zu sich. »Es ist mir scheißegal, was die Leute sagen. Komm, nimm mich in den Arm, Faith. Du wirst immer meine Freundin sein, oder? Sag, dass du immer meine kleine Freundin bist.«

»Das bin ich, ich verspreche es«, sagte ich und bekam Angst dabei.

Adam lehnte seinen mageren Körper an mich und kratzte mir behutsam über den Rücken. Ich sah über seiner Schulter wieder das Kreuz aus Keramik. Ich schloss die Augen und betete: Bitte, Gott, vergib mir, dass ich hier bin. Aber wir hatten eine Abmachung, und Du hast Dich nicht daran gehalten. Jemand anders hat mir die Unschuld genommen und das auf höchst lieblose Weise. Ich werde diese schlimme Erinnerung durch eine bessere ersetzen, und ich werde diesen Mann lieben, weil es sonst keiner tut. Ich werde diesen Mann küssen, also lass mich bitte gut küssen. Ich werde Sex mit Adam haben, und wenn es nicht liebevoll sein kann, dann lass es sich wenigstens ein bisschen wie Liebe anfühlen.

Ich bekam einen Schluckauf, öffnete die Augen und beobachtete Serena durchs Küchenfenster. Sie zog ihr Trägerhemdchen und die Shorts aus und warf sie mit lautem Klatschen auf die Terrasse. Scott sprang in den Pool und schaufelte Wasser auf sie. Beide waren nackt und lachten.

»Okay, lass uns gehen«, sagte Adam, schlug mir auf den Hintern und löste sich von mir. Er hielt nicht meine Hand, während ich ihm nach draußen folgte. Serena schien es nichts auszumachen, dass ihre Brüste aus dem Wasser aufblitzten und wir das dunkle Dreieck ihrer Scham sehen konnten, das unter der Oberfläche schimmerte.

Adam legte den Arm um meinen Rücken und drängte mich sanft Richtung Pool. »Lass uns reinspringen, Baby«, neckte er.

»NEeiiiin«, jaulte ich, als er an meinem Oberteil zog. »Adam, Adam, Adam, ich kann da nicht nackt rein. Ich kann nicht reinspringen.«

Ich bin nicht wie Serena, wollte ich rufen. Ich will mit dir allein sein.

»Dann eben nicht nackt, Faith«, sagte er und schubste mich grob ins flache Ende des kalten Pools. Ich schlug mit den Knien auf dem Boden auf. Dann tauchte ich, den Daumen wie einen Korken auf meiner Bierflasche, wieder auf und hielt sie hoch. Alle beklatschten mein Geschick, aber ich war sauer, dass Adam mich einfach so reingeschmissen hatte. Er ging ans tiefe Ende, streifte sein T-Shirt ab, zog die Shorts aus und hechtete ins Wasser. Ich erhaschte einen Blick auf seinen Penis und die Tätowierungen, mit denen er einen Moment lang aussah, als trüge er immer noch ein T-Shirt.

Wie ein Torpedo steuerte er unter Wasser auf mich zu, sein erstarrtes Ziel.

»Faith, jetzt kriegt er dich«, schrie Serena. Sie hielt sich am Rand fest und nahm einen Schluck von dem Bier, das Scott ihr gebracht hatte. Ich hätte wetten mögen, dass Scott sich jetzt nur deshalb nett gab, weil eine von uns nackt und die andere total bekifft war.

Als Adam vor mir auftauchte, geriet ich in Panik, und bei seinem ersten Lufthole spritzte ich ihm eine Bierfontäne direkt ins Gesicht.

»Au! Scheiße!«, keuchte er. Er tauchte den Kopf wieder unter

Wasser und rieb sich heftig die Augen. Dann schwamm er, immer noch unter Wasser, an den Rand und tauchte mit dem Rücken zu mir auf. Sein tätowiertes Kreuz glänzte vor Nässe. Er legte sein Gesicht auf die Arme und atmete schwer.

»Herrgott noch mal«, sagte Scott, sah zu mir und schnalzte abfällig mit der Zunge. Serena hielt sich eine Hand vor den Mund und unterdrückte ein Kichern.

»Adam!«, rief ich. »Es tut mir leid! Ich wollte nicht …«

»Lass mich in Ruhe!«, brüllte er und fuhr sich mit den Händen übers Gesicht.

»Willst du ein Handtuch, Kumpel?«, fragte Scott.

Adam antwortete nicht. Ich schwamm zu ihm, was anstrengend war, weil ich mit der einen Hand mein vollgesogenes Schlauchoberteil festhielt und mit der anderen das gerettete Bier. Mein Herz klopfte so laut, dass es in meinen Ohren dröhnte. Ich war noch nie gewalttätig gewesen. Und war Adam nicht mitten am Tag mitten ins Nichts gefahren, um uns zu holen? Hatte Adam nicht mit nur einer Kiste Bier und einem neuen Freund eine Party gezaubert? War er nicht deshalb gern mit mir zusammen, weil ich keine anspruchsvolle Zicke war wie Denise?

»Oh, mein Gott, Adam, es tut mir ja so leid.« Ich legte eine Hand auf seinen Rücken. Er zitterte. Weinte er vielleicht?

»Ich hab gesagt, lass mich in Ruhe.«

Ich fuhr zurück. Doch bevor ich umdrehen und aus dem Pool klettern konnte, warf Adam sich auf meinen Rücken und tauchte mich unter. Während ich um mich schlug, hörte ich gedämpftes Gelächter aus Serenas und Scotts Richtung, aber ich war zu sehr damit beschäftigt, wieder an die Oberfläche zu gelangen. Jedes Mal, wenn ich es fast geschafft hatte, drückte Adam meinen Kopf erneut unter Wasser. Mich beschlich das Gefühl, dass er mich umbringen wollte.

»Stopp«, gurgelte ich, als ich meinen Kopf zwischen seinen

Beinen schließlich nach oben bekam. »Hör auf! Ich mein's ernst, Adam!« Ich stieß ihn weg und streifte dabei aus Versehen seinen steifen Penis.

Er lachte und schwamm ein Stück rückwärts.

»Du hättest mich umbringen können, Arschloch!«, schrie ich und griff nach der auf dem Wasser schaukelnden Bierflasche.

»Ja«, sagte Serena, »du musst sie nicht gleich umbringen, Mann!«

Adam beruhigte sich allmählich. Und auch ich beruhigte mich auf der gegenüberliegenden Seite, wo ich die Bierflasche am Rand abstellte und überlegte, wie ich aus dem Pool entkommen könnte, ohne mein trägerloses Oberteil zu verlieren und barbusig dazustehen.

Scott sagte zu Serena: »Komm, wir lassen die zwei Turteltäubchen allein.«

»Wir sind keine Turteltäubchen«, rief ich, ohne Adam aus den Augen zu lassen, der mich immer noch angrinste. »Wir sind Hasstäubchen.«

Da fing Adam an, wie verrückt zu zwitschern. Er ist irre, dachte ich. Adam ist nicht richtig im Kopf. Oder vielleicht bin ich diejenige, die nicht ganz dicht ist, weil ich mit ihm hier draußen bin.

Scott zog Serena aus dem Wasser. Ich registrierte, dass Adam Serenas nackten Körper betrachtete, bevor Scott sie in ein riesiges Badehandtuch hüllte und auf das klimatisierte Haus zuschob.

»Wir sind oben, wenn ihr zwei was braucht«, rief Scott, während Serena wortlos unter seinem Arm durch die geöffnete Verandatür tauchte. Sie würde mit ihm schlafen aus keinem anderen Grund, als dass wir hier waren. Was sollte ich mit Adam machen? Ich könnte meine Mutter anrufen, sie wäre um diese Zeit noch zu Hause. Doch wie sollte ich alles erklären? Außerdem reizte es mich jetzt doch, zu sehen, wie es mit uns weiterginge.

Etwa eine Minute lang blieben wir jeder auf seiner Seite des flachen Poolendes, die Augen knapp über der Wasseroberfläche, und spuckten uns gegenseitig Poolwasser entgegen. Ich zählte die Jahre, die ich ihn kannte, und dachte an seinen erwachsenen nackten Körper und an meinen. Ich spürte, dass das Wasser gefährlich war – wenn ich meinen Kopf komplett untertauchte, würde ich nie wieder hochkommen.

Dann krümmte Adam seinen Zeigefinger, damit ich zu ihm käme. Ich schüttelte den Kopf, nein. Kühn krümmte ich meinen Finger, damit er zu *mir* käme. Ich werde ihm in allem folgen, dachte ich, weil er sich besser auskennt, was zu tun ist.

»Lass uns in der Mitte treffen«, schlug er vor.

Mein Herz klopfte, mein Oberteil war mittlerweile so geweitet, dass es um meine Taille rutschte, und meine Frotteeshorts fühlten sich an wie eine locker gewordene Windel, die meinen Po kaum verhüllte. Meine kleinen Brüste schwebten im Wasser.

Langsam glitt ich auf Adam zu, der schon in der Mitte angekommen war. Als ich ihn erreichte, griff er unter Wasser nach meinen Beinen und schlang sie um seine Hüften. Er stützte mich mit den Armen, aber vor allem wurde ich von seinem steifen Penis gehalten, der gegen meine Pobacken und die Unterseite meiner Schenkel stieß. Er stupste ganz unschuldig um den Bereich herum, in den er letztlich vordringen wollte.

»Adam, ich kenne mich damit nicht aus«, flüsterte ich.

»Schsch, ganz ruhig. Ich zeig's dir. Es ist cool. Alles ist cool, Faith.«

Dann küsste er mich, weich und sanft, so wie ich immer geküsst werden wollte, vom Geschmack von Zigaretten und Bier mal abgesehen. Er küsste meine Wangen und meinen Hals und meine Schulter. Er biss in mein Ohr, ganz vorsichtig, und ich hielt mich stärker an ihm fest. Ich schloss die Augen vor der grellen Sonne und vor einem Gott, der nie besonders aufmerksam gewesen war.

Ich war im Wasser schwerelos.

Plötzlich machte Adam ein erschrockenes Gesicht, wodurch er jünger wirkte und für mich endlich zu dem Adam meiner Erinnerung wurde. Ich spürte, was ihn erschreckt hatte, eine Sekunde nachdem es geschehen war. Sein Penis war in mich eingedrungen, etwa mit dem Druck, durch den man mit dem Daumen einen unreifen Pfirsich vom Kern trennt. Er begann mich nach unten zu schieben und drückte dabei seine Unterarme auf meine Hüften, weil mein Körper gegen meinen Willen immer wieder nach oben trieb, weg von seinem harten, steifen Penis. Ich wusste nicht, was mein Körper mehr wollte: die Kraft des Wassers bezwingen, das mich oben hielt, oder die Kraft eines Mannes, der mich zu sich runterziehen wollte. Adam sah mir ins Gesicht und schien nach Kommandos zu suchen, die er wohl ohnehin nicht befolgt hätte, da ich sicher bin, dass in meinen Augen »Das kannst du nicht tun!« zu lesen war.

Er hielt meine Taille fest umklammert und bewegte mich langsam auf und ab. Unsere Körper machten das Geräusch einer Saugglocke in Menschenformat, die etwas aus mir herausziehen wollte, das tief drinnen feststeckte.

Doch es tat weh. Das Wasser half nicht so, wie man hätte meinen können. Ich dachte an all die Male im Biologieunterricht, wo ich Gummihandschuhe über meine verschwitzten Hände gezogen hatte. Die Frauen an der Grenze hatten mit schnellem, medizinischem Griff gearbeitet. Doch dieser Sex war nichts als quietschende Reibung, als wäre mein Inneres mit einem dünnen trockenen Luftballon ausgekleidet, durch den die umgekehrte Geburt eines Puppenarms aus Plastik erfolgte. Es war überhaupt nicht wie der Sex, den ich aus Seifenopern kannte, wo die Liebenden ins Bett sinken, sich beschwingt umschlingen und mit weißen Satindecken ein glückliches Zelt bilden.

»Hör auf, Adam, okay?«, flüsterte ich, doch er konnte mich nicht hören. Sein Kinn klemmte an meinem Schüsselbein, sein Ohr drückte auf meines, sein Penis steckte tief in mir drin, so tief, dass ich ihn hinter meinem Bauchnabel spürte, wo er vermutlich mit einem meiner unwichtigeren Organe rang und gewann.

Adam watete mit mir durchs Wasser zum Rand des Pools, wo mein Rücken rhythmisch gegen die hellblaue Betonwand schlug. Zwischen unseren Oberkörpern spritzte Wasser auf. Dann hielt er inne, wobei das wunde Gefühl zwischen meinen Beinen nicht nachließ, so dass ich nicht erkennen konnte, ob er seinen Penis herausgezogen hatte oder nicht. Er trat einen Schritt zurück und sah nach unten. Ich beobachtete, wie er schnell und geschickt mit der Hand seinen Penis bearbeitete. Eine kleine, milchige Qualle entwich aus der Öffnung und schwebte davon.

Adam warf den Kopf in den Nacken, kniff die Augen zusammen und schlug mit der freien Hand sanft aufs Wasser.

»Himmel … Herrgott … Scheiße … Faith«, presste er hervor und sackte gegen mich, lehnte sich ganz vorsichtig gegen meinen kleinen Körper.

Ich wusste nicht, was ich anderes tun sollte, als meine schwachen Arme um seinen nassen Hals zu schlingen und zu verharren, solange er nun mal auf diese Weise mit mir verharren wollte. Selbst wenn es für immer gewesen wäre. Und obwohl ich ihn ein bisschen hasste, hielt ich mich doch sehr viel stärker an ihm fest als er sich an mir.

»Das darf niemand erfahren«, flüsterte ich.

Und er erwiderte, ohne den Kopf von meinem Nacken zu heben: »Ganz meine Meinung, Faith.«

Danach kam ich mir vor wie ein Roboter. Ich kauerte mich hinter den Grill, wrang meine nassen Kleider aus und zog sie wieder an. Ich fand meinen Müllsack und warf ihn über, um meine nassen Shorts zu verbergen, die mir am Hintern klebten. Adam zog seine Sachen an, ohne sich vorher abzutrocknen. Es war fast fünf Uhr. Meine Mutter wäre bei der Arbeit.

Ich rief die Treppe rauf nach Serena, aber es kam keine Antwort, also fuhr Adam mich schweigend nach Hause, und wir rauchten eine Zigarette nach der anderen.

Als er seinen Wagen in unsere Auffahrt lenkte, hatte ich einen Moment lang das Gefühl, am Sitz festzukleben.

»Ich ruf dich an«, sagte er, lehnte sich über mich und machte mir die Tür auf.

»Okay«, murmelte ich und dachte: Das ist alles? Er ruft mich an? Und dann was?

Das Gehen tat weh. Später tat auch das Essen weh, das Denken und dann das Schlafen.

Adam wartete eine Woche und einen Tag, ehe er anrief, und ich wartete auch, weil ich ja wusste, dass nur Schlampen bei Jungs anriefen. Aber in dieser Woche verzehrte ich mich nach einer Antwort, was ich als Nächstes tun sollte. Sollte Adam mich jetzt nicht *mehr* lieben? Und sollte nicht auch ich ihn viel mehr lieben? Warum tat ich es nicht? Wenn Sex so heilig war, warum fühlte mein Körper sich dann an wie eine Müllkippe?

In diesen Tagen klingelte das Telefon nur ein einziges Mal für mich. Es war Serena, die mir erzählte, dass sie Sex mit Scott gehabt habe und dann bewusstlos geworden sei und dass Scott sie nach dem Abendessen nach Hause gebracht habe. Sie hatte ihren Eltern etwas von Überstunden in den Maisfeldern vorgelogen, deretwegen sie habe kündigen müssen. Ich hatte Mom etwas Ähnliches erzählt, dass ich mit dem Maisbeschneiden aufgehört habe, weil es zu anstrengend gewesen sei, und sie hatte gesagt: »Tja, das will ich gar nicht bestreiten, die erste Zeit da draußen ist sicher hart, aber gut, dass du es versucht hast, Faith, das nächste Mal ist es vielleicht besser.«

Für meine Mutter klingelte das Telefon in jener Woche dreimal. Es war Dennis, der Polizist, der sie damals angehalten hatte, als sie mit dem zerfetzten Comet nach Detroit zurückgefahren war. Einmal, als er anrief, war sie zu Hause, einmal nicht, und einmal tat sie nur so, als wäre sie nicht da.

»Warum willst du nicht mit ihm sprechen?«, fragte ich, nachdem ich seine Nachricht an sie neidisch entgegengenommen hatte.

»Weil ich nicht zu interessiert erscheinen will. Man sollte nie zu interessiert erscheinen, Faith, das mögen Männer nicht.«

»Was mögen Männer denn sonst noch nicht?«, erkundigte ich mich wie beiläufig in der Hoffnung, das Schweigen von Adam zu ergründen, dem Mann, der mir den letzten Rest meiner Unschuld genommen hatte, nun aber offenbar nichts weiter damit zu tun haben wollte.

Mom sah mich an und dachte eine Weile nach. Wir saßen am Esstisch, und ich hatte mein Gesicht gerade mit ihrer Heilcreme eingerieben gegen die Pickel, die ich immer kurz nach dem Beginn meiner Periode bekam. Diesmal allerdings machten mir die Krämpfe und Pickel nichts aus, im Gegenteil, ich freute mich darüber. Auch wenn Adam mit seinem Sperma aufgepasst hatte – alle schwangeren Mädchen an unserer Schule erzählten gleichermaßen, wie sehr sie aufgepasst hatten.

»Tja, zunächst einmal mögen Männer es nicht, wenn man zu leicht zu haben ist. Oder wenn man raucht«, fügte sie hinzu und blies Rauchringe in die Luft. »Hmm … Sie mögen es auch nicht, wenn man trinkt«, fuhr sie fort, nahm einen Schluck, »oder wenn man zu laut ist. Lass mich überlegen … Sie mögen es nicht, wenn man flucht, verdammt!« Sie drückte kichernd ihre Zigarette aus.

»Na ja, also … abgesehen vom Leicht-zu-haben-Sein tust du diese Dinge aber alle, Mom.«

»Na, na, Faith«, schalt sie und schmunzelte. »Aber genau deswegen darf ich bei Dennis auf keinen Fall leicht zu haben sein – weil das mein einziger Trumpf ist.«

Ich tat all die erwähnten Dinge ebenfalls, nur im Gegensatz zu meiner Mutter hatte ich meine Trumpfkarte bereits ausgespielt. Wobei sich nichts von dem, was wir im Pool gemacht hatten, leicht angefühlt hatte.

Hope und ich waren die Einzigen, die zu Hause waren, um Dennis, den Polizisten, kennenzulernen. Matt und Charlie waren ins Einkaufszentrum gefahren oder wohin auch immer, nur um nicht da zu sein, wenn Moms »Verabredung« auftauchte.

»Das ist normal. Jungs mögen es nicht, wenn ihre Mutter anfängt, sich zu verabreden«, meinte sie. »Aber sie werden darüber hinwegkommen.«

Wie im Nebel hatte ich vor dem Schminktisch im Badezimmer gesessen und beobachtet, wie sie mehrere Schichten Deo und Mascara auftrug. Sie hatte sich sogar meine Bluse von Daniel Hechter ausgeliehen, mit passendem Gürtel. Warum war ich eifersüchtig? Es war doch klar gewesen, dass die Bluse über ihren viel volleren Brüsten perfekt sitzen würde. Das hatte ich doch gewusst, als ich ihr die Bluse angeboten hatte, oder etwa nicht?

Immer wieder fragte sie in den Spiegel: »Ach, Faith, bist du sicher? Sieht das wirklich gut aus? Sehe ich nicht bescheuert aus? Versprochen? Schwörst du es? Ist sie nicht zu eng?«

»Nein, sie sitzt prima, und du siehst gut aus, Mom. Du siehst sogar toll aus«, erwiderte ich. Es stimmte.

Als Dennis kam, bat sie mich, die Tür zu öffnen. Sie stellte mich als das Mädchen vor, von dem sie erzählt habe, dass sie Probleme an der Grenze gehabt habe.

»Ja, von der schrecklichen Sache habe ich gehört«, sagte Dennis und sah sich in unserem sauberen Wohnzimmer um mit den Augen eines Polizisten, der jedes Detail wahrnimmt. Meine Mutter hatte den ganzen Tag geschrubbt und gewienert, vermutlich weil sie diesen Blick von ihm erwartet hatte.

»Ja, aber es geht mir wieder gut.«

»Schön zu hören, ja, das ist schön zu hören.« Er nickte. Er schien nett zu sein, aber er sprach mit verstellter Stimme, die möglicherweise dummen Kindern vorbehalten war, die so dumme Sachen machten wie ich.

Mom sagte: »Tschüs, es wird nicht spät, bleibt nicht zu lange auf, da sind Fischstäbchen im Gefrierschrank, lasst Gigi heute Nacht rein, ich hab euch lieb.« Und das direkt vor Dennis, dem Polizisten.

»Wir dich auch«, murmelten wir.

Noch ehe Dennis' Wagen auf die Straße abbog, ehe Hope und ich sündige Vermutungen über das, was sie nun anstellen würden, austauschen konnten, klingelte das Telefon, und Hope schnappte es sich zuerst.

»Hallo, Adam, Fremder …«, sagte sie und sah mich eindringlich an. Sie plauderten eine Weile, bevor sie mir den Hörer gab und dabei eine Grimasse schnitt.

»Er darf nicht herkommen«, flüsterte sie.

»Ich weiß«, zischte ich zurück, die Hand über der Sprechmuschel. »Warum gehst du nicht deine Stiefel wienern, blöde Kuh?«

»Hallo, Faith, hier ist Adam.«

»Hallo«, sagte ich schrecklich leise.

»Hör zu, äh, ich hab deine Mom wegfahren sehen, und ich werd auch eine Weile weg sein, auf ein paar Auktionen mit meinem Vater. Ich, äh, fahr morgen los und wollte nur sagen, dass ich, äh, dass es mir leid tut, dass ich nicht mehr Zeit mit dir verbringen kann, und ... ich wollte sagen, dass ich Geheimnisse gut für mich behalten kann, und ich weiß, du kannst das auch.«

Ich wartete kurz, dann sagte ich: »Vielleicht.«

Gigi kam und drängte sich gegen meine Beine. Ich packte ihren Schwanz ganz fest, bis sie fauchte, um sich loszureißen.

»Hör zu, du weißt, dass das wichtig ist. Das ist kein Spaß, wenn ich sage, dass das, was da passiert ist, unter uns bleiben muss. Es war toll und so, Faith, ganz großartig, aber irgendwie hätte es nicht passieren dürfen. Wir könnten eine Menge Ärger bekommen. Scheiße, *ich* könnte eine Menge Ärger bekommen. Also hoffe ich einfach, dass wir lebenslang Freunde bleiben, okay?«

»Jep. Lebenslange Freunde«, sagte ich gekünstelt.

Hope sah mich an und verdrehte die Augen.

»Tja, dann tschüs, Faith. Man sieht sich.«

»Tschüs.«

Ich wartete, dass er zuerst auflegte.

Hope verschwand in den Flur, der zu den beiden chaotischen Kinderzimmern führte. Es gab keinen Platz, an den ich gehen konnte, also ließ ich mich an der Wand hinuntergleiten, die nackten Knie nach oben, und dachte an den vorigen Sommer, als Dad uns auf die Farm mitgenommen hatte. Dort hatte ich gelernt, dass diese plötzliche Grausamkeit, dieses Hammer-auf-den-Kopf-Gefühl nur die erlebten, die es nicht kommen sahen.

Später am Abend hörte ich Dennis' Wagen vorfahren. Ich hörte, wie er den Motor abstellte. Obwohl ich mich anstrengte wie nie zuvor, wach zu bleiben, schlief ich trotzdem wieder ein, bevor ich hören konnte, wie die Autotür aufging und die Haustür zuschlug.

11. Kapitel

In den Wochen und Monaten, die dem, was im Pool passiert war, folgten, fühlte ich mich immer mehr wir eines dieser schlaffen Häschen, die Onkel Triasi aus dem Leinensack geschüttelt hatte. In den Armen der Jungs, die ich auf Partys traf, auf denen ich trank, wurde ich weich und biegsam. Äußerlich zeigte ich keine Anzeichen von Fehlfunktion, aber innerlich war ich ein Brei aus kaum noch intakten Knochen und Organen. Ich gab Adam keine Schuld – oder sonst wem. Ich kletterte freiwillig in diesen Sack, und mein klopfendes Herz war für die Jungs ein leichtes Ziel: Es zu finden, mit dem Hammer draufzuschlagen und zum Stillstand zu bringen war kein Problem. Und kein einziges Mal sah ich es wirklich kommen.

Es war also irgendwie passend, dass mein Schottenrock gerade um meine Taille geknüllt war und mein Höschen um meine Knöchel baumelte, als ich zum ersten Mal die Worte *Faith DiNapoli ist eine Schlampe* an der Innenwand der Klokabine las, in der ich pinkelte. Ich war in der Mädchentoilette neben der Cafeteria. Ich hatte das Gekritzel nicht gleich bemerkt, weil ich nicht reingegangen war, um nach Parolen über mich selbst zu suchen. Ich suchte nur nach Klopapier. Zum Glück waren die Worte nicht sehr groß und mit einen hellblauen Eyeliner geschrieben, so dass ich sie leicht mit Spucke und einem zusammengeknüllten Klumpen der grobkörnigen Papiertücher wegwischen konnte. Aber ich hatte keine Ahnung, wie lange sie da schon gestanden hatten. Keine Ahnung, wer so etwas schreiben würde. Keine Ahnung, ob es die Wahrheit war oder nicht.

Ich verließ die Kabine und fand Serena allein mit ihrem Sandwich vor einem aufgeschlagenen Buch, in dem sie sehr wahrscheinlich nicht gelesen hatte.

»Du hast lange gebraucht«, sagte sie.

»Ich hab was entdeckt«, flüsterte ich, ohne mich umzusehen, für den Fall, dass diejenige, die es geschrieben hatte, mich hier beim Essen beobachtete.

»Was hast du entdeckt?«

Ich sagte es ihr. Dabei verschluckte ich mich fast an dem »Schlampen«-Teil, sah Serena jedoch fest ins Gesicht. Noch im Waschraum hatte ich meinen Rock am Bund heruntergerollt und so wieder auf Knielänge gebracht. Ich hatte auch meine Kreolen herausgenommen. Je weniger Aufmerksamkeit ich auf mich zog, desto besser, dachte ich.

»Ach, du meine Güte, Faith«, sagte sie, biss von ihrem Sandwich ab und kaute bedächtig.

Ich spürte, wie verwundbar ich war. Serena war meine einzige Freundin, was sie freute, aber nicht absichtlich passiert war. Wenn sie mich jetzt verließe, weil ich eine Schlampe war, hätte ich überhaupt keine Freundin mehr und große Probleme, eine neue zu finden. Da war Nicole, aber sie war auf die französische High School gewechselt. Und Hope konnte mich schon längst nicht mehr gut leiden.

Eine böse Sekunde lang dachte ich, dass vielleicht Serena den Satz geschrieben hatte, vielleicht um mich in ihre Art von Club zu zwingen, einem Club, dem ich nicht voll und ganz angehörte, weil ich seit Adam keinen richtigen Sex mehr gehabt hatte. Ich hatte mit einigen Jungs zwar eine Reihe anderer Sachen gemacht, aber das hätten wahrscheinlich nur sie als eine Art Sex gewertet. Deshalb fand ich, dass ich den Titel nicht verdient hatte.

»Wer könnte das wohl geschrieben haben?«, fragte ich mit zitternder Stimme.

»Ganz ehrlich, das weiß ich nicht. Wirklich nicht«, erwiderte sie.

Ihre Hand lag auf meiner, und so, wie sie weiterkaute und mich weiter ansah, wusste ich, dass sie es nicht geschrieben hatte. Dazu war sie nicht fies genug. Und ich merkte, dass sie es nicht weiter schlimm fand, wenn man als Schlampe bezeichnet wurde.

Ich wischte mir mit dem Handrücken über den Mund. Ich trug keinen Lippenstift, aber es fühlte sich an, als wäre da etwas auf meinen Lippen, Spucke oder Galle oder die Rückstände eines groben, schmierigen Kusses.

»Mir ist schlecht«, sagte ich, nahm meine Bücher und stand auf. »Ich geh nach draußen. Ich kann hier drin nicht mehr sitzen. Komm mit.«

Serena folgte mir. Wir stellten uns an einen Baum bei der Raucherzone und zündeten uns jede eine Zigarette an.

»Ach, Faith. Mach dir nichts draus«, meinte Serena beruhigend. »Es stimmt nicht. Du weißt es, und ich weiß es. Also scheiß drauf.«

Sie deutete auf eine Gruppe am Unterstand, eine Gruppe von Leuten, deren Haare weiß wie die Sonne leuchteten, die plötzlich alle nur noch über Faith DiNapoli zu reden schienen und was für eine Schlampe sie war.

Ich sah Joey St. Pierre, der rauchte und seiner Freundin Lea Marks wild gestikulierend etwas erzählte. Vielleicht hatte sie es geschrieben, weil er ihr vielleicht erzählt hatte, was für eine riesige Schlampe ich in den Weihnachtsferien gewesen sei. Vielleicht behauptete er, dass der Kuss, den es zwischen uns gegeben hatte, meine Schuld gewesen sei, nicht seine. Joey war in der Zwölften und kein besonders toller Typ, aber er war ein guter DJ, und sein Haar gefiel mir. An jenem Abend war ich gerade dabei, eine Party zu verlassen, ziemlich angetrunken, aber nicht völlig blau. Joey wollte gerade reingehen. Er packte den Ärmel meiner Jacke und fragte: »Hey, Faith, wo willst du hin?«

Ich sagte: »Ich gehe.«

»Zu schade«, sagte er, »ich hatte gehofft, ich könnte mit dir reden«, woraufhin ihm Serena sagte: »Mach ruhig, red mit Faith«, weil sie gerade zu Joeys Freund Tony Levesque wollte, der hinter ihm aus dem Dunkel auftauchte. Ich beobachtete, wie sie sich vor Tony stellte und ihn küsste. Joey blickte zu den beiden, dann zu mir. Ich zuckte mit den Schultern und lachte. Er legte den Arm um meinen Hals und drehte mich so, dass ich, nach hinten gelehnt, auf seinem Arm lag und ihn ansah.

»Na los«, sagte ich, »mach ruhig.«

Er küsste mich auf den Mund. Dann riss ich mich von ihm los und ging zu Tony Levesque, den Serena hatte stehen lassen. Tony sagte: »Hey, wo willst du so schnell hin, Faith?«

»Nirgendwohin, küss mich«, sagte ich. Also küsste auch er mich. Serena saß mittlerweile im Comet und hupte, weil wir noch auf eine andere Party wollten.

Als wir losfuhren, riefen die beiden uns nach: »Wo geht ihr zwei jetzt hin?«

»Nirgendwohin!«, riefen wir zurück.

In den Frühjahrsferien hatte ich einmal draußen im Freien übernachtet, mit Serena, Nicole und ihrer Freundin Elly von der französischen High School. Wir hatten uns von Susanna Moodie und ihrem Buch über die Härten des Farmerlebens, »Roughing It in the Bush«, inspirieren lassen, das wir im Englischunterricht gelesen hatten. Es war langweilig gewesen, aber was die Leute da gemacht hatten, fanden wir cool, also dachten wir, wenn wir uns schon nicht leisten können, wie die reichen Mädchen nach Florida zu fahren, versuchen wir eben das.

Wir wollten drei Tage lang zelten, aber wir schafften kaum die erste Nacht, selbst nicht mit Campingheizstrahlern und Stapeln von Holz. Wir hatten ein paar Jungs Bescheid gesagt, wo wir sein würden, Jungs, die jede von uns mochte. Ich hatte mir Andrew Fortin ausgesucht, für den ich schwärmte, seit er mal, aus Spaß, in der Schule rot-weiß geringelte Socken getragen hatte, den ganzen Tag lang. Er hatte die Hose seiner Schuluniform oben in die Strümpfe gestopft, und wenn man ihn darauf ansprach, gab er vor, nicht zu wissen, was man meinte. Es war lustig gewesen. Als ich Andrew von unserem Experiment im Freien erzählte, sagte er: »Klingt nach Spaß, ich werde versuchen zu kommen.« Aber er kam nicht.

Serenas Typ, der in Ridgetown wohnte, brachte seinen Freund David Laurier mit, einen beliebten Stürmer aus dem Hockeyteam der C-Jugend. Zuerst beachtete dieser Davey mich gar nicht, aber als sich im Laufe des Abends Paare bildeten, gingen wir zusammen den Weg hinunter, der zum Fluss führte. Er hob mich von hinten hoch, und ich stellte meine Füße auf seine Schuhe, und dann ging er eine Weile mit mir herum wie mit einer Puppe. Wir waren beschwipst, und es machte mir nichts aus, dass er mit einer Hand an meine Brust fasste und mit der anderen fest zwischen meine Beine. Er fing an, sein Gesicht auf meinen Hinterkopf zu drücken und mich dabei nach vorn zu beugen. Als ich mich umdrehen wollte, damit er mich küssen könnte, ließ er es nicht zu. »Nein«, sagte er, »so«, und schob seine Knie in meine Kniekehlen, so dass ich auf alle viere fiel. Er lag auf meinem Rücken, aber ich buckelte ihn ab. Ich wollte ihm ins Gesicht sehen, doch er sagte immer wieder: »Nein, lass es uns so machen.« Aber ich wusste nicht, was er von mir wollte, wenn ich ihn nicht ansehen oder küssen könnte. Also löste ich mich aus seinem Griff und sagte: »Ich weiß nicht, was du von mir willst, wenn ich dich nicht ansehen kann.«

»Vergiss es, Fran.«

»Ich heiße Faith, *Danny.*«

»Richtig, *Faith*. Und ich heiße *Davey.*«

»Ich weiß.«

»Vergiss es. Lass uns zurückgehen.«

»Okay, soll mir recht sein.«

Wir landeten im Zelt, rechts und links von Serena und ihrem Typen, und bemühten uns, nicht den Geräuschen zu lauschen, die sie sich bemühten, nicht zu machen.

Dann gab es da noch Thom Faubert auf dem Eishockey-Ball. Wir küssten uns hinter der Eisbearbeitungsmaschine. Und Lenny Pellisier, der im Supermarkt arbeitete, aber dem hatte ich nur meine Titten gezeigt, um Zigaretten zu bekommen. Und ich war nicht die Einzige, die das gemacht hatte, lediglich die Letzte, die herausfand, dass man so bezahlen konnte. Und ich hatte es nur ein einziges Mal getan, weil Lenny meinte, sie seien nicht mehr wert als Lakritze oder eine Tüte Chips.

Und dann war da Luke Trottier, ein Freund von Matt aus dem Ford-Werk. Ich hatte ihn ein paarmal gesehen, wie er unsere Auffahrt heraufführ, ihn aber nicht weiter beachtet, bis zu jenem Abend, als ich seine schreckliche Narbe entdeckte. Sie begann außen an einem Auge und ging wie ein dickes »C« nach oben bis zur Stirnmitte. Jemand hatte ihm auf der Rennbahn mit einer Bierflasche über den Kopf geschlagen. Es war ein Unfall gewesen. Der Typ war ausgerastet, weil er eine Wette verloren hatte, und Luke wollte ihn nicht verklagen oder so was. Er hatte auch einen Zahn verloren und trug nun einen falschen, den er immer vor- und zurückschob, ohne es zu merken, wenn er sich auf seine Karten konzentrierte. Wir saßen am Esstisch und spielten *Hearts*, Luke, Charlie und ich. Hope war bei den *Cadets*. Mom war bei der Arbeit. Matt und Trelly waren im Keller und hatten die Musik laut gestellt. Sie hatten gebrüllt: »Luke, du bist früh dran, wir kommen gleich hoch, entspann dich, trink ein Bier.«

Dann brach Charlie auf, um zum Waschsalon zu gehen. Ich gab ihm zwei meiner weißen Schulblusen mit und meine zwei schwarzen Trikots und sagte, dass er sie zur Belohnung auch tragen dürfe.

Luke drehte einen Joint und fragte mich nach der Schule. Ich füllte etwas vom Wodka meiner Mutter ab und nahm Ginger Ale zum Mischen. Ich sagte, ich käme zurecht und dass ich Sport hasste und meinen Mathelehrer, aber was soll man schon machen. Er trank seinen Wodka pur. Ich fragte: »Wie geht's dir denn, Luke?«, während ich inhalierte, schluckte und mich mit verschränkten Armen zurücklehnte, wobei mich der Cocktail mich erwachsen fühlen ließ und das Hasch lebendig.

Er sagte: »Mir geht's richtig mies.«

Sein Bruder hatte Leukämie, und Luke nahm einen Haufen Überstunden, um das Krankenbett zu bezahlen, das die Familie gerade im Wohnzimmer aufgestellt hatte. Sie wollten, dass er zu Hause starb. Er sagte, es sei schrecklich. Ich wusste nichts davon. Matt hatte nichts erzählt.

Luke fragte, ob ich mir vorstellen könne, Matt oder Charlie irgendwann mal den Arsch abzuwischen, denn das sei es, was er in manchen Nächten tat. Ich sagte, das könne ich mir auf gar keinen Fall vorstellen, und er sagte: »Du wirst dich wundern, was du alles kannst, wenn du jemanden liebst.« Er sagte, das Traurigste sei, dass sein Bruder erst dreizehn war und noch nicht mal Sex gehabt habe, und nun würde er vorher sterben, und deshalb würde er, Luke, allen Sex haben, den er kriegen könne. Es käme ihm dann so vor, als hätte er Sex für seinen Bruder.

Im Lauf der Geschichte wurde ich erst richtig high und musste weinen für Luke und seinen Bruder. Ich legte meine Hand auf Lukes Arm und streichelte ihn mit einem Finger, hin und her, so wie eine Erwachsene es getan hätte. Luke legte seine Hand auf meine und zog leicht an meinem Ärmel und lachte leise.

Fünf Minuten saßen wir so.

Dann sagte er: »Danke, danke, dass du so lieb bist, so besonders. Wow, Faith, das tat richtig gut, jemandem wie dir zu beichten, wie ich mich fühle, danke.«

Aus irgendeinem Grund war ich dankbar für seine Dankbarkeit. Deshalb war es keine Überraschung, dass ich diejenige war, die aufstand und sich rittlings auf seinen Schoß setzte. Ich war es, die seine Baseballkappe abnahm und hinter mich auf den Tisch legte.

Lachend flüsterte er: »Was tust du da, kleines Mädchen?« Und ich zuckte mit den Schultern, weil ich es nicht wusste. Ich war glücklich, ihm Trost spenden zu können, und es fühlte sich so gar nicht nach Sex an, was ich tat, bis er anfing, meinen Po zu streicheln. Er sah mich aus halb geöffneten Augen an, ruhig und verträumt. Dann schob er mich langsam kreisend auf seinem Schoß vor und zurück, hin und her und sagte: »Mein Gott, Faith, das ist so gut, Faith. Können wir irgendwo hingehen? Nimm mich mit auf dein Zimmer, Faith, komm.« Wir schlichen durch den Flur. Ich fegte die Klamotten vom unteren Teil des Etagenbetts, stellte meinen Wodka-Ginger auf den Boden, drehte mich um und setzte mich auf mein Bett. Er stand vor mir, zog seine Hose aus und bat mich, ihm die Unterhose auszuziehen, was ich tat. Sein Penis flutschte raus und blieb in meiner Hand liegen, die kalt war von dem Glas, das ich mitgenommen hatte.

Er umfasste meine Hand mit seiner Hand, um mir zu helfen, ihm zu helfen. Vielleicht begehrte er mich, aber es fühlte sich eher so an, als brauche er mich, was eine noch bessere Methode war, mich rumzukriegen – damals.

Als meine Hand einen perfekten Rhythmus gefunden hatte, forderte er mich auf, ihn in den Mund zu nehmen, was ich tat. Ich musste dem Impuls widerstehen zuzubeißen – nicht, weil ich mich ekelte oder bedroht fühlte, sondern weil es das Erste war, was ich in den Mund nahm, das kein Essen war.

Zuerst bewegte er meinen Kopf mit seinen Händen. Dann hörte er auf und fuhr mit den Fingern durch mein Haar und unter mein Kinn, bis er so weit war und in meinen Mund kam, tief in meinen Rachen, bevor ich merkte, dass es passieren würde.

Ich tastete nach meinem Drink, um den Geschmack runterzuschlucken, und er ging vor mir auf die Knie. Er sprach zwischen meinen Beinen: »Scheiße, das war verdammt noch mal großartig.«

»Zieh deine Hose aus, Faith, jetzt«, sagte er. Ich zog meine Hose aus und stellte mich hin, und er schob mir den Slip runter. Ich ließ mich wieder aufs Bett fallen, und er küsste meine Knie und meine Schenkel und fragte: »Hat das schon mal jemand bei dir gemacht, Faith?«

Ich sagte: »Nein.«

»Willst du, dass ich es mache, Faith?«

Ich nickte. »Ja. Das will ich.« Dann fand sein Mund mich, und es dauerte gerade mal zehn Sekunden, bis er mich mit seiner Zunge dorthin gebracht hatte, wo ich noch nie gewesen war, und ich schrie aus Versehen auf, weil ich so erschrocken war und so beglückt, beides zugleich.

»Wow, das ging aber schnell«, lachte er und wischte sich über den Mund.

»Herrje, tut mir leid«, flüsterte ich zitternd. Was ging schnell? Ich war nicht sicher, ob ich fertig war, und wusste auch nicht, wie man das beendete, was er angefangen hatte. Was wir einander getan hatten, fühlte sich nach Verehrung an, da wir beide auf Knien gewesen waren. Ich hatte das Gefühl, ihn geheilt zu haben, nur dadurch, dass ich ihm etwas von meinem Körper gegeben hatte. Es war eine Gemeinschaft wie eine Kommunion, nur etwas irdischer und weitaus spaßiger.

Unten ging die Musik aus. Wir sprangen vom Bett, warfen die Kleider über, rannten ins Esszimmer und ließen uns auf die Stühle fallen. Jeder von uns roch nach dem anderen. Mit klebrigen Fingern sammelte ich die Karten ein und teilte sie neu und verschmiert aus.

Trelly kam zuerst nach oben.

»Wir sind jetzt fertig, Luke«, verkündete sie und zupfte an ihrem Pullover.

»Das will ich meinen«, sagte Luke und zwinkerte mir zu. Ich glaube, ich fing an, mir vorzustellen, dass es möglich sein könnte, diesen Luke zu lieben, trotz seines Zahns und der Narbe und des sterbenden Bruders oder vielleicht gerade deswegen.

»Luke, lass uns losziehen«, sagte Matt, der hinter Trelly auftauchte. »Tut mir leid, dass du warten musstest, aber Trel braucht immer sooooo lange, bis sie so hässlich aussieht.«

Trelly schlug ihm unsanft auf den Arm.

Ich wollte mitgehen und hoffte irgendwie, dass Luke mich fragen würde, ob ich mitkäme. »Wohin geht ihr denn?«, fragte ich Matt, als ob es mir egal wäre.

»Tja, das kommt darauf an.« Matt sah zu Luke. »Müssen wir Stacey noch von der Arbeit abholen, oder kommt sie direkt ins Keg?«

»Ich ruf sie eben an und frage, wann sie Schluss hat. Entschuldige, Faith«, murmelte Luke und legte seine Karten hin, ohne mich anzusehen. Er stand auf, ging in die Küche zum Telefon und wählte auswendig eine Nummer.

Ich formte lautlos mit den Lippen »Wer ist Stacey?« in Trellys Richtung.

»Lukes Frau«, flüsterte sie zurück. »Heute ist ihr erster Hochzeitstag, deshalb gehen wir aus. Steak und Hummer im Keg, juhu!«

Als sie gingen, saß ich im Badezimmer vor dem Schminktisch und beobachtete mich selbst im Spiegel, wie ich den Rest des Joints rauchte. So sieht ein schlechtes Mädchen aus, dachte ich. Man muss jedes einzelne Gebot gebrochen haben, um diesen verschmierten, traurigen Gesichtsausdruck hinzubekommen. Und nun, da ich die Tafeln Moses zerschmettert hatte, wusste ich nicht mehr, was ich sonst noch mit meinem Leben anfangen sollte, geschweige denn mit dem Rest des Sommers.

Luke rief: »Tschüs, Faith, danke für das Spiel!«

Ich antwortete nicht. Ich hatte Angst, nach diesem vertrauten Hammerschlag auf den Kopf könnte Blut aus meinem Mund sprudeln, wenn ich ihn öffnete. Die Traurigkeit schwoll in mir an, doch ich unterdrückte sie durch Aufräumen. Ich versteckte die leeren Bierflaschen im Garten bei den Büschen. Ich wusch unsere Gläser aus, nachdem ich alle Reste in einen Plastikbecher mit Eis gegossen hatte. Ich leerte die Aschenbecher, auch den von Matt und Trelly im Keller. Ich räumte die Spielkarten weg, wischte den Tisch ab und legte die Klamotten zusammen, die ich von meinem Bett geworfen hatte. Ich schrubbte mein Gesicht und zog meinen Schlafanzug an.

Ich setzte mich an den Esstisch und neckte Gigi mit einem Stück Zahnseide. Hätte in diesem Moment jemand von außen durchs Fenster gesehen, hätte er vielleicht gesagt: »Na, das ist aber ein nettes, sauberes junges Mädchen, das mit seinem Kätzchen spielt und wartet, dass seine Mom von der Arbeit nach Hause kommt.«

Aber hätte dieselbe Person mich eine Stunde eher gesehen, wie ich auf dem verheirateten Luke saß, seine verheiratete Narbe küsste und mich an seinem verheirateten Schoß rieb, hätte sie gesagt: »Andererseits, meine verehrten Damen und Herren, ist das, was Sie hier sehen, nichts weiter als eine dreckige kleine Schlampe, die bereits jedes einzelne Gebot gebrochen hat.«

An meinem ersten Tag mit dem offiziellen Etikett der Schlampe setzte ich mich auf der Rückfahrt im Bus neben Charlie. Ich wollte mich nicht auf eine freie Doppelbank setzen und damit allen anderen Gelegenheit geben, den freien Platz neben mir, der Schlampe, zu meiden. Obwohl ich meinen kleinen Bruder

Charlie unzählige Male allein hatte sitzen lassen, war ich heute froh, seinem stachligen Haar und den sechs Ohrringen Gesellschaft zu leisten, die hoffentlich von dem Wort »Schlampe« ablenkten, das in blauer Neonschrift über mir zu leuchten schien.

»Hi, Charl.«

»Hi.«

»Wie war dein Tag?«

»Totale Scheiße. Und deiner?«

»Meiner auch.«

Hope war nicht im Bus. Sie war nach der Schule zu einer Freundin gegangen und hatte mir gesagt, ich solle Mom sagen, sie sei direkt zu den *Cadets* gefahren. Auch Matt fuhr nicht mehr mit dem Schulbus, er war nach drei Wochen in der Zwölften abgegangen.

»Charlie, kann ich dich was fragen?«, flüsterte ich.

»Ja.«

»Hast du jemals was über mich gehört?«

»Was denn?«

»Weiß nicht. Irgendwelche Meinungen, Gerüchte oder so was?«

»Nein, wieso?«

»Nur so.«

»Faith, mach dir keine Gedanken über solche Sachen. Du solltest dir keine Sorgen machen, was andere über dich denken.«

Er war fast fünfzehn und schlauer als ich.

»Hast du denn was über mich gehört?«, wollte er wissen.

Ja, das hatte ich. Hinter seinem Rücken nannten ihn die Leute »Schwuchtel« und »Missgeburt«.

»Nein.«

»Na also. Was soll's? An dieser Schule sind sowieso nur Arschlöcher. Cheryl und ich können es kaum erwarten, wegzukommen.«

»He, Charlie, seid ihr eigentlich ein Paar, du und Cheryl?«

»Ja, was denkst du denn, hm?«

»Nichts. Ich frag ja nur.«

Ich schätze, jetzt waren wir zwei allein, die Schlampe und ihr schwuler Bruder. Wir hatten Charlie nie geradeheraus gefragt, ob er schwul sei, weil es Mom anscheinend egal war. Warum sollte es uns also etwas ausmachen? Allerdings konnte ich mir schlecht vorstellen, dass sie mich voll Stolz anstrahlen würde, wenn sie wüsste, was jemand über ihre geliebte älteste Tochter an die Toilettenwand geschrieben hatte.

Als wir nach Hause kamen, würzte Mom gerade einen großen Topf Irgendwas auf dem Herd, manchmal hatte sie Angst, wir würden nicht genug Nährstoffe kriegen. Sie hatte schon lange die Idee aufgegeben, ganz normal von neun bis fünf zu arbeiten. Nachts war die Bezahlung besser, sie hatte gern mal einen Tag für sich, und wir waren alt genug, um allein gelassen zu werden. Außerdem hatte Dad seine Unterhaltszahlungen gekürzt, seit Matt Vollzeit bei Ford arbeitete. Das fand meine Mutter nur fair, trotzdem versuchte sie, auf ein Haus zu sparen.

Sie rechnete nicht damit, dass Dennis ihr half. Nach ein paar Verabredungen rief er noch einmal an, als sie zu Hause war, doch sie schickte mich an den Apparat. In ihrem Tagebuch beschrieb sie ihn als *nett, aber ein bisschen dumm, und ich bin sicher, er hasst es, dass ich im Diner arbeite – das und manches andere. Er hat mich gefragt: Warum musst du den Kerlen gegenüber so freundlich sein? Als wäre ich eine Schlampe, nur weil ich als Bedienung arbeite. Ich habe gesagt, dass ich mir so nun mal mein Trinkgeld verdiene, zum Teufel. Drei Verabredungen, und er denkt, ich gehöre ihm. Lin sagt, das sei typisches Männerverhalten, das ich einfach ignorieren solle. Sie hat gut reden – ihrem Mann gehört das Restaurant, in dem sie arbeitet.*

Einmal erzählte Mom, sie habe Bob Seger bedient und ein paar Mitglieder seiner *Silver Bullet Band*. Sie sagte, er habe ein

Haus in Stoney Point, westlich von Belle River, und sie hätten ihr fünfzig Dollar Trinkgeld gegeben. Amerikanische Dollar. Ich war ganz ehrfürchtig und fragte mich, was sie wohl getan hatte, um sich das zu verdienen. Noch am selben Abend erzählte ich sowohl Serena als auch Nicole davon am Telefon. Meine Mutter hörte zufällig auf der anderen Leitung mit und musste aufgeschnappt haben, wie ich schwor, im nächsten Sommer das Haus zu suchen und mit Bob Seger und seiner Band zu feiern, um berühmt zu werden. Später, als ich ganz lässig ins Wohnzimmer kam und von einem Leben als Bob Segers ganz spezieller Freundin träumte, hielt sie mir ihren Finger vors Gesicht. Sie sagte, sie habe uns gehört und würde mich windelweich prügeln, wenn ich hier im Haus eines ihrer »gottverdammten Lieder« auch nur pfeifen würde.

»Hast du mich verstanden?«

»Wir haben doch nur Spaß gemacht, Mom. Himmel!«

»Ich mein's ernst, Faith, das ist kein Spaß. Wenn ich dich je dabei erwische, wie du mit solchen Typen rummachst, werde ich dir Hausarrest verpassen, bis ich dich unter die Haube gebracht habe. Ich will keinen Ärger, mit keinem von euch Mädchen!«

Manchmal wurde Hope in den Strudel ihrer Wut hineingezogen, nur weil sie zufällig danebensaß.

»Wieso guckst du mich dabei so an, Mom?«, jammerte Hope. »Ich kann Bob Seger nicht ausstehen!«

»Warum musst du bloß immerzu hinter uns herschnüffeln?«, schrie ich.

Ein Schlag auf den Arm, nicht allzu fest. »Pass auf, was du sagst. Ihr vier könnt froh sein, dass ich herumschnüffle. Bloß schnüffle ich wahrscheinlich nicht genug.«

Das stimmte. Sie wusste nichts Wichtiges über uns. Wir schlichen uns in unsere geheimen Leben davon. Manchmal stolperte ich über meine Geschwister, wenn sie gerade etwas für sich, für ihr eigenes Leben taten – Hope, wie sie ihre Stiefel polierte, Charlie, wie er das Cover einer *Depeche-Mode*-Platte abzeichnete, Matt, wie er die Zigarettenstummel auf dem Boden seines Zimmers zusammenfegte –, und dachte: Wer bist du eigentlich? Wo bist du aufgewachsen? Wie kommt es, dass du diese Musik magst oder jene Fernsehsendung und ich nicht, und wir haben dieselben Eltern? Was machst du mit deinem Haar? Haben wir nicht dieselbe Vergangenheit? Wie kommt es dann, dass du so anders bist?

Vor allem Hope. Während ich immer zerstreuter und gestresster wurde, wurde sie ernst und düster. Sie vergeudete ihre Zeit nicht damit, sich über Dinge zu sorgen, die mich beunruhigten: Jungs und Klamotten, Partys und Geld. Sie war cool, aber nicht so, dass sie deswegen beliebt gewesen wäre. Sie war von Natur aus cool. Sie hatte sich eine verzögerte Reaktion auf das Leben zu eigen gemacht, und wer sie nicht kannte, konnte meinen, sie sei einfach lahm. In der Schule hatte sie noch weniger Freundinnen als ich. Häufig traf ich sie im Raucherbereich, wo sie mit ein oder zwei Leuten sprach, mit denen sonst offenbar keiner zu tun haben wollte. Die Freundinnen, mit denen sie telefonierte, bekam ich nie zu Gesicht. Es waren andere Kadetten, die in Windsor lebten und kaum jemals in unsere Gegend kamen, es sei denn, Hope brauchte unbedingt eine Mitfahrgelegenheit. Manchmal, wenn ich angeboten hatte, sie am Trainingsgebäude an der Ouellette Avenue abzusetzen, konnte ich einen kurzen Blick auf ihre Kadettenfreundinnen erhaschen, bevor sie ihre Zigaretten austraten und sich zum Durchzählen neben Hope aufreihten.

Einmal fragte ich sie, warum sie mich nie vorstellte, und sie sagte: »Warum sollte ich? Du lachst doch sowieso nur über uns.«

Das tat ich wirklich, so viel war sicher. Aber wie sollte ich auch nicht lachen? »Sieh dich nur an in deiner süßen, kleinen Uniform«, sagte ich zum Beispiel auf dem Weg nach Windsor. »Glänzen deine Stiefel auch ordentlich? Uh, du hast da was auf deiner Bluse. Ha, hingeguckt!«

Aber ich zog sie nur auf, weil ich sicher wusste, dass es ihr nichts ausmachte und dass sie wusste, dass es nur lustig gemeint war und nicht böse. Keine von uns konnte wirklich gemein sein. Wir keiften und keilten, doch wir hielten unsere Beleidigungen immer im Zaum, bevor sie lebenslange Narben hinterlassen konnten. Wir waren alle ein bisschen anders als die Leute um uns herum, auf verschiedene Weise und aus verschiedenen Gründen, die uns damals noch nicht bewusst waren. Dieses Wissen half uns nicht, einander nahe zu sein, aber es war eine gute Sicherung dagegen, dass wir uns je zu weit voneinander entfernten.

»Teenager großzuziehen ist, wie Hauskatzen zu dressieren«, sagte Mom mal zu Tante Linda, um sie zu trösten, weil sie einfach nicht schwanger wurde. »Ich sage ihnen, was sie tun sollen, und sie hören zu. Dann gehen sie weg und machen, was zum Teufel sie wollen. Die Katze hört besser auf mich als diese vier. Es sind meine Kinder, trotzdem kann ich sie manchmal überhaupt nicht leiden. Sei froh.«

Es gab Zeiten, da setzte meine Mutter sich etwas in den Kopf, das wir alle gemeinsam unternehmen könnten, aber es wurde immer schwerer für sie, es einfach vorzuschlagen. Vor allem weil jeder von uns eine so eigene Persönlichkeit entwickelte, dass sie vier verschiedene Taktiken anwenden musste, um uns zu ein und derselben Sache zu bringen.

Als sie einmal wollte, dass wir zusammen ins Fotostudio gingen, brauchte sie mich nur zu bitten. Ich stimmte sofort zu, wie ich zu vielen Dingen und Leuten ja sagte. Hope musste sie anflehen, Charlie bestechen, Matty befahl sie es einfach, um dann zur hysterischen Antreiberin zu werden, die uns träge Teenager mit Worten und Händen zu dem im Leerlauf wartenden Comet scheuchte. »Los, los, na, kommt schon!«

Ich habe noch immer einen Abzug dieser Aufnahme. Meine linke Hand ruht auf Charlies Schulter, er sitzt mit seinen fünfzehn Jahren in der Mitte. Matt ist achtzehn und steht neben mir. Seine Hand liegt auf meiner Schulter. Ich bin fast siebzehn. Hope, gerade sechzehn geworden, steht halb vor Matt und hat ihre Hand auf Charlies andere Schulter gelegt.

Mom brüllte: »Kinder! Ja, so, seid fröhlich! Zeigt eure Zähne. Charlie, lächle, verdammt. *Charlie!* Lächle oder ich dreh dir den Hals um!«

Sie rahmte einen Abzug in Postergröße und hängte das Bild im Wohnzimmer an die Wand neben Matts Eishockeyfotos, Charlies Fußballfotos und meine und Hopes uralte Tanzfotos, auf denen wir nach einer Aufführung einen Knicks machen. Einen kleineren Abzug schickte sie Dad mit den Worten: *Hier sind Deine vier Kinder, Joe, alle groß geworden. Falls Du es vergessen hast: Das sind Faith, Matt und Hope. Charlie in der Mitte. Finde einen guten Platz dafür.*

12. Kapitel

Unser Vermieter, Mr. Meloche, lästerte bei meiner Mutter über Adam, was sie dazu brachte, dasselbe zu tun.

Er sagte: »Wie es aussieht, ist Adams Mutter in die Luft gegangen, als sie seine Tätowierungen entdeckte! Sein ganzer Körper ist voll davon! Und im letzten Semester hat er keinen einzigen Kurs besucht. Er hat sein ganzes Studiengeld an diese gotteslästerlichen Tattoos verschleudert! So religiöses Zeug! Stellen Sie sich das mal vor!«

»Ach, du guter Gott, ich fass es nicht!«, erwiderte Mom theatralisch, fasste sich ans Herz und sah zu mir rüber.

»Ich auch nicht«, sagte ich roboterhaft.

Mr. Meloche fuhr fort, Adams Eltern hätten keine andere Wahl gehabt, als ihn wieder aufzunehmen, weil sein Dad Hilfe auf den Feldern brauche. Aber Adams Mom habe Mr. Meloche angerufen und gefragt, ob er noch andere Wohnungen zu vermieten habe für den Fall, dass Adam allein wohnen wolle. Da habe er Mrs. Lauzon gesagt, im Moment sei nichts frei, aber er werde es sie wissen lassen, wenn sich was ergebe. Zu meiner Mutter sagte er, selbst wenn er etwas Passendes hätte, würde er niemals an »jemanden wie Adam« vermieten.

»Er ist ein verkommenes Subjekt«, meinte Mr. Meloche düster. »Vielleicht ist er auf der Universität in schlechte Gesellschaft geraten, und die haben seinen Charakter verdorben.«

»Vielleicht. Tja, wie wir alle wissen, will ich dieses Subjekt samt seinen Objekten auch nicht mehr im Haus haben«, sagte Mom.

Ich hätte beinahe laut aufgelacht.

Sie fügte hinzu: »Ich will nicht, dass er seine religiösen Tätowierungen zur Schau stellt, weil ich Angst habe, dass Matt dann auch welche haben will. Ich vertraue Adam nicht mehr so wie früher.«

»Das wundert mich nicht, Nancy«, erwiderte Mr. Meloche, »kein bisschen. Wenn er nicht bei seinem Vater ist, sehe ich ihn nur in der Kneipe beim Trinken. Ich gebe ihm auch keine Arbeit mehr. Mein Gott, an manchen Tagen steht sein Wagen den ganzen Tag vor der Kneipe.«

Mom schüttelte den Kopf. So was, den ganzen Tag zu vertrinken! Ich stellte mir vor, wie sie und Tante Linda sich große Gläser Wein aus dem Karton im Kühlschrank einschenkten und über Adam den Kopf schüttelten. Tz, tz.

Mr. Meloches Beerdigungsinstitut lag direkt gegenüber der Kneipe auf der anderen Straßenseite. Er war ins Diner gekommen, um meiner Mutter anzukündigen, dass er gleich unser Haus betreten werde. Mom ließ ihn seine Einbalsamierungssalbe gegen einen Mietnachlass bei uns im Keller lagern.

»Ihr Garten sieht übrigens fantastisch aus. Ehrlich. Sie haben großartige Kinder! Die machen das viel besser, als Adam es je gekonnt hätte.«

Ich rechnete damit, dass sie ihm ihren Kaffee ins Gesicht prustete. Gut, an jenem Sonntag hatte ich ausnahmsweise beim Rasenmähen geholfen, und Hope war in die Stadt gefahren, um mehr Benzin zu holen. Aber Matt hatte lange geschlafen, und Charlie war gar nicht da gewesen, weil er sich in der Stadt von Cheryl verabschieden wollte, die den Sommer bei Verwandten verbringen würde.

Mom hatte den größten Teil gemäht und den Rasenmäher mit der Kraft von zehn Gladiatoren geschoben.

»Jep«, nickte sie, »das sind keine schlechten Kinder.« Sie sah mich an und schnitt eine Grimasse.

Ich war an diesem Tag im Diner, um mit Moms Chefin zu

reden, Angie. Sie suchte eine Aushilfskraft. Und obwohl ich die Vorstellung verabscheute, an der Seite meiner Mutter zu arbeiten, hätte ich es noch mehr verabscheut, im nächsten Sommer wieder Mais beschneiden zu müssen, vor allem ohne Serena, mit der es wenigstens lustig gewesen wäre. Ihre Eltern ließen sie jetzt nicht mehr so oft von Zuhause weg, stattdessen musste sie in der Tierklinik arbeiten und Hunde baden und Katzenklos säubern.

Die Arbeit als Bedienung fiel mir schwer, weil mir die Eigenschaft völlig abging, gern Sachen für andere zu tun, ohne etwas von ihnen zurückzuerwarten. Schon in der Bibel hatte ich diesen Teil immer gehasst. Und ich konnte nicht begreifen, warum ein Gast *mich* um einen Aschenbecher bat, wenn ein Stapel sauberer Aschenbecher *direkt neben ihm* stand! Einen halben Meter entfernt! Nicht, dass ich gemein war oder faul, ich kam der Bitte immer nach, zügig und freundlich, aber später, im Waschraum, schnitt ich meinem Spiegelbild deswegen Grimassen.

Ich zog die Nase kraus und imitierte Mrs. Lebeouf: »Olala, niimm diese Eiörsalat-Sondwiitsch wiedör miit, Fate, die 'att viel zu viel Salz.«

Und ich stellte mir vor, wie ich antwortete: »Warum nehmen Sie nicht das Sandwich und stecken es sich sonst wohin, Ma'am?«

Doch in Wirklichkeit sagte ich: »Ach, herrje, tut mir leid, Mrs. Lebeouf. Ich werde es Angie sagen. Kann ich Ihnen etwas anderes bringen?«

Meine Mutter lernte mich zwei Wochen an, mit einer Überheblichkeit, die mir ein flaues Gefühl verursachte.

»Faith, wenn ein Tisch besetzt wird, bin ich nach spätestens zwei Minuten da.«

»Faith, vergiss nicht, jeden Abend nach deiner Schicht die Speisekarten mit Essigwasser abzuwaschen.«

»Wasch dir die Hände, wenn du auf dem Klo warst.«

»Du musst vorausahnen, was sie wollen. Wenn sie zum Beispiel Pommes frites bestellen, dann stell sofort Ketchup auf den Tisch. Noch ehe die Pommes frites fertig sind.«

Es war, als würde sie die Einweisung als Ersatz ihrer mütterlichen Erziehung ansehen. Sie fand es leichter, mir zu sagen, was ich tun soll, wenn mich jemand fürs Zuhören bezahlte. Ich hätte bestimmt eine bessere Bedienung sein können, aber wenn sie dabei war, benahm ich mich wie leicht zurückgeblieben, nur um sie auf die Palme zu bringen.

Ich ließ beispielsweise ein Glas fallen, und meine Mutter zuckte zusammen, sah zu Angie und sagte: »Sie lernt ja noch.«

Ich merkte, dass ich das mit dem Ketchup hinauszögerte und »ganz und gar vergessen hatte«, dass Gäste getrennt bezahlen wollten, allein aus dem Grund, weil ich mich gut dabei fühlte, meine Mutter zu enttäuschen.

Ich fand es nicht schlimm, dass die Leute mich dafür bezahlten, ihnen Essen zu bringen, das sie nicht selbst kochen wollten. Es waren andere Dinge, die mich ärgerten. Dass ich ihre Jacken aufhängen sollte. Dass ich ihre Kotze in der Toilette aufwischen musste. Dass ich ein Gericht auf zwei Teller verteilen sollte, weil die Kinder ja noch klein seien und nicht alles schafften, obwohl es in erster Linie deswegen war, weil die Eltern sich keine zwei Burger leisten konnten, wenn der Scheck von der Wohlfahrt noch nicht eingetroffen war. Das waren die Informationen, mit denen Mom mich versorgte, und manchmal erzählte ich es den Köchen weiter.

»Tisch zehn«, sagte sie eines Tages und zog an einer Zigarette.

Ich lehnte mich aus der Küchentür und lugte in den Gastbereich.

»Nein, nicht hinsehen! Mein Gott, Faith! Jedenfalls … Tisch zehn. Das Mädchen heißt Terese Trembley. Bonnie Trembleys Nichte aus Quebec und den Sommer über hier.«

Anscheinend war sie wegen Kreditkartenbetrug überführt worden. Sie war zu jung, um ins Gefängnis gesteckt zu werden, also stand sie unter einer Art Hausarrest. Ihr Vater hatte sie windelweich geprügelt. Die ganze Stadt wusste von ihrem Vergehen, also fand man, sie habe es verdient. Ich konnte mir nicht vorstellen, dass mein Vater irgendjemanden schlug. Gut, Mom verpasste mir hin und wieder eine. Aber nicht mehr oft. Und früher war ich auch ab und zu mit einem Stück Gummifahrbahn von unseren Spielzeugautos durchs Haus gejagt worden. Aber richtig verprügelt? Das konnte ich mir nicht vorstellen. Was spannende Personen anging, die ich besser nicht anstarren sollte, wurde Terese zu meiner persönlichen Nummer eins.

»Mom, das ist doch nur Klatsch und Tratsch«, warf ich ihr ihre eigenen Worte an den Kopf.

»Ist es nicht. Es sind Informationen. Das ist ein Unterschied.«

Meine Mutter bekam immer die besten Informationen, weil sie in der Nachtschicht arbeitete, wo die Leute viel mehr tranken und erzählten. Ich arbeitete tagsüber, an Wochentagen. Für eine Anfängerin war das ruhiger und leichter. Außerdem schenkten wir dann weniger Alkohol aus, und da ich noch nicht achtzehn war, hätte ich eigentlich überhaupt keinen servieren dürfen. Aber Angie hielt sich nicht an dieses Gesetz.

»Zu viele Leutö triinkön Alko'ol am Tag, und wenn Männörr kommen nach Schicht zu triinkön Bierr, werr sind wirr, zu sagö nein?«, argumentierte sie.

Ich schenkte gern Bier aus und mixte noch lieber Drinks. Ich war dafür bekannt, dass ich sie stark machte. Außerdem war ich dafür bekannt, dass ich selten nach dem Ausweis fragte, und das verschaffte mir eine Art Machtposition. Ganz kleinen Kindern gab ich natürlich nichts. Aber Achtzehnjährige waren für mich genauso gut wie Einundzwanzigjährige.

Ich fing an, mich auf die eine Stunde zu freuen, wenn sich

meine Schicht mit Moms überschnitt. Wenn sie kam, übernahm sie nach und nach die Tische, während meine Mittagsgäste einer nach dem anderen leicht angetrunken hinaustorkelten und ihre Augen schützend vor der späten Nachmittagssonne abschirmten.

Dann fragte sie mich: »Wie war das Mittagsgeschäft? Gut zu tun? Viel Trinkgeld gemacht?« Wenn ich wenig bekommen hatte, sah sie darin ein schlechtes Omen für das Abendgeschäft. »Verdammt, das bedeutet, dass mein Trinkgeld heute auch mies wird.«

»Vielleicht auch nicht. Ich glaube, es bedeutet nur, dass ich in dem Job nicht gut bin.«

»Doch, das bist du. Du wirst mit jedem Tag besser. Sagt Angie.«

Das stimmte nicht. Was daran lag, dass ich mich überhaupt nicht anstrengte. Ich glaube, ich hatte Angst, gut in etwas zu sein, was ich hasste, weil es bedeuten könnte, dass ich es für den Rest meines Lebens tun müsste. So wie Mom. Sie hasste ihren Job so sehr, dass sie davon ganz erschöpft war und ihr für etwas anderes keine Kraft mehr blieb, so dass sie ihn einfach erledigte.

»So ist es eben«, sagte sie immer. »Ich versuche einfach, das Beste draus zu machen.«

Meine Mutter erzählte mir einmal, dass manche Menschen immer wieder ein und denselben Fehler machten, aus dem schlichten Grund, weil sie wüssten, wie es geht. Sie seien gut darin. Es sei nicht so, dass diese Leute es absichtlich versauten, es sei nur so, dass es allmählich zur Gewohnheit werde. Und wenn man gut darin ist, schlechte Sachen zu machen, wiederholt man sich, weil man es eben gut kann.

»Ist das der Grund, weshalb es Schlampen und Mörder und Diebe und Betrunkene gibt?«, hatte ich gefragt, noch bevor ich selbst den Titel einer wie auch immer gearteten Schlampe erhielt und bevor meine Mutter anfing, jeden Tag zu trinken.

»Na ja, denk dran, dass Betrunkene Alkoholiker sind und Alkoholismus eine Krankheit ist«, erwiderte sie, während sie sich Bier in einen Kaffeebecher goss. »Aber beim Rest würde ich größtenteils zustimmen.«

So wollte ich nicht werden.

An manchen Abenden blieb ich, wenn meine Schicht zu Ende war, noch da und aß umsonst etwas und beobachtete meine Mutter. Ich weiß noch, wie ich dachte: Es ist komisch, wenn man jemanden kennt, der im Blickpunkt der Öffentlichkeit steht. Schauspielerinnen und Politiker haben sicher auch Familienangehörige, die danebenstehen und denken: »Was Dad da nur für eine Show abzieht!« – »Sieh mal, wie Mom versucht, glücklich auszusehen, obwohl sie es nicht ist!« So kam es mir vor, wenn ich meine Mutter beobachtete, wie sie im Diner herumwirbelte, Kaffee einschenkte und Kindern durchs Haar wuschelte. Sie flirtete auch, nicht nuttig oder so, aber sie war zu Männern deutlich freundlicher als zu Frauen, weshalb es nicht verwunderte, dass sie kaum Freundinnen hatte.

Sie wirkte auf mich wie jemand anders, jemand, der nicht wirklich zu mir gehörte, aber auch nicht ganz zu sich selbst.

Ich fragte mich, wie ich wohl auf sie wirkte – ihre Tochter, die Stammgäste hatte, die nicht allzu pervers waren. Die ihre Arbeit erledigte, Gespräche führte und Telefonnummern austauschte. Die ebenfalls mit Männern und Jungs flirtete. In ihrem Tagebuch erwähnte sie mich nur einmal: *Faith arbeitet jetzt mit mir. Es gefällt mir, wenn sie bei mir ist, und offen gesagt ist es gut, dass sie weiß, wie hart ich arbeite.*

Meine Mutter hatte das Talent, Menschen zum Lachen zu bringen, gelegentlich riss sie ihre Witze jedoch auf Kosten anderer. Ich denke, für ihre siebenunddreißig war sie attraktiv, aber nicht übermäßig weiblich. Sie trug Hosen und T-Shirts, aber um sie herum schwebte immer ein Hauch von *Moonwind.* Sie zog sich vier- oder fünfmal pro Abend den Lippenstift nach. Wenn es richtig voll wurde, sah sie manchmal aus, als könnte sie jeden Moment aus der Haut fahren, weil sie niemals still saß und immer auf dem Sprung war. Sie liebte es, wenn Matt, Hope und Charlie vorbeikamen. Dann rannte sie nach hinten, als wären gerade irgendwelche Berühmtheiten gekommen, und rief: »Oh, Faith, Hope ist hier, wie wär's, wenn du ihre Bestellung aufnimmst?«, als wäre es für mich genauso aufregend wie für sie, ihre Kinder zu versorgen. Manchmal sah sie ihnen bei den Hausaufgaben über die Schulter, allerdings gab sie selten Tipps, wie eine Aufgabe zu lösen sei, vor allem nicht in Mathe.

Würde ich mich mit ihr anfreunden? Vermutlich. Wir würden vielleicht nicht die besten Freundinnen werden, aber ich würde mit ihr abhängen, ins Kino gehen, Kaffee trinken, ihr ein paar kleine Geheimnisse anvertrauen. Wenn ich nicht ihre Tochter wäre.

Die Arbeit als Bedienung war viel besser als die im Maisfeld, auch wenn es schwieriger war, sich Tagträumen hinzugeben. Man brauchte seinen Kopf, um sich zu merken, wie ein Gast seine verdammten Eier serviert haben wollte. Aber es gab eine herrlich träge Zeit zwischen drei und fünf Uhr nachmittags, wenn die Sonne tiefer sank und direkt durch das große vordere Fenster schien, das nach Westen zeigte. Es war die Zeit, in der die trinkenden Mittagsgäste entweder bezahlten und aufbrachen oder »noch eins« bestellten. In letzterem Fall ließ ich die Rechnungen offen und gab sie an Mom weiter, denn diese Gäste würden nicht so schnell gehen.

In dieser Zeit bereitete ich das Lokal für die Abendgäste vor und dachte nach. Ich füllte die Ketchupflaschen auf und stellte mir vor, Schauspielerin zu werden.

Ich wischte kurz durch die Toiletten und dachte über Adam nach und wie er abstürzte. Früher hatte ich seine Frau sein wollen, jetzt wollte ich nicht einmal mehr seine Nachbarin sein. Ich war sicher, dass ich wegen Adam als Schlampe bezeichnet wurde. Er hatte mich auf diesen üblen Weg gebracht, und ich schwor mir, umzukehren und die rechte Abzweigung zu finden. Es war nicht zu spät, den richtigen Pfad zu wählen.

Ich spülte die Gläser und dachte darüber nach, wie unglücklich meine Mutter war. Ich wischte die Theke mit Bleiche und fragte mich, was aus uns werden sollte, hier draußen.

Wenn mir langweilig war, rauchte ich vor dem geöffneten Fenster über der Küchenspüle. Von dort hatte man einen guten Blick über die halbe Stadt. Ich konnte das Beerdigungsinstitut sehen, nicht jedoch die Kneipe, da sie auf derselben Straßenseite lag wie das Diner. Aber den kleinen Kaufladen an der Ecke konnte ich beobachten und damit auch wer kam und wer ging, ohne vorn aus dem Fenster starren zu müssen wie meine Mutter, die oft neugierig den Hals reckte und dabei abwesend die Tische wischte und sich verriet als jemand, der sehnsüchtig auf etwas oder jemand wartete.

Einmal sah ich, wie Adam aus der Kneipe über die Straße in den Laden lief, vermutlich um Zigaretten zu kaufen. Er hatte eine karierte Jacke um die Taille gebunden und trug ein weißes Unterhemd. Er sah dünner aus als früher. Sein Haar war länger. Er trug eine Sonnenbrille. Als er aus dem Laden kam, pellte er die Plastikhülle wie eine Zwiebelhaut von der Zigarettenschachtel und warf sie in den Wind. Er stand mitten auf der Straße und versuchte, sich eine anzuzünden. Flick, flick, flick. Seine ganze Haltung sagte: »Geh an, verdammt noch mal!« Er gab auf, drehte sich um und lief in den Laden zurück, vermutlich um Streichhölzer zu holen. Als er dann wieder auf der Straße stand, blieb er erneut stehen und zündete sich eine Zigarette an.

Die Sojasaat war abgeschlossen, also konnte er nichts weiter tun, als Unkraut zu jäten und zu warten. Und zu trinken. Und das tat er.

Einmal, an einem Samstag, tauschte Mom ihre Schicht mit mir, weil sie eine Verabredung mit einem Sportangler aus Michigan hatte, der auf dem Rückweg vom Eriesee immer im Diner haltmachte. Ich kam um fünf und fand sie im Waschraum, wo sie sich schminkte und ihre Gäste komplett ignorierte.

»Mom, die Leute fragen nach dir.«

»Ach, Faith, tu mir einen Gefallen. Könntest du den Derosiers Kaffee nachschenken und ihnen die Rechnung bringen? Sie sind meine letzten Gäste, und ich will jetzt schon raus aus der Schicht und noch einen Drink nehmen, um mich zu beruhigen.«

Ich kam ihrer Bitte nach, schnaubend.

Meine Mutter setzte sich an den Tresen, den ich jetzt abwischte. Sie hatte sich ein Bier eingeschenkt.

Ich hob ihr Glas hoch, wischte darunter und stellte es knallend wieder hin.

»Wie ich gesehen habe, hast du die Menagen nicht nachgefüllt«, sagte ich.

Mom, die sich gerade eine Zigarette anzünden wollte, hielt inne. »Ach, herrje, das stimmt. Tut mir leid. Die Tagesschicht bin ich nicht gewöhnt.«

Sie zündete die Zigarette an, zog ihr »Tut mir leid«-Gesicht und vollführte ein »Tut mir leid«-Schulterzucken. Sie sah gut aus, was ich ihr nicht sagte.

»Nein, ich schätze, die Tage bist du nicht gewohnt«, schimpfte ich. »Ich schätze, du bist es gewohnt, dass ich alles mache. Auf der Toilette sieht es auch schrecklich aus.«

»Oh. Tut mir leid, Faith, das hab ich vergessen.«

»Du hast auch den Müll nicht rausgebracht«, fuhr ich fort.

»Ach, wird der etwa heute abgeholt?«

»Ja! Und Krautsalat hast du auch nicht nachgemacht.«

»Faith!«

»Mom!«, zischte ich.

»Faith! Es tut mir leid, aber hör damit auf, okay?«, zischte sie zurück.

»Ich sag ja nur. Jetzt muss ich das alles machen – und auch noch bedienen. Das ist viel Arbeit, das weißt du, Mom.«

»Ich bin sicher, du wirst es überleben«, erwiderte sie, fast so als wären wir zu Hause. Aber dann schien sie zu merken, dass in ihrer Stimme etwas Unpassendes mitschwang, und schluckte es mit etwas Bier hinunter. »Faith, es tut mir wirklich leid, ganz ehrlich. Ich bin heute nicht ganz bei mir. Aber jetzt bin ich schon umgezogen, und der Typ kann jede Minute hier sein, sonst würde ich den Müll schnell noch rausbringen.«

»Ich mach's ja schon. Aber warum muss er dich *hier* abholen?«

»Weil er nicht wissen soll, wo ich wohne. Ich kenne ihn noch nicht so gut. Er ist Amerikaner. Dennis war immerhin Polizist und hier aus der Gegend.«

»Soll er dich denn nicht nach Hause bringen?«

»Nein. Ich lasse mich hier wieder absetzen und fahre dann mit dir nach Hause.«

Es fühlte sich komisch an, dass meine Schicht Anfang und Ende ihrer Verabredung bestimmen sollte. Mom war es wohl auch ein bisschen peinlich, das merkte ich. Doch sie schien aufgeregter über ihre Verabredung mit diesem Angler, als sie es bei Dennis gewesen war.

Es hätte genau andersherum sein sollen. Ich hätte diejenige sein sollen, die ausging. Nicht meine alte Mutter. Ich hätte diejenige sein sollen, die vor dem rostigen Spiegel im Waschraum ihren Lippenstift nachzog. Die aufgeregt ihre Bluse zurechtzupfte, ihre Ringe um die Finger drehte und auf die frisch gewischte Theke trommelte. Ich hätte an diesem dämmrigen Samstagnachmittag das nervenberuhigende Bier trinken und auf der anderen Seite der Theke auf einen Typen warten sollen, den meine Mutter nett begrüßen, mustern und für okay befinden würde.

Da fuhr Matt in seinem neuen Mustang vor. Weil er bei Ford arbeitete, bekam er Rabatt und hatte sich ein blaues Coupé gekauft, zweitürig, mit allem möglichen Zubehör, Sonnendach und Klimaanlage. Trelly stieg aus und kippte ihren Sitz vor, um Charlie und Hope rauszulassen.

»Ach, herrje«, knurrte meine Mom. »Ich schätze, da wird er gleich die ganze Familie kennenlernen.«

»Schätze ich auch.«

Charlie und Hope kamen zum Abendessen. Ich fing schon mal an, ihre Bestellung zu notieren: für Charlie Hackfleisch-Kartoffel-Auflauf mit einer Extraportion Pommes, für Hope Makkaroni mit Käsesoße und Tomatenscheiben anstelle des Krautsalats, aber nur wenn die Tomaten reif wären.

Trelly meinte, sie und Matt blieben nur auf ein Bier, da sie in Windsor ausgehen wollten. »Sie sehen einfach toll aus, Mrs. DiNapoli«, sagte sie, und meine Mutter schnitt eine Grimasse, als würde sie es nicht glauben.

»Doch, Mom«, meinte auch Matt, nachdem Trelly ihn auf den Arm geschlagen hatte.

»Tja, danke, Kinder.«

Der Sportangler hieß Martin und trug seine Baseballkappe tief ins sonnenverbrannte Gesicht gezogen. Er sah aus wie Mitte vierzig, viel zu alt für meine Mutter, aber sie war vermutlich nicht mehr so wählerisch. Als sie nacheinander ihre Kinder vorstellte, tippte Martin sich an den Schirm seiner Mütze und nickte steif, viermal. Matt streckte die Hand vor. Martin sah sie eine Sekunde lang an, als hätte er noch nie eine Hand gesehen. Dann schüttelte er sie trotzdem.

»Tja, das ist ja eine ganz schöne Rasselbande, Nancy.«

»Jep, und das hier ist Trelly, die wahrscheinlich irgendwann meine Schwiegertochter wird.«

Trelly quietschte und zeigte ihm den »Freundschaftsring«, den Matt ihr zum zwanzigsten Geburtstag geschenkt hatte. Matt erinnerte Trelly daran, dass es kein Verlobungsring sei, und wir stöhnten alle, um zu zeigen, dass wir auf Trellys Seite waren.

»O ja, ganz hübsch«, sagte Martin, ohne richtig hinzusehen.

Mom zog mit ihm ab, ohne uns zu küssen, ohne für ihr Bier zu bezahlen. Als ich Matt und Trelly je »eins für unterwegs« mitgab, steckte Matt mir fünf Dollar Trinkgeld zu.

»Für Moms Bier«, sagte er.

Er tat mir leid. Für ihn war es viel schwerer, Mom mit fremden Männern ausgehen zu sehen, als für uns.

»Der Typ ist eklig«, meinte Hope später und biss von einer Tomatenscheibe ab.

»Total eklig«, sagte Charlie.

»Der wird vielleicht unser neuer Daddy«, entgegnete ich und klimperte mit den Wimpern.

An diesem Samstag war viel los, weil es heiß war und nur wenige Leute in der Stadt eine Klimaanlage hatten. Tatsächlich gab es so viel zu tun, dass Angie Hope bat, dazubleiben und uns beim Abräumen der Tische zu helfen. Charlie beschloss, allein nach Hause zu gehen. Cheryl war schon zwei Wochen weg, und er blies immer noch Trübsal.

»Armer kleiner Kerl«, sagte Hope, als wir ihm hinterhersahen.

Wir hatten Spaß, Hope und ich, zum ersten Mal seit langem. Angie erlaubte uns, die Musik etwas lauter zu drehen, und ein ganzer Tisch voll süßer Hockeyspieler kam rein, die alle nett zu uns waren. Sie hinterließen uns zehn Dollar Trinkgeld, zu einem Flugzeug gefaltet, das auf einem leeren Kaffeebecher balancierte. Hope ließ es auf mich zusegeln, es landete auf dem Mixer, und wir lachten.

Als Angie nicht hinsah, goss ich den Rest ihrer Biere in zwei Kaffeebecher, und Hope und ich prosteten einander zu, weil wir mit der Abendmeute so toll fertig geworden waren.

Ab neun wurde es ruhiger, aber es war noch nicht ganz dunkel, so dass ich Adams Wagen sofort erkannte, als er auf den leeren Parkplatz fuhr. Terese, die frankokanadische Scheckbetrügerin, war bei ihm. Betrunken und lachend stolperten sie aus dem Auto.

Adam kam rein und winkte mir zu, als hätte er mich nie nackt gesehen. Er schnappte sich einfach zwei Speisekarten aus dem Ständer und deutete auf einen Tisch am Fenster. Ich nickte und tat so, als wäre er nur ein weiterer bescheuerter Gast, der sich traute, so spät noch zum Essen zu kommen, noch dazu mit einer Kriminellen im Schlepptau. Angie kratzte gerade den Grill sauber, aber als sie die beiden sah, verdrehte sie die Augen und warf ihn wieder an.

Adam war ganz und gar mit Terese beschäftigt, rückte ihr den Stuhl ran, reichte ihr eine Speisekarte und sah nicht ein Mal zu mir herüber.

Hope saß an der Theke und schenkte Bier in ihren Kaffeebecher nach. Sie hatte Feierabend, so dass mir nichts anderes übrig blieb, als die zwei selbst zu bedienen, obwohl es das Letzte war, was ich wollte. Meine Knie waren offenbar auch nicht glücklich darüber, denn es kam mir vor, als wollten sie sich zurückbiegen, wie bei einer Katze.

»Ach, Gott«, flüsterte Hope, »*den* hab ich ja schon *ewig* nicht mehr gesehen.«

Ich war nicht eifersüchtig, sondern sauer, weil ich seiner verdorbenen Gegenwart nicht entkommen konnte, was beim Bedienen mit das Schlimmste war. Manchmal war das Lokal voll mit Leuten, die ich auf keinen Fall bei mir zu Hause haben wollte, und obwohl ich sie liebend gern rausgeworfen hätte, hatte ich kein Recht dazu. Schlimmer noch, ich musste nett zu ihnen sein.

Ich nahm so ruhig wie möglich zwei Gläser Eiswasser und stellte sie den beiden so sanft wie möglich auf den Tisch. »Hallo, was kann ich euch bringen?«, fragte ich übermäßig freundlich und blickte auf meinen Notizblock.

»Na, wenn das nicht Faith DiNapoli ist!«, rief Adam. »Ja, ja, ich glaube, das ist sie!«

»Hallo. Was kann ich euch bringen?«, wiederholte ich.

»Bring uns für den Anfang mal zwei Bier, bitte«, orderte Adam. »Und weißt du was? Ich nehm noch einen Schnaps dazu.«

»Ich auch«, sagte Terese zu Adam und zu mir gewandt: »Moi aussi.«

»Oh, mach dir keine Mühe mit Französisch, Faith spricht kein Französisch. Faith ist Italjäänerin. Oder etwa nicht?«, sagte er, ohne von der Speisekarte aufzublicken.

»Ich bring euch die Getränke.«

Terese warf Adam einen seltsamen Blick zu, dann sah sie zu mir. Sie hatte große blaue Kuhaugen, die sie dumm erscheinen ließen, aber hübsch. Ihre blauen Flecken waren verschwunden, aber ihre Fingernägel waren blutig gebissen und gelb vom Kettenrauchen. Ich wollte Terese vor Adam warnen, aber sie schien der Typ zu sein, der allein zurechtkam auf eine Weise, die hoffentlich nie meine sein würde.

Adam bestellte für beide und gab sich fasziniert von jedem Zwinkern und Zappeln dieser blöden Ziege. Ich lungerte in der Küche herum und wartete auf ihr Essen. Als Adam von der Toilette kam, ging er zur Theke, wo Hope saß und ein Kreuzworträtsel löste. Er piekste sie in die Seite, und Hope zuckte zusammen, lächelte und umarmte ihn locker.

Ich wartete einen Moment, bevor ich aus der Küche schoss

und so tat, als müsste ich dringend den Eisportionierer holen, der vor ihnen in der Schublade lag.

»Ach, hier ist er ja«, sagte ich. »Willst du jetzt deine Eiskrem, Hope?«

»Ach, nein danke. Hey, Adam sagt, dass er Mom gesehen hat, drüben in der Kneipe, mit diesem Martin.«

»Ja, deine Mom und ihr Freund sind drüben in der Kneipe«, bestätigte Adam lächelnd und leicht schwankend.

»Das ist nicht ihr Freund, das ist nur ein Bekannter«, erwiderte ich ein wenig zu defensiv.

»Na ja, ich hab sie da grad gesehen, ziemlich eng zusammengekuschelt, wie Freunde.«

»Warum hältst du nicht deine Klappe und setzt dich zu *deiner* Freundin?« Ich schlug ein bisschen zu laut auf die Theke. »Ich mach gleich zu«, log ich.

»Faith, du machst zu, seit ich dich kenne.«

Adam nervte mich schrecklich mit seinem strähnigen Haar und dem rüpelhaften Verhalten. Bei ihm ging gerade alles den Bach runter, während ich verzweifelt versuchte, mein Leben in den Griff zu kriegen.

»Was soll das denn heißen? Du bist doch derjenige, der …« Ich hielt inne.

Hope sah Adam an, dann mich, dann den Eisportionierer, dann die Zeitung, als wollte sie angestrengt nicht belauschen, was wir zwei nicht sagten.

Als Angie wegen der fertigen Essen klingelte, lief ich in die Küche.

»Was ist los da draussö, Fate?«, wollte sie wissen, während ich die Hamburger so schlampig wie möglich garnierte.

»Nichts. Der Typ hat nur ein bisschen zu viel getrunken.«

Ich ließ einen Klumpen Krautsalat auf den Boden fallen, schob ihn mit dem Fuß aus dem Weg und nahm eine neue Portion.

»Macht örr Schwierischkeitön? Soll isch ihn rrauswerfön?«, fragte sie. Das machte sie gern, denn dann kam sie sich wichtig und vermutlich größer vor, da sie mir nur bis zur Schulter reichte, selbst mit hohen Absätzen.

»Vielleicht. Wir warten, bis sie gegessen haben, okay?« Ich warf mir eine Silberzwiebel in den Mund.

»Du bist wie deine Muttörr«, sagte sie und schüttelte schmunzelnd den Kopf. Das war als Kompliment gemeint, doch ich nahm es nicht als solches. Ich dachte: Okay, vielleicht bin ich in manchem wie meine Mutter, aber im Gegensatz zu ihr schlampe ich nicht in Kneipen herum, oder? Ich musste krampfhaft das Bild vertreiben, wie meine Mutter über etwas kicherte, das Martin sagte, und einen Fussel von seinem Jackett zupfte. Gott, warum hatte er sie nicht nach Windsor ausgeführt? Hier in der Kneipe kannten wir doch alle, angefangen mit Adam. Und das waren genau die Typen, die dorthin gingen: Typen wie Adam, stadtbekannte Säufer und angehende Huren.

Als ich aus der Küche kam, saß Adam wieder am Tisch, aber Terese war weg. Adams Hemd hing über der Stuhllehne, und auf dem Stuhl saß Hope.

»Wo ist deine Freundin?«, fragte ich, ohne Hope aus den Augen zu lassen. Hope hielt sich eine Hand vor den Mund, um ihr Lachen zu ersticken.

»Ich glaube, sie ist nach Hause gegangen«, meinte Adam achselzuckend. »Ach, und pass auf, wo du hintrittst.« Er deutete auf einen Fleck an der Tür. Es war Kotze.

»Ach, Scheiße!«, sagte ich und knallte die Hamburger auf den Tisch. »Ist ja toll, dass deine Freundin hier rumkotzt und ich alles aufwischen muss. Scheiße, Adam!«

Hope prustete los. »Du meine Güte, Faith, die war echt hinüber. Du hättest sie sehen sollen.«

Angie, Gott segne sie, kam mit Wischmopp und Eimer aus

der Küche und sagte, sie werde es aufwischen, es sei viel los gewesen heute. »Danke«, sagte ich, »danke, danke.«

»Geh nach 'ause, Fate«, sagte sie. »Marian kommt um elf Uhrr, und isch schaff's allein ab jetzt.«

Aber ich konnte nicht nach Hause gehen. Meine Mom wollte nach ihrer Verabredung herkommen, damit ich sie im Comet mitnähme. Sicher, Angie hätte ihr sagen können, dass ich schon gegangen wäre, und dann könnte ihr blöder amerikanischer Freund sie nach Hause bringen, aber wer wusste schon, wie lange sie dann noch mit ihm unterwegs wäre – ohne Zeitlimit und wartende Tochter? Außerdem hatte sie gesagt, sie wolle nicht, dass dieser Martin unsere Adresse kenne für den Fall, dass er sich als Perverser entpuppte. Schlimm genug, dass er wusste, wo sie arbeitete! Außerdem war noch viel zu tun. Ich hatte am nächsten Morgen Frühschicht und wollte alles gut vorbereiten. Und ich ging davon aus, dass Hope noch bleiben und mir helfen würde, während wir auf Mom warteten.

Als Adam Hope also fragte, ob sie seinen Wagen nach Hause fahren würde, wäre mir fast auch das Kotzen gekommen.

»Perfekt. Ich wollte sowieso nach Hause«, erwiderte sie.

»Auf keinen Fall«, fuhr ich dazwischen. »Du musst hierbleiben.«

Sie sahen mich beide an.

»Also wirklich, Faith«, sagte Hope. »Ich bin müde. Ich wollte gar nicht so lange bleiben.«

Sie nahm ein Stück Pommes frites von Tereses Teller und zog es durch das Ketchup. Dann leerte sie Tereses Bierglas. Alles, was sie mit Tereses verlassenem Essen tat, war so furchtbar und bedrohlich, dass ich das Gefühl hatte, mir würde das Herz zerreißen.

»Hope, kann ich dich mal eben in der Küche sprechen?« Ich kochte.

Adam stopfte sich eine Serviette unters Kinn und grinste den schlampig garnierten Hamburger an. Hope wirkte verstört, zuckte aber mit den Schultern und folgte mir.

Als wir in die Küche kamen, zitterte ich.

»Warum, zum Teufel, regst du dich so auf?«, wollte Hope wissen, eine Hand voller Pommes frites, die sie sich nacheinander in den Mund schob. Sie starrte mich an, als liefe auf meinem Gesicht ein Film ab.

»Ich rege mich nicht auf. Aber wenn du mit Adam nach Hause fährst, rege ich mich ganz bestimmt auf.«

»Wieso denn das? Er ist betrunken. Ich fahre seinen Wagen. Du hast mir gar nichts zu sagen.«

»Ich sag's Mom.«

»Na und? Ich versteh das nicht.«

»Hör mir gut zu, Hope. Adam ist gefährlich. Sehr gefährlich.«

Hope sah mich kauend an. »Was hat er dir denn getan?«

»Nichts. Das ist es nicht. Aber … er hat es versucht.«

»Was versucht?«

»Na, du weißt schon, dies und das. Es ist nur so, dass … Fahr nicht. Bleib bei mir. Bitte!«

»Mein Gott, Faith! Angie ist hier, und ich bin schrecklich müde. Das ist doch keine große Sache. Ich ruf an, sobald ich zu Hause bin. Okay? Beruhige dich. Außerdem kann gar nichts passieren, weil ich nicht wie du bin.«

»Was soll das denn heißen?«

Sie warf sich das letzte Stück Pommes frites in den Mund, wandte sich ab und ging langsam zu Adam zurück, der an der Kasse wartete.

Ich stampfte hinterher.

»Hier«, sagte Adam und gab mir zwei Zwanziger. »Den Rest kannst du behalten.«

Das waren zwölf Dollar Trinkgeld. So viel hatte ich noch nie bekommen.

»Vielen Dank für deinen Besuch«, sagte ich. »Hope, ruf an, sobald du da bist.«

»Himmel! Du machst mich wahnsinnig, Faith«, entgegnete sie und stieß die Tür auf.

Sie brauchte vier Versuche, um Adams Wagen zu starten. Ich wandte mich ab, als sie wegfuhren.

Zehn Minuten später klingelte das Telefon. Angie ging zuerst ran und reichte mir den Hörer. Es war meine Mutter, die sagen wollte, dass es später würde.

»Ist schon okay, ich warte«, sagte ich.

Ich wollte sie bei mir haben. Sofort. Gott allein wusste, was Adam mit Hope anstellen würde, geschweige denn, was Martin mit meiner geliebten Mutter anstellen würde. Wenn er sie nicht gegen ihren Willen belästigte, würde er es schaffen, dass sie sich gegen ihren Willen in ihn verliebte. Dann würde er wollen, dass sie in die Staaten zog. Wir würden nicht mitkommen wollen. Damit bliebe es an mir hängen, Hope und Charlie zu Ende zu erziehen, was gar keine so schreckliche Vorstellung war, weil ich es vielleicht besser machen würde.

»Nein, brauchst du nicht, Faith. Du musst morgen früh raus. Also fahr nach Hause und ruh dich aus. Ich ruf dich morgen im Diner an, falls wir uns heute Nacht nicht mehr sehen.«

»Gut, dann warte ich zu Hause auf dich, okay?«

Meine Mutter schwieg einen Moment.

»Faith, das brauchst du nicht. Aber danke, mein Schatz. Ich werde später kommen.«

Sie legte auf, ohne sich zu verabschieden.

Meine Augen brannten, als ich den Boden der Toilette wischte und Bleiche auf die Theke sprühte. Ich warf die Müllbeutel mit lautem Krachen in den Abfalleimer. Ich vertrödelte eine halbe

Stunde in geschäftiger Trance, und Hope hatte immer noch nicht angerufen. Sie rief auch danach nicht an, mit Absicht, möchte ich wetten. Ich wartete weitere fünf Minuten und zählte langsam mein Geld. Immer noch kein Anruf. Hope hätte längst zu Hause sein sollen, zu Hause sein müssen, aber wenn ich anriefe, hätte mich das noch paranoider und verzweifelter erscheinen lassen. Nach Hause wollte ich auch nicht. Ich hatte Angst, Charlie mit Gigi auf dem Schoß und einer Patience auf dem Boden vor dem Fernseher zu finden und Hopes oberes Bett und Adams Einfahrt leer.

Ich sagte Angie gute Nacht und wappnete mich innerlich gegen alles, was ich gleich sehen würde.

Das Haus war dunkel, als ich vorfuhr. Charlie lag schlafend auf der Couch, Hope in ihrem Bett, Gigi auf Hope, und ich schlief ein, bevor Mom von ihrer Verabredung nach Hause kam. Schon wieder.

13. Kapitel

Ich war nicht die Einzige in der Familie, die Trellys Schwangerschaft bemerkte, bevor sie und Matt es offiziell verkündeten.

»Sie ist dicker geworden, Faith. Unsere Trel kriegt ein Bäuchlein«, flüsterte Mom und warf eine Pfanne ins Spülwasser. Sie stemmte eine Hand in die Taille und sah aus dem Fenster in den überwucherten Garten. Jedes Jahr hatte sie große Pläne für diesen Garten, und jedes Jahr sah er wieder nur aus wie eine schlechte Heimdauerwelle.

Es war ein besonderer Abend gewesen. Charlies Freundin Cheryl war von ihrer Tante zurückgekehrt, und Hope war bei den *Sea Cadets* zum Korporal zweiten Grades befördert worden. Mom kochte also Schinkenbraten mit überbackenen Kartoffeln, und wir durften alle ein bisschen Wein trinken.

Trelly trug eines von Matts normalerweise sehr weiten Konzert-T-Shirts, was jedoch überraschend eng saß. Auffallend war auch, dass sie den ganzen Abend kaum etwas sagte. Dabei war sie jemand, der sonst lange, ausschweifende Geschichten erzählte – über die Exfreunde ihrer Schwester, wie der eine ihre Schwester geschlagen und der andere sie, Trelly, angemacht habe, oder über das neue Haus ihrer Cousine und dass sie die Raten nicht mehr zahlen konnte wegen des neuen Whirlpools, den sie und ihr Mann hatten einbauen lassen. Einmal erzählte sie stundenlang bis ins kleinste Detail von Madonnas Heiratsplänen mit Sean Penn und warum diese Ehe eine elende Idee sei. Sie fand, dass es nicht zuletzt ihre Fähigkeit, die Zeit mit Reden zu füllen, war, die sie zu einer großartigen Friseurin machte.

Doch an jenem Abend hatte sie nur dagesessen, schwitzend

und leicht schwankend zu Cheryls langweiliger Schilderung ihrer langweiligen Ferien genickt und mit einer Hand ihren Bauch gerieben.

»Ja, Mom, das ist mir auch aufgefallen«, erwiderte ich, während ich die Pfanne sauber kratzte.

»Scheiße. Ich wusste es. Sie ist schwanger.« Sie zündete sich eine Zigarette an und sah auf ihre fleckigen rosa Pantoffeln. »Was weißt du sonst noch? Sag mir, was du weißt.«

»Nichts. Ich hab's einfach geraten, das ist alles.«

Ich fühlte mich verschwörerisch, aber auch ein bisschen beleidigt. Gut, ich war die Neugierigste von uns allen, aber das bedeutete nicht, dass ich jedes noch so kleine Geheimnis kannte. Ich wusste wohl, dass meine Mutter an jenem Abend nicht allerbester Stimmung war. Sie hatte den Sportangler zum Essen eingeladen, der jedoch freundlich abgelehnt hatte. Am Abend vorher hatte ich gelesen: *Ich musste mich furchtbar überwinden, den Kerl anzurufen. So bin ich einfach nicht erzogen worden. Aber ich dachte, was hab ich noch zu verlieren? Lin meinte, es seien immerhin die Achtziger. Nach siebenmal Klingeln nahm er ab, ich fragte ihn, ob er zum Essen kommen wolle, und er sagte: »Ach, weißt du, diesmal nicht, aber danke. Ich ruf dich wieder an.« Ich bezweifle, dass ich je wieder was von ihm hören werde.*

Und bevor sie mich in der Küche direkt auf Trelly ansprach, wusste ich aus ihrem Tagebuch, dass sie ebenfalls einen Verdacht hegte: *Wahrscheinlich ist es dumm, zu hoffen, dass es wieder weggehen wird. Irgendwie hoffe ich, dass Trellys Bauch einfach wieder schrumpft, dass ich mich geirrt habe oder dass sie etwas unternommen haben. Dafür komme ich in die Hölle. Ich traue mich nicht zu fragen, weil ich es wahrscheinlich gar nicht wissen will. Außerdem bin ich ein Feigling! Ich bete, dass ich mich irre, aber ich weiß doch Bescheid. O Gott, sie sind noch zu jung und unerfahren, um Eltern zu werden. Matt kann noch nicht mal sein verdammtes Auto sauber halten!*

Drei Tage später waren Mom und ich hinten im Garten. Sie spritzte die Terrasse ab, ich nahm Wäsche von der Leine. Ich erinnere mich deshalb so gut, weil mein siebzehnter Geburtstag bevorstand und ich stolz war, dass wir kein großes Getue mehr darum machten. Es sollte einen kleinen Kuchen geben und ein Geschenk – eine kurze Jacke aus Kaninchenfell, für die sie alle zusammenlegten – und dann Bier für alle und Fernsehen. Es ging kein Wind an diesem Tag, so dass meine dunkelgrüne Bettwäsche glatt herunterhing wie eine Schultafel. Ich spielte davor Lehrerin und brachte Mom zum Lachen. »Und nun sage mir, Nancy DiNapoli, was ist die Quadratwurzel aus neun?«

»Äähm … Bukarest?«, rief Mom.

Ich würde nicht sagen, dass Mom und ich Freundinnen waren oder so was, aber ich hatte zu jener Zeit wenig andere. Ich arbeitete an den Wochenenden tagsüber und zweimal die Woche abends, und so blieb wenig Zeit, um mit Nicole zur Kirche zu gehen oder mit Serena auf Schlampe zu machen.

Matt und Trelly fuhren in seinem Mustang vor. Seit jenem Abendessen hatten wir keinen von beiden mehr gesehen. Matt verschwand jeden Morgen sehr früh zur Arbeit und kam immer später nach Hause.

Sie saßen ein paar Minuten im Wagen, bis meine Mutter sie heranwinkte.

»Jetzt kommt's«, sagte sie und verdrehte die Augen.

Matt stieg als Erster aus. Trelly folgte ihm rauchend, und ihr Oberteil konnte den Hinweis auf die Neuigkeiten kaum noch verbergen. »Hey, Mom. Faith. Sind Hope und Charlie auch zu Hause?«, wollte Matt wissen.

Mom stellte den Schlauch ab und sagte, die beide seien nicht da. Ich blieb bei der Wäscheleine.

»Na ja, wir haben euch was zu sagen«, begann Matt und sah

zu Trelly. »Die Sache ist die … Wie es aussieht, werden Trelly und ich ein Kind bekommen.«

»Du hast recht, Matt, genauso sieht es aus«, meinte Mom mit Blick auf Trellys aufgeblähtes *Rush*-T-Shirt.

»Außerdem«, sagte Trelly und trat hinter Matt hervor, »werden wir bald heiraten.«

Sie war die Einzige, die dabei lächelte.

Meine Mutter seufzte, rieb sich das Gesicht und zog ihre Wangen auf übertriebene Weise nach unten. »Du meine Güte, Matt, da gehst du hin und schwängerst einfach Trelly, du dummes Arschloch!«, sagte sie.

Trelly stampfte mit dem Fuß auf. »Mrs. DiNapoli! Herrgott noch mal! So müssen Sie das jetzt aber nicht formulieren!«

Ich unterdrückte ein Kichern, und Mom lachte wie jemand, der seinen eigenen Witz nicht verstanden hatte. »Wie zum Teufel stellt ihr euch das denn vor?«, wollte sie wissen.

Matt gab Trelly ein Zeichen, als wäre sie der Hauptact und er nur die Vorband. »Na ja, wir haben das schon einigermaßen durchdacht«, begann Trelly und wedelte mit den Händen in der Luft.

»Wie schön«, sagte Mom.

Während Trelly detailliert ihre Pläne schilderte, hielt Mom sich eine Hand vor den Mund, nickte und brummte hin und wieder.

»… und dann werden wir heiraten. Aber erst nach der Geburt. Weil ich ein schönes Kleid anziehen will. Kein Schwangerschaftskleid! Das würde schrecklich aussehen.«

»M-hm«, nickte Mom. »Schrecklich.«

»Und dann werden wir uns wahrscheinlich eine Wohnung in der Stadt suchen. Später. Nach einer Weile. Es ist ja so, dass wir erst einmal sparen müssen.«

»M-hm.«

»Und erst mal haben wir genug, wenn nur Matt arbeitet, jedenfalls für eine Weile. Bis wir das Kind in eine Betreuung geben können. Das heißt, wenn meine Eltern es nicht tagsüber nehmen wollen oder so. Hey – oder Sie? Ich weiß nicht … Ich mein ja nur … Ist ja auch Ihr Enkelkind und so. Aber wir werden sehen, das ist noch lange hin und alles, und im Moment wünsche ich mir eigentlich nichts weiter, als dass es ein Mädchen wird, Sie nicht auch?«

»M-hm.«

»Okay, also … Ich hoffe, es ist dann in Ordnung, wenn ich ein paar Sachen in Ihrem Keller unterbringe, aber nur für eine Weile. Oh. Heeee-eeey. Vielleicht sollte ich Sie jetzt ›Mom‹ nennen, oder was meinen Sie?«

Der Vorschlag, Trelly als weitere Tochter anzunehmen, riss meine Mutter wohl aus ihrer Trance.

»Nein. Nancy. Du kannst mich Nancy nennen. Einfach nur Nancy.«

»Nancy.«

»Ja, nur Nancy«, sagte Mom durch ihre Hand, die sie immer noch vor den Mund hielt.

»Also gut, dann eben Nancy. Tja … hallo, Nancy!«, kiekste Trelly.

Nach einer Weile sah Mom auf Trellys Bauch. Trelly klemmte sich die Zigarette zwischen die Lippen und hob das Oberteil hoch.

»Ta-daa!«, sagte sie. Ihr Bauch stand vor wie eine kleine umgedrehte Suppenschüssel.

Meine Mutter legte eine Hand auf den Bauch und sagte mitleidig: »Ihr zwei habt keine Ahnung.«

Matt legte den Arm um seine zukünftige Ehefrau und sagte ruhig: »Kann sein.«

Trelly zuckte mit den Schultern und warf ihre Zigarette ins

feuchte Gras. Es war so still, dass wir hörten, wie sie »tschsch« machte und ausging.

Trelly war überglücklich, rauchte aber mehr denn je und meinte nur, manche Schwangere gierten nach sauren Gurken und Eiskrem und sie eben nach Zigaretten. Außerdem sei der einzige Nebeneffekt, von dem sie gehört habe, dass das Baby dann bei der Geburt weniger wiege, was doch prima sei, denn je kleiner das Baby, desto einfacher die Geburt, oder?

Meine Mutter versuchte, gute Miene zu dem bösen Spiel zu machen, dass ihr ältester Sohn unter ihrem eigenen Dach ein uneheliches Kind bekommen würde, doch der tägliche Blick auf Trellys schwangeren Bauch war hart für sie. Ich hörte, wie sie im Diner mit Angie redete und klagte, sie sei zu jung für diesen Scheiß, von Matt ganz zu schweigen.

»Herrgott noch mal! Ich werde Großmutter, noch ehe ich vierzig werde, verdammt. Ich könnte die beiden umbringen und das verdammte Baby dazu. Und wenn sie glauben, sie könnten bei mir wohnen und ich mache die ganze Arbeit, dann haben sie sich verdammt noch mal geschnitten. Der arme Matt, er hat keinen blassen Schimmer, was da auf ihn zukommt. Keinen Schimmer. Charlie ist auf meiner Seite. Er sagte neulich so was … dass wir auf unserem überfüllten Planeten kein weiteres hungriges Maul bräuchten. Herrgott noch mal, da bin ich ganz seiner Meinung. Ich wünschte wirklich, das Baby würde auf einem anderen Planeten geboren und nicht hier!«

Das Baby war mir herzlich egal, doch auf die Hochzeit war ich furchtbar gespannt, weil Trelly mich gebeten hatte, ihre erste Brautjungfer zu sein. Sie sagte, ihre eigene Schwester sei eine »falsche, hinterlistige Schlange«. Hope würde ebenfalls Brautjungfer sein, außerdem Trellys Cousine Marie-Claire, die nicht besonders gut Englisch sprach. Trelly meinte, die besondere Ehre der ersten

Brautjungfer sei es, der Braut bei allem zu helfen, was sie brauche, vom ersten Moment an bis zur Hochzeit, die ja erst nach der Geburt stattfinden sollte, also in ungefähr sechs Monaten. Zu meinen Aufgaben gehörte es, Zigaretten in der Stadt zu holen und bei *Der Preis ist heiß* Trellys geschwollene Füße zu massieren.

In unserem Ort waren unverheiratete Mütter so verbreitet wie Mandelentzündungen. Und das Stigma der unverheirateten Mutterschaft war bedeutend geringer, wenn man kein Teenager mehr war. Mit zwanzig wurde Trelly also dafür, dass sie schwanger wurde und deshalb heiraten musste, nicht als Schlampe betrachtet. Sie wurde einfach als junge Mutter angesehen, vielleicht auch als junge Braut. Allerdings nicht von ihren eigenen Eltern. Sobald die von der Schwangerschaft erfuhren, warfen sie sie aus dem Haus. Also kam sie zu uns und machte keine Anstalten, wieder zu gehen. Mom meinte, da sie ja ohnehin heiraten würden, könnten sie und Matt sich doch schon früher ihr eigenes Liebesnest in der Stadt suchen. Jetzt, zum Beispiel. Sie fragte sogar unseren Vermieter, Mr. Meloche, ob er in nächster Zeit eine freie Wohnung habe. Das hatte er nicht und wollte im Gegenzug wissen, ob mit dem Haus denn etwas nicht in Ordnung sei. Nein, sie frage nur wegen Matt, antwortete meine Mutter, der gerne ausziehen wolle, wo er doch nun Vollzeit bei Ford arbeite und die Sache mit Trelly ernst sei. Sie konnte sich nicht überwinden, von dem Baby zu erzählen. Von der geplanten Hochzeit, ja, vom Kind, nein. Noch nicht.

Zwei Tage vor Weihnachten kam Trelly mit einem Ultraschallbild nach Hause. Matt und Charlie sahen es an, als wäre es der Schnappschuss eines Autounfalls. Wir einigten uns, dass der Fötus aussah wie eine angeknackste Erdnussschale mit herausstehenden Gliedmaßen. Zwar konnte der Arzt das Geschlecht noch nicht erkennen, er meinte jedoch, dass es vollkommen gesund sei. Zur Feier des Tages holte Trelly sich ein Bier, und meine Mutter sagte, wenn sie so weitermache, bekomme sie am Ende tatsächlich eine Erdnuss oder etwas ähnlich Intelligentes. Trelly protestierte, es sei ja nur das eine, das Baby werde es gar nicht merken und könne sowieso noch nicht hören, was hier draußen vor sich ginge. Sie versprach, mit dem Rauchen aufzuhören, sobald der Fötus seinen Geruchssinn entwickle. Ich musste mir manchmal ins Gedächtnis rufen, dass Trelly die High School nicht beendet hatte, weshalb sie wohl noch nie etwas von Schwangerschaftsvorsorge gehört hatte oder von den Auswirkungen von Alkohol und Drogen auf einen heranwachsenden Fötus.

»Außerdem«, sagte Trelly zu meiner Mutter und sog kräftig an ihrer Zigarette, »hast du auch geraucht und getrunken, als du schwanger warst, hast du das nicht erzählt?«

»Genau, und eigentlich sollten die vier dir Warnung genug sein.«

Bevor wir den Stoff für die Kleider der Brautjungfern auswählten, bevor wir den Saal für die Hochzeitsfeier buchten und das Menü für den Empfang zusammenstellten, musste der halb ausgebaute Keller für ein Neugeborenes wohnlicher gestaltet werden. Als meine Mutter es nicht länger aufschieben konnte, Mr. Meloche einzuweihen, sagte er: »Na, wenn das keine gute Neuigkeiten sind!«, und bot an, für Teppiche und Tapeten zu bezahlen, wenn wir die Arbeit übernähmen. Er schickte sogar einen Blumenkranz samt dreibeinigem Ständer mit dem Wort »Mutter« auf der Banderole, vor das er mit schwarzem Markierstift »Werdende« geschrieben hatte. Mom meinte, der Kranz sei offensichtlich bei einer seiner Beerdigungen übrig geblieben, was sie äußerst passend fand, da unser Leben mit der Geburt des Babys offiziell vorbei sei. Sie stellte den Kranz neben die angeschlagene weiße Wiege, die Trelly bei einem Garagenflohmarkt ergattert hatte.

»Da«, sagte sie, »ruhet in Frieden.«

Sobald seine Schicht bei Ford vorbei war, arbeitete Matt jeden

Abend und jedes Wochenende im Keller. Hope und ich halfen beim Schneiden und Ausmessen. Trelly saß die meiste Zeit vor dem Fernseher, aß Ritz Cracker mit Frischkäse und Sardinen, trank Dutzende Dosen Ginger Ale und rauchte.

Charlie wollte sich mit so etwas Chaotischem und Unvermeidlichem wie einer Geburt nicht weiter befassen. In der Schule hatte er einen Dokumentarfilm über die nukleare Apokalypse gesehen, die bald über uns hereinbrechen werde, und er fand, dass dies weitaus wichtiger sei, als sich um irgendein dummes Baby und die Heirat seiner ignoranten Eltern zu sorgen. Er beendete seine Sätze oft mit: »Ist doch egal, weil wir sowieso bald alle sterben«, selbst wenn wir ihn nur fragten, was er auf seine Pizza haben wolle.

Ich dagegen befasste mich mit dem Entwurf unserer Brautjungfernkleider. Ich stellte mir vor, dass Hope und ich mit unserm dunklen Haar und der dunklen Haut gut in blassgrünem Satin aussähen. Hope fand, marineblauer Polyester sei besser, weil das auf Fotos schöner wirke, formbeständig sei und Flecken aller Art abweise. Doch da ihr Sinn für Kleidung sich darauf beschränkte, Militäruniformen zu bügeln und riesige Stiefel zu polieren, hätte sie genauso gut Tarnkleidung vorschlagen können.

Als Marie-Claires Eltern erfuhren, dass Trelly schwanger war, zwangen sie ihre Tochter, die Rolle der zweiten Brautjungfer abzulehnen. Da das Kind vor der Hochzeit geboren werde, so behaupteten sie, sei es in den Augen der Kirche offiziell ein Bastard. Manche Frankokanadier nahmen den Katholizismus derart ernst, wie ich mir nicht vorstellen konnte, dass Gott ihn gewollt hatte. Doch als ich Matt fragte, warum sie die uneheliche Geburt des Babys nicht dadurch verhinderten, dass sie vorher heirateten und den Hochzeitsempfang mit den schönen Kleidern einfach später feierten, zuckte er nur mit den Schultern und drückte fester auf den Teppichtacker.

»Ich denke, wir wollen einfach ein bisschen abwarten«, meinte er dann.

Die Teppiche, die Mr. Meloche gekauft hatte, bestanden aus drei breiten Bahnen Wollteppichresten. Matt hatte zunächst auf den Zementboden einen Unterboden gelegt und ihn dann mit Sockelleisten versehen. Er trug die Knieschoner meines Vaters, die ihm viel zu groß waren. Dad hatte sie geschickt und dann angerufen, um per Telefon zu erklären, wie es gemacht würde. Manchmal unterhielten sie sich noch ein paar Minuten. Ich weiß nicht, ob sie so ein Vater-Sohn-Ding hatten, weil Matt die Anrufe immer im Keller entgegennahm und mich jedes Mal erwischte, wenn ich in der Küche mithören wollte.

»Abwarten – was denn?«, hakte ich nach und schnitt mit Dads Teppichmesser eine Ecke ab.

»Ich weiß nicht. Abwarten, ob alles okay läuft, schätze ich.«

»Ob was okay läuft?«

»Ob zwischen uns alles okay läuft«, sagte er, »wenn das Baby da ist.« Er hörte auf zu tackern und sah mich an. »Kannst du fassen, dass das alles passiert?«

Matt wirkte dünner als sonst, und sein Brustkorb war leicht eingefallen, vermutlich vom Gewicht seiner knochigen Schultern oder von der Last, die er zusätzlich darauf zu tragen hatte. Wir waren fast fertig. Das Einzige, was fehlte, waren die Deckenvertäfelung und ein paar Vorhänge.

»Bist du sicher, dass bei dir alles okay ist?«, fragte ich zurück.

Er legte den Tacker hin, nahm die Baseballkappe ab und fuhr sich durch das verschwitzte Haar. Zum ersten Mal erinnerte er mich an Dad. Und dass er sagte: »Nein, bin ich nicht, Faith. Ich wünschte wirklich, es wäre so, aber ich bin mir nicht sicher«, erinnerte mich noch mehr an ihn.

»Du meine Güte, Matt! Willst du dieses Kind denn nicht – und nicht heiraten?«

»Doch. Und nein. Aber ich sehe nicht, dass mir überhaupt eine Wahl bleibt. Was soll ich denn sonst machen, jetzt, wo sie schon im siebten Monat ist oder so? Ich darf Trelly nicht hängen lassen, und ich schätze, ich kann nur hoffen, dass es das Beste ist.« Flüsternd fügte er hinzu: »Weißt du, Faith, wir haben über eine Abtreibung nachgedacht, aber Trelly konnte es einfach nicht übers Herz bringen. Sie hat in letzter Minute abgesagt. Erzähl das bloß nicht Mom oder so. Ich an ihrer Stelle hätte es auch nicht tun können.« Er schluckte. »Aber eins sage ich dir, Faith, ich wollte, dass sie es macht. Und ich wette, Mom wollte es auch.«

»Wie kannst du das sagen? Wie kommst du darauf?«

»Sie hat so was angedeutet.«

»Wie?«

»Na, zum Beispiel hat sie einmal gesagt«, er imitierte sie, indem er mir den Finger vors Gesicht hielt, »›Matt, ich hoffe, ihr zwei passt auf, und ich hoffe, wenn du je was Dummes mit Trelly anstellst, dass du dann weißt, dass es Auswege gibt‹ ... So in der Art.«

»Damit meinte sie bestimmt nicht Abtreibung«, erwiderte ich, um sie in Schutz zu nehmen.

»Glaub mir, sie hat bestimmt nicht Adoption gemeint.«

Ich fragte mich, welch schwere Sünde es wohl war, wenn eine Mutter ihrem Sohn zur Abtreibung riet, wenn es tatsächlich das gewesen war, was sie gemeint hatte. Abtreibung war nicht nur ein Verstoß gegen die Zehn Gebote, sie war eine der Sünden, »die nach der Rache des Himmels schreien«, wie wir in der Grundschule gelernt hatten. »Unzucht« und »Unterdrückung der Armen« standen ebenfalls auf dieser Liste. Das sei doch alles das Gleiche, hatte Mom damals gewitzelt.

Mädchen, die eine Abtreibung vornehmen ließen, gingen meist auf die staatliche High School, und Mädchen, die ihre Kinder behielten, gingen immer auf meine. Ich kannte so viele

Mädchen mit Kindern, dass meine Mutter unserer Schule den Spitznamen »Schlampentagesbetreuung« gab. Die Mädchen der staatlichen Schule mussten also gottlos und verdammt sein, aber manche wirkten so unschuldig, dass sie im Himmel bestimmt eine reelle Chance hätten. Sie sahen aus, als könnten sie nichts Schlimmeres anstellen, als ihre Wollsachen nicht mit der Hand zu waschen.

Als ich darüber nachdachte, ob ich eine Abtreibung hätte machen lassen, falls Adam mich an jenem Tag im Pool geschwängert hätte, bekam ich eine Gänsehaut. Ein Baby passte mir so ganz und gar nicht in den Plan. Nicht, bevor ich eine berühmte Schauspielerin wäre oder wenigstens eine Modedesignerin.

Aber Matt war nicht dumm. Also dachte ich, dass Trelly für ihre Schwierigkeiten wohl selbst verantwortlich gewesen war. Vielleicht hatte sie mit über zwanzig aufhören wollen, darüber nachzudenken, wie ihr Leben weitergehen sollte. Ihren Worten nach kam sie »allmählich in die Jahre«, und Mutterschaft und Ehe waren die letzten beiden Punkte auf ihrer »Was ich in meinem Leben alles tun will«-Liste. Nur, dass diese beiden Dinge jetzt in falscher Reihenfolge stattfinden würden.

»Tja … Also, wenn du mich fragst«, sagte ich und strich über das Teppichstück auf meinen Knien, »dann glaube ich, dass du das Richtige tust mit Trelly, und ich glaube auch, dass alles gut wird. Denn was solltest du sonst tun außer heiraten? Hm? Und ich werde bei allem helfen. Bei der Hochzeit. Bei allem. Es wird schon gut gehen. Auch mit dem Baby.«

Matt weinte nicht, er schniefte nur. »Sag Trelly nichts von unserem Gespräch, okay?«, bat er und sah mich mit feuchten Augen an. »Ich will nicht, dass sie denkt, ich würde sie nicht lieben, denn dann dreht sie völlig durch.«

»Was willst du damit sagen, Matt? Dass du Trelly nicht liebst?« Ich hatte Angst vor der Antwort.

»Doch, sicher. Klar. Das tu ich. Sie ist toll und alles. Sie will das Ganze ja auch, weißt du? Aber ich bin noch ziemlich jung. Ich weiß nicht … Ich wollte so einiges machen.«

»Zum Beispiel?«

»Keine Ahnung … reisen. Ich wollte immer mal nach Florida. Kollegen von der Arbeit fliegen nächste Woche hin, aber jetzt kann ich auf keinen Fall mit. Trelly würde ausrasten, außerdem brauchen wir das Geld.«

»Ihr könnt immer noch einiges unternehmen. Ihr nehmt das Baby einfach mit. Oder ihr lasst es hier. Bei uns.«

Ich dachte, er würde lauthals loslachen, aber er saß nur da, zusammengesackt in seinen großen Knieschonern.

Vielleicht war die Lösung ganz einfach. Vielleicht, dachte ich, sollten sie einfach früher heiraten, um die ewige Verdammnis von diesem Kind abzuwenden, und sich erst später Gedanken um sich selbst machen. Außerdem hatte ich dieses schöne hellgrüne Brautjungfernkleid entworfen, das ich zu tragen hoffte. Es war ein schlichtes Design mit Spaghettiträgern, das der Figur schmeichelte und auch später noch getragen werden konnte, wenn man es bis zu den Knien kürzte. Ich fand den Entwurf genial. Das ganze Gerede über Angst und Zweifel und Abtreibung versetzte mich in Panik, ob die Hochzeit überhaupt stattfinden würde.

»Matt, wie ich schon sagte: Warum geht ihr nicht einfach hin und heiratet gleich in der Kirche, bevor das Baby geboren wird? Ich kann euch helfen. Wenn das Kind danach kommt, wäre das richtiger für dich und Trelly und auch für die Kirche. Dann hätten alle ein weniger schlechtes Gewissen. Hast du daran mal gedacht?«

Matt griff wieder zu dem Tacker. »Richtiger? Was meinst du damit? Ich mache mir mehr Gedanken darum, wie das, was wir tun, weniger falsch sein könnte. Himmel, Faith, ich scheiß auf eine kirchliche Hochzeit! Herrgott, Mom hat recht. Alles, woran du denkst, ist dein verdammtes Kleid! Aber eins sag ich dir: Die Kirche hat unserer Familie bisher nichts Gutes getan. Von dieser ›Sündig‹-Scheiße hab ich genug gehabt, dass es fürs ganze Leben reicht. Du etwa nicht?«

Mir war ganz elend. »Mag sein. Ich hab ja nur überlegt, wie alles besser werden könnte, das ist alles«, wimmerte ich und machte mich weiter daran, den Teppich zuzuschneiden. Aber wegen Matt und allem, was meine Mutter ihm gesagt hatte, fühlte ich mich viel schlechter, als es mir wegen der Kirche je ergangen war.

Später am Abend hörte ich, wie Trelly und Matt im Keller stritten. Einmal vibrierten sogar die Dielenbretter vor dem Kühlschrank, weil Trelly so laut schrie. Als Mom nach Hause kam, zankten sie sich immer noch. Ich sagte aus der dunklen Küche leise »Hallo« und deutete auf den gedämpften Lärm von unten. Sie schlich auf Zehenspitzen zu mir, trank einen Schluck von meinem Wasser, gab mir das Glas zurück und legte den Kopf schief wie ein aufmerksamer Hund. Wir hörten die Worte »Hochzeit« und »unehelich« und blieben ein paar interessante Minuten lang zusammengedrängt stehen.

Als es still wurde, murmelte ich »Gute Nacht« und gab meiner Mutter zum ersten Mal seit Jahren einen Kuss auf die Wange.

Sie hielt mich am Ellbogen fest. »Faith«, flüsterte sie. »Weißt du, wie sich das da unten für mich anhört? Das klingt, als sollten wir bald mit den Kleidern anfangen.«

»Du willst jetzt schon anfangen?«

»Ja, ich will«, antwortete Mom mit übertrieben feierlicher Stimme.

Der Termin wurde für Ende April festgesetzt, etwa sechs Wochen vor dem errechneten Geburtstermin. Der Arzt warnte jedoch, dass das Baby früher kommen könnte, was all meine tollen Pläne für die Hochzeit zunichte gemacht hätte, also betete ich, es möge sich bitte bis kurz vor Toresschluss entwickeln wollen, da eine Hochzeit keine Veranstaltung für ein Baby sei, vor allem nicht für dieses.

»Du bleibst dadrin!«, drohte ich scherzhaft Trellys Bauch. »Du bist nicht eingeladen.«

Obwohl das Kind durch die rechtzeitige Intervention seiner zukünftigen Lieblingstante nun doch vor einer Geburt in katholischer Sünde gerettet würde, setzte Trelly ihre Cousine Marie-Claire nicht wieder auf die Brautjungfernliste. Sie meinte, sie sei ein genauso falsches und hinterlistiges Biest wie ihre Schwester. Damit blieben nur Hope und ich und fünfeinhalb Meter hellgrüner Satin, den wir in Windsor im Angebot entdeckten.

»Scheiß drauf!«, sagte Trelly, als sie oben auf dem Esstisch stand und wir Maß nahmen. »Wir werden so verdammt hübsch aussehen, dass alle vor Neid sterben!«

Meine Mutter steckte den Saum ihres alten Brautkleids um, das sie in der Mitte mit einem Teppichmesser aufgeschlitzt hatte, um Trellys Bauch einzupassen. Trelly trug es wie eine Art Cape, bis auf das Oberteil, das noch intakt war. Ihre mittlerweile riesigen Brüste, von denen sie kaum die Finger lassen konnte, quollen aus dem Ausschnitt. Sie erinnerte mich an die Freiheitsstatue, nur kitschiger. Und schwanger.

Die Idee für dieses improvisierte Brautkleid war meiner Mutter eines Morgens gekommen. Als Erstes fragte sie mich: »Faith, sei ehrlich. Hast du je daran gedacht, in meinem alten Brautkleid zu heiraten?«

»Nein, noch nie.« Das stimmte. Ich war immer davon ausgegangen, dass ich bei meiner Hochzeit nicht im dritten Monat schwanger wäre, so wie sie es gewesen war.

»Gut. Ich glaube nämlich, ich kann daraus etwas für Trelly zaubern.«

Sie machte sich nicht die Mühe, Hope nach ihren Plänen für das Kleid zu fragen. Da sie ihr Haar immer kürzer trug und mittlerweile mehr Klamotten von Matt borgte als von mir, gingen wir davon aus, dass das Brautjungfernkleid das letzte feminine Kleidungsstück wäre, das wir an ihr sehen würden. Ihre »Militärkarriere« fraß allmählich alles uns Vertraute an ihr auf und ließ sie noch pedantischer werden, als Großvater Franco es je gewesen war.

Mom bauschte meterweise seidigen Stoff unter den Schlitz und arrangierte ihn kunstvoll über dem Bauch. Sie versuchte, das Ganze nicht wie eine Hinterhofpuppenbühne aussehen zu lassen. Aber wenn das Baby sie trat, lachte sie und sagte: »Sieh nur, Trelly, Kasperle und Gretel proben gerade.«

Trelly stöhnte nur: »Lass mich bloß nicht lächerlich aussehen, Nancy, immerhin bin ich eine verdammte Braut!«

Ich wurde nervös. Unsere Brautjungfernkleider waren erst nach dem Brautkleid dran. Die Falten in dem sorgsam zusammengelegten Satin ließen den Stoff plötzlich sorgenvoll aussehen. Doch Mom arbeitete wie besessen, als wäre eine zweitklassige gute Fee in sie gefahren, die sie das Beste hervorbringen ließ, was unter diesen Umständen möglich war. Und ihr Eifer war ansteckend. Ich schnitt aus, was sie mir auftrug, maß ab, was sie mir vorgab, und reichte ihr Hunderte von Steck- und Sicherheitsnadeln.

Hope bügelte ergeben.

Schließlich bedeckte ein vorteilhaft gebauschter tüllfeiner Seideneinsatz Trellys acht Monate dicken »Bastardbauch«, wie Mom ihn nannte, und das Kleid war fertig. Wir machten Fotos und ließen Trelly dafür auf den Tisch steigen, meine Mutter stellte sich neben sie, den Arm von hinten um ihre Knie gelegt und ein paar Stecknadeln als besonderen Show-Effekt im Mund. Trelly wirkte entspannt, bis Charlie, der die Fotos machte, sagte: »Hey,

Trel, das sieht aus, als würde ein kleines Kind mit großem Kopf dafür bezahlt, dass es unter deinem Kleid ganz still steht.«

Meine Mutter versetzte ihm einen Tritt in den Hintern und warf ihn raus. Trelly hob den Mittelfinger.

Charlie war Matts Trauzeuge, und da er nicht weniger als drei feine Jacketts besaß, waren Matt und mein Dad die Einzigen, die ihre Sachen ausleihen mussten. Dad gab seine Maße am Telefon durch. Er würde am Tag der Hochzeit anreisen, am folgenden Tag aber schon wieder abreisen, wegen der Arbeit.

Mom fand es wichtig, dass sie einen Begleiter hätte, und da sich der Sportangler nicht mehr gemeldet hatte, fasste sie sich ein Herz und rief Dennis an, den Polizisten. Der sagte zu, gab jedoch zu bedenken, dass er Bereitschaftsdienst habe und seine Uniform tragen müsse. Fein, sagte Mom. Hopes Tischpartner von den *Cadets* würde ebenfalls in Uniform kommen, dann könnten sie vielleicht nebeneinandersitzen.

Ich suchte mir keine Begleitung. Ich hatte eine Aufgabe zu erledigen und wollte mich nicht davon ablenken lassen.

Hope und ich kamen unter den flinken schwieligen Fingern meiner Mutter besser weg. Unsere Kleider sahen fast so aus wie auf den vielen Zeichnungen, die ich angefertigt hatte, bodenlange A-Form, hinten mit tollen Schleifen. Allerdings konnte sie nicht gut Reißverschlüsse einnähen, so dass wir die Kleider über den Kopf ziehen und mittels Schärpe um die Taille schnüren mussten. Außerdem stimmte Hope für breitere Träger, da sie mehr Busen hatte, und setzte sich durch. Eine echte Enttäuschung war allerdings, dass nicht genug Stoff für die drei Meter lange Schleppe blieb, die ich vorgesehen hatte. Aber Mom erinnerte mich daran, dass nicht einmal das Kleid der ersten Brautjungfer von der Braut ablenken dürfe. Dann lachte sie und sagte: »Ach Gott, das Einzige, was von Trellys Kleid ablenken könnte, wäre ein riesiger grellbunter Festwagen.«

Ich konnte nichts Schlechtes über das Kleid sagen, nur dass es »originell« sei, was als Kompliment gemeint war. Ich war sehr stolz auf meine Mutter und was sie so großzügig aus ihrem eigenen Kleid für Trelly gebastelt hatte, und das sagte ich ihr. Sie bedankte sich verlegen und zupfte ein paar Fussel vom Teppich. Ich fühlte mich richtig gut dabei, ihr ein gutes Gefühl zu geben.

»Und unsere Brautjungfernkleider finde ich auch ganz toll, Mom.«

»Wirklich?«

»Ja. Stell dir nur vor, wie du dich fühlen wirst, wenn wir alle den Mittelgang entlangschreiten!«

Mir war nie in den Sinn gekommen, dass Mom in der Kirche nicht dabei wäre, und als sie sagte: »Ach, den Teil lasse ich wohl lieber aus, Faith«, knallte ich das Bügeleisen aufs Brett.

»Mom! Das kann nicht dein Ernst sein!«

»Faith, fang bitte nicht damit an. Ich habe mein Teil getan und werde euch alle beim Empfang treffen.«

»Es wird Matt das Herz brechen, wenn er es erfährt«, protestierte ich tadelnd.

Sie hörte auf, die Fussel einzusammeln, und sah mich mit zusammengekniffenen Augen an.

»Wie ich schon sagte, Faith, ich habe mein Teil getan und hatte dazu auch schon ein langes Gespräch mit Matty. Glaub mir, er versteht das.«

Ich fegte das Kleid vom Bügelbrett und presste es an mein Herz. Ohne ein weiteres Wort stampfte ich in mein Zimmer und schlug die Tür zu.

Matty. Sie hatte ihn bei seinem Kindernamen genannt, was sich gleichermaßen vertraut wie traurig anhörte. Was wusste er? Wann hatten sie geredet? Wie hatte mir das entgehen können?

Ich hängte mein Kleid an die Rückseite der Tür und dachte an all die Male, die ich versucht hatte, meine Mutter vor der

Hölle zu bewahren, während ich mich lieber um meine eigene Seele hätte kümmern sollen. Zehn Gebote, die ich allesamt übertreten hatte, doch dieses Kleid sollte meine Rettung sein. Meine Mutter hatte zwar alles mit ihren eigenen Händen genäht, aber ich war es gewesen, die die Hochzeit in die Wege geleitet hatte. Ich war es, die dieses Kind vor der Hölle bewahrte, und das musste Gott einfach reichen.

Auch ich hatte mein Teil getan.

14. Kapitel

Am Tag der Hochzeit war Hope diejenige, die Dad vom Flughafen in Windsor abholte. Ich weiß noch, dass Mom nicht fahren wollte und ich nicht konnte, weil ich für so viele andere wichtige Dinge zuständig war. Charlie hatte keinen Führerschein und wollte auch keinen. Er fand, es gebe bereits genug Autos auf der Welt, und fühlte sich irgendwie edelmütig, wenn er trampte. Und Tante Lindas polnischer Ehemann trank zu viel, um als Fahrer eingespannt zu werden.

»Außerdem«, meinte Paul lachend, »kenne ich mich in Kanada auch nicht so gut aus.«

Matt gab sich alle Mühe, ein guter Bräutigam zu sein, aber er hatte am Vorabend seinen Junggesellenabschied bei einem Freund gefeiert und war idiotischerweise erst im Morgengrauen nach Hause getorkelt.

»Hey, Faith, wie geht's dir?«, hatte er grinsend gelallt und war in den Keller geschlurft, nachdem ich versprechen musste, ihn eine Stunde vor der Zeremonie in der Kirche zu wecken. Keine Minute früher.

Trelly hatte die ganze Woche vor der Hochzeit im Haus ihrer hinterhältigen Schwester geschlafen. Das war meine Idee gewesen, damit sie sich für Matt nach dieser kurzen Trennung in der Hochzeitsnacht ein bisschen »neuer« anfühlen würde. Auch die Hochzeitsreise hatte ich arrangiert. Nach dem Empfang sollten sie die Nacht im Leamington Motor Inn verbringen, einem Motel mit einem großen Schwimmbecken im Haus, dann zwei Tage auf Pelee Island im Eriesee, dem südlichsten Punkt Kanadas. Mehr Urlaub konnte Matt sich nicht erlauben, außerdem sollte das Baby in ein paar Wochen kommen, und sie wollten nicht zu weit von Trellys Arzt und dem Krankenhaus entfernt sein.

Ich war mit meinem Haar und dem Schminken so früh fertig, dass ich Zeit für Trelly hatte. Als ihre Freundinnen aus dem Friseursalon eintrafen, beide mit derart aufgetürmten Frisuren, dass Tante Linda meinte, man müsse ein Gerüst dazubauen, bekam ich es mit der Angst. Nicht nur, weil man in ihrer Nähe kein Streichholz hätte anzünden dürfen, sondern weil ich befürchtete, dass sie Trelly wie eine Nutte zurechtmachen würden. Ich bat sie inständig, es mit Lippenstift, Rouge und Haarspray nicht zu übertreiben, da die Braut nun immerhin schon im achten Monat sei. »Vergesst bitte nicht, dass Trelly bald Mutter sein wird.«

»Herrgott, Faith, entspann dich, verdammt«, stöhnte Trelly. Sie war kaum noch zu sehen unter den Armen ihrer Helferinnen, die ihren Kopf wie dicke rosa Reben umrankten.

Ich hatte mir im Vorfeld geschworen, dass ich mich über niemanden aufregen, niemanden anschreien und die Gleichgültigkeit meiner Familie gegenüber allem Heiligen gelassen hinnehmen würde. Aber keiner schien die Bedeutung dieses besonderen Tages zu begreifen, an dem das Baby vor der Hölle gerettet werden sollte. Nach dem heutigen Tag würde das Kind in den Augen der Kirche legitim und seine Eltern weniger schlechte Menschen sein. Und das war mein Verdienst. Es war ebenfalls mein Verdienst, dass Matt rechtzeitig in der Kirche erschien und Hope noch einem Mädchen ähnelte. Den Flug meines Vaters hatte ich so gebucht, dass er genug Zeit hätte, sich während der Fahrt zur Kirche auf dem Rücksitz des Comet den Smoking anzuziehen. Da wir die Hochzeit so kurzfristig geplant hatten, war die Kirche nur um Punkt vier Uhr für uns frei gewesen, wobei wir um Punkt fünf wieder draußen sein mussten, weil dann für das nächste Brautpaar geschmückt würde. Der ganze Tag war minutiös geplant, und es blieb keine Zeit für Fehler.

Doch als Trelly und ihre Freundinnen ihre Köpfe durch die Kirchentür streckten und sagten: »Lasst uns anfangen!«, verlor ich den letzten Rest meiner Geduld – wir mussten mit der Zeremonie warten, weil Dad und Hope noch nicht da waren.

»Hope hatte den ganzen Tag lang nur diese eine einzige Aufgabe!«, schrie ich meine Mutter an, die im Rückspiegel von Tante Lindas Mietwagen ihren blassrosa Lippenstift kontrollierte. Ich lehnte an der Tür und rauchte eine Zigarette nach der anderen, auch wenn ich wusste, dass ich damit trotz des blassgrünen Kleids und der geflochtenen Haare mit Blümchenkranz nicht unbedingt elegant wirkte.

»Himmmmmmmel Herrrrrgotttt, Faith«, zischte Mom mit zusammengebissenen Zähnen, »sie sind gerade mal zehn Minuten zu spät. Entspann dich.« Sie klappte ihr Schminkkästchen zu und schnappte mir die Zigarette aus der Hand. »Ich sehe euch im Diner. Ich fahr jetzt los.«

Um keinen Preis hatte ich sie überzeugen können, an der Zeremonie teilzunehmen. Sie hatte gewitzelt, dass sie so sündig sei, dass die Säulen auf sie herabstürzen würden, sobald sie die heiligen Hallen der Kirche betrete. Ich erwiderte, das sei ein sehr überheblicher Gedanke; als ob Jesus sich überhaupt an sie erinnern würde!

»O doch, das würde er«, sagte sie.

»Das hättest du wohl gern«, sagte ich und erntete einen harten Schlag auf den Arm.

Ich sah ihr nach, wie sie wegfuhr. Sie trug ein hellrosa Kostüm, das sie sich von Tante Linda geborgt hatte. (Den Polizisten würde sie später die falsche Farbe sagen, hellgrün, die Farbe meines Kleides. Nicht, dass es wichtig gewesen wäre.)

Sie wirkte so entspannt, wie jemand nach vier Bloody Marys auf nüchternen Magen (es sei denn, man zählte den Sellerie, mit dem Tante Linda die Drinks immer garnierte, als Mahlzeit) nur sein konnte. Noch bevor sie es Tante Linda gesagt hatte, wusste ich, dass Mom selbst die Aussicht, Dad zu treffen, nicht sonderlich nervös machte. Inzwischen konnte ich die Gedanken meiner Mutter problemlos lesen. Durch unsere Arbeit und ihre Tagebücher kannte ich sie so gut, dass ich die Dinge, die mich früher gekränkt hatten, mittlerweile langweilig fand. Was war schon dabei, wenn sie einen zweiten Kaffee nicht bonierte und die fünfundsechzig Cent dafür in die eigene Tasche steckte? Dass sie bei Männern mit wenig Geld nicht sonderlich aufmerksam beim Abkassieren war. Na gut, ich war einigermaßen schockiert, als sie von Trev Monroe einen Joint kaufte. In ihrem Tagebuch las ich, dass sie nur ausprobieren wolle, was ihre Kinder anscheinend so toll fanden, aber sie habe sich fast erbrochen und Angie den Rest überlassen.

In letzter Zeit hatte ich nicht mehr so oft in ihrem Tagebuch gelesen, da ich in den Wochen vor der Zeremonie andere Sorgen hatte. Nach der Hochzeit und dem Baby stünde dann meine eigene Seele auf der Liste der Dinge, um die ich mich kümmern musste. Meine Mutter und ihre Seele mussten allein klarkommen.

Als Hope und Dad endlich vorfuhren, fiel mir die hintere linke Stoßstange erst gar nicht auf. Sie war eingedrückt, und die Heckscheibe fehlte komplett, so dass der Wagen fast wie ein Cabrio aussah.

Hope stieg aus und sagte: »Ich erzähl's dir später, okay? Es war keine große Sache, niemand ist verletzt, keine Sorge, lass uns reingehen.«

»Herrgott noch mal«, sagte ich, ohne weiter auf Dad zu achten, der mir zuwinkte und Richtung Sakristei lief. Ich nahm zwei Stufen auf einmal und streckte meine Hand nach Hope aus, als wäre ich die Nächste im Staffellauf, als wäre ihr Unterarm der Stab, den ich einfach nicht losließ.

Wir hatten immer wieder geprobt, den Mittelgang langsam entlangzuschreiten, doch durch den späten Start musste nun alles im Eiltempo ablaufen. Das Beste an der Zeremonie waren die Reaktionen der Leute auf Trellys Kleid. Tante Linda hielt sich die Hand vor den Mund, aber man konnte die Bewunderung in ihren Augen ablesen. Polen-Paul trug eine Zweistärkenbrille und musste den Kopf nach vorn neigen und über den Brillenrand gucken, was seinen ungläubigen Gesichtsausdruck noch weiter betonte. Und auf dem erhitzten heuchlerischen Gesicht von Trellys Mutter hätte man ein Ei braten können! Ich wünschte, meine Mutter hätte sehen können, wie dunkelrot sie wurde. Sie hätte bestimmt gedacht: O ja, das war es wert, mein Brautkleid zu zerschneiden – nur um diese blöde Kuh so perplex zu sehen!

Trelly schwebte geradezu an allen vorüber, so wie wahrhaft glückliche Menschen es manchmal tun.

Pater Joel sah auf die Uhr und las seinen Text, als würde man eine 33er-Schallplatte in 45er-Geschwindigkeit abspielen. »SosprichmirnachIchMatthewMarioDiNapolinehmediehieranwesendeEstrellaMariezumeinemangetrauten …«

Ja. Ja. Sagte Matt. Dann Trelly. Sie wollte auch.

»HiermiterkläreicheuchzuMannundFrauDudarfstdieBrautjetztküssen.«

Sie küssten sich mit Zunge wie im Autokino, und es war ein bisschen peinlich, deshalb sah ich zu den bunten Girlanden und den wunderschönen Fenstern hinüber.

Das Zweitbeste an der Zeremonie war, wieder katholisch zu sein. Während des Glaubensbekenntnisses und der Gebete stockte ich kein einziges Mal, ich wusste genau, wann man stehen, sitzen und knien musste. Ich hatte weder die Worte der Psalmen vergessen noch die der Lieder, und die Hostie blieb mir auf vertraute Weise am Gaumen kleben.

Hope ging, mit ihrer eigenen Hostie kämpfend, hinter mir her und raunte mir die Geschichte des Unfalls zu: »Also. Ich hab Dad am Flughafen abgeholt und ihm den Smoking gegeben, und er hat ihn hinten angezogen, wie du gesagt hast. Damit er sich nicht beobachtet fühlt, hab ich den Rückspiegel weggedreht. Wir waren schon auf dem Weg hierher, aber wir hatten das Smokinghemd vergessen. Bin also zu Hause vorbeigefahren und reingerannt. Wieder ins Auto. Rückwärts aus der Auffahrt. Aber der Spiegel war noch oben, da hab ich den Pickup nicht gesehen. Kra-wumm. Scheiße.«

»Herrgott, Hope! Du sollst hier nicht fluchen«, flüsterte ich.

»Ich sag ja nur. Jedenfalls hab ich mir, glaub ich, eine Rippe gebrochen. Und die Scheibe flog in zwei großen Teilen raus, da haben wir sie im Graben liegen lassen und den Rücksitz gesäubert, so gut es ging.«

Dad kam von der Eucharistie zurück und rieb sich den Kopf.

»Und ich glaube, Dad hat sich den Kopf angeknackst«, flüsterte Hope.

»GehethininFrieden«, sagte Pater Joel.

Die Zeremonie war so schnell vorbei, dass ich keine Chance hatte zu weinen, was ich gehofft und auch schon geübt hatte. Vielleicht lag es daran, dass Matt immer noch ein bisschen betrunken war, auf jeden Fall beugte er sich plötzlich vor und gab Trelly einen dicken Kuss mitten auf den Bauch. Alle klatschten. In ihrer Aufregung rief Trelly: »Juhu, ich bin ja so glücklich! Jetzt wird gefeiert!«, und warf den Brautstrauß Richtung Kirchenbänke, so dass ich hinterherkrabbeln und ihn aufheben musste, damit sie ihn später noch einmal werfen könnte, auf die richtige Art.

Es gibt bessere Orte für einen Hochzeitsempfang als ein schwüles Vierundzwanzig-Stunden-Diner mit kaputter Klimaanlage. Und wenn wir reich genug gewesen wären, um etwas Geld gespart zu haben, und schlau genug, rechtzeitig zu buchen, dann hätten wir im Stoney Inn am See feiern können oder sogar im Gemeindehaus mit den stapelbaren Stühlen und Papiertischdecken. Aber so machten wir es in unserer Familie nun mal nicht. Wir waren »Kurz vor knapp«-Leute und immer anfällig für Katastrophen. Daher kamen wir in den Genuss von Angies Großzügigkeit, die sich nicht zuletzt beim Salzen der Eiersalat-Sandwiches zeigte, die natürlich ohne Rinde serviert wurden. Außerdem gab es Kartoffel-Paprika-Salat und Hotdogs und Orangenlimo für die Kinder. Bierflaschen schwammen zwischen geschmolzenen Eiswürfeln in großen Eimern an der Theke. Es war heiß für Ende April, also klappte Angie das große Frontfenster hoch, womit das Diner aussah wie eins dieser französischen Cafés, die als gerahmte Puzzles im Flur vor den Toiletten hingen.

Im Verlauf des Tages wurde es immer heißer, und als die letzten Nachzügler aus der Kirche kamen, waren es fast dreißig Grad. Durch die Hitze und Enge im kleinen Diner erschlafften die Gäste und Dekorationen. Eine Ecke meines handgemalten Banners löste sich und klappte weg, so dass die neue Botschaft lautete: »Glückwu… Matt und Tre… Weg ins …«

Auch meine Frisur verabschiedete sich ohne Gegenwehr.

Arme Trelly. Sie hatte tiefdunkle Schweißflecken unter ihren Brüsten, und hin und wieder hob sie sie an und fächelte sich Luft zu. Wegen der Hitze verpasste ich Adams Erscheinen, da ich gerade reglos und mit geschlossenen Augen im Kühlraum stand. Meine Mutter hatte nichts dagegen gehabt, dass Adam zu einer Veranstaltung eingeladen würde, bei der sie ein wachsames Auge auf ihn haben könnte. Adam brachte Terese mit, die Frankokanadierin, die von ihrem Vater verprügelt worden war. (Der Polizei sagte Hope später, Adam sei bei seiner Ankunft im Diner bereits betrunken gewesen. Vielleicht auch bekifft, meinte sie, aber das sei schwer zu erkennen gewesen.)

Ich war überrascht, dass ich eher auf Hopes Tischnachbarn eifersüchtig war als auf Terese. *Chief Petty Officer* Sam Lougheed war die mit Abstand attraktivste Person der ganzen Veranstaltung. Hope stellte mich vor, und ich gab dem Offizier fest die Hand. Ich sah seine hübschen blauen Augen, die langen dunklen Wimpern und das kurz geschorene glänzende Haar. Der Offizier hatte große glatte Hände. Seine Uniform war beeindruckend. Er freue sich, mich kennenzulernen, sagte er, und eine Sekunde lang sah ich mich eifrig Stiefel polieren, seine und meine, ab nächster Woche.

Doch dann beugte der Offizier sich vor, neigte seinen Mund an mein Ohr und fragte mich höflich, ob ich einen Tampon habe oder eine Binde, da der Offizier gerade seine Tage bekommen habe und Hope – *nicht zu fassen!* – auch nichts dabeihatte. Der volle Name des Offiziers lautete Samantha, wobei sie »Sam« bevorzugte.

Ich deutete auf Angie und meinte, sie werde ihr sicher helfen können. Dann drehte ich mich um und packte Hope am Arm. »Hope! Du meine Güte! Mom dreht dir den Hals um, wenn du eine Lesbe und mit Sam zusammen bist!«

»Ach, Faith, wir sind nur Freundinnen«, sagte sie und sah Sam nach, die einer leicht verblüfften Angie in die Küche folgte.

Adam kam an und sagte: »Ich kann es kaum erwarten, deinen Begleiter kennenzulernen, Faith. Die DiNapoli-Mädchen faszinieren mich immer wieder aufs Neue.«

Wir sahen uns an, einen Moment lang, Adam und ich. Durch seine Trinkerei wirkte die Haut um seine Augen wie Pergament und der Rest irgendwie verstaubt, als hätte man ihn in einen Kübel grauer Traurigkeit getaucht und unter blasskalter Sonne trocknen lassen.

Hope trat ihm vors Schienbein, im Spaß, als er ihr ein neues Bier brachte.

»Ihr zwei seht wirklich hübsch aus, Faith«, sagte Adam.

Ich bedankte mich und meinte es ernst. Er entfernte sich rückwärts und verneigte sich tief, wobei er etwas von seinem Bier auf sein gutes Hemd kleckerte.

»Na, das war aber nett von ihm«, meinte Hope, »und das ist für dich ja sowieso das Wichtigste.« Sie strich die Falten im Rockteil ihres Kleides glatt und arrangierte sie neu. »Du musst lernen, lockerer zu werden, Faith.«

»Ja, und du musst lernen, Jungs zu mögen.«

»Du auch«, entgegnete sie.

»Nein, du.«

»Du!«

Das Bier teilte meine Aufmerksamkeit in kleine törtchenförmige Stücke. Ein großer Teil richtete sich auf Adam und Terese, die beim Tanzen tranken und sich damit abwechselten, den anderen zu stützen. Dann bemühte ich mich, weder Sam in ihrer vollen Offiziersmontur noch Hope in ihrem langen grünen Kleid zu sehr anzustarren. Sie schienen sich fröhlich über Dinge zu unterhalten, von denen ich nichts verstand – Segel, Schiffe, die See, Krieg, lesbisch zu sein. Und es war nicht so, dass sie eng tanzten, aber man konnte sehen, dass sie zusammen waren, so wie man bei meinen Eltern sehen konnte, dass sie es nicht waren. Mom und Dad hielten sich meist an verschiedenen Enden des Raumes auf. Dad unterhielt sich mit Verwandten, die er lange nicht gesehen hatte, und Mom versuchte, sie zu ignorieren. Einmal plauderte Dad offenbar ganz angeregt mit Dennis, dem Polizisten, der an der Tür stand und rauchte. Doch als Mom Dennis bei einer Johnny-Mathis-Nummer auf die Tanzfläche zog, machte Dad ein trauriges Gesicht und schien nach jemandem zu suchen, der ihn wieder aufmuntern könnte. Da erblickte er Hope, und sie trafen sich in der Mitte des Diner, um zu tanzen. Zuerst fand ich es rührend, aber dann sah ich, dass Hope fast so groß war wie

Dad, und das machte mich traurig wegen all der Jahre, die sich plötzlich zwischen sie zu drängen schienen.

Der einzige Mensch, der sein Glück nicht vorspielte, war Trelly. Sie war so plump und tapsig wie ein Möchtegernclown und tanzte, als wäre ihr dicker Bauch nur in unserer Vorstellung vorhanden.

Als die Sonne endlich gnädig unterging und einen Teil der Hitze mitnahm, gingen meine Mom und ich in die Küche, um den Nachtisch vorzubereiten.

»Alles hat wirklich toll geklappt, Faith. Das hast du gut gemacht«, sagte sie und schob sich das Haar aus der verschwitzten Stirn. »Aber schade, dass du nicht auch einen Tischherrn eingeladen hast wie Hope. Hey, was hältst du von Sam? Er scheint nett zu sein. Jung, aber nett. Vielleicht ein bisschen mädchenhaft.«

»Mädchenhaft? Mom! Sam *ist* ein Mädchen!«

Ich bereute mein Petzen sofort. Wir hievten gerade einen riesigen Pappbecher mit Schokoladeneis auf Angies Hackbrett, aber meine Mutter hielt mittendrin inne, so dass ich meine Seite loslassen musste.

»Hey? Alles in Ordnung?«, fragte ich sie.

Ihr Gesicht war leicht gerötet. Wir hatten alle viel zu viel getrunken. »Himmel«, sagte sie. »Und da haben wir uns die ganze Zeit Sorgen um Charlie gemacht!«

»Ach, ich bin sicher, sie sind nur gute Freundinnen«, wiederholte ich Hopes Worte.

Meine Mutter sah sich um und schien einen Punkt knapp vor ihrem Gesicht zu fokussieren. Dann sagte sie: »Ach, zum Teufel! Was kann man schon tun, oder? Was kann man anderes tun, als weiterzumachen und Nachtisch zu servieren, oder?«

»Genau«, sagte ich und gab ihr den Löffel.

In diesem Moment ertönte das kreischende Quietschen einer Mikrofonrückkopplung, und wir beide mussten uns die Ohren zuhalten. »Entschuldigung, Entschuldigung. Ich möchte ein paar Worte sagen«, hörten wir Trellys Stimme durch die Küchentür.

Meine Mutter schubste mich vor sich her in den Gastraum. »Das ist deine Chance, den Dank entgegenzunehmen, Faith«, flüsterte sie.

Trelly faltete ein Stück Papier auseinander. »Zuallererst möchte ich Angie danken, dass sie diese Feier ausrichtet, und meinem Dad, danke, dass du das alles bezahlst, aber das musst du ja sowieso. Aber vor allem möchte ich der Person danken, die diesen Tag für mich und Matt so besonders gemacht hat … Mrs. DiNapoli … Nancy für mich!«

Alle klatschten. Ich sah, dass auch Dad laut klatschte, während Mom Trelly nur ansah und leicht den Kopf schüttelte. Trelly las weiter ihre vorbereitete Rede ab.

»Ich möchte dir für dieses wunderschöne Kleid danken, Nancy, das du mit deinen eigenen Händen genäht und mir damit das Gefühl gegeben hast, dass ich für deine Familie und vor allem für dich etwas Besonderes bin. Vielen, vielen Dank für alles, was du für mich getan hast, damit mein Hochzeitstag der schönste Tag in meinem Leben wird, bevor ich dieses Baby bekomme. Und außerdem möchte ich …« Hier brach sie plötzlich ab, hielt sich die Hand auf den Bauch und sagte: »O mein Gott, jetzt hat das Baby aber verdammt fest zugetreten!«

Der ganze Raum brach in Gelächter aus. Der DJ legte einen Stripsong auf, Trelly posierte auf der Bühne und streckte ihren riesigen Bauch vor, meine Mutter ließ sich mitreißen und stieg ebenfalls auf die Bühne, und das alles geschah, bevor irgendjemandem auffiel, dass sie ganz und gar vergessen hatten, sich bei mir zu bedanken.

Adam muss mir die Enttäuschung angesehen haben, denn er imitierte meinen Blick und schob sich dann die Mundwinkel mit den Fingern nach oben, damit ich wieder lächeln sollte. Doch bevor ich ihm in sein dummes Gesicht schlagen konnte oder mich dafür bedanken, dass er mein trauriges bemerkt hatte, packte Charlie meine Hand und zog mich durch die Hintertür ins Freie.

Mein jüngerer, lieberer Bruder fasste mich an den Schultern und sah mir in die Augen, die fast komplett von meinen herabhängenden Haarsträhnen verdeckt waren. Allein mein Mund, ein dünner, wütend zusammengepresster Strich, war sichtbar.

»Sei nicht traurig, Faith, dass sie sich nicht bei dir bedankt haben«, sagte Charlie. »Sie haben es in der Aufregung einfach vergessen, das ist alles. Wenn das Lied zu Ende ist, werde ich reingehen und Mom Bescheid sagen. Aber du weißt, und sie wissen, dass du das alles ganz großartig vorbereitet hast.«

»Nein … geh bitte ni …«, sagte ich und blickte an seinem ausgestreckten Arm entlang durch das Fenster auf die undankbare Bande. Ich hätte den Satz zu Ende gesprochen und gesagt, dass ich keinen Dank wolle, wenn ich darum bitten müsse, aber wir standen beide wie erstarrt, weil Trelly gerade ihren Brautstrauß warf. Ohne mich. Ich beobachtete, wie das von mir gebundene Bouquet über Trellys Schulter flog: zwei Dutzend rosa Nelken (deren Stiele ich sorgsam mit einer nassen Plastiktüte und Floristenband umwickelt hatte, wie im Hochzeitsmagazin angewiesen, »um Frische und Spannkraft zu bewahren«) segelten in die unwürdige Menge. Der Strauß klatschte gegen Tereses Kopf, prallte ab und fiel zu Boden, und Hopes Freundin bückte sich, um ihn aufzuheben. *Chief Petty Officer* Sam Lougheed streckte die Blumen hoch über ihrem Kopf in die Luft wie eine Schönheitskönigin, ein Sieg der Romantik im Kriegsheldenkostüm.

Ich wollte gerade laut losheulen, bis das Diner Stein für Stein zusammenkrachen würde, als Adams Begleitung Terese aus der Seitentür stolperte.

»Sch … schöne Pahdy«, lallte sie und tastete sich an der Mauer entlang in Richtung Zuhause. Kurz darauf kam Adam mit zwei Plastikbechern, die bis zum Rand mit rotem Sekt gefüllt waren.

»Gerade rechtzeitig für einen Trinkspruch«, sagte Charlie und nahm ihm die Becher ab.

Noch ehe Adam sagen konnte: »Hey, nicht, die sind für Terese und mich«, hatten wir angestoßen: »Auf dich, Faith, ich liebe dich, meine Schwester«, und die Becher geleert.

Adam kratzte sich den Kopf, während Charlie und ich die Becher zerdrückten. Um der Dramatik willen warfen wir sie über unsere Schultern nach hinten, wonach ich mich schon sehr viel besser fühlte.

Adam sagte. »Ach, herrje. Äh … Ist Terese schon weg?«

Ich nickte, wischte mir den Mund ab und dachte: Jep, erst hat Denise dich verlassen, dann hat meine Mutter aufgehört, dich zu mögen, dann habe ich aufgehört, dich zu lieben, und jetzt hat auch Terese genug von dir. Alle Frauen werden dich verlassen, Adam, weil du einfach unerträglich bist.

Stattdessen sagte ich: »Es ging ihr nicht besonders gut.«

Als Charlie hinzufügte: »Vielleicht lag es an Angies Eiersalat«, musste ich laut und lange lachen, nicht, weil ich betrunken war, sondern weil es verdammt noch mal das Lustigste war, das ich je gehört hatte. Vielleicht wollte ich aber einfach nur, dass Charlie mich zum Lachen brachte an einem Abend, an dem ich zu traurig war, um weinen zu können.

Adam sah auf meine Schuhe, dann auf Charlies, dann auf seine eigenen, dann drehte er sich grinsend um und marschierte wieder rein. Wir hörten, wie er lachte. Er lachte und lachte und lachte, den ganzen Weg zurück.

»So witzig war das nun auch wieder nicht«, meinte Charlie mit Schluckauf.

»Doch, war es. Es war perfekt.«

Wenn es nicht eine Todsünde gewesen wäre und sowieso eine

schlechte Idee, hätte ich meinen kleinen Bruder auf den Mund geküsst.

Nach dem Sekt und dem herrlichen Witz verlief der weitere Abend wie ein rauschhaftes Theaterstück, aufgeführt von den glücklichsten aller Schauspieler, seltsam verzerrt und in Zeitlupe, in denkbar unpassenden Farben.

Mit geschlossenen Augen (eines war blau verquollen) erzählte ich den Polizisten alles, wovon ich wusste, dass es die Wahrheit war, und einige Dinge, von denen ich wünschte, sie wären es nicht. Ich weiß noch, dass jemand mich festhielt. Um mich herum drehte sich alles. Matt war betrunken, Trelly saß auf seinem Schoß und redete mit Matts Freund Luke und seiner Frau. Stacey heißt sie, dachte ich. Ich ging zu ihr hin und sagte: »Ich kenne dich«, aber Luke meinte zu ihr: »Ich glaube, du kennst Faith noch nicht, Matts Schwester.« Trelly küsste Matt ein paarmal auf den Hals, deshalb drehte ich mich zu Luke und sagte: »Das haben wir auch gemacht, oder?« Jemand packte mich am Arm (»Das reicht jetzt aber!«), woraufhin das Gesicht meines Vaters unscharf wurde. Er saß neben Angie und wedelte sich ihren Zigarettenrauch aus dem Gesicht, versuchte aber, ihr zuzuhören. Ein Junge (ich weiß nicht wer) kletterte auf seinen Schoß. Dad lächelte und kitzelte ihn und strich ihm übers Gesicht. Jetzt sah ich meinen Vater wieder klar. Dann schenkten Mom und Dennis, der Polizist, Kaffee aus – Mom goß die Becher ein, und Dennis reichte sie über die Theke. Dennis sagte: »Zucker ist da, aber es gibt nur Kaffeeweißer, keine Milch, die ist alle.« Mom sagte: »Jep, alles weg, es sei denn, du willst jetzt in den Laden gehen und uns neue Milch holen.« Sie lachten. Meine Mutter benahm sich Dennis gegenüber ganz nett. (»Kennen Sie ihn?«, fragte ich die Polizisten. »Nein, er ist der Ontario-Regionalpolizei zugeordnet, wir sind Mounties«, erwiderten sie. »Oh«, sagte ich. »Ich wusste gar nicht, dass es verschiedene Arten von Polizei gibt.«)

Okay. Dann waren da Hope und Sam. Sie räumten das schmutzige Geschirr von den Tischen. Manchmal ließen sie etwas fallen. Sie bewegten sich langsam. Hin und wieder sah Hope Sam durch ihren Pony verliebt an, aber vielleicht auch nicht. Oder doch? Und wenn schon? Spielte das eine Rolle? Charlie und Cheryl stritten mit dem DJ wegen eines Liedes, das er spielen sollte. Der DJ sah in seinem Stuhl aus wie ein Richter. Er hatte noch nie von Charlies Lied gehört, aber das wusste Charlie schon, bevor er fragte, warum tat er es dann? Wozu die Mühe? Tante Linda und Paul tanzten neben mir, aber ich schaffte es kein einziges Mal, Tante Linda ins Gesicht zu sehen, wenn sie sich gerade in meine Richtung drehte, und musste lachen. Tante Linda trank nichts, und als ich ihr ein Bier geben wollte, sagte sie: »Nein, danke, ich lass das lieber, denn rate mal – wir bekommen ein Kind! Behalt es aber noch für dich, weil ich gerade erst im dritten Monat bin.« Ich freute mich, weil sie es schon seit Jahren probiert hatten. Ich nahm sie fest in den Arm, und sie fragte mich, ob alles in Ordnung sei. »Ja«, sagte ich, »mehr als in Ordnung.« Ich hätte mich noch nie so glücklich gefühlt, sagte ich. Sie meinte: »Lass du dein Bier auch mal lieber hier«, und ich lachte, weil es sich reimte. »Bier hier, Bier hier«, wiederholte ich. Dann tanzte sie wieder mit Paul, und er hielt sie fest im Arm und legte seinen Kopf auf ihre Schulter, während sie sich hin und her wiegten. Tante Linda schaukelte von einem Bein aufs andere und lachte. Ich dachte: Es gefällt mir, wie sie sich lieben, weil es so aussieht, wie es aussehen sollte. (Der Polizist hörte zu, schrieb das aber nicht auf.) Dann gab Hope mir den Brautstrauß und sagte: »Hier, nimm, du hast ihn mehr verdient als jeder andere.« Ich sagte: »Ich hab dich lieb«, und Hope erwiderte: »Na gut, ich hab dich auch lieb, aber du bist betrunken, geh nach Hause.« Ach ja, da war noch Trellys Mom, die ihre Nylonstrumpfhose hochzog, mitten in der Gaststube, vor aller Augen. Ich konnte ihren Zwickel sehen. Ich weiß noch, dass ich auf sie zeigte und dass mir jemand auf die Hand schlug. (Das schrieb der Polizist auch nicht auf.) Ich spürte, dass ich festgehalten wurde. Aufrecht gehalten wurde. Dann sah ich, wie Charlie einschlief, wie sein Kopf wieder hochruckte und wie er wieder einschlief. Ich drehte mich herum. Wer hielt mich da fest? Charlie wurde wieder wach. Ich drehte mich erneut. Ups, jetzt schlief Charlie wieder. Dad ging zu ihm. Und dann erinnere ich mich an Adam Lauzon. Erst war er weit weg von mir, zwei Meter, dann anderthalb, dann einen. Dann war er da. Er war derjenige, der mich festhielt, oder? Adam war es, der sagte: »Wer tanzt denn da mit Faith?« Ich sagte: »Ich weiß nicht. Mein Gott, ich bin ganz schön betrunken.« Er sagte: »Ja, das bist du.« Ich fragte: »Warum ist mir so komisch? So hab ich das nicht gewollt.« Er sagte, er habe mir aus Versehen etwas Besonderes zu trinken gegeben. Es hätte für ihn und Terese sein sollen. Er sagte: »Komm, gehen wir ein bisschen frische Luft schnappen.« Er meinte, ich fühle mich klamm an, und ich musste lachen. »Klamm an! Klamm an!« Wir kamen an Charlie vorbei, der mich ansah, als würde er losheulen, wenn ich etwas zu ihm sagte. Dad hatte seine Hand auf Charlies Rücken gelegt und sagte: »Warte, Fäte.« Ich lachte, und dann klappte ich zusammen und klammerte mich an Adam. »Klammes Klammern!« Adam sagte zu Dad: »Sie ist in Ordnung, alles okay, Joe, sie braucht nur ein bisschen frische Luft.« Er ging so, dass meine Mutter mich nicht sehen konnte. Dann war ich draußen, und alles war dunkel. Das ist es, woran ich mich erinnere.

»Danke, Faith, nun ruhen Sie sich wieder aus.«

Die Polizisten verließen das Krankenzimmer. Ich weinte, dann schlief ich ein.

All das, all diese Leute, die all diese Dinge taten, sah ich, während ich mit Adam tanzte. Seine schlaffen Schultern und der verschwitzte Kopf waren ein so wackliger Rahmen, dass ich es nicht genauer beschreiben konnte. Ich weiß nicht, wie lange wir auf der Tanzfläche blieben. Kann für ein Lied gewesen sein, wie Hope meinte, oder für zehn, wie meine Mutter behauptete. Diese Frage kann ich nicht beantworten. Mom behauptete auch, Onkel Paul habe mich auf der Motorhaube des Comet gesehen, wie ich diesen Nachbarsjungen Adam küsste.

Mehr als alles in der Welt wünschte ich, ich könnte mich an diesen Kuss erinnern!

Onkel Paul sagte meiner Mutter, die immer noch Kaffee ausschenkte, er habe sich gewundert, dass der Motor des Comet laufe, und einfach hineingegriffen und die Schlüssel mitgenommen. Nein, es habe nicht so ausgesehen, als ob Faith sich großartig wehren würde. Ja, wie es schien, habe sie mit Adam wohl irgendwo hinfahren wollen. Aber das sei nun nicht mehr möglich. Onkel Paul hielt Mom die Autoschlüssel vors Gesicht und steckte sie wieder in die Tasche. Meine Mutter lief raus zum Wagen, vermutlich um mich zu schlagen, aber stattdessen fand sie mich auf dem Rücksitz, schlafend gegen Adams Brustkorb gelehnt, den Mund geöffnet, Adams Arm locker auf meinem Rücken liegend.

Wir waren beide bewusstlos. Ich hielt den Brautstrauß so fest umklammert, dass sie ihn nicht aus meiner Hand ziehen konnte.

Onkel Paul bot an, den Comet nach Hause zu fahren, da Adam offensichtlich mit männlicher Macht aus dem Wagen gezogen werden müsse. Meine Mutter meinte, sie werde in Pauls Mietwagen folgen, da ich offensichtlich mit mütterlicher Macht geschlagen werden müsse, hart, mitten in mein betrunkenes Gesicht.

Sie erzählte, dass auch Tante Linda noch in den Comet hatte einsteigen wollen, aber als sie auf dem Beifahrersitz eine dicke Glasscherbe von dem früheren Unfall entdeckte, setzte sie sich lieber zu meiner Mutter in den Mietwagen. Meine Mutter erzählte, Tante Linda sei eingedöst, während sie von der schönen Hochzeit erzählte und wie viel Paul getrunken hatte und wie schrecklich Großvaters Comet aussehe und wie müde sie wegen ihrer Schwangerschaft sei.

So waren Tante Lindas Augen zum Glück geschlossen, als der Comet herumschleuderte und in den Baum krachte, nachdem Onkel Paul dem Kaninchen ausgewichen war, das meine Mutter dann überfuhr und tötete. Doch die Augen meiner Mutter waren geöffnet, so dass sie die Einzige war, die mich eine Sekunde später in meinem hellgrünen Kleid mit dem Brautstrauß in Händen aus dem Comet fliegen sah.

15. Kapitel

Wegen der traurigen Wochen nach Matts und Trellys glücklicher Hochzeit kam ich zu der Überzeugung, dass das Wichtigste für einen Menschen ist, wie er mit Unglück fertig wird. Genau danach wurden Heilige auserwählt, genau deshalb fürchteten Märtyrer nicht den Tod, und genau darum wurde Christus auserkoren, Gottes Sohn zu sein.

Jetzt durfte ich mich darin üben. Aber es war nichts gegen die Fähigkeit meiner Mutter, alle erdenklichen Qualen der Hölle zu überwinden. Ich glaube, das Schlimmste war, ihre älteste Tochter aus dem herumschleudernden Comet fliegen zu sehen. Das Zweitschlimmste, ihre Schwester dabei zu beobachten, wie sie ihren Ehemann darin eingeklemmt sterben sah.

Adam wurde ebenfalls hinausgeschleudert und lebte noch, wenn auch schwer verletzt, als der Krankenwagen eintraf. Ich hatte Glück, dass ich weit von der Unfallstelle entfernt landete, weil es ein schrecklicher Anblick gewesen wäre. Trellys Brautstrauß dämpfte den Aufprall meines Kopfes, sagten sie, und ich war dankbar, dass ich einen so großen Strauß gebunden hatte. Noch dankbarer war ich, dass die Tulpen, die Trelly gewollt hatte, zu teuer gewesen waren, da Nelken ein viel besseres Polster abgaben.

In den folgenden Tagen, als Paul gestorben war und Adam mit dem Tode rang, erwachte ich zweimal aus meinem Koma, als ich allein war.

Das erste Mal, als ich die Augen öffnete, war es dunkel im Zimmer, aber Licht schimmerte durch den Spalt der Tür, die, das hörte ich an den Geräuschen der Schwestern, links von mir lag.

Mein Körper fühlte sich an wie in warmen Zement gelegt. Meine Arme fühlten sich an, als hätte jemand Schwaches und Nachlässiges sie festgebunden. Ich konnte den Kopf nicht bewegen. Niemand hatte mir etwas von Paul oder Adam erzählt, dennoch spürte ich Tränen an der falschen Seite aus meinen Augen rinnen, außen, und ich konnte nicht verhindern, dass sie mir in die Ohren liefen.

Beim zweiten Mal wurde ich von Tageslicht geblendet. Ich konnte hören, dass Tante Linda im kleinen Badezimmer weinte. »Oh, Paul«, sagte sie, »oh, Gott«, und übergab sich. Aus Angst vor ihrer Traurigkeit zwang ich mein Hirn, wieder abzuschalten, weil ich nicht wissen wollte, warum sie weinte, und nicht wusste, was ich hätte sagen können, damit es ihr besser ginge. Bevor ich wieder bewusstlos wurde, liefen mir noch mehr Tränen aus den Augen. Und obwohl ich die Arme hätte heben können, um sie wegzuwischen, ließ ich es bleiben, damit Tante Linda sie sehen könnte.

Zu vollem Bewusstsein kam ich eine Woche später, im vierten Stock des Hôtel Dieu Hospital, als Charlie gerade meine Hand hielt.

»Faith … Faith …«, flüsterte er, »sie sagen, du wirst wieder gesund. Aber Onkel Paul ist tot. Und Adam geht es nicht gut.«

»Onkel wer?«

Danach, sagten sie, schlief ich mehrere Tage lang, an denen es regnete und regnete und Adam seinen Verletzungen erlag. Er wurde an dem Dienstag begraben, an dem Trelly zwei Stockwerke unter mir einen kleinen Jungen zur Welt brachte, etwas zu früh. Sie nannten ihn Marc Jean-Luc, als frankokanadische Hommage an den Versuch meiner Mutter, ihre Kinder nach den vier Aposteln zu benennen.

Nichts davon bekam ich mit.

Später erfuhr ich, dass Charlie und ich die Drinks getrunken hatten, die Adam mit irgendeiner fiesen Droge versetzt hatte. Glücklicherweise hatte diese Droge meinen Körper so entspannt, dass ich fliegen und vollkommen weich und elastisch landen konnte.

Terese sagte zu meiner Mutter, sie hätten »niemandem weh tun und nur 'n bisschen Spaß haben« wollen und dass es einfach »ein Versehen« gewesen sei. Sie sagte, sie habe das Zeug von einem Typen in Detroit gekauft. Hätte meine Mutter einen Atomsprengkopf gehabt oder gewusst, wie man einen baut, hätte sie die ganze Stadt samt Umgebung vernichtet. Sie hätte auch Adam umgebracht, wenn er das nicht schon selbst geschafft hätte. Ihre einzige Möglichkeit, Rache zu nehmen, war, Terese in der Notaufnahme so lange ins Gesicht und auf die Arme zu schlagen, bis sie ein paar Valium bekam und die strikte Ermahnung des Polizisten, die Dinge nicht noch schlimmer zu machen. Tante Linda gab sie nur eine der Pillen ab, weil die ja immerhin schwanger war.

Der arme Charlie. Er bekam eine Anzeige, weil er nackt in das kleine Kaufhaus gerannt war und sich die Arme voll Kartoffelchipstüten geladen hatte. Danach zog er vier rosa Flamingos aus irgendeinem Vorgarten und trug sie in den Park. Er sagte, er habe noch gesehen, wie sie von allein fortgingen, kurz bevor er sich beim Anblick der kanadischen Flagge vor Lachen ausschüttete und bewusstlos wurde. Irgendwann, da war er sicher, absolut sicher, habe er Gott gesehen. Gott habe aber nichts zu ihm gesagt, sondern nur ganz ruhig dagestanden.

»Und wie sah er aus, Charlie?«, fragte ich neugierig von meinem Krankenbett aus, auch wenn ich ein wenig kichern musste.

Charlie dachte eine Weile nach, dann sagte er vollkommen ernst: »Gott … na ja … Er hat genauso ausgesehen wie Jesus, nur älter.«

Zwei Minuten später kam meine Mutter, sah mich aufrecht

im Bett sitzen und Charlie meinen ganzen Saft austrinken. Sie schlug sich eine Hand vor den Mund, quietschte und rannte aus dem Zimmer. Eine Sekunde später kam sie mit Hope an der Hand zurück. Hope lächelte, sagte: »Hallo zusammen«, und fragte mich, ob ich einen Schluck von ihrem Kaffee haben wolle oder sonst irgendwas. »Sonst irgendwas«, wiederholte Mom, setzte sich auf die Bettkante und beugte sich vor, um mir meine zu kurzen Ponysträhnen hinters Ohr zu schieben. Und wieder hinters Ohr. Und wieder. Nach hinten. Bleibt. Da. Sie machte das ganze fünf Minuten lang, und ich ließ sie.

Dad streckte den Kopf durch die Tür und sagte das längste Hallo, das ich je gehört hatte. »Hallllllooooooooooo! Wo warste du gansse Sseit?« Er versuchte, witzig zu sein, um seine Angst zu verbergen.

»Hiiiiieeeeeeeeeeeer. Und wo warst duuuuuuuuuuuu?«, griff ich seinen Witz auf.

Er sah mich einen Moment lang verwirrt an, blickte dann besorgt zu meiner Mutter, nahm meine Hand und erklärte, als wäre ich zurückgeblieben: »Meine Schatze, Fäte. Du vielleichte niemer wissen, aber ich bin gegange nach Weste. Aber ich sage: Ich bleibe hiere, solange du mich brauche.«

Meine Mutter drehte sich zu Hope. »Ach, du meine Güte, ich muss mit dem Arzt reden. Sag mir Bescheid, wie das hier endet.«

Mein kurzes Koma war durch eine starke Gehirnerschütterung hervorgerufen worden, nach der ich noch drei Wochen lang Kopfschmerzen hinter dem linken Ohr hatte. Meine Halswirbelsäule hatte keinen dauerhaften Schaden davongetragen, sie war nur verstaucht. Eine gebrochene Rippe. Zwölf Stiche an der Oberlippe. Ein blaues Auge. Mein rechtes Handgelenk tat weh, aber das Röntgenbild zeigte nichts als eine schwere Knochenprellung.

Weitere Schäden waren: der Totalausfall des Comet, dass ich

nie wieder mein Brautjungfernkleid würde tragen können, dass Tante Lindas Kind ohne Vater geboren würde und dass die Lauzons nun kein Kind mehr hatten.

Leute riefen an. Ich zählte fünf- bis sechsmal am Tag die Fakten auf, eine gebrochene Rippe, ein verstauchtes dies, ein geprelltes das, sonst nichts, mir geht's gut, danke für den Anruf, danke für die Blumen, für die Anteilnahme, den Besuch. Ja, es ist ein Wunder. Wie gut, dass die Scheibe schon vorher rausgeschlagen war, ich weiß. Hätte schlimmer kommen können. Viel schlimmer. Ich kann von Glück reden, dass ich am Leben bin. Meine eigene Mutter hätte mich überfahren können. Vor allem bin ich froh, dass ich fliegen kann. Ich wünschte, den anderen wäre es auch so ergangen.

Der Unfall des Comet wurde zu dem Teil meiner Lebensgeschichte, den ich am wenigsten mochte. Es gab weitere Details, die ich meine Mutter am Telefon erzählen hörte, und wiederum andere Details, die sie in ihr Tagebuch schrieb und die so schrecklich waren, dass mir sofort klar wurde, warum sie sie mir nie ins Gesicht sagte und warum sie niemals zu einer lustigen Anekdote würden, auch nicht in ferner Zukunft. *Sie sah aus, als würde sie fliegen … beinah … sie segelte durch die Luft … wie ein Engel … ich habe gebetet … direkt über das Auto … wunderschön … wie schlafend auf der Straße, auf den Blumen … Lieber Gott, habe ich gebetet … ich hätte sie beinahe überfahren … meine eigene Tochter getötet … Der arme Paul … sofort … Der arme Adam … der viele Alkohol war ein Segen … bewusstlos, bevor er aufprallte … Guter Gott, habe ich gebetet …*

Drei Tage später und nachdem er mich noch unnötigerweise die Treppe zu unserem Haus hinaufgetragen hatte, flog Dad nach Calgary zurück, um wieder zu arbeiten. Bevor er zum Flughafen aufbrach, schenkte er mir die hübschesten Nelken, die ich je gesehen hatte (*Deine Glücksblume*, schrieb er dazu), und gab mir einen Scheck über 150 Dollar. Er versprach, jeden Tag anzurufen, und das tat er auch, eine Woche lang. Außerdem versprach er, uns nächstes Weihnachten alle zusammen in den Urlaub mitzunehmen. Vielleicht nach Florida.

»Das glaube ich erst, wenn ich euch alle mit Mickey-Mouse-Ohren sehe«, meinte meine Mutter.

Ich lag neben ihr auf der Couch und sah fern. Gigi hockte auf meiner Brust und beschnupperte die Stiche an meiner Lippe.

»Vielleicht denkt sie, du kriegst auch Schnurrhaare«, sagte Mom, worüber ich so lachen musste, dass mir ein Stich aufplatzte.

»Aua! Schau, was du gemacht hast!«, kreischte ich lachend. Glücklich. Traurig.

Durch den fehlenden Stich hatte ich Schwierigkeiten, eine Zigarette im Mund zu halten, so dass ich die drei Wochen lang, die mein Gesicht zum Heilen brauchte, ungewollt nicht rauchte.

Serena rief zuerst häufig an, dann gelegentlich, dann selten, dann gar nicht mehr. Mit Nicole war es genau anders herum. Zuerst rief sie selten an, dann jede Woche, dann zweimal täglich.

Meine Lehrer sprachen mit meiner Mutter und meinten, sie würden mir das eine Jahr schenken, weil ich am Leben geblieben war. Es waren noch zwei Monate bis zu den Sommerferien, also bereiteten sie Übungen für zu Hause vor, die Hope und Charlie mir brachten. Ich erledigte alle Aufgaben, aber der Druck, gut zu sein, war so gering, dass es fast kitzelte. Der wichtigste Nebeneffekt war, dass ich mich weigerte, Auto zu fahren. Selbst der neue Escort, den meine Mutter von dem Geld kaufte, das sie für ein Haus gespart hatte, konnte mich nicht reizen.

Zuerst brachte mein Widerstand mir Aufmerksamkeit. Die Leute sahen mich an, als wäre es Wunder wie interessant, wenn ich mit nicht wirklich dramatischer Stimme flüsterte, dass ich einfach nicht fahren wolle. Nicht könne. Doch meine vorgespielte Trägheit war so mächtig, dass ich schließlich eine ausgewachsene Phobie bekam. Am Anfang machte ich mir keine weiteren Gedanken, weil mir auch kein Ort einfiel, an den ich hätte fahren wollen, also dachte ich, ich könnte es ja wie Trelly halten und Haareschneiden lernen und einfach immerzu am selben Platz in derselben Stadt stehen, mein ganzes Leben lang. Ich dachte nicht viel über meine Zukunft nach, denn beinahe hätte ich gar keine gehabt, und es war schon schwer genug, darüber nachzudenken.

Als ich mit der Zeit wieder beweglicher wurde und mich nach der Sonne sehnte, fuhr Hope mit mir in die Stadt, um meine Mutter im Diner zu besuchen. Als wir ankamen, wartete Angie schon auf uns. Sie hielt die Eingangstür mit einer Hand auf und winkte mit der anderen, während wir einparkten.

Dann legte sie eine Hand an meine Wange und sagte: »Oh, Fate, wirr betö so sehr.«

Zuerst dachte ich, sie meinte, dass wir gleich zusammen beten müssten, und sank fast schon auf die Knie.

»Oh, Faith«, sagte meine Mutter. »Es ist gut, dass du wieder rausgehst. Dann fühlst du dich bestimmt bald besser.«

Sie zwinkerte Hope zu. Hope verdrehte die Augen, sah mich aber weiterhin an. Die Fäden an meiner Lippe waren längst gezogen worden, doch es hing mir noch ein Stückchen Haut über die Zähne, und der Riss war schlecht zusammengepasst worden, so dass eine rosafarbene Narbe im Zickzack zu meiner Nase führte. Doch mir gefiel diese Narbe. Sie war besser als die von Hope am Oberschenkel, die sie sich damals geholt hatte, als der alte Chaumier uns bis in seinen Tod gejagt hatte.

Später, am Tresen, wurde ich von Angie und meiner Mutter umkreist wie von zwei Monden – sie holten überbackenes Käsesandwich und Ketchup und Wasser und stellten alles in Reichweite. Jedes Mal, wenn sie wegging, um etwas zu holen, berührte meine Mutter mich am Haar oder am Arm oder an der Schulter.

Nachdem sie ihren Mann in Brooklyn begraben hatte, kam Tante Linda für eine Weile zu uns. Sie musste überlegen, was sie mit ihrem Leben und dem des Babys weiter anstellen sollte, nun, da Onkel Paul tot war. Tante Linda sprach oft von Detroit, während sie ihren Bauch eincremte, um Schwangerschaftsstreifen zu verhindern. Sie fragte: »Weißt du noch, die Bank, in der ich gearbeitet habe? Damals? Die, in der auch deine Mutter gearbeitet hat?« Sie sagte, es sei das Paradies gewesen, zwischen all den hohen Gebäuden und all dem Geld. Sie und meine Mom seien mittags immer essen gegangen und hätten über nette Bankmanager und die Spannungen zwischen weißen und schwarzen Angestellten gesprochen. Tante Linda hatte damals ganz mutig eine Wohnung in der Innenstadt gekauft und meine Mutter gedrängt, zu ihr zu ziehen, um Kanada zu entfliehen und eine Amerikanerin mit unbegrenzten Möglichkeiten zu werden. Doch meine Mutter wollte Großvater nicht allein lassen. Sie blieb in Kanada, hatte Angst vor Amerika, traf eines Tages meinen Vater, und irgendwie passierte ihr dann der Rest ihres Lebens.

Tante Linda hingegen konzentrierte sich auf ihre Karriere. Sie verdiente gutes Geld in der Bank und kaufte ganze Armladungen voll hübscher Twinsets und ihr erstes gutes Schmuckstück, eine Schmetterlingsbrosche mit zwei echten Diamantsplittern, umgeben von ein paar Halbedelsteinen. Sie schenkte sie meiner Mutter zur Hochzeit, dem Tag, als meine Mutter den einen und Tante Linda den anderen Weg einschlug. Ich sagte, ich könne mich an die Brosche erinnern. Ich sei mit ihr immer zum Fenster gelaufen, damit die Diamanten im Licht glitzerten.

»Ob deine Mom sie wohl immer noch hat?«

Ich erzählte ihr nicht, dass diese Brosche für mich der größte

Schatz im ganzen Haus gewesen war, bis zu dem Zeitpunkt, als ihr das Tagebuch meiner Mutter im Besteckkasten Gesellschaft leistete. »Ich weiß nicht«, log ich, um nicht preiszugeben, dass ich das Versteck des Tagebuchs kannte.

»Ich habe oft an die Brosche gedacht, und weil ich deine Mutter gut kenne, dachte ich, ach, die trägt sie bestimmt nie. Und fast wollte ich sie zurückfordern, aber dann, Faith, kaufte Paul mir diesen Ring mit dem großen Diamanten, den ich im Moment gar nicht tragen kann, weil meine Finger so geschwollen sind. Eines Tages vergaß ich dann also die Brosche, die ich von meinem eigenen Geld gekauft hatte, und fing an, meinen Mann zu lieben.«

Sie lachte. Das sei aber nicht nur deshalb gewesen, weil er ihr schöne Sachen gekauft, sondern weil er versucht habe, sie glücklich zu machen. Sie erzählte, sie habe Paul in einer Salsabar in Detroit kennengelernt. Sie war mit Freundinnen von der Arbeit hingegangen, und Paul hatte dort ein Klassentreffen. Den Gedanken ans Heiraten hatte Tante Linda eigentlich schon lange aufgegeben, da sie bereits über dreißig war und sich eher mit der Frage beschäftigte, ob sie sich eine Katze kaufen sollte.

Schon nach relativ kurzer Zeit beschlossen die beiden zu heiraten. Tante Linda sagte, Onkel Paul sei ein sehr sachlicher Mensch gewesen. Er wollte weder Zeit noch Geld verlieren, weil er so weit von ihr entfernt lebte, also bat er seinen Bruder, einen Monat lang sein Restaurant in Greenpoint zu führen, damit er in Detroit bleiben und sich diese Linda genauer ansehen könne. Paul übernachtete in Hotels und bei Freunden, entschied kurzerhand, dass diese Linda die Richtige sei, und bat sie, mit ihm nach Greenpoint zu kommen und seine Frau zu werden. Also kündigte sie bei der Bank und verstaute alle ihre Sachen auf dem Rücksitz seines Wagens. Das passierte um die Zeit, als Großvater starb. Ich kann mich noch an die Postkarte erinnern, die sie von den Niagarafällen aus schickten. Sie blieben dort gerade so lange, wie ein Pärchen braucht, um eine Kapelle und zwei Trauzeugen zu finden. Dann fuhren sie direkt weiter nach New York City.

Die Arbeit in Pauls Restaurant gefiel Tante Linda sehr; sie übernahm die Buchführung, säuberte die Speisekarten und wies den Gästen ihre Plätze zu. Es gefiel ihr noch mehr, nachdem Paul es als Hochzeitsgeschenk in *Paul & Linda* umbenannte, als Verbeugung vor seinem Lieblingsbeatle und seiner eigenen geliebten Ehefrau.

»Ich wünschte, Großvater hätte ihn noch kennengelernt. Er hätte ihm gefallen. Er hätte mal Pauls Küche sehen sollen! So sauber und glänzend und aufgeräumt! Ich habe ihm sogar solche Regale gebastelt, wie Großvater sie hatte, mit den angeschraubten Deckeln, weißt du noch, Faith? Wie Großvater die in seiner alten Garage hatte? Pauls Küche ist genauso. Die ist wirklich sehenswert!«

Ich sagte, das alles höre sich sehr romantisch an, und sie sagte, nein, Paul zu heiraten sei das am wenigsten Romantische gewesen, was sie je getan habe, aber ihn zu beerdigen vermutlich das Allerromantischste überhaupt. Dann beugte sie sich vor und weinte in das Kissen, das sie den ganzen Tag auf dem Schoß hatte. Ich legte ihr vorsichtig einen Arm um den Rücken und wusste nicht, wie fest ich zudrücken sollte, um jemandem Trost zu spenden, der eigentlich untröstlich war.

Manche Leute fanden es gruslig, dass der Bruder und die Schwägerin des »fliegenden Mädchens«, wie ich genannt wurde, in der Wohnung eines Toten wohnen wollten. Andere verstanden, wie praktisch es wäre, wenn Matt und Trelly und das Baby in Adams leer stehende Wohnung am See zogen. Außerdem war es Mrs. Lauzons Idee gewesen und noch dazu eine gute, da der Vermieter ihnen die Kaution erließ und die frisch Verheirateten den

Großteil von Adams Möbeln übernahmen. Trelly tönte, wenn sie innen erst einmal gestrichen und draußen neue Blumen gepflanzt hätten, würde sich keiner mehr erinnern, was mit dem Typen passiert war, der vorher hier gewohnt hatte. Abgesehen von mir.

In den Tagen und Wochen, in denen ich zu Hause blieb, starrte ich oft gebannt auf die leere Auffahrt der Lauzons. Adams Eltern hatten seinen Wagen an Scott Demeter verkauft, und manchmal dachte ich, ich würde ihn vorbeifahren hören, weil ich den Klang des Motors so gut kannte. Doch ich sah niemals nach, ob ich recht hatte.

Einmal sah mich meine Mutter, wie ich zu den Lauzons hinüberstarrte und dabei Marc auf dem Arm hielt. Sie nahm ihn mir ab, drückte ihre Lippen auf seinen prallen Bauch und prustete, bis ein Pupsgeräusch kam. Davon wachte Tante Linda auf. Oft schlief sie bis zum Mittag auf dem Gästebett.

»Na, hallo, kleines Baby«, meinte sie verschlafen und räkelte sich. »Wie geht's denn meinem Süßen?« Sie streckte die Arme aus, und Mom legte das Kind auf ihren mittlerweile runden Bauch.

»Warum unternehmt ihr zwei heute nicht mal was?«, erkundigte sie sich. »Geht ein bisschen aus dem Haus. Macht irgendwas. Ich muss arbeiten, aber du kannst mich absetzen, Faith, und dann könnt ihr beide nach Windsor fahren und ins Kino gehen oder shoppen oder so.«

Keine von uns antwortete.

»Vielleicht morgen, Nan«, sagte Tante Linda dann. Sie wusste von meinem Schwur. Ich hatte ihr mal spätnachts davon erzählt, als ich nicht schlafen konnte und merkte, dass sie wach war. Sie sagte, sie könne es verstehen, allerdings würde meine Weigerung, Auto zu fahren, mein Leben sehr einschränken. Sie meinte, auch wenn man glücklich mitten im Nichts wohne, müsse man doch wissen, dass man es jederzeit verlassen könne. Ich sagte, das sei kein Problem. Ich wolle sowieso nie von hier weg.

Am Tag, nachdem die Lauzons Adams restliche Sachen aus der Wohnung geräumt hatten, fuhr ich doch. Trelly brachte mich dazu, weil sie sagte, wenn sie selbst fahren müsse, um mich zu Adams Wohnung zu transportieren, müsste ich dem Baby während der Fahrt die Brust geben. Und ich wollte die Wohnung unbedingt sehen.

Im Escort fuhren wir wie auf Schienen, so weich und geschmeidig lief er, ganz im Gegensatz zum Comet, in dem mein Körper sich daran gewöhnt hatte, durchgeschüttelt und Vibrationsmassagen ausgesetzt zu werden.

Trelly legte sich das Baby über die Schulter, und ich behielt vorsichtshalber die Hand an ihrem Rücken, während wir langsam die ausgetretenen Stufen hinaufstiegen. Die Wohnung lag über einer großen Garage, in der einmal ein Anglerladen gewesen war. Trelly zeigte sofort auf die Brandlöcher im Teppich zwischen Sofa und Couchtisch. Ich sah, dass nur eines der zwei kleinen Schlafzimmer eine halbwegs geräumige Abseite als Kleiderschrank hatte, aber dafür gab es einen langen schmalen Einbauschrank im Flur, dessen Türgriff fast vollständig von den Wandpaneelen verdeckt war. Wahrscheinlich war das der Grund gewesen, weshalb die Lauzons ihn nicht entdeckt hatten. Als ich die Tür öffnete, wehte mir Adams Geruch entgegen, seiner Zigaretten und seines Rasierwassers. Seine lederne *Red-Wings*-Bomberjacke hing allein über zwei oder drei Paar alter schwarzer Schuhe, die aufgestapelt neben einer Kiste mit staubigen Zeitschriften standen, hauptsächlich *Playboy* und *Penthouse*.

Ich vergrub mein Gesicht in der Jacke und roch ihn. Dann ließ ich Trelly daran riechen.

»Was ist?«, fragte sie.

»Riechst du ihn?«

»Nein, ich rieche nur stinkende Kneipenluft.«

»Die behalte ich«, sagte ich und zog die Jacke vom Bügel. »Den Rest können wir wegschmeißen.«

»Ja.« Trelly trat vorsichtig nach den Schuhen. »Ich bezweifle, dass seine Eltern die Pornohefte zur Erinnerung an ihn wollen.«

Ich ließ die Jacke auf den Boden fallen, legte Marc in die Mitte, nahm alles zusammen in die Arme und küsste das Baby auf den Mund.

Die Erkenntnis, dass Menschen nach ihrem Tod interessanter werden als zu Lebzeiten, ließ mich Jesus weitaus besser verstehen, mich selbst dafür leider umso weniger.

An dem Sonntag, als Tante Linda nach New York zurückfliegen würde, saß ich neben ihr in der Kirche, und der Priester sprach eine Andacht in Gedenken an einen guten Amerikaner, der auf einer schlechten kanadischen Straße umgekommen war. Er segnete das ungeborene Kind. Wir machten das Zeichen des Kreuzes, und ich sah die ganze Zeit zum Kruzifix. Ich dachte an das merkwürdige Glück seiner bedauernswerten Kreuzigung. Ehe Er festgenagelt wurde, war Er auf dem besten Weg gewesen, nichts weiter als ein exzentrischer Prediger zu werden. Doch dann musste Er leiden, und deshalb trugen wir Kreuze und beteten zu Kreuzen, und deshalb blickte Jesus von so vielen Wänden traurig auf uns herab. Sich Jesus als alten, verkalkten durchschnittlichen Mann vorzustellen, der eines natürlichen durchschnittlichen Todes stirbt, war kaum möglich. (Es sei denn, das Zeichen des Christentums wäre ein leicht verkrümmter alter Mann im Schaukelstuhl, der sich im Moment des Todes ans heilige Herz greift.)

Wie bei Adam. Vor seinem Tod war er auf dem besten Weg gewesen, zum Abziehbild eines Kleinstadtbösewichts zu verkommen. Ein stadtbekannter Säufer, selbstsüchtig, unglücklich und dazu verdammt, mit zunehmendem Alter immer mehr bemitleidet und verlacht zu werden. In den Monaten nach seinem Tod dachte ich oft über ihn nach und fragte mich, wo er war. Ob er mich sehen könnte. Ob er mich hasste. Ob ich ihn wiedersehen würde. Ob ich ihn wiedersehen wollte. Immerhin hatte er mich beinahe umgebracht.

Aber ich war nicht gestorben, und deshalb verloren die Menschen das Interesse an mir. Während ich meiner stetigen Trauer erlaubte, länger zu verweilen, als ich sie spürte, kehrte der Rest der Familie ins Leben zurück. Alle machten da weiter, wo sie aufgehört hatten, bevor ich in den Mittelpunkt der Aufmerksamkeit gerückt war – gerade als ich mich an das Gefühl gewöhnt hatte, ein Wunder zu sein.

Hope war die Erste, die mich wieder normal behandelte. Zwei Wochen vor Tante Lindas Abreise weigerte sie sich, in die Stadt zu fahren und Zigaretten zu holen. Ich fing an, hilflos herumzujammern, und war in dem Moment sogar noch von meiner Hilflosigkeit überzeugt.

»Ich hab's satt, Mom!«, hörte ich Hope im Wohnzimmer schreien. »Faith muss endlich damit aufhören, sonst werden wir alle noch wahnsinnig!«

Ich knallte meine Tür zu und schrie: »Lesbe!«

Mom klopfte an und trat sofort ein. »Faith, hör zu, es reicht! Das interessiert hier keinen mehr«, sagte sie und hob ihren Finger. »Ich weiß, dass du noch traurig bist, und das ist auch in Ordnung, aber hör auf, alle anderen mit dir runterzuziehen. Und hör auf, deine Schwester Lesbe zu nennen, verdammt.«

»Ich hab aber Angst, wenn ich in die Stadt fahre!«, rief ich.

Doch Mom wusste genau, dass ich keine Angst vor dem wunderbaren Escort und seinem traumhaften Fahrgefühl hatte. Es war einfach so, dass ich mich noch länger in ihrer Aufmerksamkeit sonnen wollte. Es tat gut, wenn sie wissen wollten, wie es mir ging. Vielleicht empfand ich es als Wiedergutmachung für all die Jahre, in denen ich mich im Tagebuch meiner Mutter ignoriert, im Bus von Hope geschmäht und auf Partys von Matt alleingelassen gefühlt hatte. Dad rief wieder so selten an wie früher, an zwei Samstagen im Monat, wenn er und seine Kollegen zum Saufen und vielleicht auch zum Huren in Edmonton waren.

Charlie war immer nett zu mir gewesen, aber auch er nahm mittlerweile Gitarrenunterricht bei Cheryl und verbrachte weniger Zeit damit, mein Gesicht nach Launen abzusuchen, über die er sprechen wollte. Meine Mutter, die zuerst so gefühlvoll und großzügig mit Alkohol und Telefonaten gewesen war, fing wieder an, sonntags früh zu arbeiten, und überließ es mir, trotz meines noch wunden Handgelenks den Rasen zu mähen.

Aus diesem Grund wollte ich auf keinen Fall, dass Tante Linda abreiste und damit auch ihr gütiger Blick. Doch sie erklärte, sie müsse fahren, weil sie in unser ohnehin schon trauriges Zuhause nur noch mehr Leid bringe.

»Ich möchte, dass du über etwas nachdenkst«, sagte sie, während sie im Escort ihr Gepäck verstaute. »Ich möchte, dass du überlegst, ob du für eine Weile bei mir bleiben willst.«

Wir blickten beide auf den Hinterkopf meiner Mutter, die hinter dem Steuer saß. Ich konnte erkennen, dass sie Tante Linda gehört hatte, doch sie sagte nichts weiter dazu.

»Ich glaube nicht, dass Mom das erlauben würde«, sagte ich zum Hinterkopf meiner Mutter. »Ich werde wohl hierbleiben müssen.«

Mom suchte in ihrer Handtasche nach Zigaretten.

Tante Linda gab mir einen Kuss auf die Stirn und flüsterte: »Wenn du es wirklich willst … Wenn du fragst … Ich denke, dann lässt sie dich.«

»Wir fahren«, sagte meine Mutter. »Wir sind spät dran.«

»Wenn du es wirklich willst«, wiederholte Tante Linda und rieb sich den Bauch. Sie trug einen von Trellys Schwangerschaftspullovern mit Teddybären und Herzen, ganz das Gegenteil von ihrem eigenen Stil, aber ihre Sachen passten nicht mehr.

»Ich denk darüber nach.«

Meine Tante warf noch einen Kuss in die Luft und stieg ins Auto.

Mom drehte sich zu mir um und sagte: »Faith, ich möchte was mit dir besprechen, also sei bitte da, wenn ich zurückkomme, ja?«

Ich nickte und winkte, bis der Escort verschwunden war, dann ging ich ins Haus und kramte ihr Tagebuch hervor. Ich hasste Überraschungen.

Ich las ihren letzten Eintrag. Dann legte ich das Tagebuch weg, rauchte fünf Zigaretten, weinte, nahm es wieder auf und las erneut, nur um sicherzugehen, dass es ein Tagebuch war und kein Roman.

Faith muss von hier fortgehen, schrieb meine Mutter. *Sie kann nicht hierbleiben. Wenn sie hierbleibt, wird sie so enden wie ich. Der Unfall hat ihr einen Schock fürs Leben verpasst. Sie hat jetzt Angst vor allem. Aber ich bin Gott jeden Tag dankbar. Und ich werde mein Versprechen halten. Ich habe Gott versprochen, dass, wenn Faith sterben würde, dies auch mein Ende wäre. Aber wenn sie weiterlebt, dann würde ich für all die schlimmen Dinge, die ich getan habe, um Vergebung bitten. Ich werde wieder zur Kirche gehen. Ich werde Ihn bitten, mir meine Sünde zu vergeben – dass ich das Baby nicht haben wollte, damals, als Faith Kommunion hatte und Joe immer seltener zu Hause war und ich wusste, dass ein fünftes Kind mein Untergang gewesen wäre.*

Meine Mutter schrieb, dass sie angefangen habe, zur Neun-Uhr-Messe zu gehen, auch wenn sie uns sagte, sie gehe zur Frühschicht ins Diner. Sie schrieb, sie habe weder ihren Glauben wiedergefunden noch sei sie unter dem wachsamen Auge Christi wiedergeboren worden. Ihr wöchentlicher Gottesdienstbesuch, ihr ernsthafter Versuch, das Rauchen aufzugeben, sowie die erfolgreiche Vermeidung von Alkohol am Tage waren allesamt Teil einer Abmachung, die sie in dem Moment getroffen hatte, als sie mich aus dem Heck des Comet fliegen sah. Im Gegenzug für all die Dinge, die sie tun wolle, um das Chaos zu beheben, das sie in ihrer Seele und bei ihren Kindern angerichtet hatte, so schrieb sie, habe sie Gott darum gebeten, Faith zu retten.

Was meine Zukunft betraf, schrieb sie: *Lin möchte, dass Faith zu ihr zieht. Vielleicht bin ich Lin das schuldig. Vielleicht schulde ich ihr meine Faith. Es ist meine Schuld, der Unfall, weil ich nicht gut genug auf meine Kinder aufgepasst habe. Aber, mein Gott, ich weiß nicht. Ich will Faith nicht gehen lassen, aber …*

Klatsch.

Das war der letzte Eintrag, den ich las, und das letzte Mal, dass meine Mutter mich mit voller Wucht ins Gesicht schlug. Die Tränen, die mir über die Wangen liefen, machten den Schlag noch schmerzvoller, als Mom wohl beabsichtigt hatte. Ich war so gefangen gewesen von ihrem Pakt mit Gott und von dem Opfer, das sie für mich brachte, dass ich den Escort nicht hatte vorfahren hören.

Ich sah sie an, konnte aber nicht erkennen, wie wütend sie war, weil sie die Hände vors Gesicht geschlagen hatte. Ich sah auf das Tagebuch in meinem Schoß. Sie kaufte immer das gleiche rot gepolsterte Notizbuch, und nie behielt sie eines, wenn es voll war. Sie warf es einfach weg und kaufte das nächste. Es war kein Platz im Haus, um einen solchen Bestand zu archivieren, und weil ich das wusste, hatte ich manchmal kurze Abschnitte abgeschrieben, zum Beispiel: *Heute hat Charlie mir einen Strauß Löwenzahn gebracht mit einem Zettel, auf dem stand: »Für mich bist du hübsch«, und mein Herz schmolz dahin, manchmal macht er so was.*

Ich weiß noch, dass ich genau dasselbe tat, vor einem Jahr zum Muttertag, und eine ähnliche Botschaft an einen Strauß Gänseblümchen band. Wochenlang kontrollierte ich, ob sie auch darüber etwas schreiben würde, doch sie erwähnte es kein einziges Mal.

Ich dachte, die ganze Zeit habe ich in ihrem Tagebuch nach mir gesucht, und nun bekam ich Angst – denn wo sollte ich fortan nach mir suchen?

Ich konnte mich nicht rühren. Mom fiel auf die Knie. Sie weinte und versuchte, mir das Buch aus den Händen zu ziehen. Es war nicht so, dass ich es ihr nicht überlassen wollte, ich hatte nur Angst, dass sie mir damit noch härter auf den Kopf schlagen würde.

»Himmel, Herrgott, Faith, das ist meins!«, schrie sie, als wären wir auf dem Schulhof und stritten uns um ein Sprungseil. »Wie lange machst du das schon? Hm? Dass du meine persönlichen Sachen liest? Das sind meine Sachen. Das ist etwas ganz Persönliches, verdammt noch mal! O Gott, Faith, ich könnte dir den Hals umdrehen!«

Sie sagte das mit einer so gefährlichen Stimme, dass sie selbst erschrak. Sie entriss mir das Buch und klappte es zu, behielt aber den Zeigefinger an der Stelle, an der ich gelesen hatte.

»Wie lange schon? Sag's mir! Ach, ich kann dir sowieso nicht glauben.«

»Ich mach das noch nicht lange, Mom, es tut mir leid«, log ich schniefend und besprühte sie mit Tränen und Spucketropfen. »Ich komme mir schlecht vor, aber du hättest mich nicht schlagen müssen. Ich bin fast achtzehn!«

»Ich weiß genau, wie alt du bist. Allmächtiger Gott, das weiß ich«, erwiderte sie, stand auf und lehnte sich gegen die Wand. »Das ist mein Leben, Faith. Dadrin. Meins.« Sie schüttelte das Tagebuch in der Luft. »Du musst dein eigenes verdammtes Leben

leben, oder du wirst sterben ... Wenn ich dich nicht vorher umbringe. Jetzt verzieh dich. Ich will dich eine Weile nicht sehen.«

Sie ging weg, während sie das sagte, und presste eine Hand an ihr Gesicht, da, wo sie mich geschlagen hatte.

Als sie durch die Terrassentür in den Garten verschwunden war, brüllte ich ihr hinterher: »Na schön, es ist mir egal, wo ich hingehe, solange es nur weit weg ist! Ich verschwinde aus deinem Leben, das schwöre ich, und du siehst mich nie wieder!«

Durchs Fenster sah ich, wie sie das Tagebuch an der Stelle aufschlug, wo ich gelesen hatte, und dann zum Fluss ging. Ich weiß nicht, ob sie es hineinwarf, aber ich habe es danach nie mehr gesehen.

Am Abend rief sie Tante Linda an. Sie ließ mich mit meinem bleichen Gesicht neben ihr am Esstisch sitzen. »Lin«, sagte sie, »Faith möchte bei dir wohnen, so wie wir es besprochen haben.« Dann gab sie mir den Hörer und ging weg. Bevor ich protestieren konnte, sagte Tante Linda: »Oh, Faith, ich danke dir vielmals. Ich brauche dich hier wirklich dringend. Das ist gut. Du tust das Richtige.« Sie beschrieb mein neues Zimmer, ganz für mich allein, der ganze dritte Stock in ihrem alten Brownstone-Haus. Und die Schule sei zwar nicht katholisch, aber ganz ordentlich und nicht weit vom Restaurant entfernt. Außerdem werde ihr Baby ja in ein paar Monaten kommen, und sie habe sich gefragt, ob ich nicht Patentante werden wolle, was eine wichtige Aufgabe sei, für die ich viel üben müsse. Dann flüsterte sie in den Hörer, dass meine Mutter weniger böse auf mich sei als traurig, dass ich wegginge. »Aber lass ihr Zeit«, sagte sie, »denn Zeit ist immer das Beste.«

»Ich glaube, es wird schön – für uns beide.«

»Ja, das glaube ich auch«, entgegnete ich, die Stimme voller Zweifel.

Ich legte auf, ging ins Badezimmer und beugte mich über den Schminktisch. Ich dachte, ich müsse nur aufstoßen, aber dann übergab ich mich plötzlich ins Waschbecken.

Was meine Mutter den Leuten und auch meinem Dad erzählte: Es sei so, dass ihre Schwester Lin mich in Greenpoint brauche. Und ich bräuchte einen Ortswechsel. Es sei gut für mich, dort im Restaurant zu arbeiten und ihr mit dem Baby zu helfen und die High School abzuschließen, wo niemand wusste, dass ich fast gestorben wäre bei einem Autounfall, bei dem zwei andere Menschen ums Leben kamen. Ich hörte, wie sie zu Dad sagte: »Faith will Schauspielerin werden, und das ist genau der Ort, an dem man so was machen kann, und den Platz hier kann ich gut gebrauchen, außerdem ist sie alt genug.«

Was sie mir sagte, als ich ins Diner ging, um mich noch einmal umzusehen und von Angie zu verabschieden: »Faith, tu uns den Gefallen und bring den Müll raus. Marian ist spät dran. Und könntest du wohl eben in den Laden laufen? Uns sind die Glühbirnen ausgegangen. Hol die mit vierzig Watt, damit es in den Toiletten nicht so grell ist.«

Angie sah mich mitfühlend an und gab mir einen zerknüllten Hundert-Dollar-Schein. »'ier, Fate, geh und kauf die Glühbierrnön und be'alt die Rest.«

Die ganze Woche redete meine Mutter über alles Mögliche mit mir, nur nicht, wie sie sich dabei fühlte, dass ich Belle River verlassen würde und das vollgestopfte Haus, in dem wir zur Miete wohnten, und die durchhängende Couch, auf der ich vier Monate gelegen hatte, mit zerknüllten Taschentüchern zu meinen Füßen wie tote Blumen. Sie erzählte den Leuten, ich würde weggehen wollen, aber mir war klar, dass ich weggehen musste, weil meine Mutter eine Wette mit Gott verloren hatte. Oder gewonnen. Das war schwer zu sagen. Sie schickte mich auf einer Woge des Grolls auf die Reise. Und vielleicht – auch wenn ich das damals nicht so sah –, vielleicht war das der einzige Weg, wie sie mich in dieses Flugzeug setzen konnte.

Die ganze Woche vor meiner Abreise regnete es so stark, wie es in Essex County noch nie geregnet hatte. Die unablässigen Wolkenbrüche waren aufregend. Binnen weniger Tage stand der Fluss bis in unseren Garten. Ich packte meine Sachen, verabschiedete mich von Nicole und füllte zwischendurch immer wieder Sandsäcke, zusammen mit den Lauzons, die rüberkamen und halfen, damit unser kleines Haus nicht vom Wasser verschluckt würde.

Am Morgen meines Abflugs steckte Mom den Kopf durch meine Zimmertür. Hope und ich verhandelten gerade über das gute Federkopfkissen, mit dem wir uns jeden Monat abwechselten. Ich sagte: »Du kannst es behalten, Hope, Tante Linda hat Tausende davon.«

»Cool«, sagte Hope und lief wieder raus, um den anderen beim Kampf gegen das Wasser zu helfen.

»Hast du alles?«, fragte meine Mutter.

»Ich glaube schon.«

Sie wollte gehen, blieb dann aber noch mal stehen. »Und? Bereust du deine Entscheidung?«

»Nein.« Ich legte einen Pullover zusammen. »Du?«

»Faith, das Problem ist, dass ich mein ganzes Leben bereue. Ich will nicht, dass es dir genauso geht. Verstehst du das?«

»Mag sein«, antwortete ich und legte den Pullover noch mal zusammen.

Mom sah auf die Uhr und klatschte. »Okay, wir fahren. Alle anderen müssen hierbleiben, um das Haus zu retten.«

Charlie, mit nacktem Oberkörper und voller Dreck, küsste und drückte mich und sagte, er sei der Nächste, der nach New York ginge, und ich ließ es ihn hoch und heilig versprechen. Hope streckte ihre nasse Hand aus und zog sie weg, gerade als ich sie schütteln wollte. »Ätsch!« Dann sagte sie: »Nur Spaß, Faith, komm her«, und wir umarmten uns eine Weile, und ich flüsterte ihr »Lesbe« ins Ohr, und sie legte eine Hand auf meinen Po, und wir lachten.

Dad rief an und sagte: »Bistu siecher, meine Schaatz?« Und ich sagte: »Ja, Dad, es ist gut für mich, wenn auch ich gehe.« Ich sagte das nicht böse, selbst wenn er es zuerst so auffasste. Dann sagte er: »Viel Gluck, du wirste gut machen.«

Ich gab ihm meine neue Telefonnummer, die ich bereits auswendig konnte.

Als wir bei Matt und Trelly hielten, blieb uns nicht mehr viel Zeit, und meine Mutter ließ den Wagen laufen, während ich durch tiefe Pfützen sprang und froh war, dass ihr Haus oberhalb der Überschwemmung lag. Ich gab den beiden schlaflosen Eltern einen Abschiedskuss, dann knuddelte ich das Baby, bis es weinte.

Schweigend fuhren wir über die kaputten Schnellstraßen ins durchnässte Detroit. Wir parkten den Wagen am hinteren Ende und ließen uns Zeit, zur Abflughalle zu gehen. Die Schirme hielten unsere Zigaretten trocken. Dann gaben wir mein Gepäck auf, suchten die Raucherzone, kauften Kaffee und Muffins, setzten uns hin und starrten in die Gegend. Keine von uns war je zuvor in einem Flughafen gewesen.

»Hast du Angst?«, wollte Mom wissen.

»Ein bisschen.«

»Ich auch.«

Dann gab sie mir ein nicht eingewickeltes Geschenk: ein eigenes Tagebuch. Es war anders als die, die sie benutzt hatte: kleiner und blau, mit Schloss und Schlüssel und dem Wort *Tagebuch* auf dem Einband.

»Hier«, sagte sie. »Benutz es, wenn du willst. Ich weiß nicht.

Ich fand es hilfreich, meine Gedanken aufzuschreiben, denn über die Jahre war es manchmal schwer, niemanden in meinem Alter zum Reden zu haben.«

Sie schob das Buch ins Seitenfach meiner Schultertasche, die nicht zu meinem Kosmetikkoffer passte, weil wir die Sachen auf verschiedenen Garagenflohmärkten gekauft hatten.

»Danke«, sagte ich und tastete danach. Ich bekam ein bisschen Angst. Was würde in dieses Buch hineinkommen, dachte ich, wo ich nun nicht mehr zum Leben meiner Mutter gehörte? Was könnte ich ohne Matt und Hope und Charlie um mich herum schon schreiben? »Danke«, wiederholte ich. »Vielen Dank. Und, Mom … Es tut mir leid.«

»Versteck es nur besser als ich, okay? Tante Linda kann ganz schön neugierig sein, wahrscheinlich hast du das von ihr.«

Dann stand sie auf, die Arme fest um die Taille geschlungen, und studierte die Leute, die an Bord meines Flugzeugs gingen, mit prüfendem Blick. Wahrscheinlich versuchte sie, Perverse zu erkennen, vor denen sie mich warnen müsste. Einen Moment lang dachte ich, sie würde einfach weggehen, ohne sich zu verabschieden, weil es plötzlich aussah, als wäre sie für alles Mögliche hier, nur nicht, um auf Wiedersehen zu sagen. Doch dann breitete sie die Arme aus, und aus ihrem Hals kam ein Geräusch, das wie mein Name klang. Als mein Flug das letzte Mal aufgerufen wurde, war nicht sie diejenige, die losließ, sondern ich.

Ich hatte gewusst, dass meine Mutter mich immer noch gern hatte, vielleicht sogar liebte, aber erst als ich die Widmung in meinem neuen Tagebuch las, Tausende von Kilometern von ihr entfernt, spürte ich, dass sie mir auch ganz vergeben hatte.

Für meine kleine Faith, die ihrem Namen alle Ehre macht und mir wieder ein bisschen Glauben gegeben hat.

Die Flut hat gewonnen, schrieb meine Mutter in ihrer vertrauten schnörkligen Handschrift. Eine Woche nachdem ich sicher angekommen und Mom zweimal angerufen hatte, per Ferngespräch, lag der Brief auf meiner Treppe.

Ich las ihn Tante Linda vor, die mittlerweile hochschwanger war. (Nachdem ich ihre polnischen Verwandten kennengelernt hatte, große bleiche Menschen mit großen weichen Händen und blassen Haaren und Augen, stellte ich mir vor, dass genau so etwas in ihr heranwuchs.)

Als meine Mutter vom Flughafen nach Hause kam, so stand es in dem Brief, sah es so aus, als wäre das Haus durch all den Sand und den Schweiß ihrer übrig gebliebenen Kinder und der anderen Helfer ausreichend geschützt. Der Regen ließ etwas nach, so dass meine Mutter mit Dennis, dem Polizisten, ausging, der gar nicht so übel war. Hope blieb nach ihrem Training in Windsor. Charlie ging zu einer Party.

Doch kurz vor Mitternacht, so schrieb sie, kam ein neuer Sturm auf, und der Fluss kroch bis an die Fenster unseres verlassenen Hauses und brach ein. Wir lachten, als meine Mutter beschrieb, wie ich, wenn ich noch da gewesen wäre, mein Kommunionkleid und Trellys Brautkleid hätte retten wollen, die im Wasser wegtrieben, zusammen mit allen anderen Sachen, die wir unsinnigerweise aufbewahrten.

Ich sehe Dich vor mir, Faith, als Einzige, die wahrscheinlich im Haus gewesen wäre, wie Du versuchst, den Fluss mit Deinen schmalen Händen wieder durch das Fenster zurückzuschieben (etwas, was Du vermutlich Dein ganzes Leben lang gemacht hast).

Diese Worte klangen bedeutungsvoller als alle anderen. Meine Tante legte eine Hand auf meinen Rücken, und ich fuhr fort.

Am nächsten Tag sah unser Garten aus, als hätte man das Haus umgekippt und ausgeschüttelt. Wir schafften es, etwas Spielzeug zu retten und ein Fahrrad, und Gigi, die ein leichtes Trauma davongetragen zu ha-

ben scheint, schläft jetzt lieber auf dem Kühlschrank. Aber die Bücher, ein paar Bilder und die alte Hockey-Ausrüstung waren futsch. Genau wie die Kleider.

Montag überredete ich Hope dann, mit mir in die Stadt zu fahren. Die meisten Straßen waren wieder freigegeben, und ich wollte Post holen und ein paar Lebensmittel. Außerdem musste ich mit Mr. Meloche reden, damit er den Keller saniert, bevor es noch kälter wird.

Wir waren also auf der County Road 42, und Du weißt ja, dass ich an keinem Garagenflohmarkt vorbeifahren kann. Hope sagte, ich warte im Auto. Und das war richtig schade, denn ich hätte zu gern ihr Gesicht gesehen, als ich die beiden Kleider zum Verkauf an dem alten Baum hängen sah wie etwas, das zwei alte Gespenster tragen würden. Dein kleines Kommunionkleid, sozusagen eine Miniaturausgabe von Trellys gewaltigem Brautkleid.

Mom hatte nicht das Herz, der Frau, die die Kleider verkaufte, zu sagen, dass es unsere eigenen Kleider seien. Außerdem wollte sie nur fünf Dollar dafür, also bezahlte meine Mutter, lachte und trug die stinkenden Dinger ins Auto.

Hope wollte nicht glauben, dass es unsere Kleider waren, bis meine Mutter sie im Waschbecken gewaschen und mehrmals die braune Brühe abgelassen hatte.

Sie bekam sie sauber genug, um die Stoffe wieder verwenden zu können.

Und so ist das Nächste, was ich schicken werde, ein kleines Taufkleid für das Baby, an dem ich gerade fleißig arbeite. Nichts Aufwendiges, einfach ein Kleid, das man ihm über den Kopf ziehen kann, Junge oder Mädchen, völlig egal, solange das Kind nur gesund und glücklich ist und Ihr zwei Euch verdammt noch mal anstrengt, es nicht allzu sehr zu verkorksen. Nein, nur Spaß (dreimal unterstrichen).

In Liebe,
Deine Mutter

Leseprobe aus:

Lisa Gabriele

Der Goldfisch meiner Schwester

Roman

Klappenbroschur
288 Seiten
Euro: 12,95

1. Kapitel

Bevor sie die Farm für immer verließ, hatte ich nie viel darüber nachgedacht, was meine Schwester und mich unterschied, welche Gegensätze, abgesehen von unserem Äußeren, zwischen uns bestanden, ihrer Haarfarbe (gefärbtes Blond) und meiner (langweiliges Braun), ihrer Figur (groß und schlank) und meiner (weder noch). Sie war immer flatterhaft, wo ich unnachgiebig gewesen war – hart gegenüber meinesgleichen. Sie strahlte heller als ich, so viel war sicher, und das konnte schmerzhaft sein, so wie es weh tut, bei Schnupfen in die Sonne zu sehen.

Doch erst als ich selbst die Farm verließ, Jahre später, wurde mir ein weiterer Unterschied bewusst: Anders als Beth hatten die Männer mich meistens gut behandelt; es waren Frauen, die mir das Herz brachen. Zuerst meine Mutter, dann Beth.

Ich war fast sechzehn, als sie Lou und mich verließ, um nach New York aufs College zu gehen. An jenem Morgen packte sie ihre Sachen mit solch einer Entschlossenheit, dass ihre Flucht wie ein Wind durchs ganze Haus wehte. Als ich ihr damals zusah, während ich meine behausschuhten Füße von ihrem Bett baumeln ließ, dachte ich bestimmt nicht, dass ich selbst niemals fortgehen würde. Es war bestimmt nicht mein Plan gewesen, für immer in demselben Haus, derselben Stadt, demselben Land zu bleiben, in dem ich geboren worden war. Machen es die Menschen so, die bleiben? Krabbeln wir erst als Babys, dann als Kinder, dann als Jugendliche herum, befingern das abgeblätterte Laminat, die von Katzen zerkratzten Sessel, die muffigen Vorhänge und denken: *Ich bin ziemlich sicher, was Besseres als dieses alte Haus und diese verdorrten Felder werde ich nicht finden. Ich glaub, ich bleibe hier.* Das habe ich nicht getan. Nein, so war es nicht.«

»Wirf mir den Gürtel rüber, Peach«, bat Beth, noch ganz verschlafen, und schlürfte den Kaffee, den Lou ihr auf einem Tablett hochgebracht hatte. »Mist, ich hasse meine Kleider. Ich werde mir neue Sachen klauen müssen.«

»Dann tu's doch. Dad sagt, du bist jetzt alt genug fürs Gefängnis, und diesmal wird er dich nicht auslösen.«

Sie warf mir einen kühnen Blick zu.

»Willst du die?« Sie hatte ihre Rollschuhe aus den Eingeweiden des Wandschranks gezogen und hielt sie mit Fingern wie Wäscheklammern in die Höhe. »Auf dem Campus kann ich damit nichts anfangen. Oder doch? Vielleicht wäre es total schick, sie mit kurzen Shorts zu tragen. Und dazu ein Filzkäppchen?«

Das konnte ich mir nur zu gut vorstellen: Beth rückwärts auf Rollschuhen auf ihrem Weg zur Vorlesung, den Walkman am Ohr.

»Nee, wenn ich darüber nachdenke, sind sie alt und stinkig. Nimm du sie«, sagte sie und warf sie im sanften Bogen zu den anderen ausrangierten Sachen, die mich auf dem Bett umgaben. So nahm Beth von Dingen Abschied. Schon damals merkte ich, dass Beth sich nur von etwas trennen konnte, wenn sie sich einredete, dass sie es im Grunde nie hatte haben wollen.

»Wie wär's damit?« Sie hielt mir ihr langes, silbernes Ballkleid gegen die Schultern. Es war ein beunruhigend erwachsenes Abendkleid im Meerjungfrauenstil, das sie gewagt mit Hippie-Sandalen und einer Reihe von Lederbändern an den Oberarmen kombiniert hatte. Beth hatte sogar einen richtigen Erwachsenen als Begleiter zu ihrem Schulabschlussball eingeladen, einen vierundzwanzigjährigen Profi-Hockeyspieler mit Alkoholproblemen und Exfrau. »Vielleicht fragt dich ja nächstes Jahr mal jemand, ob du dein Buch zur Seite und ein bisschen Lippenstift auflegst. Wenn das passiert, dann mach es, Peachy, okay?«

Der Abschlussball hatte für Beth mit einem Ausreißer-Wochenende geendet, während dessen wir mindestens ein Dutzend telefonische Morddrohungen von der Exfrau ihres Tanzpartners bekamen. Ich selbst verbrachte meine Abschlussballnacht mit Lou und einem verwundeten Waschbären, den wir unter der Veranda hervorlocken wollten. Wir hatten gesehen, wie der Waschbär auf der Landstraße von einem Auto angefahren wurde, dann zu unserem Farmhaus zockelte und durch ein Loch in den Stützbalken unter die Veranda kroch. Tagelang hockte Lou davor und leuchtete dem Waschbären mit der Taschenlampe ins Gesicht, um zu sehen, ob seine Augen zurückblinkten. Ich legte in unregelmäßigen Abständen Sardinen auf das Ende meines Hockeyschlägers, wedelte damit vor seiner Nase herum und bettelte, er möge einen Bissen nehmen. *Nur einen Bissen, na, komm schon, bitte.*

Das arme Ding brauchte vier Tage zum Sterben. Wir begruben es in einem Wäschesack neben dem Stumpf der alten Weide, die der Farm auf makabre Weise als Tierfriedhof diente, der schon bald überfüllt war. Vielleicht lag es an den immer näher rückenden Wohnsiedlungen und immer breiter werdenden Fernstraßen, dass unsere Farm eine Art letzte Zuflucht für diese unglückseligen Kreaturen wurde, ein Ort, an dem die Verwundeten vor ihrem Tod noch etwas Trost empfingen. Und genau wie Lou wurde auch ich eine talentierte Cheerleaderin für all jene, die es mit letzter Kraft an unsere Schwelle schafften.

Aus einem Regal nahm Beth ein eingestaubtes, ungerahmtes Foto unserer Mutter, das so lange achtlos weit oben in einer Ecke gelehnt hatte, dass sich die Ränder rollten. Darauf saß Nell am Strand, eine Hand schützend über den Augen, drei Finger der anderen hochhaltend – die Anzahl der Monate, die sie mit Beth schwanger war. Auf die Rückseite hatte jemand »Santa Cruz 71«

gekritzelt. Ich wünschte, ich könnte sagen, dass Beth innehielt und nachdenklich wurde. Ich hätte mich gern an diesen Augenblick als einen Moment der zärtlichen Trauer über den Tod unserer Mutter erinnert, eines der wenigen Dinge, die wir beide gemeinsam hatten. Stattdessen schleuderte Beth das Foto wie ein Frisbee in meine Richtung.

»Willste?«

Bevor ich antworten konnte, klopfte Lou an den Türrahmen. Unser Hund spähte mit anrührender Neugier zwischen seinen Beinen hindurch. Scoots hatte längst aufgegeben, ohne Begleitung in Beths Zimmer zu laufen. Seitdem er ein Jahr zuvor zu uns gekommen war, mied er es wie ein Sperrgebiet, als würde selbst er Beths Zerrissenheit gegenüber allem Süßen oder Niedlichen spüren. Schmeicheln und Streicheln lagen ihr nun einmal nicht, so dass Lous Versuch, seine streunende Tochter durch ein Hundebaby ans Haus zu binden, kläglich scheiterte. Stattdessen war der Hund so zu seinem Namen gekommen, denn immer wenn Beth ihn mit Füßen trat, forderte sie ihn lautstark auf, die Biege zu machen: »Scoot, dog! Raus hier. Hör auf, meine Füße zu lecken.«

»Deine Mitfahrgelegenheit hat angerufen«, sagte Lou. »Ich werde sie abholen.«

Am Orientierungstag der Schule für Mode und Design in New York im Monat zuvor hatte Beth ein Mädchen aus Leamington, das einigermaßen in unserer Nähe lag, kennengelernt. Die Eltern hatten angeboten, Beth in ihrem großen Pick-up mit über die Grenze zu nehmen, doch das bedeutete, dass sie nur zwei Kisten und zwei Koffer mitbringen konnte. Den Rest würden Lou und ich nachsenden müssen.

Beth hatte ihnen den Weg zum Starlite Variety beschrieben, einem Laden im Zentrum unserer kleinen Stadt. Zwar lag er zehn Minuten entfernt, doch war er, im Gegensatz zu unserer Farm, leicht zu finden. Wir selbst wussten natürlich, wie wir von dort aus weiterkamen, aber weil es schwierig war, anderen Leuten den Weg über die Eisenbahnschienen, an der Schnellstraße vorbei, über zwei Feld- und mehrere Privatwege zu erklären, hatten wir uns angewöhnt, sie zum Laden zu dirigieren, wo sie dann einer von uns in Empfang nahm und zu uns führte. Das Geschäft hatte Beth früher sehr beeindruckt. Die klare Neonschrift und reinweiße Fassade täuschten über sein turbulentes Innenleben hinweg: schmale Gänge mit durchhängenden Metallregalen, vollgestopft mit grellbunten Junkfood-Tüten, Kurzwaren, Küchenutensilien und billigen, im Ausland gefertigten Spielsachen. Es war ein Ort unendlicher Wahlmöglichkeiten, und Beth liebte das. Lange Zeit konnte unsere Mutter sie mit einer Fahrt zum Starlite im Handumdrehen dazu bringen, endlich zu hören. Doch nach ihrem Tod wirkten die Spielsachen auf Beth plötzlich billig und dumm. Durch das staubige Plastik sah sie auf einmal, dass die Haare der Puppen strähnenweise eingestanzt und ihre schablonierten Augen und Münder schief ausgerichtet waren, und sie schienen ihr beinahe bedrohlich. Bald darauf wurde Lous Ankündigung, am Starlite anzuhalten, nur noch mit gelangweilten Seufzern und leeren Blicken aus dem Autofenster quittiert.

Lou schlich schuldbewusst durchs Haus und suchte seine Schlüssel, während uns dreien klar war, dass allein seine politische Sturheit der Erfüllung seiner väterlichen Pflicht, seine Tochter selbst nach New York zum College zu bringen, im Wege stand.

Lou hatte seit fast achtzehn Jahren, seit er als Kriegsdienstverweigerer und stolzer Feigling die kanadische Grenze überquert hatte, keinen Fuß mehr in die Vereinigten Staaten gesetzt. Aber Beth schien das an jenem Morgen überhaupt nicht mehr zu stören. Ich habe mich oft gefragt, ob ihre Liebe zu Amerika nicht erst dadurch geschürt wurde, dass die bucklige Verwandtschaft ihr dorthin nicht folgen konnte, oder in meinem Fall: wollte.

»Okay, Mädels, bin in zehn Minuten zurück!«, rief er, und die Haustür schlug hinter ihm zu.

»Ich glaube, das war's«, meinte Beth mit einem Blick durchs Zimmer, die Fäuste in die Hüften gestemmt. Dann ließ sie sich neben mich und ihre aufgetürmte Vergangenheit aufs Bett plumpsen. »Peachy, ich muss dir was erzählen, ja?«

»Ja«, sagte ich und zog meine Schultern hoch bis zu den Ohren, um mich gegen die ungebetene Offenheit zu wappnen. Es war nicht so, dass wir uns nicht nahestanden, aber ihre Pubertät hatte mich allmählich mürbe gemacht. Berichte über ihre Periode, Orgasmen, über gebrochene Herzen und verkaterte Morgen danach waren immer vollkommen einseitig und unangenehm direkt gewesen.

Beth holte tief Luft.

»Also. In dieser Kiste«, begann sie und deutete auf eine der vier, die wir ihr nachschicken würden, »ist hochwertiges Marihuana im Wert von mehreren Tausend Dollar. Eine Art Kreuzung aus hiesigem Gras und Holland White Widow, die ich den ganzen Sommer über hinter der Scheune gezüchtet habe. Es ist gut durchgetrocknet, in Plastik eingewickelt und in alte Kaffeedosen verpackt. Sollten die Grenzpolizisten es finden, *könntet* ihr ins Gefängnis kommen. Aber ich bin zu *fünfundneunzig* Prozent sicher, dass sie es nicht finden werden. Also mach dir keine Sorgen. Und ich nehme die Schuld auf mich. Das heißt, falls sie uns überhaupt erwischen. Aber kümmere dich darum, dass die Kisten ordentlich verschlossen sind, ja? Und seht zu, dass ihr sie so schnell wie möglich losschickt, am besten gleich heute, weil ich weiß, dass du und Lou es gerne aufschiebt, Dinge in der Stadt zu erledigen. Ihr schiebt immer alles vor euch her, und ich will nicht zwei Wochen darauf warten. Ich brauche diese Kiste, Peachy. Du verstehst, was ich dir sage, oder, Peachy?«

Während der grausamen fünf Sekunden, die vergingen, bevor

sie in ihr fieses Gelächter ausbrach, bei dem sie sich gackernd auf alle viere zu Boden fallen ließ, hatte ich tatsächlich vor Augen, wie eine Spezialeinheit mit Gewehren im Anschlag unsere lange Kiesauffahrt heraufrollte.

»Heilige Scheiße, Peachy, du hättest dein Gesicht sehen sollen! Mein Gott, du machst mich fertig! Du bist ja so verdammt naiv!«

Ich boxte sie kräftig auf den Arm.

»Aua!«

»Verdammt noch mal, Beth! Du bist so ein Miststück! Warum machst du das mit mir?«

»Oh, mein Gott«, keuchte sie, schnappte nach Luft und rieb sich den Arm. »Weil ich es *kann.*

»Wir hörten, wie Lous Jeep in die Auffahrt bog, gefolgt von den knirschenden Reifen der Leamingtoner. Auf ein Hupen hin sprangen wir auf und sammelten ihre Sachen zusammen. Beth kicherte, während sie mir ihren Rucksack und die Tragetasche auf die Schultern lud.

Lou erschien im Türrahmen, die Ärmel bis über die flaumweißen Unterarme aufgerollt. Beth hievte eine der zwei kleineren Kisten hoch und deutete mit dem Fuß auf die andere. Lou und ich folgten ihr als willige Karawane die Treppe hinunter, durch die Haustür und über die Veranda in die kühle Dämmerung des Augustmorgens.

Die Vorstellungsrunde blieb kurz und nichtssagend. Der wohlhabende Vater des Mädchens erkundigte sich bei Lou, welches Getreide auf den Äckern wachse, die unser Farmhaus so üppig umgaben. Noch ehe Lou antworten konnte, dass es nicht mehr unser Getreide, sondern dass ein Großteil des verbliebenen Landes verpachtet war und die äußeren Äcker verkauft worden waren, um Beths Studium zu finanzieren, scheuchte Beth uns ein Stück vom Truck weg, damit wir unseren unbeholfenen Abschied unter uns nehmen konnten.

»Tja. Also. Ich schätze, das war's«, sagte sie, schlang einen Arm erst um Lous breite Schultern, dann um meine. Die beiden waren gleich groß, einen Kopf größer als ich. »Ich ruf euch an, wenn ich da bin, Lou. Und wir sehen uns zu Thanksgiving. Dem *amerikanischen.*«

»Tja, meine Liebe«, sagte Lou mit echten Tränen in seinen blauen Augen. »Wir werden dich sehr vermissen, weißt du das?«

»Och«, meinte sie und legte den Kopf schief, als wäre Lou die siebzehn Jahre nur ein gütiger Vermieter gewesen und nicht der Mann, dessen Nachnamen sie trug und der den Großteil seines Besitzes verkauft hatte, um ihre Träume zu ermöglichen.

»Ich werde dich auch vermissen, Beth. Wenigstens ein bisschen«, räumte ich ein, noch immer sauer wegen ihres Streichs. Ich versuchte angestrengt, mich Lous Stimmung anzunähern und zumindest einen Anflug von Trauer in meine Augen zu zaubern, aber ich konnte nicht. Es war nicht so, dass ich sie nicht vermissen würde, aber in den Wochen und Monaten vor ihrer Abreise war ich immer neugieriger geworden, wie das Leben auf einer Beth-freien Farm sein würde und wie ich mich wohl entwickelte, wenn ihr übermächtiger, dunkler Schatten von mir wich. Ich hatte Pläne. Studieren, und dann vielleicht ein Auto kaufen. Ich wollte meinen Pony rauswachsen lassen, in Ruhe lesen, ohne dass Beth mir die Bücher wegschnappte und durchs Zimmer warf, um meine Aufmerksamkeit zu erheischen. Vielleicht würde ich Oma Beecher in Florida besuchen. Nichts Weltbewegendes. Aber eben Pläne.

»Oh, du *wirst* mich vermissen. Glaub mir, Peach. Du weißt es nur noch nicht«, erwiderte sie.

Und das war's. Sie war weg. Pflichtschuldig winkend lief ich hinter dem schweren Wagen her, der rückwärts die Auffahrt hinuntersetzte, und gesellte mich danach zu Lou auf die Veranda, wo wir auf Oma Beechers Korbstühlen saßen und Kaffee schlürfend den Rest des Sonnenaufgangs beobachteten. Es war so ruhig, dass die Stille beinahe heilig schien. Trotzdem vergeudeten wir keine Zeit damit, in Erinnerungen zu schwelgen, sondern lachten schallend über Beths Grasposse.

»O Mann«, sagte Lou und atmete seufzend aus, »über Beth Ann Archer kann man sagen, was man will, aber nicht, dass sie nicht witzig wäre. Das war *witzig*, Peach.«

»Ich weiß. Und ich bin so was von drauf reingefallen«, antwortete ich und schüttelte den Kopf.

»Wie immer.«

»Ich weiß.«

Wir genossen wieder die Stille.

»Du musst die Kisten trotzdem überprüfen«, meinte Lou dann und trank einen Schluck, »bevor wir sie abschicken.«

»Hab ich schon.« Ich lehnte mich zurück, um mit ihm anzustoßen. Ich verschwieg, dass ich beim Öffnen der Kisten einen verschlossenen Umschlag mit meinem richtigen Namen »Georgia« in Beths sauberer Handschrift auf einem Stapel Pullover gefunden hatte, und darin eine Nachricht.

Erwischt! Aber ich schätze, das habe ich verdient. In letzter Zeit bin ich nicht besonders vertrauenswürdig gewesen. Jedenfalls, Miss Georgia Peach, wollte ich Dir nur sagen, dass ich Dich so sehr liebhabe wie einmal zum Mond und zurück, weil ich wahrscheinlich nicht in der Lage sein werde, Dir das vor meiner Abreise persönlich zu sagen. Pass auf Dich auf. Oder zumindest besser, als ich es getan habe. Ich umarme und küsse Dich, Beth.

Ich legte anstelle der Nachricht Nells Foto in den Umschlag und verschloss die Kiste wieder. Später fuhren Lou und ich in die Stadt und brachten die Sachen zur Post.

In den nächsten Jahren, während Beth leidenschaftliche Treue auf eine Flagge schwor, die er verabscheute, möbelte Lou einen verlotterten Silverstream-Wohnwagen wieder auf, stellte ihn ein Stück hinter unserem Haus am Fluss ab und richtete darin einen Friseursalon ein. Während Beth es mit knackigen Models in blutroten Dunkelkammern, mit verheirateten Dozenten in schummrigen Hotelzimmern und einmal einer Wette wegen mit einer koreanischen Lesbe trieb, verlor ich meine Unschuld nach einem Highschool-Rockkonzert und etwas Bier in einem geparkten Wagen an den schmierigen Dougie Beauchamp. Während Beth ihre erste Reise zur Mailänder Modemesse mit einem Ferienjob finanzierte, indem sie für einen einflussreichen Finanzmakler Ecstasy verkaufte, begann ich mein Studium für eine glamouröse Karriere als Sozialarbeiterin, die ich wählte, weil Beth immer gesagt hatte, ich sei eine gute Zuhörerin, ein hilfsbereiter Mensch und ihr bester Kumpel und ich solle wie sie versuchen, meinen Lebensunterhalt mit etwas zu verdienen, das mir liege.

Also pendelte ich täglich zur Universität, um die Kunst und Wissenschaft zu studieren, wie man Menschen hilft, sich selbst zu helfen. Ich lernte, mit den psychologischen Tretminen »Abscheu« und »Begehren« umzugehen und zu analysieren, wie leicht Familien in einen Strudel aus Gewalt, Armut und Abhängigkeit geraten können. Es war harte Arbeit, aber ich hatte oft das Gefühl, damit auf etwas Wichtiges, gar Nobles zuzustreben. Deshalb reagierte ich eher blasiert als neidisch, als Beth anrief und erzählte, dass sie einen gutbezahlten Job ergattert habe, bei dem sie drittklassige Berühmtheiten für Fernsehauftritte ausstatten würde. Natürlich wäre auch ich gern mit viel Presserummel nach Rom oder Paris geflogen und bestimmt nicht abgeneigt gewesen, einen Filmstar zu treffen oder ein Fünfhundert-Dollar-Menü zu verspeisen. Doch ich tröstete mich mit dem Wissen, dass es wichtiger war, Menschen dabei zu helfen, gut zu sein, als gut auszusehen. Anders als etliche meiner Studienkollegen las ich meine teuren Lehrbücher tatsächlich von vorn bis hinten durch, markierte die Stellen, die ich später auswendig lernen wollte, und legte viel Wert darauf, zwischen den zusätzlichen Kursen, die ich belegte, um meinen Abschluss nach Möglichkeit früher zu machen, auch die empfohlene Lektüreliste abzuarbeiten. Denn Lou hatte recht: Es sah so aus, als wäre ich dazu bestimmt, mich des Lebens der weniger Begünstigten anzunehmen. Ich sah meinen Namen, Georgia Archer, bevor er von Laliberté geschluckt wurde, mit einem B. A. versehen, vielleicht gefolgt von einem M. A. und später einem Dr. phil., man konnte ja nie wissen. Und ich wollte es, ich wollte es *wirklich*, voll und ganz, bis zu dem Tag, an dem ich das Studium, sechs Scheine vom Abschluss entfernt, abbrach – wenige Monate nachdem mich der tollste Typ der Stadt mit zwanzig geschwängert und geheiratet hatte.